Future Girl
퓨처 걸

*This project has been assisted by the Australian Government through the Australia Council,
its arts funding and advisory body.*

이 책은 호주 의회의 예술 기금 및 자문기구가 운영하는 출판 번역 지원 프로그램의 도움을 받아 출간되었습니다.

Future Girl

퓨처 걸

아스피시아 글·그림   이주영 옮김

한울림스페셜

파이퍼 맥브라이드의
일기장

개인 소유! (읽지 말 것.)

WEDNESDAY 17 JUNE
6월 17일 수요일

플라스틱 종이 위에 빨간색 원기둥을 그리고, 거기에 흰색 펜으로 자그마한 털과 흔들리는 꼬리를 더했다. 오, 그럴듯한데. 어둠 속에서 은은하게 빛을 내는 모양새다. 테일러가 팔꿈치로 나를 꾹 찌르며 가상 화면을 가리켰다. *그림 그리는 데 정신 그만 팔고 여기 좀 집중해봐. 과제 얼른 끝내야지*, 라는 뜻일 거다.

그림 아래에 설명을 달았다. '대장균.'

'그게 대장균이라고?' 테일러가 타이핑했다. '난 네가 레콘 사탕을 디자인하는 줄 알았는데. 너희 어머니가 개발 중인 신제품 말이야.'

'대장균은 위험한 미사일과 같은 거야.' 내가 답장했다. '야생 음식 속에 숨어서 우릴 죽일 기회만을 엿보고 있다고. 그럴싸한 겉모습에 속으면 안 돼. 그리고 하나 더! 우리 엄마는 디자인을 하는 게 아니야. 레콘에 어떤 영양소를 넣을지 연구하는 거지.'

테일러가 얼굴을 찌푸리며 앞머리를 쓸어내렸다. 지난주에 자른 머리가 아직도 썩 어울려 보이지 않았다. 나는 늘 그렇듯 어두운 색의 긴 생머리를 고수하고 있다.

'그건 알지.' 테일러가 답장했다. '그건 그렇고, 이 부분 마무리하는 것 좀 도와줄래? 내가 혼자 하면 우리는 분명히 낙제점을 받을 거야.'

테일러는 초안만 겨우 쓴 상태였다. 한숨을 쉬며 '식중독'을 세스풀에 검색했다. 야생 음식을 먹고 죽은 사람에 대한 이야기가 끝도 없이 나왔다. 좀 삐딱하게 들리겠지만, 엄마는 이런 류의 기사가 나오면 아주 좋아한다. 그때마다 레콘 판매량이 치솟기 때문이다. 머지않아 모두가 레콘을 먹게 되고 야생 음식은 희미한 기억 속으로 사라질 게 분명하다.

1

머리가 지끈거리고 귓속이 가려웠다. 파랑과 흰색이 섞인 교복을 똑같이 입은 여자아이들과 나란히 형광등 불빛 아래 앉아있는 건 정말 지겨웠다. 책상에 고정된 반투명한 가상 화면을 보는 것 역시 마찬가지였다. 하지만 어쩌겠어. 이게 메리 막달렌 여학교인걸. 보청기를 박박 문질러 귓속을 긁었지만 별 소용이 없었다. 마음 같아서는 당장 빼버리고 싶지만 수업이 끝날 때까지는 보청기를 끼고 있어야만 한다.

테일러가 또다시 쿡 찌르더니 매디슨과 알리사, 브리오니가 있는 쪽을 턱으로 가리켰다. 무슨 일이 벌어지고 있는 게 분명했다. 똑같이 앞머리를 새로 자른 여자아이 셋이 책상에 둘러서서 가상 화면을 들여다보고 있었다. 다른 아이들도 이상한 낌새를 채고 매디슨의 자리로 하나둘 모여들었다. 웅성거리는 소리가 교실 전체로 퍼졌다. 곧 모두가 수군거리기 시작하더니 나를 계속 힐끔거렸다.

리사 선생님을 바라봤다. 하지만 리사 선생님 역시 나를 흘긋 보더니 세스풀에 뭔가를 입력한 뒤 자신의 가상 화면에 뜬 내용을 들여다봤다. 뭐야, 선생님이면 학생의 수업 태도를 관리해야 하는 거 아냐? 왜 아이들을 조용히 시키고 식중독 공부에 집중하라고 말하지 않는 거지? 무슨 일인데 그래? 나랑 무슨 관련이 있다는 거야?

눈에 힘을 주며 아이들이 뭐라고 수군대는지 알아내려고 애를 썼다. 하지만 보이는 건 윤기 나는 머리카락에 반쯤 가려진 얼굴뿐이었다. 보청기는 교실 반대편에서 일어나는 일을 알아내는 데는 아무 쓸모가 없었다.

아이들을 뚫어지게 쳐다보는데 언뜻 매디슨의 손목 근처에서 붉은 빛이 번쩍이는 게 보였다. 와, 세상에! 손목 밴드를 이식받았나 봐! 부럽다, 이젠 손목 밴드를 찰 필요도 없고 지겨운 충전을 할 필요도 없겠어. 2년 전 정부가 세스풀(미안, 정확한 명칭은 퀘스트툴이야)을 도입한 이후로 트램을 타거나, 가게에서 돈을 내려고 하거나, 신분증을 보여줘야 할 때는 반드시 손목 밴드가 있어야 했다. 충전하느라 깜빡하고 놓고 나가면 아무것도 할 수 없게 되었다. 내가 한 손으로 타이핑을 좀 더 빠르게 할 수 있다면 좋을 텐데. 우리가 이 낯선 시스템에 빨리 적응할 수 있도록 학교에서 교과목까지 신설해 가르쳤음에도 익숙해지기가 쉽지 않았다. 나역시 다른 아이들과 마찬가지로 희망이 없었다. 단 한 명, 손가락을 번개처럼 빠르게 움직이는 브리오니만 빼고 말이다.

테일러가 가상 화면을 톡 두드려 뉴스 멜버른을 불러왔다. 카메라를 향해 말하는 엄마의 모습이 초점에 잡혔다. 오, 이런. 이 학교에 다니는 아이들 중에 내가 아이린 맥브라이드의 딸이라는 걸 모르는 아이는 없다. 테일러가 다시 가상 화면을 톡톡 두드리자 기사가 떴다.

N 뉴스 멜버른 　　　　　　　　　　　　　　　　　　　　　▶

레콘 반대 시위, 근거가 있는가?!

아픈 아이를 둔 부모들이 연방 광장에 모여 집회를 열고 있다. 이들은 레콘이 최근 어린이와 노인과 같은 취약 계층 사이에서 증가한 비염과 천식, 에너지결핍증후군을 유발하는 원인일 수 있다고 주장하고 있다. 그러나 오가닉코어의 수석 과학자인 아이린 맥브라이드는 레콘이 안전하다고 다시 한번 강조했다. "진짜 원인은 날로 심각해지는 환경오염과 급속히 나빠진 공기의 질, 담수 처리 공장으로 인한 수질오염에 있습니다. 지금까지 우리 오가닉코어는 인류의 건강 문제를 해결하는 데 헌신해왔습니다. 연구진의 노력으로 과거에 만연했던 감기와 암, 비만은 이제 역사 속으로 사라졌습니다. 최근에 불거진 건강상의 문제를 해결하기 위해 우리 연구진은 레콘에 해독 촉진제를 넣는 방안을 연구 중입니다."

화면 속 엄마는 침착해 보였다. 이제 가상 화면은 연방 광장에서 열린 집회 현장을 보여주고 있었다. 성난 부모들이 창백한 얼굴로 숨쉬기 힘들어 쌕쌕거리는 아이의 손을 잡고 있었다. 현수막에는 '우리 아이들을 약물에 중독시키지 말라!'는 문구가 적혀있었다. 음, 좀 과도한 주장인 것

같은데. 엄마가 지방 파괴제와 암 박멸제, 그리고 바이러스 제거제를 자신이 개발한 가루 영양제인 뉴트리움 서스테이트에 넣었던 당시를 기억한다. 처음에는 사람이 먹는 음식에 약물을 주입하는 걸 대중화하겠다는 발상이 사회적 논란을 불러일으켰다. 하지만 카렌 킬데어가 총리로 선출되고, 뉴스 멜버른에서 매주 통계와 함께 레콘이 건강에 유익하다는 기사를 내면서 상황이 바뀌기 시작했다.

두통이 더 심해졌다. 욱신거리는 관자놀이를 문지르며 나를 향한 시선을 무시하려고 애를 썼다. 그래서 뭐? 이건 그냥 뉴스일 뿐이야. 하지만 나도 모르게 뉴스 멜버른을 자꾸만 훑어보게 되는 걸 멈출 수 없었다. 화면 속 엄마는 자신감 넘쳐 보였지만, 나는 알고 있다. 이 일로 엄마가 지금 엄청나게 스트레스를 받을 것이라는 걸.

곧 새로운 기사가 레콘에 관한 기사를 갈아치웠다. 엄마는 이미 과거의 일이 되었다. 대신 오가닉코어의 최대 경쟁사가 화면을 채웠다. 대형 체인인 올스타 슈퍼마켓 입구에 사람들이 길게 줄을 서 있었다.

N 뉴스 멜버른

소비자들이 슈퍼마켓을 휩쓸다

이번 주에 석유 가격이 치솟으면서 식료품 유통과 소비재 수입이 심각한 타격을 받고 있다. 이미 많은 수퍼마켓의 선반이 재고 부족으로 텅 비었다. 불안한 일부 소비자가 상점으로 몰려가 생필품을 사재기하기 시작했다. 하지만 대다수의 소비자는 텅 빈 선반을 마주하며 낙담해야 했다. 전기와 가스 요금 역시 치솟고 있다. 휘발유 가격은 이미 평균 가계 예산을 훌쩍 웃돌아 소비자들은 힘겨운 한 주를 맞게 되었다.

하품이 나왔다. 이미 석유 관련 뉴스에는 질릴 대로 질렸다. 대체 이게 왜 이렇게 큰 문제인지 모르겠다. 레콘을 배송받으면 슈퍼마켓에서 줄을 설 필요가 없잖아. 레콘이 살 수 없을 만큼 비싼 것도 아니고 말이다. 아마도 올스타 슈퍼마켓은 조만간 소비자의 수요를 감당하지 못하고 망할지도 모르겠다. 그러면 엄마가 무척 기뻐하겠지.

테일러가 나를 쿡 찌르고 눈짓으로 가상 화면을 가리켰다. 내게 쓴 메시지가 있었다. '토요일 밤에 나랑 보우랑 같이 파티에 가지 않을래?'

보우는 테일러가 최근에 만나기 시작한 남자다. 그 둘이 파티에 함께 간다면 관계가 급속도로 진전될 게 분명하다. 만난 적은 없지만 테일러의 말에 따르면, 보우는 우리보다 나이가 많고 키가 크며 매력적이라고 한다.

답장을 보냈다. '우리 과제에 네가 이렇게 열심히 노력을 쏟는 모습을 보니까 무척 기쁘네.'

테일러가 책상 아래로 발길질을 했다. 나는 고개를 끄덕이며 엄지손가락을 들어 올려 보였다. **좋아, 나도 같이 갈게.**

파이퍼 맥브라이드

손이 마치 날아다니는 것 같았다. 연필을 느슨하게 쥐고 손을 재빨리 움직이며 플라스틱 종이 위에 연한 회색 선을 휘갈겼다. 거울을 힐끔 쳐다봤다. 눈 주위를 더 진하게 그려야겠어. 연필로 눈꺼풀 앞뒤를 오가며 선을 더했다. 얼굴 윤곽이 점점 선명해졌다. 그래도 나랑 별로 안 닮은 것 같은데? 하지만 마침내 제대로 된 비율로 얼굴을 완성했!

피부를 어떻게 표현하지? 나는 창백한 피부에 주근깨가 약간 있다. 문제는 주근깨를 그릴 때마다 그게 자연스러운 피부의 일부분이 아니라 마치 '그린' 것처럼 보인다는 것이다. 입고 있던 교복을 무시하고 내가 가장 좋아하는 상의를 그려 넣었다. 나중에 빨간 물감으로 칠해야지. 그나저나 코가 좀 어색한데. 거울을 다시 쳐다봤다가 화들짝 놀랐다. 깜짝이야! 엄마가 바로 뒤에 서 있었다.

"엄마." 내 목소리를 들을 수 없는데도 소리 내어 말했다.

엄마가 보청기를 끼라며 손짓했다. 한숨이 나왔다. 당장 귓속을 면봉으로 박박 긁어야 할 것 같은 가려움이 이제야 겨우 가라앉았는데. 물론 긁는다고 가려움이 사라지는 건 아니다. 아무렇게나 빼둔 보청기를 마지못해 다시 끼고 엄마를 돌아봤다. "집에 오신 줄 몰랐어요."

"그러니까 보청기를 끼고 있었어야지. 불이라도 나면 어쩌려고 그래? 경보음은 어떻게 듣고? 누가 집에 찾아오기라도 했으면 어쩔 뻔했니?"

눈두덩이 욱신거렸다. 엄마의 말은 쉽게 읽을 수 있었지만, 그런데도 두통이 다시 올라왔다. 지금은 날 좀 내버려두면 좋겠는데. 그림에서 코를 고치고 주근깨를 어떻게 표현할지 결정해야 했다. 설령 누가 집에 찾아오 더라도 신경 쓰지 않고 무시할 거다. 어차피 날 찾아오는 사람은 테일러 한 명뿐이다. 그리고 테일러는 언제나 도착할 때가 되면 미리 메시지를 보내서 내 손목 밴드에 진동이 오도록 한다.

"엄마, 오늘 하루는 어땠어요?"

엄마가 고개를 저었다. 엄마의 얼굴을 자세히 들여다봤다. 뭔가 좋지 않은 일이 있었던 게 분명하다. 잔뜩 긴장한 눈가에 날카로운 주름이 깊 게 패여있었다. 어깨가 무거워 보였고, 단정했던 머리카락이 헝클어져 있 었다. 엄마는 항상 카렌 킬데어처럼 깔끔하게 염색한 검은 단발머리를 유 지했는데 말이다. 단추가 풀린 재킷 사이로 셔츠 깃이 구겨져 있는 게 보 였다. 심지어 삐뚜름하기까지 했다.

"무슨 일이에요?" 그리고 있던 그림을 옆으로 치우고 엄마를 따라 주방 으로 들어갔다. 주방은 우리 집에서 욕실 다음으로 밝은 공간이다. 밝아 서 그림을 그리기에 제격이다. 넓은 조리대 위에는 내가 쓰는 미술 재료 가 쌓여있다. 이제는 레콘만 먹기 때문에 요리할 일이 없어서 조리대를 더는 쓰지 않는다. 식탁은 엄마의 일에 필요한 서류 더미로 뒤덮여있다. 함께 식사할 때 우리는 돌출된 창문 앞에 놓인 아침 식사용 간이 식탁을 사용한다. 엄마와 내가 각자 앉는 부드러운 푸른색 벨벳 의자 두 개와 동 그란 대리석 식탁이 놓인 아늑한 공간이다. 벽에는 내가 중학교 1학년 때 그린 바다 그림이 액자 안에 담겨 걸려있다. 엄마는 내 그림에 어울리도 록 파란 벨벳 의자를 골랐고, 덕분에 공간이 더욱 세련되게 느껴졌다. 그 림의 서툰 부분도 마치 의도한 것처럼 보였다.

"와인 한 잔 드릴까요?" 엄마한테는 와인이 진정제다. 얼른 와인을 한 잔 따라서 엄마에게 건넸다. "오늘 무슨 일이 있었어요?"

엄마가 한숨을 쉬며 재킷을 벗고 사무실용 신발을 벗어 던졌다. 그리고 벨벳 의자에 몸을 웅크리고 앉았다. 엄마는 매력적이다. 언제나 늘씬하고 편안해 보인다. 엄마의 가느다란 뼈대를 물려받았다는 사실이 기쁘다. 엄 마를 그려야겠어. 돌출된 창문으로 들어오는 노을이 뒤에서 비춰 머리카락이 반짝이는 모습으로 말이다. 다만 지금은 창문 너머로 뒤뜰에 있는 창고가 보이지만, 나는 그 대신 식물을 흐릿하게 보이도록 그려 넣을 생각이다. 엄마는 그 창고를 손님용 숙소라고 그럴싸하게 불렀다. 이 집에 이사 왔을 때부터 손님용 숙소를 수리하겠다고 입버릇처럼 말했지만, 늘 그렇듯이 일이 문제였다. 우리에게 이런 건 그리 놀랄 일이 아니다. 그리고 최소한 집은 고쳤으니까. 아침 식사를 위한 공간뿐만 아니라 집 전체가 아름답다. 벨벳 커튼과 두껍고 멋진 카펫, 우리가 제일 좋아하는 할머니의 집에서 가져온 가구들. 엄마는 내게 각각의 방에 어울리는 그림과 액자를 고르게 했고, 난 그중 절반을 내가 그린 그림으로 골랐다.

"매일 이사회에서 전화가 와서 닦달을 해대고 있어. 그 …문을 해결하라고 말이야." 엄마가 말했다. "하지만 무슨 일이 일어나고 있는 건지, 어떻게 해결해야 할지 아무것도 알아내지 못했단 말이지."

"뭘 해결하라고 그랬다고요?"

엄마가 또렷이 발음했다. "레콘의 안전성에 관한 소문. 비염이나 천식 같은 걸 일으킨다는 소문 말이야." 엄마가 와인을 몇 모금 삼켰다.

"지난번에 해독 촉진제를 개발하는 중이라고 하지 않았어요?"

"아니. 난 어떻게 사람들이 천식이나 EDS에 걸리는 걸 막을 수 있는지 몰라. 그걸 알았다면 처음 레콘을 출시했을 때 해독제를 넣었을 거야!"

EDS? 아, 에너지결핍증후군(Energy Deficiency Syndrome). "정말 레콘 때문에 그런 거예요?"

엄마가 어깨를 으쓱했다. "그건 말이 안 돼. 우리가 한 어떤 실험 결과에서도 그런 질병을 유발한다는 암시는 없었어. 하지만… 오랫동안 레콘을 먹어온 실험용 쥐의 일부가 비슷한 상상을 보이기 시작했어."

엄마가 **증상**을 말했을 거라고 추측했다.

"엄마! 그럼 뉴스에서 거짓말을 한 거잖아요."

"아니. 우리에게 필요한 시간을 좀 더 번 것뿐이란다. 집단 공포는 혼란을 불러올 거야. 이제 인류의 65퍼센트가 레콘을 먹고 있는데, 갑자기 모두가 거부해봐. 오가닉코어는 파산하고 말 거야. 그럼 무슨 일이 벌어질

지 상상해보렴. 파이퍼, 우리는 암을 뿌리 뽑았어! 이 문제도 우리는 해결해내고 말거야. 나는 확신해. 다만 시간이 더 필요할 뿐이야. 문제는 최근에 한 실험이 실패했다는 거야. 이사회는 더는 못 기다린다고 압박을 해오고 있고. 그리고 돈 문제도….”

“무슨 문제요?” 두통 때문에 눈가를 문지르며 물었다. 엄마의 와인처럼 나에게도 두통을 진정시킬 뭔가가 있다면 좋을 텐데. 가끔 진통제를 먹기도 하지만 그러면 배가 아파서 자주 먹지 않으려고 노력하고 있다.

“돈 말이야.” 엄마가 와인 잔을 비웠다. “이번 달 월급이 지난주에도 들어오지 않았어. 아직 그 이유를 알아보고 있단다. 차에 휘발유를 넣느라 통장도 텅 비었어. 아니, 어떻게 1리터에 47달러 50센트(우리 돈으로 약 5만원)나 내라고 할 수 있지? 이젠 전기 요금까지 말도 안 되게 올랐어!”

휘발유가 보통 얼마나 비싼지 잘 모르지만, 엄마의 표정을 봤을 땐 좋은 소식이 아닌 게 분명했다. “트램을 타고 출근하면 어때요?” 엄마에게 자가용 말고 대중교통을 타자고 지난 몇 년 동안이나 말해왔다. 지구를 살리고 뭐 이런 저런 이유로 말이다.

“그래야만 할 거야. 기름 값이 내가 일주일에 버는 돈의 사삼이나 되니까 말이야.”

“사분의 삼이요?”

“그래.”

눈을 껌뻑였다. 엄마가 ‘그래.’라고 말할 줄 몰랐다. 또 이런 정보를 나랑 공유할 거라고 생각하지 못했다. 엄마와 나는 보통 돈에 관한 이야기는 하지 않으니까. 어쩌면 엄마가 돈 얘기를 꺼낼 기분이 든 지금이 기회일지도 몰라! “엄마, 저 손목 밴드 이식 수술을 받을 수 있을까요?”

“파이퍼, 방금 내가 한 말 못 들었니? 우린 돈이 없어. 오가닉코어에서 월급 문제를 해결하기 전까지는 아무것도 사지 않을 거야!”

“회사에서 월급을 받은 다음에 말이예요.”

“글쎄, 월급이 나온다면 내가 가장 먼저 해야 할 일은 밀린 전기세를 내는 거란다.”

헉, 이거 진짜 심각하잖아. 여태까지 엄마가 돈에 대해 불평하는 걸 한 번도 본 적이 없는데.

"유럽 여행 계좌에 있는 돈으로 이식 수술비를 내면 되잖아요." 내가 말했다. 엄마와 난 내년에 유럽에 가기로 되어있다. 루브르 미술관을 보고 테이트 모던 미술관에 갔다가 반 고흐 미술관에 갈 계획이다. 엄마가 한 달을 통으로 휴가를 내기로 했다. 엄마와 나, 그리고 이 세상에 있는 모든 유명 미술 작품들! 너무너무 기대된다. 원래는 올해에 가기로 되어있었지만, 엄마의 일 때문에 내년으로 미뤄야만 했다.

"유럽 여행을 위해 모아둔 돈은 모두 주식으로 묶여있단다. 현금으로 쓰려면 주식을 팔아야만 해. 비행기 표를 살 때까지 그 돈은 건드리지 않을 생각이야."

엄마가 의자에서 일어서더니 이번 주에 배달된 레콘 진열장을 열고 뭘 먹을지 고르며 꼼꼼히 들여다보았다. 레콘 진열장은 예전에 냉장고가 자리 잡고 있던 위치에 놓여있었다. 나도 엄마를 따라서 가지런히 꽂혀있는 레콘 상자를 물끄러미 쳐다봤다.

"글로벌 퓨즈, 김치를 곁들인 팟타이." 상자 하나를 꺼내며 엄마가 말했다. 제대로 알아듣지 못해서 상자에 적힌 상품 설명 문구를 읽었다. **글로벌 퓨전, 감자칩을 곁들인 팟타이.** "이번엔 오가닉코어가 좀 많이 앞서 나간 것 같네요."

오가닉코어에는 식품 디자이너로만 구성된 팀이 있다. 식품 디자이너들은 엄마의 연구실에서 가루 영양제인 뉴트리움 서스테이트를 가져가 해면처럼 생긴 칼로리 발생 물질인 바이오스포어와 섞은 뒤, 거기에 맛과 색깔 그리고 식감 생성제를 더한다. 모양 틀에서 나온 생김새만 보면 그게 진짜 생선 요리나 죽, 또는 콩 통조림이 아니라는 걸 구별해내기가 거의 불가능하다.

손을 내밀었다. "그거 먹어볼래요. 실험 정심은 좋은 거니까요."

"정-신이라고 해야지, 파이퍼."

"뭐라고요?"

"정-신이라고 발음해야지, 정-심이 아니라."

오, 이런. 소리를 듣지 못하면서 제대로 발음하는 건 정말 어려운 일이다. 데우기 버튼을 누르려고 했지만, 엄마가 레콘 상자를 빼앗아갔다.

"이건 네가 먹을 게 아니란다. 내 이름이 적혀있거든." 난 엄마에게 눈을 흘겼다. 엄마는 아랑곳하지 않고 내 몫으로 온 팟타이 레콘을 찾아서 꺼내주었다. 그리고 내게 빼앗은 레콘을 도로 진열장에 꽂아놓고 대신 샐러드를 곁들인 훈제 송어 맛 레콘 상자를 집었다.

엄마는 우리가 각자의 맞춤 레콘만 먹도록 아주 엄격하게 관리했다. 우리의 몸무게와 건강 상태에 맞춰서 특별히 주문 제작한 레콘이다. 아마자신이 개발한 제품이기 때문에 그러리라고 추측한다. 테일러와 내가 매일 레콘 식사를 바꿔 먹는다는 사실은 엄마에게 비밀이었다.

레콘이 데워지기를 기다리는 동안 엄마가 물었다. "파이퍼, 학교에서 직업 훈련은 하고 있니?"

두통이 더 심해졌다. 내게 야망이 별로 없다는 건 엄마 인생 최대의 골칫거리였다. "관심사를 모두 입력했더니 간호직을 추천해줬어요. 엄마는 제가 간호사가 되는 게 상상이 가세요? 의사가 14번 병상 환자에게 모르핀 8밀리리터를 주입하라고 말하면, 저는 40번 병상 환자에게 가서 모르핀 80밀리리터를 주입할지도 모른다고요."

엄마가 한숨을 쉬었다. "그래, 간호사가 되는 건 좋지 않겠구나." 엄마가 두 번째 잔의 와인을 직접 따르고는 크게 한 모금 삼켰다. "과학을 해야 해, 파이퍼. 연구 분야에는 언제나 일자리가 있단다. 그리고 어떤 역할을 맡느냐에 따라서 어쩌면 네가 ~~청각장애~~인이라는 게 크게 문제가 되지 않을 수도 있고."

"연구직은 지루해요, 엄마! 전 과학 시간에 졸지 않고 눈을 뜨고 있는 것조차 힘들다고요. 그런 제가 어떻게 과학계에서 정년퇴직 때까지 살아남겠어요? 그랬다간 스무 살이 되기도 전에 혼수상태에 빠지고 말 거예요." 보청기를 벅벅 문질렀다. 귀가 다시 가렵기 시작했다. "저에게 남은 선택지는 하나밖에 없어요. 미술이요!"

엄마가 눈을 굴렸다. "피카소를 제외하고 미술로 돈을 번 화가는 아마 거의 없을 거다. 그리고 피카소도 실제로 돈을 벌어들이기 시작한 건 아마 죽을 나이가 다 되어서일 거야. 네 아빠를 생각해보렴." 엄마가 레콘 상자로 손을 뻗었다. 어느새 다 데워져 불빛이 꺼져있었다. 나는 언제나 신호음을 듣지 못한다.

내 몫의 레콘 상자를 열었다. 맛있는 냄새가 났다. 나는 팟타이가 너무 너무 좋다. "아빠도 지금쯤이면 유명한 미술가가 됐을지도 몰라요."

하지만 설사 아빠가 진짜로 유명해졌다 하더라도 엄마도 나도 그걸 알지 못하리라. 아빠는 내가 어렸을 때 떠났고, 그 이후로 연락이 뚝 끊겼다. 엄마는 별로 상심하는 것처럼 보이지 않았고, 나 역시도 그립다고 말하기에는 아빠에 대해 아는 게 거의 없었다.

"그러고 보니 생각났구나." 엄마가 말했다. "스페인에서 오늘 소포가 하나 왔는데 말이야."

좋아서 폴짝 뛰어올랐다. "정말요? 어디 있어요? 엄마, 어떻게 그걸 까먹을 수가 있어요?"

엄마가 복도를 가리켰다. 당장 현관에 있는 탁자로 달려갔다. 그럼 그렇지. 내 이름이 적힌 플라스틱 상자가 탁자 위에 놓여있었다. 포장을 찢고 얼른 상자를 열었다. 이거다! 목을 빼고 기다려온 진짜 종이로 만든 일기장! 밋밋한 표지에 테이프가 붙어있었다. 상관없다. 표지에 물감으로 그림을 그려 넣어서 근사해 보이도록 만들면 되니까. 일기장을 펼치고 종이를 어루만졌다. 플라스틱과는 전혀 다른 풍족한 촉감이 느껴졌다. 부드럽지만 미끌거리지 않고, 크림 빛이 감돌지만 하얀 종이. 사람이든 사물이든 풍경이든 진짜 종이 위에 그리면 훨씬 멋져 보인다.

일기장을 들고 주방으로 달려가 엄마를 꼭 껴안았다. "고마워요, 고마워요, 정말 고마워요!"

엄마가 미소를 지었다. 엄마는 늘 내가 원하는 건 이루어주려고 애썼다. "열여섯 번째 생일을 축하한다, 파이퍼."

사실 내 생일은 두 달 전이었다. 이 소포를 받기까지 정말 오랜 시간이 걸렸지만 이젠 내 눈앞에 있다. 진짜 종이가! 항상 갖고 다녀야지. 늘 들고 다닐 수 있도록 작은 꾸러미를 만들어야겠다. 필통에 물감과 가장 좋아하는 펜과 가위, 지우개, 연필을 담고… 아, 딱풀도 빠뜨릴 수 없지.

서둘러 방으로 달려가 전등을 켜고 책상 서랍을 열었다. 무슨 색을 넣을까? 빨강은 당연하지. 검정도 좋아하는데. 하지만 너무 많이 담을 수는 없다. 수채화 팔레트를 챙기고 붓 몇 자루와… 작은 물병도 하나 있으면 좋겠지. 가지고 있는 가장 큰 필통에 필요한 도구를 담기 시작했다.

갑자기 천장에 불빛이 꺼지고 방 안에 어둠이 내려 앉았다. 엄마가 문가에 서 있었다. "전기료가 엄청 올랐어. 월급을 받을 때까지 이제부턴 뭐든 아껴야 해. 전등은 하나만 켜야 해. 난방도 끌 거야. 뜨거운 물도 끊을 거고. 네가 3번 안에 목욕을 끝낼 게 아니라면 말이야."

어둠 속에서 입 모양을 읽는 건 무척 힘든 일이다. 엄마가 정확히 무슨 말을 했는지 이해하는 데 한참 걸렸다. "아까 전기라고 말씀하셨어요? 그리고 전등을 하나만 켜야 한다고요?"

엄마가 고개를 끄덕였다.

그럼 3번은? 아! "3분 안에 목욕을 끝내야 한다는 말씀이에요?"

"그래, 정확해. 머리를 빨리 감아야 할 거다."

세상에. 그 정도로 심각한 상황이라고? 믿을 수 없다.

엄마가 내 저녁 레콘을 내밀었다. "이거 잊었잖니."

하지만 이동식 그림 작업실을 만드는 이 중요한 순간에 누가 감자칩을 곁들인 팟타이나 전기료 같은 것에 신경을 쓰겠는가. "엄마, 여기서 저녁을 드시는 건 어떠세요? 주방 대신 제 방에 불을 켤 수 있게요."

엄마가 방으로 저녁을 가져오기로 했다. 다시 전등이 켜졌고, 엄마는 내 침대 위에 앉아 식사를 했다. "너도 알지? 퀘스트틀에는 일자리가 아주 많단다. 청력이 크게 상관없는 일도 많이 있을 테고. 게시물에 허가를 내주는 자리부터 시작해서 승진도 할 수 있을 거야."

"엄마! 지금은 그 얘긴 하고 싶지 않아요." 서랍 쪽으로 몸을 돌리고 8B 연필을 찾아냈다. 붓을 닦을 수건도 챙겨야지.

테일러를 따라 들어선 거실에서는 파티가 한창이었다. 실내가 어두컴컴했고, 여느 파티와 별로 다를 것이 없어 보였다. 여기저기 놓인 낡은 소파와 안락의자에 열 명쯤 되는 아이들이 앉아있었다. 테이블 위에는 반쯤 마시다 만 맥주와 보드카, 체리 그로그가 어지럽게 놓여있었고, 향에서 떨어진 타다 만 잿가루가 테이블의 플라스틱 표면에 눌러붙어 있었다. 연기가 자욱했다. 요란한 음악에 심장이 쿵쿵 뛰었다. 그 밖의 소리는 모두 뒤섞여버렸다. 보청기를 빼고 싶었지만 사람들과 어울리기 위해서는 끼고 있는 게 좋을 것 같아서 꾹 참았다.

키 크고 마른 남자가 소파에서 몸을 일으키더니 테일러를 품 속으로 끌어당겼다. 남자는 빛바랜 금발에 이마에는 까마귀 모양의 위협적인 문신을 하고 있었다. 이 사람이 보우인가? 그는 목깃이 달린 두꺼운 셔츠와 무릎에서부터 지퍼가 달린 말쑥한 정장 바지를 입고 있었다.

테일러가 차려 입은 이유를 알겠다. 테일러는 두 갈래로 둥글게 말아 올린 머리를 하고 있었다. 며칠 전만 해도 어색했던 앞머리가 갑자기 세련돼 보였다. 두껍게 그린 검정 아이라인이 화려했다. 인조 모직으로 만든 짧은 파란색 드레스의 소매 끝에는 주름 장식이 있었고, 목깃에는 하얀색 인조 모피가 달려있었다. 포근한 재질의 드레스를 입고 플랫폼 부츠를 신고 있었지만, 두 다리는 맨살이었다. 한 번도 본 적 없는 옷차림이었다. 테일러에게 새 옷을 살 돈이 있을 줄 몰랐는데.

방 안을 흘깃 둘러봤다. 다른 여자애들도 하나 같이 위로 틀어올린 머리와 진한 화장을 하고, 화려한 드레스를 입고 있었다. 맨 얼굴에 밋밋한 헤어스타일을 하고 청바지와 두꺼운 재킷을 입은 내가 초라하게 느껴졌

다. 내 옷차림은 오히려 파티에 온 남자애들에게 더 가까웠다. 다만 걔네만큼 깔끔하거나 최신 유행을 따르지 않았을 뿐이다.

테일러가 팔을 붙잡고 남자를 소개했다. 내 짐작이 맞았다. 그 남자가 바로 보우였다. 보우가 내 손을 잡고 인사로 볼에 입을 맞추기 위해 몸을 기울였다. 향수 냄새가 지독했다. 뒤로 물러서고 싶은 충동을 견디며 최대한 환하게 미소를 건넸다.

"만나서 반가워요." 테일러가 좋아한다면 분명 좋은 사람이리라.

보우가 대답했지만 알아듣지 못했다. 실내가 너무 어두워서 입 모양을 읽을 수 없었다.

테일러를 쳐다봤다. '뭐 좀 마실래?' 테일러가 잔을 들고 마시는 흉내를 내며 입 모양으로 말했다.

"네, 좋죠. 고마워요."

보우가 자리를 뜨자, 테일러가 소파에 우리가 앉을 자리를 만들었다. 쿠션에 기대어 반쯤 잠든 것처럼 보이는 우람한 남자의 옆구리에 몸을 구겨 넣었다. 남자가 나른한 시선으로 말을 걸었다.

다시 말해달라고 해도 남자의 말을 알아들을 것 같지 않았다. 그래서 그냥 미소를 지었다. 테일러는 다른 쪽에 앉아있는 여자애 방향으로 몸을 돌리고 열띤 대화를 나누기 시작했다.

남자가 다시 말을 걸었다. 긴장해서 테일러를 흘깃 쳐다봤지만 보이는 건 등뿐이었다. 미소를 짓고 고개를 끄덕이며 남자에게 엄지손가락을 올려 보였다. 만족할 만한 대답이 된 것 같았다. 더는 아무도 말을 걸지 않았으면 좋겠는데.

남자가 다른 곳을 쳐다볼 때까지 기다렸다가 슬그머니 귀에서 보청기를 뺀 후 재킷 주머니에 집어넣었다. 세상이 고요해졌다. 오직 쿵쿵대는 비트의 울림만이 몸으로 느껴졌다. 그건 소리가 아닌 몸으로 느끼는 감각이었다. 이게 훨씬 나아.

반대편 소파에는 남자애 셋과 여자애 둘이 대화에 흠뻑 빠져있었다. 실내가 너무 시끄러워서 그들은 거의 소리를 지르며 웃고 있었다. 금발의 여자애가 두 남자애 중 한 명에게 관심을 보였다. 그 무리 중 두 명은 손목 밴드를 이식받은 상태였다.

그 옆 의자에서는 한 커플이 입을 맞추고 있었다. 커플의 남자도 손목 밴드를 이식했다. 여자애는 남자의 다리 위에 앉아있었고, 남자애는 여자의 엉덩이에 손을 얹고 있었다. 호기심과 민망함이 뒤섞인 감정을 느끼며 그 커플을 바라봤다. 나는 벌써 만으로 열여섯 살이 되었지만 아직까지 입맞춤을 해 보지 못했다. 하긴 누가 나와 그러길 원하겠어. 설령 있다고 해도 입맞춤까지는 괜찮지만 사람들 앞에서 엉덩이를 더듬는 건 견딜 수 없을 것 같은데. 저건 전혀 점잖아 보이지 않잖아.

보우가 자리로 돌아와 체리 그로그를 건넸다. 보우의 손목에도 밴드가 이식되어 있었다. 보우가 몸을 숙여 내 귀에 대고 말을 건넸다.

몸을 뒤로 젖히고 보우의 입 모양을 보려고 안간힘을 썼다. "방금 뭐라고 말했어요?"

보우가 다시 내 귀에 대고 말하려 했고, 나는 그의 얼굴을 정면으로 보려고 애를 썼다. 우리는 잠시 춤을 추듯 어색하게 움직였고, 결국 내가 이겼다. 보우가 당혹스러운 표정을 지으며 말을 반복했지만 전혀 희망이 없었다. 나는 어깨를 으쓱했다.

"음악 소리가 너무 커서 뭐라고 하는지 하나도 안 들려요." 소리 치며 말했다. 들을 수 없다는 걸 여기서 밝히고 싶지 않았다. 그냥 다른 사람들처럼 자연스럽게 어울리고 싶었다. 비록 옷차림은 글러먹었을지언정. 테일러는 왜 파티 옷차림에 대해 말해주지 않은 걸까? 하지만 말해줬다고 하더라도 뭘 입을 수 있었겠어? 플랫폼 부츠나 짧은 드레스가 있는 것도 아닌데. 테일러와 함께 놀 때는 늘 청바지를 입었다. 앞으로 테일러와 함께 놀려면 쇼핑을 가야 할지도 모르겠다.

보우가 다시 뭔가 말하며 방 안에 있는 사람들을 가리켰다.

"멋진 곳이네요…" 내가 말했다.

보우가 고개를 가로젓더니 내게 말 거는 것을 포기했다. 제대로 된 대화를 하는 게 불가능하다고 생각했으리라. 보우가 나를 지나쳐 테일러에게 다가갔다. 그리고 테일러를 일으켜 세우더니, 두 팔로 허리를 감싸고 춤을 추기 시작했다. 둘의 관계에 진전이 있는 것처럼 보였다.

체리 그로그를 홀짝였다. 지독하게 달았다. 목구멍이 타는 것만 같았다. 기침 약을 먹은 기분이었다. 모든 게 비현실적으로 느껴졌고, 건너편에 있는 사람들의 얼굴이 그림자 속에서 어슴프레 빛나며 기이할 정도로 느리게 움직였다. 깊게 숨을 들이키며 정신을 차리려고 노력했지만, 향에서 나는 연기 때문에 기침만 나왔다.

일기장을 가지고 왔더라면 좋았을 걸.

더는 견딜 수 없어.

입을 맞추던 커플은 이제 안락의자에 거의 누워있었다.

우람한 남자가 자세를 바꾸고 내 얼굴 옆에서 손을 흔들었다. *파티는 어때요?* 내가 그의 말을 계속 무시하고 있었다는 걸 깨달았다.

"미안해요. 뭐라고 말했죠?"

남자가 내 쪽으로 몸을 기울이고 다시 말했다. 얼굴로 남자의 숨결이 느껴졌지만 전혀 알아들을 수 없었다. 남자는 입술을 거의 움직이지 않았다. 또다시 미소를 지으며 고개를 끄덕였지만 이번에는 통하지 않았다. 남자는 나에게 질문을 하고 있었다.

"뭐라고요? 미안해요. 이번에도 못 들었네요."

얼굴로 또 숨결이 느껴졌다. *보우랑 어떻게 알아요? 파티는 어때요? 어느 학교에 다니고 있어요?* 하지만 어떤 말도 남자의 입 모양과 들어맞지 않았다. 불편한 미소를 지으며 어깨를 으쓱하고 자리에서 일어섰다. 이곳에서 벗어나야 했다. 도저히 방법이 없었다.

테일러는 여전히 보우와 춤을 추고 있었다. 매력적으로 웃고 있었지만 불편해 보였다. 곧 이유를 알아챘다. 보우가 몸을 숙인 채로 테일러의 다리를 쓸어 올리고 있었다. 테일러가 움찔하며 피했지만, 그가 다시 손을 뻗었고, 테일러는 이번에는 고개를 숙인 채 가만히 있었다. 그건 테일러가 고민할 때면 하는 행동이었다.

보우의 손이 드레스 안쪽으로 사라지자 테일러가 고개를 뒤로 젖히며

웃었다. 그저 흐르는 대로 따라가기로 결정한 거다. 하지만 진도가 너무 빠르다고 여기는 게 보였다. 보우는 테일러의 몸짓이 보내는 신호를 읽지 못한 것일까?

어깨를 건드리자 테일러가 눈썹을 들어 올리며 돌아봤다. 보우가 뭔가 얘기했고, 둘은 웃으며 친근하고 따뜻한 표정으로 나를 마주했다. 뭐가 웃긴지 알 수 없었지만, 굳은 표정으로 있으면 무례해 보일지 모른다는 생각이 들었다. 보우에게 좋은 인상을 남기고 싶었기에 나도 따라 웃었다. 보우가 또다시 말했고, 우리는 잠시 동안 함께 더 웃어젖혔다.

마침내 테일러의 손을 잡았다. "미안한데, 나 이제 가야겠어."

테일러가 나를 향해 돌아서자, 보우는 술을 한 잔 더 가지러 갔다. 테일러는 자기 얼굴이 불빛에 잘 비춰지는지 확인한 후 입 모양을 또렷히 하며 말했다. "왜 그래? 무슨 일 있어?"

"우리 잠깐 바깥에 나갈까?"

테일러가 내 뒤를 따라 느릿느릿 걸어 나왔다. 바깥 공기가 차갑고 상쾌했다. 머릿속이 단숨에 또렷해졌다. 깊게 숨을 들이마셨다. 우리는 베란다 불빛 아래 섰다. 내가 입 모양을 읽을 수 있도록 테일러는 전등을 마주하고 섰고, 나는 보청기를 다시 꼈다.

"보우가 네가 원하지 않는 행동을 하게 내버려 두지 마." 내가 말했다.

"알아. 하지만 보우와 함께 있으면 즐거운 걸. 좀 거칠긴 하지만 매력적이고. 어떤 느낌인지 알지?"

어깨를 으쓱했다. "난 잘 모르겠던데."

"걱정 마, 감당할 수 있어. 근데 왜 가려고 해?" 테일러가 몸을 숙이고 다리를 문지르며 말했다.

"어두워서 입 모양을 읽을 수가 없단 말이야. 근데 너 안 추워?"

테일러가 고개를 저었다. "응, 괜찮아. 아름다움에는 원래 고통이 따르는 법이거든."

내 고루한 옷차림을 가리키며 대답했다. "내가 왜 절대 아름다워질 수 없는지 알겠다. 난 고통은 못 참겠어."

"넌 이대로도 예뻐, 파이퍼." 테일러가 말했다. "나? 나에겐 멋지고 과감한 드레스와 화장이 필요하지."

"드레스는 어디서 샀어? 진짜 예쁘다. 정말 멋있어."

"롤리와 더트에서."

눈을 휘둥그레 떴다. "엄청 비싼 거잖아!"

테일러가 웃었다. 몸을 덜덜 떨고 있었다.

"춥겠다. 얼른 안으로 들어가. 네가 보우를 좋아하는 만큼이나 보우도 널 좋아하는 것처럼 보이더라."

"나 어쩌면 오늘 정말 멋진 밤을 보낼지도 몰라. 나 없이 집으로 돌아가도 괜찮겠어? 같이 갈 수 있긴 하지만…."

"아냐, 괜찮아. 어서 들어가."

혼자 있게 되자마자 다시 보청기를 뺐다. 트램을 타기 위해 천천히 스미스 거리를 향해 걸었다. 밤이 깊었는데도 거리는 사람들로 북적이고 있었다. 도로에는 차가 거의 없었다. 트램의 개찰구를 지나면서 손목 밴드를 흔드는 순간, 진동이 느껴졌다.

잔액이 부족합니다.

뭐? 돈이 충분히 남아있었는데? 도로 내려야 했지만 그러지 않았다. 일단 트램에 탄 뒤 검표원이 있는지 확인하기 위해 눈을 굴리며 주위를 훑어보았다. 다행히 공무 중인 것처럼 보이는 사람은 아무도 없었다. 손목 밴드에서 은행 계좌를 불러왔다. 정확히 15달러가 남아있었다. 이 정도면 요금을 충분히 내고도 남을 텐데.

마지막 거래 내역을 확인했다. 파티에 가기 위해 트램을 탄 기록이 있었다. 밤 9시 12분에 85달러 지출. 뭐? 85달러? 트램 요금이 무려 85달러 (우리 돈으로 약 7만5천 원)라고?

엄마의 월급 문제가 해결되었기를 간절히 바랐다. 당장 돈이 필요하다. 내 눈앞을 가로막고 서 있던 남자가 클리프턴 힐에서 내리자, 트램의 창 위쪽에 있는 광고 판에 빼곡하게 붙어있는 안내문이 눈에 들어왔다.

연료 가격이 급등하여 불가피하게 요금을 인상하게 되었습니다. 승객

여러분께서는 반드시 새로운 요금을 확인하고 승차해주시기 바랍니다.

이미 늦었다. 부정승차 벌금도 인상됐을까?

일기장에 뭘 그릴지 생각했다. 우선 짙은 파랑과 녹색을 칠할 거다. 거기에 물감을 여러 번 덧칠해서 질감을 더해야지. 그 위로 은회색 하늘이 약간 보이면 좋겠어.

난 허우적대는 게 아니야. 물속에서 헤엄치는 거야.

십 대를 무사히 통과하고 어른이 될 수 있을까?

어쩌면 난 어린아이로 남을 수밖에 없는 운명인지도 몰라.

영원히.

사흘 뒤 다시 트램을 탔다. 학교에서 집으로 돌아가는 길이었다. 스캐너를 든 검표원이 트램에 오르는 걸 보자마자 황급히 승객들을 밀치고 문이 닫히기 직전에 뛰어내렸다. 간신히 성공했다. 나 말고도 열 명쯤 되는 사람들이 함께 내렸다. 모두 돈을 내지 않고 탄 걸까? 어쨌거나 집까지 갈 수 있는 방법이 이것 말고는 없었다.

오가닉코어에서는 아직 엄마에게 월급을 지불하지 않았다. 그래서 이번 주 용돈을 받지 못했다. 트램 요금을 낼 돈이 없다는 말은 아직 하지 않았다. 엄마 역시 그럴 돈이 있을지 의문이었다. 엄마는 약속한 대로 더는 자가용을 타지 않았다. 난방과 전기 요금을 아끼기 위해 우리는 집에 있는 시간의 대부분을 침대 속에서 버텼다.

걱정을 떨치려고 고개를 흔들었다. 아직 처치 거리까지 밖에 오지 못했다. 세찬 바람이 머리카락을 채찍질했다. 집까지 가려면 아주 길고 긴 시간 동안 걸어야 할 것이다. 보청기의 전원을 껐다. 하지만 보온을 위해서 귀에서 빼지는 않았다.

도로는 평소보다 더 조용했다. 거리와 하늘이 온통 잿빛이었다. 나무가, 녹음이 그리웠다. 그루터기만 남긴 채 나무를 몽땅 베어서 훔쳐간 나무 도둑들을 저주했다. 나무가 이렇게 귀해지지만 않았더라면. 한숨이 나왔다. 거리에 있는 공터의 울타리 뒤쪽에는 아직 관목이 좀 남아있었다. 하지만 그마저도 급수 규제로 물을 주지 못해서 말라 비틀어진 상태였다. 자전거 한 대가 질주하며 내 팔을 바싹 스치고 지나가는 바람에 깜짝 놀라서 팔짝 뛰었다. 피해서 지나갈 수도 있었잖아! 아, 그게 아닐 거다. 아마도 경적을 울렸을 것이다. 그러면 내가 비킬 줄 알았으리라. 소리를 들을 수 없다는 게 어떤 건지 다른 사람들도 알 수 있다면 좋을 텐데. 테일러가 전에 말해준 적이 있다. 자전거 경적을 울려도 내가 비키지 않으면 무시한다고 생각한 사람들이 차분히 걷는 나를 향해 욕을 하며 소리를 지른다고 말이다.

한 시간이 훨씬 지나고 나서야 동네 거리로 터덜터덜 들어섰다. 이곳도 마찬가지로 잿빛, 잿빛, 온통 잿빛으로 가득했다. 도로 한가운데에 죽은 잔디가 듬성듬성 자란 공터가 거대한 섬처럼 자리 잡고 있었다. 전에 본 적 있는 나이 든 남자를 제외하면 거리엔 아무도 없었다. 그 남자는 항상 길을 따라 위로 갔다 아래로 갔다 위로 갔다 아래로 갔다 하면서 정처 없이 걷곤 했다. 오늘 오가닉코어의 배달차가 왔다 간 모양이었다. 우리 집을 포함해 동네에서 절반 가량 되는 집의 대문 안쪽에 레콘 진열장이 놓여있는 게 보였다. 심지어 진열장조차 잿빛이었다.

발이 너무 아팠다. 집 안으로 레콘 진열장을 끌고 들어가야 했지만 그냥 옆으로 밀어냈다. 지금은 그저 잡동사니로 가득한 창고 안에 예전에 타던 자전거가 아직 있는지 궁금할 뿐이었다. 한때는 테일러와 함께 느긋하게 자전거를 타고 돌아다니는 걸 즐겼었다. 하지만 내가 자전거를 박살 내는 바람에 핸들이 고장 난 이후로는 타지 않게 되었다.

뒷문 옆에 책가방을 던져두고 엄마가 손님용 숙소라고 부르는 창고로 향했다. 불을 켜자 눅눅한 냄새와 먼지가 훅 끼쳤다. 쌓여있는 잡동사니가 어렴풋이 보였다. 앞을 가로막는 상자를 치우려고 하나를 집어 바닥에 툭 내려놓자 하얀 가루가 뿜어져 나왔다. 상자 안에 든 설명서를 확인했다. 석고다! 우와, 일기장에 그림 그릴 때 쓸 수 있겠어.

자전거를 찾아서 이리저리 만져봤다. 내가 직접 핸들을 고칠 수 있을지 아니면 이대로 적당히 탈 수 있을지를 가늠해봤다. 시험 삼아 타봤지만 도저히 안 될 것 같았다. 하이 스트리트에 자전거를 수리하는 가게가 있었던 것 같은데.

자전거를 꺼내 뒷마당에 세워두고 석고를 집으로 가져왔다. 주방에서 석고를 물에 개어 일기장의 한 페이지에 펴발랐다. 금세 마른 석고는 오래된 벽처럼 근사했다. 종이를 넘기자 단단한 무게감이 느껴졌다. 금이 갔지만 그것조차 멋져 보였다.

콜라주를 해야지. 비닐을 꺼내 노란색 물감을 칠하고 그 위에 검정 줄무늬를 그렸다. 그리고 비닐을 찢어서 무작위로 붙였다. 기이해 보이면서도 아주 매력적이었다. 바느질 상자를 찾아서 일기장 표지 안쪽에 주머니를 만들고 남은 비닐 조각을 그 안에 넣어두었다.

쿵. 집이 울렸다. 엄마가 집에 돌아오기에는 너무 이른 시간인데?

복도로 고개를 내밀었다. 엄마다. 엄마가 현관 복도에 서 있었다. 얼굴은 벌겋게 상기되어 있었고, 입으로는 끊임없이 분노를 쏟아냈으며, 머리는 온통 헝클어진 상태였다. 화가 날 때면 엄마는 항상 혼잣말을 하고는…, 아니 고함을 치고는 했다.

"엄마?" 머뭇거리며 말을 걸었다. "무슨 일이에요?" 아, 집에 오자마자 보청기를 빼두었는데.

엄마가 내 쪽으로 돌아섰다. 분노에 차서 입을 엄청나게 빠르게 움직이더니 주먹으로 탁자를 내리쳤다. 탕! 복도가 떠나갈 듯 울렸다. 아주 나쁜 일이 있는 게 분명했다.

엄마에게 손가락을 들어 기다리라는 신호를 보내고는 내 방으로 후퇴했다. 보청기를 다시 꽂자마자 엄마가 닥치는 대로 내지르는 고함 소리가 귀를 때렸다. 머리가 욱신거렸다. 엄마를 어떻게 진정시키지?

복도로 돌아가자 엄마가 주방을 향해 돌진하고 있었다. 엄마를 따라갔다. 엄마가 주방 식탁 위에 잔뜩 쌓여있는 연구 노트 더미를 무섭게 노려보고 있었다.

"와인 좀 드릴까요?" 내가 물었다.

대답 대신 엄마는 식탁 위를 쓸어내렸다. 엄마의 연구 노트가 주방 바닥으로 와르르 쏟아졌다. 의자가 함께 넘어지면서 내 발을 쳤다.

"엄마!" 엄마를 붙잡고 소리쳤다. "제발 진정하세요!" 엄마가 바람 빠진 풍선처럼 축 늘어져 식탁에 기대고는 숨을 거칠게 몰아쉬었다. 나는 엄마의 연구 노트를 밟고 서 있었다. "무슨 일이에요?"

"해고를 당했어."

뭐라고?! 아니야. 그건 불가능한 일이다.

"지금 뭐라고 말씀하신 거예요?"

"내가. 해고를. 당했다고."

"엄마가요? 말도 안 돼요!"

엄마는 오가닉코어의 설립 때부터 회사와 함께했다. 엄마 자신이 오가닉코어이자, 오가닉코어의 과학적 기반이다. 오가닉코어 역시 우리이고, 우리 삶의 중심이었다. 이건 말도 안 된다. 왜 엄마를 해고한단 말인가? 레콘의 안전성 문제 때문에 고전하고 있는 건 알지만, 애초에 엄마가 뉴트리움 서스테이트를 개발할 때도 이것보다 훨씬 오랜 시간이 걸렸다.

와인을 찾았지만 찬장이 비어있었다. 허? 엄마는 절대 와인이 떨어지게 두지 않는데. 대신 물을 따라서 건네자 엄마가 단숨에 들이켰다.

"회사에서 사들을 잔뜩 고했어. 밥 폴시도 마찬가지고."

머리가 조여왔다. 입 모양을 읽는 건 무척 진 빠지는 일이다. 단번에 이해하지 못할 때도 있지만, 방금은 완벽히 이해했다. **회사에서 사람들을 잔뜩 해고했어. 밥 폴사이스도 마찬가지고.**

밥 폴사이스는 엄마의 동료이자, 가장 큰 경쟁자다. 엄마는 항상 딱 한 발짝만 그에게 앞서 있었다. 엄마의 가장 큰 악몽은 밥 폴사이스가 엄마의 자리를 대신하는 거였다.

"좀 알아듣게 말씀해보세요, 엄마. 회사에서 왜 밥 폴사이스를 해고했다는 거예요? 아니, 그건 다 집어치우고, 왜 엄마를 해고한 거죠?"

"성과를 내지 못했기 때문이라고 하더구나. 하지만 그건 다 헛소리야." 이번에는 엄마가 또렷이 발음했기 때문에 입 모양을 정확히 읽고 바로 이해할 수 있었다.

"그럼요. 그게 말이 돼요?" 눈썹을 치켜올리며 엄마를 빤히 응시했다. "진짜 이유가 뭐예요?"

"서유 값."

"뭐라고요?"

"석유 값."

"그게 대체 엄마 일이랑 무슨 관계가 있어요?"

엄마는 물을 한참 들이키더니 얼굴을 찌푸리고 물 잔을 노려봤다. 그러더니 한숨을 내쉬었다. "석유 값이 천정부지로 치솟았잖니. 농장에서 바이오스포어를 받아 창고까지 운송하는 건 물론이고, 레콘을 배송하는 일에 엄청난 비용이 들고 있어. 그래서 모든 부서의 규모를 최소한으로 줄였단다. 내가 있는 연구 부서까지 말이야. 마케팅 부서조차 없애버렸어. 미래에 투자하지 않고선 회사를 운영할 수 없는데 말이지!"

"말도 안 돼요."

"오가닉코어의 미래가 얼마 남지 않은 것 같구나, 파이퍼. 내 생각엔 이 사회도 그걸 알고 있는 것 같고."

오가닉코어가 망하다니, 그런 일은 있을 수 없다. 인구의 65퍼센트에게 식량을 공급하는 기업이라면 매달 벌어들이는 수익이 어마어마할 텐데.

"최소한 이제 회사에서 밀린 월급은 주겠네요." 힘없이 말했다.

엄마가 갑자기 시선을 떨궜다. 뭔가 말하려고 하는 순간 머리카락이 쏟아져 내려 엄마의 입을 가렸다. *사서 불불*처럼 들렸다.

"방금 뭐라고 말씀하셨어요?"

"회사에서 사정이 될 때 월급을 지불한다는구나."

"영영 주지 않겠다는 얘기네요?"

엄마가 어깨를 으쓱했다.

일자리를 찾아야 할지도 모르겠다. 하지만 누가 듣지 못하는 사람을 고용한단 말인가? 어쩌면 세스풀은 가능할지도 몰라. 엄마 말대로 세스풀은 음란성 게시물이나 다른 부적절한 내용의 글이 게재되지 않도록 감시하기 위해 많은 사람을 고용하니까. 영상을 가려내는 건 어렵겠지만 게시글을 점검하고 승인하는 일은 할 수 있지 않을까? 이런 생각을 하니 마음이 무거워졌다.

넘어진 의자를 다시 세워놓으며 말했다. "조금 시간이 이르지만 지금 저녁을 먹을까요?" 와인 대신 음식을 먹으면 엄마의 기분이 좀 나아질지도 모른다. 레콘은 매달 둘째 주 화요일에 배달되고, 오늘은 화요일이다. 고를 수 있는 음식이 잔뜩 있을 거다.

엄마가 대답을 했는지 모르겠다. 엄마는 또다시 바닥을 응시하고 있었다. 그걸 동의의 뜻으로 받아들이고 집 밖으로 나가 바퀴가 달린 레콘 진열장을 안으로 끌고 들어왔다. 스캐너에 엄지손가락을 갖다대고 누르자, 잠금 장치가 풀리는 동시에 딸깍 하고 걸쇠가 풀렸다. 하지만 진열장 안에는 레콘이 절반밖에 없었다.

엄마에게 보여줬지만 그리 놀라는 기색이 아니었다.

"오가닉코어에서 돈을 절반만 내라고 한 거죠?"

"아니, 오히려 두 배를 청구했단다. 레콘 값을 지불하려고 주식의 일부를 팔아야 했어."

이런 식이라면 유럽 여행은 먼 훗날의 이야기가 될 거다. "다음 주 화요일에 나머지 절반을 배달해주겠죠?" 내가 물었다.

"그럴 것 같지 않구나. 운송비를 아끼려고 인근 농장에서만 바이어스포어를 공급받기 때문에 생산량이 줄었어. 물량이 절대적으로 부족하단다. 지금 받은 레콘을 일주일 치로 나눠야 할 거야, 파이퍼. 이제부터는 저녁으로 한 상자를 먹고, 낮 동안에는 딱 반 상자만 먹도록 하자. 최소한 다음 주 화요일에 무슨 일이 일어날지 알 수 있을 때까지 말이다."

모든 게 비현실적으로 느껴졌다. 마치 영화 속으로 걸어 들어가는 것만 같았다. 저녁으로 먹을 레콘을 고르고 어질러진 주방 바닥을 발로 대충 치운 다음, 아침 식사용 간이 식탁으로 향했다.

"어떤 메뉴를 골랐니?" 엄마가 물었다.

상자를 들어 보였다. "미네스트론이요."

"미네스트로네라고 발음하는 거야, 미네스트론이 아니라."

우리를 둘러싼 문명이 무너져 내리고 있는데도, 엄마는 내 발음에 안달내는 걸 멈추지 못했다.

"미네-스트로네." 엄마를 따라 발음했다.

엄마가 손목 밴드를 톡 건드리자 커다란 가상 화면이 켜졌다. 최근 엄마는 가상 화면 사용 시간을 하루에 한 시간으로 제한했다. 엄마가 먼저 30분 동안 보고 싶은 걸 고르면(엄마는 늘 뉴스를 튼다), 나머지 30분은 내가 무엇을 볼지 고른다.

화면에 엄마 얼굴이 커다랗고 흐릿하게 나타났다. 뉴스에서는 예전에 본 적이 있는 오래전 장면을 보여주고 있었다. 엄마가 오가닉코어의 회의장을 떠나는 모습이었다. 화면 속 엄마는 침착하고 우아했다. 엄마가 다시 손목 밴드를 두드리자 자막이 떠올랐다.

'…가 오가닉코어를 떠났습니다. 아이린 맥브라이드와 오가닉코어가 갈라선 결정적인 이유는 정확히 알려지지 않았습니다. 최근 레콘이 일부 소비자의 건강에 부정적인 영향을 미치고 있다는 가설이 제기된 것과 관련이 있을까요? 오가닉코어의 대변인 릴리 존스는 이 결정이 배급 문제로 인한 긴축 정책의 일부라고 발표했습니다…'

진동이 울렸다. 손목 밴드를 두드리자 작은 화면으로 테일러가 모습을 드러냈다. 테일러는 한 번도 본 적 없는 낯선 탁자에 앉아 가상 화면을 보고 있었다. 눈가가 어두웠지만 행복하고 생기 있어 보였다. 우리 집에 흐르는 분위기와는 정반대로.

"오늘 밤에 보우랑 다른 애들이랑 다 같이 텅크에 갈 거야." 테일러가 말했다. "너도 같이 갈래?"

"어디에 간다고?"

테일러는 손으로 파이프 모양을 만들어 보여주고는 양쪽 손목을 교차시켜서 큰 X자를 그려 보였다. "터-널 X 말이야." 테일러가 또렷하게 발음했다.

관자놀이를 문질렀다. 어두운 클럽에서 태연한 척 상대방의 입 모양을 읽으려고 애쓰는 건 생각만 해도 끔찍했다. 가식적인 미소, 웃음, 알아들을 수 없는 단어에 고개를 끄덕여야 한다니. 게다가 오늘은 화요일이다. 주말도 아닌데 어떻게 밤에 놀러 나가는 걸 허락받은 거지?

"음…, 오늘은 좀 그래. 엄마가 방금 해고당했거든."

테일러가 손으로 입을 틀어막았다. 손목에서 붉은 빛이 반짝이는 게 보였다. 내가 입 모양을 읽을 수 있도록 테일러가 손을 내렸다. 테일러 뒤로 보우가 누군가를 반기며 걸어가는 모습이 보였다.

"말도 안 돼!" 테일러가 말했다. "난 너네 엄마가 오가닉코어의 핵심이라고 생각했는데."

"그나저나 너 어떻게 된 거야? 손목 밴드를 이식한 거야?"

테일러가 손목을 들어 올리며 소리 없이 활짝 웃었다. 확실히 납작한 화면이 피부에 이식되어 있었다.

"아팠어?"

"혈액 검사할 때 정도로만. 바늘로 찌를 때 따끔했던 것 말고는 괜찮았어. 칼로 피부를 갈라서 넣는 걸 보는데도 아무것도 느껴지지 않더라고. 기분이 이상했어. 마취가 풀린 뒤에는 좀 아팠는데, 진통제를 먹었지 뭐. 그렇게 아프진 않았어."

"그걸 지켜보고 있었다니 대단하다!" 그 순간 엄마가 내 팔을 꽉 움켜잡아서 화들짝 놀랐다. "무슨 일이에요?"

엄마가 가상 화면을 가리켰다. 비행기가 착륙하는 장면이 보였다.

'다우지수가 또다시 23퍼센트나 급락함에 따라 호주 항공, 텔-이벤트, 웰스코를 포함한 일부 기업이 심각한 경영난에 처했습니다. 시민들은 당황하고 있습니다…'

오, 세상에. 그럼 우리 주식은 어떻게 되는 거야? 우리의 유럽 여행은? 엄마가 들어둔 예금은…?

"테이, 미안해. 지금은 통화하기 곤란해. 내일 보자."

테일러의 얼굴에 걱정이 번졌다. "괜찮은 거야?"

엄마의 손가락이 여전히 내 팔을 파고들고 있었다. "괜찮아. 내일 만나면 얘기해줄게."

손목 밴드의 연결을 끊고 엄마를 바라봤다. 엄마는 눈을 크게 뜬 채로 하얗게 질려있었다.

"주식을 많이 매각하셨길 바라요." 내가 말했다.

"조금밖에 팔지 않았어."

"제 자전거를 고칠 수 있을까요? 계속 요금을 내지 않고 트램을 타면 걸릴 거에요."

"60달러를 줄 수 있단다. 그 이상은 나도 없구나."

"엄마, 우리 뭔가 대책을 세워야 해요."

엄마가 의자에 풀썩 주저앉았다. 처음으로 엄마가 작아 보였다. 엄마는 손가락으로 의자 팔걸이를 계속 톡톡톡 두드렸다. 이윽고 엄마가 입을 열었다. "아직 우리에겐 남은 자산이 있어. 완전히 우리 소유인 자산. 바로 이 집 말이다! 우리가 손님용 숙소로 옮기고 거기서 지낸다면, 내가 새 직장을 구할 때까지 이 집을 세놓을 수 있을 거야."

"거긴 창고잖아요!" 이렇게 외치다가 바로 입을 다물었다. 내 행동이 버릇없이 투정 부리는 어린애처럼 느껴졌다.

"더 좋은 방법이 있니, 파이퍼?"

아니, 그런 건 없다.

"그래도 거기 싱크대는 있어." 엄마가 스스로에게 읊조리듯 말했다. "하지만 뜨거운 물은 나오지 않아. 처음에 이사 와서 집을 고칠 때 같이 고쳤어야 했는데. 그래도 최소한 화장실은 있으니까 괜찮을 거야. 아, 도대체 왜, 어째서 그때 샤워 부스를 설치하지 않은 거지??!"

아까 한 말을 반성하며 말했다. "요즘 새로 지은 싼 아파트에는 대부분 주방이 없어요. 우리만 그런 게 아닌걸요."

엄마가 힘없이 미소를 던졌다. 내가 조금이라도 위로가 되려고 애쓰는 걸 고마워하는 것 같았다.

하지만 내 속은 곪고 있었다. 손님용 숙소라고? 거기는 온갖 잡동사니로 가득 찬 비좁고 지저분한 창고에 불과하다. 대체 창고 안 어디서 씻을 수 있을까?

"모닝 커피를 끓일 방법을 찾아야겠어." 엄마가 말했다. "커피 머신은 전기를 너무 많이 소비해서 그동안은 스토브로 물을 끓여왔거든."

"아, 그러네요. 잠깐만요; 우리한테 캠핑용 취사 도구가 있지 않아요? 월슨 프롬에 갔을 때 썼던 거요."

캠핑이라니. 그건 수년 전의 얘기다. 엄마에겐 캠핑을 하러 갈 시간이 없어진 지 오래다.

"찾아보면 어딘가에 있겠지. 하지만 그걸 쓰려면 가스가 있어야 하는데, 어디서 가스를 구할 수 있을지 모르겠구나."

"어쩌면 카렌 킬데어가 엄마에게 다른 직장을 구해줄 수 있지 않을까 요?" 희망을 품으며 물었다. 엄마가 해온 업무에 특전이 있다면 그건 바로 총리와 무척 가깝게 일한다는 것이었다.

"내일 통화해봐야지." 엄마가 말했다. 그 말에 기분이 아주 약간 나아지는 게 느껴졌다.

SATURDAY 27 JUNE
6월 27일 토요일

자전거 수리점을 찾아 집을 나섰다. 고장난 자전거를 힘겹게 끌며 하이 스트리트를 처음부터 끝까지 걸었다. 거리에는 온통 사람들이 북적였다. 분위기가 기묘했다. 어디서도 차를 찾아보기 힘들었다. 간간히 전기차만 보일 뿐이었다. 대신 무거운 배낭을 메고 녹초가 된 채 걷는 사람들이 도로를 가득 메웠고, 자전거가 사람들 사이를 누볐다. 승객을 가득 태운 트램이 엔진 소리를 내며 지나갈 때마다 도로가 진동했다.

대부분의 상점은 불이 꺼져있었다 상점 창을 환하게 밝히던 불빛이 그리웠다. 태양열 패널과 가스통을 구하기 위해 캠핑 상점을 다 돌아다니고 대형 철물점까지 확인해봤지만 모두 동이 난 상태였다.

내가 가장 좋아하는 카페 역시 문을 닫았다. 커다란 주황색 스티커가 출입문에 붙어있었다. '보건 위반, 당분간 출입을 금합니다.' 젠장, 야생 음식을 팔겠다고 주장하지 말고, 그냥 가공 식품만 판매했어야 했다. 창문 너머로 레몬으로 만든 작품을 팔던 진열대를 들여다봤다. 괴상한 골동품처럼 생긴 간식을 더는 만들 수 없다면, 이 카페에서 일하던 예술가들은 모두 어디에서 일할 수 있을까? 누가 가장 특이한 방과 후 간식을 찾는가를 두고 내기하던 동네 고등학생들은 모두 어디로 가야 한단 말인가? 내가 뜨거운 감자칩과 크림 맛이 나는 도자기 인형 모양의 간식을 찾아 승리했을 때 테일러가 얼마나 부러워했는지 아직도 기억이 생생한데.

손버리에 도착해서야 마침내 자전거 가게 하나를 찾아냈다. 먼지 낀 가게 창문에 붙어있는 전단지가 내 눈길을 사로잡았다. 진짜 종이로 만든 전단지가 있었다! 한 전단지에는 직접 손으로 쓴 문구가 적혀있었다. '먹을 것이 부족하다고요? 작물을 직접 재배하는 법을 알려드립니다! _ 트

랜지션 타운 워크숍.'

순간 엄마의 목소리가 머릿속에서 메아리쳤다.

'뉴트리움 서스테이트에는 네 몸에 필요한 영양소가 균형 있게 들어있단다. 레콘을 먹어야 해.'

'야생 음식을 먹으면 식중독에 걸릴 거야. 파이퍼, 안전한 먹거리를 고수하렴.'

'네가 어렸을 때 얼마나 자주 감기에 걸렸는지 아니? 너무 자주 걸려서 셀 수도 없을 지경이란다.'

하지만 배가 너무 고팠다. 레콘을 배분해서 먹은 지 겨우 나흘째인데도 난 벌써 굶주리고 있었다. 지금은 그저 배가 부를 만큼 풍족한 식사를 원할 뿐이다. 영양학적으로 완벽하지 않으면 어때? 하루에 레콘 한 상자 반을 먹는 것만으로도 내 몸에 필요한 영양소를 충분히 얻을 수 있을 거다.

야생 음식에 얽힌 끔찍한 이야기에도 불구하고 심지어 엄마조차 음식을 구하기 위해 올스타 슈퍼마켓 앞에 길게 줄을 선 인파 속으로 뛰어들었다. 물론 성과는 좋지 못했다. 지난주에 시작된 사재기 폭동 이후 슈퍼마켓의 선반은 텅 비어버렸다. 들리는 이야기로는, 석유 값 폭등으로 식료품의 운송도 제대로 이루어지지 않고 있었다. 간신히 도착한 식료품들은 순식간에 동이 났다.

손목 밴드로 워크숍 전단지를 사진으로 찍었다. 우리 집에는 정원이 없다. 그저 듬성듬성 잔디가 난 앞마당, 그리고 창고와 집 사이에 있는 콘크리트 마당이 전부다. 하지만 그래도 작물을 재배할 수 있지 않을까? 화분에서 기르는 건 어떨까?

자전거를 끌고 가게 안으로 들어갔다. 실눈을 뜨고 어둑어둑한 실내를 둘러봤다. 대충 조립된 낡은 자전거가 벽과 천장을 뒤덮고 있었다. 두발자전거 외에도 세발자전거 그리고 트레일러 또는 큰 상자가 부착된 자전거가 울퉁불퉁한 콘크리트 바닥에 뒤죽박죽 줄지어 서 있었다. 페인트는 녹이 슬었고, 어느 한 군데 깨끗한 데가 없었다.

가게 한쪽 벽에 누군가 써놓은 글귀가 있었다.

상상해보라,
GDP보다 행복지수를 우선시한다면
우리의 삶이 어떻게 달라질지를!

GDP가 뭐지? 돈과 관련된 걸까?

몸을 돌리자 가게에서 일하는 남자가 보였다. 그는 나를 향해 열정적으로 손짓하며 말을 하던 중이었다. 입 모양을 읽었다. **무엇을 도와드릴까요? 오늘 하루 잘 보내고 계신가요?**와 같이 이 상황에서 예상할 수 있는 말이 아니었다. 가게 밖에 붙은 전단지를 사진 찍은 것에 대해 말하고 있는 걸까? 아니면 자전거에 관해서? 아니면 문을 닫을 시간이라는 걸까?

엄마가 이 자리에 있었다면 펄쩍 뛰며 재빨리 말했을 거다. '일부러 못 들은 척 무시하는 게 아니에요. 파이퍼는 귀가 들리지 않아요.' 그런 다음 팔꿈치로 나를 쿡 찌르며 속삭이겠지. '상점 직원이 말을 걸 수도 있는데 그쪽을 보고 있어야지.'

"뭐라고 하셨죠?" 내가 물었다. 지금처럼 보청기를 끼고 있지 않을 때는 보통 상점 직원의 입 모양을 굳이 읽으려고 하지 않는다. 그게 얼마나 힘이 드는데. 뭐 하러 그렇게까지 애를 쓰겠어? 잡담을 나누려고? 하지만 지금처럼 특별한 경우는 예외다. 상점 직원인 남자가 너무나 매력적이었다. 보청기를 끼고 있을 걸 하는 마음이 들 정도였다. 하지만 낯선 사람 앞에서 주머니 속에서 보청기를 꺼내 귀에 꽂는 모습을 보이고 싶지는 않았다. 그건 너무 품위 없어 보이잖아.

상점 직원이 내 주머니를 가리키고 자신의 귀를 가리키더니 손동작을 하며 말했다. "…에서 휘… 소리가 나… 있어요." 이제 그가 무슨 말을 하는지 완벽히 이해가 갔다.

보청기에서 휘파람 소리가 나고 있어요.

창피해서 죽을 것만 같았다. 얼굴이 뜨겁게 달아올랐다. 결국 보청기를 꺼내서 귓속으로 쑤셔 넣었다. 요란하게 울리는 백색 소음이 머리를 내리

첬다. 트램이 지나가는 소리, 사람들이 말하거나 소리치는 소리, 배경으로 깔린 음악 소리, 그리고 어디서 나는지 알 수 없는 다른 소리들까지.

"미안해요." 내가 말하자 남자가 무어라고 다시 말을 건넸다. 하지만 소음 때문에 알아들을 수 없었다. 어깨를 으쓱해 보였다.

"당신, … 듣지 않는군요." 남자가 손가락을 귀에서 턱으로 옮기며 말했다. **당신, 귀가 들리지 않는군요.**

이제야 이해했다. 남자는 수어를 하고 있었다. 실제로 수어를 쓰는 사람을 직접 본 건 처음이었다.

서둘러 대답했다. "전 입 모양을 잘 읽어요. 그래서 수어를 할 필요가 없는걸요."

나는 내가 들을 수 없다는 사실을 사람들이 모르길 바란다. 그걸 알면 대부분의 사람들은 내가 멍청할 거라고 여기기 때문이다. 나와 대화를 나눠보기도 전에 보청기만 보고 그렇게 지레짐작한다. 언제나 그랬다.

남자가 손을 내렸다. "아, 알았어요. 그럴 수도 있죠." 남자는 실망한 것처럼 보였다. 머리카락이 흘러내려 반쯤 가린 눈이 따뜻했고 눈부시게 반짝였다. 남자가 입고 있는 청바지는 꾀죄죄하고 점퍼의 팔꿈치에 구멍이 나 있었지만, 부드럽게 빛나는 금빛 피부는 완벽했다.

"보청기에서 나는 소리라는 걸 어떻게 안 거예요? 아무도 알아챈 적이 없었는데 말이에요."

남자가 이를 드러내고 크게 웃었다. "그건 제가…." 뒷부분의 단어를 놓쳤다. "저희 어머니가 …이거든요." 뭐라고? …인? 아니다. ~~청각장~~애인이라고 한 거구나. 그래, 그래야 앞뒤가 맞아 떨어진다. 낯선 사람의 입 모양을 읽는 일은 몇 배로 더 어렵다.

"아까 뭐라고 말한 거예요?" 내가 물었다.

남자가 반사적으로 손을 들어 손가락으로 단어를 만들기 시작했다. 하지만 곧 그게 무의미하다는 걸 깨닫고는 음성으로 물었다. "그럼 지문자는 쓸 줄 알아요?"

지문자는… 쓸 줄 모르나요? (수어 용어일까?) 쓸 줄 알아요?

고개를 저었다.

"저는 코다(CODA)예요." 그가 대답하며 양손을 다시 움직였다.

콜라? "그게 뭐예요?" 내가 물었다.

"농인 부모에게서 태어난 청인 자녀를 뜻해요." 남자가 대답했다.

방금 그렇게 말한 게 맞나? **코다**(Child of Deaf Adult)라고? 나는 어색해 보이지 않도록 노력하며 고개를 끄덕였다.

남자가 가게 앞쪽 유리창을 가리키며 말했다. "아까 본 전단지요, 그거 제 침구가 운영하는 수엄이에요. 좋은 수엄이죠."

만약 남자가 워크숍에 대해 말하는 거라면 수엄은 **수업**을 뜻하는 게 분명했다. **제 친구가 운영하는 수업이에요. 좋은 수업이죠.**

"어…, 아직 들으러 갈지 말지 확신이 없어서요."

"꼭 가봐요. 우리 모두 식양에 대해 알아야 해요. 특히 지근은 더요."

꼭 가봐요. 우리 모두 식량에 대해 알아야 해요. … 하지만 **특히 지근은 더요**는 무슨 뜻이지? 남자가 계속 말을 이었다.

"그리고 제 친구는 훌륭한 선생님이랍니다. 제가 모장해요."

그리고 제 친구는 훌륭한 선생님이랍니다. 제가 보장해요.

"글쎄요, 생각해볼게요." 그런 다음 눈짓으로 내 자전거를 가리켰다. "자전거 수리도 하시나요?"

"물론이죠. 어디가 문제예요?"

남자가 고개를 끄덕였기에 긍정의 뜻이라고 추측하고 삐딱하게 틀어진 자전거 핸들을 보여줬다.

남자가 자전거에 올라 앉아 앞바퀴를 두 발 사이에 고정시키고 핸들을 왼쪽으로 확 비틀었다. 내가 시도했을 땐 핸들이 꿈쩍도 안 했는데, 남자는 핸들을 꺾은 상태로 자전거를 꼼꼼히 점검하더니 이번에는 핸들을 반대 방향으로 약간 비틀었다. 마치 아까는 핸들을 너무 많이 틀었다고 결론 내린 것처럼. 그리고 나서 만족한 표정을 지었다.

머리카락이 남자의 어깨 위로 떨어졌다. 그 머리카락을 만지고 싶은 충동을 억눌러야 했다. 으으으음….

남자가 허리를 숙이고 자전거 바퀴를 점검하더니 나를 돌아보며 말했다. "바란을 넣어야겠어요."

바람을 넣어야 한다고 말한 거라 적당히 추측하며 고개를 끄덕였다. 입 모양을 읽는다고 항상 모든 걸 다 이해할 수 있는 건 아니니까.

남자는 내 눈빛에 확신이 없는 걸 본 듯 갑자기 바퀴에 바람을 넣는 동작을 했다. 그러고는 따라오라는 손짓을 했다. 남자를 따라 가게 뒤편으로 느릿느릿 걸어갔다. 그곳은 더 어둡고 더 더러웠다.

남자가 펌프로 자전거 바퀴에 바람을 넣고, 바퀴를 잡아당기고, 체인에 기름칠을 하는 걸 지켜봤다. 팔뚝으로 흘러내린 머리카락은 피부와 대비되는 밝은 색이었고, 왼팔에는 기름 얼룩이 묻어있었다. 마침내 남자가 다 끝났다는 듯 고개를 끄덕이며 나를 향해 돌아섰다.

"얼마를 내면 될까요?" 내가 물었다.

남자가 고개를 저었다. "아뇨, 안 내도 돼요." 그러고는 양손을 허공에 들고 흔들다가 활짝 웃으며 윙크를 했다.

이 남자가 내게 관심을 보이고 있다! 그리고 이 남자는 내가 듣지 못한다는 사실도 알고 있다. 그런데도 어떻게 관심을 보일 수 있지?

너무 놀라서 손가락으로 머리카락 끝을 잡고 빙빙 꼬다가 이내 예의를 차려 대답했다. "고마워요. 정말 고마워요." 손을 내밀었다.

남자가 소리 내어 웃으며 내 손을 잡고 악수를 했다. 남자의 손바닥은 따뜻하고 건조했으며, 손가락은 아까 자전거를 수리하느라 먼지와 기름으로 더러워져 있었다. 남자가 자신을 가리키며 아마도 그의 이름일 거라고 추측되는 단어를 말했다. 하지만 또 알아듣지 못했다.

"저는 파이퍼라고 해요." 자신감을 모두 끌어모아서 말했다.

남자가 카운터로 가자고 몸짓했다. 방금 전에는 수리 비용을 '안 내도' 된다고 하더니, 결국에는 돈을 내게 하려는 걸까? 그게 아니었다. 남자가 종이를 꺼내 들더니(그렇다, 진짜 종이가 더 있었다!) 몸을 앞으로 숙이고 뭔가를 적었.

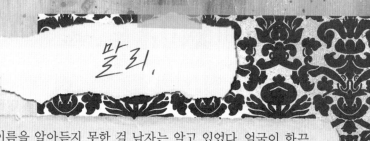

말리,

내가 자기 이름을 알아듣지 못한 걸 남자는 알고 있었다. 얼굴이 화끈거렸다. 그러자 남자가 활짝 웃으며 다시 윙크를 했다. 그 순간 어째서인지 갑자기 모든 게 다 괜찮게 느껴졌다.

"그래, 만나서 반갑다, 말리. 좋은 가게를 가지고 있구나. 여기서 어떻게 돈을 벌 수 있을지 모르겠지만 말이야."

맙소사, 왜 이런 말을 한 거지? 제정신이 아닌 것처럼 들리잖아. 도로 수리비를 내라고 할 수도 있겠어. 멍청이. 더 큰 실수를 저지르기 전에 얼른 가게를 나섰다.

자전거를 타고 집으로 돌아가는 길은 활력이 넘쳤다. 손끝이 이상할 정도로 따뜻했다. 짜릿함이 겨울 추위를 모두 씻어 내려간 것만 같았다. 심지어 배고픔조차 느껴지지 않았다.

말리. 테일러를 제외하고는 그 누구도 이토록 제대로 나를 파악한 적이 없었다. 남자들, 특히 낯선 남자는 더더욱. 자전거를 타고 언덕을 달려 내려갔다. 머리카락이 바람에 날렸다. 말리를 어떻게 그릴지 고민했다. 따뜻하고 생동감이 넘치는 색을 써야지. 주위에는 자전거의 검은 실루엣이 가득하게.

WEDNESDAY
1 JULY

집에 도착해서 대문을 열기 직전에 얼른 보청기를 꺼내 아무렇게나 귀에 밀어 넣었다. 이제는 엄마가 온종일 집에 있기 때문이다. 지금까지는 학교에서 돌아오면 보통은 저녁 식사 전까지 보청기를 빼고 두통 없이 몇 시간씩 보내곤 했는데, 이제는 그마저도 허락되지 않았다. 저녁을 조금 일찍 먹을 수 있을까? 너무너무 배가 고팠다.

방으로 향하다가 우뚝 멈춰 섰다. 무슨 일이지? 복도에 있던 탁자가 없어졌다. 벽에 걸려있던 내 그림도 보이지 않았다. 아니, 집 전체가 텅 비어 있었다. 재빨리 내 방으로 달려갔다. 침대와 책상이 없었다. 옷장은 여전히 그 자리에 있었지만 옷은 바닥에 죄다 쏟아져 있었다. 오래된 장난감, 내가 만든 작품, 나와 테일러와 엄마의 사진으로 꽉 채워진 선반은 아직 그대로였다. 대체 무슨 일이지?

가상 화면과 카펫 또한 거실에서 사라졌다. 거실은 맨바닥을 드러내고 있었다. 휙 스치듯 몸을 돌리자, 엄마가 뒷문으로 불쑥 들어서는 게 보였다. 엄마는 낡은 옷을 입고 고무장갑을 끼고 있었다.

"엄마, 제 미술 도구는 어디에 있어요? 대체 뭘 하신 거예요?"

"진정해, 파이퍼. 손님용 숙소를 준비하는 것뿐이란다. 와서 보렴."

엄마는 뒷문으로 나가 작은 콘크리트 마당을 가로질러 나를 이끌었다. 최근에 보기 드물게 활기차 보였다.

심장이 미친 듯이 뛰기 시작했다. 창고에 있던 잡동사니가 모두 사라졌다. 여전히 벽에는 누런 물 자국이 나 있고, 천장과 창문에 난 금도 그대로였지만, 먼지와 거미줄, 흙은 깨끗이 치워져 있었다. 구석에는 내 침대가 잘 정돈되어 있었다. 그 옆에 놓인 책상 위에 내 미술 도구가 쌓여있었다. 내가 그린 어설픈 바다 그림 역시 벽에 걸려있었다. 책상 옆에 작은 화장실로 통하는 출입구가 있었고, 그 화장실에 있던 상자 역시 다 치워져 있었다. 엄마의 침대가 내 침대 왼편에 자리 잡고 있었고, 두 침대 사이에는 서 있을 공간조차 없었다.

엄마가 정말 열심히 노력했다는 걸 알 수 있었지만 그 결과는… 우중충했다. 전구만 덩그러니 남은 헐벗은 전등과 커튼 없는 알루미늄 창문, 그리고 거실에서 가져온 카펫 밖으로 드러난 콘크리트 바닥 때문이었다.

"주방에 있는 커다란 식탁 세트 아니면 아침 식사용 간이 식탁, 둘 중 하나만 놓을 수 있단다. 어떤 게 좋겠니?" 엄마가 물었다.

"무조건 아침 식사용 간이 식탁이죠."

평소처럼 말하려고 노력했다. 하지만 현실을 부정하고 싶은 마음에 심장이 으스러지고 폐가 쪼그라들었다. 머리가 걷잡을 수 없이 지끈거렸다. 정말 여기서 살아야 한다는 건 아니겠지? 여긴 긴 의자도, 그림을 펼쳐놓을 공간도 없다. 그러기에 내 책상은 너무 작았다. 파란색 벨벳 의자를 가져오면 조금은 아늑해 보일까?

"커튼도 가져올 수 있을까요?"

엄마가 고개를 저었다. "커튼은 세입자에게 줄 거야. 커튼이 없으면 집 안이 훤히 들여다보일 테니 말이다."

힘겹게 현실을 받아들였다. 침착함을 유지해야 해, 파이퍼.

"안락의자를 가져올 수 있게 좀 도와주렴." 엄마가 말했다. "그러고 나서 네 물건 중에서 어떤 걸 여기로 가져올지 골라야 해. 네가 쓸 수 있는 공간은 책상 서랍과 침대 아래에 있는 공간뿐이야. 그 안에 들어가지 않는 물건은 전부 버려야 할 거다."

"다른 물건은 다 어디에 있어요? 가상 화면은 어떻게 하셨어요?"

"팔았어." 아연실색해서 엄마를 빤히 바라보았다. "우리는 현금이 필요해, 파이퍼. 그러고 보니 생각이 나는구나. 자전거를 고치고 남은 돈이 있니? 네 학비에 보태야 해."

손목 밴드로 60달러를 엄마에게 다시 송금했다. 이제 내 계좌에는 한 푼도 남지 않았다.

엄마가 내 팔을 쓰다듬었다. "지금 마음이 힘들 거라는 거 알아. 그 대신 선물을 줄게. 여기 있던 잡동사니를 치우면서 내가 뭘 발견했는지 한번 보렴." 엄마가 내 침대 아래에 있는 상자를 가리켰다. "네 할머니의 물건이란다."

침대 아래에서 엄마가 가리킨 상자를 끄집어냈다. 상자 안에는 스프레이 페인트 통과 오래되어 누렇게 바랜 요리 책, 메모장 몇 권과 재봉용 종이 약간, 구식 접착테이프 한 롤, 그리고 종이 클립 몇 개가 들어있었다. 우와. 손님용 숙소에 이런 금광이 있을 줄 누가 알았을까.

스프레이 페인트 한 통을 꺼내 흔들었다. 달가닥거리는 소리가 만족스러웠다. 뚜껑을 열고 페인트를 조금 뿌려봤다. 와, 된다!

엄마가 나를 붙잡았다. "파이퍼, 실내에서는 뿌리면 안 돼. 냄새가 고약하단 말이야."

정말로 그랬지만 개의치 않았다. 스텐실을 만들어야지! 석고를 바른 종이 위에 스텐실을 붙이고 뿌리면 지저분한 듯하면서도 믿을 수 없을 만큼 멋져 보이는 작품이 탄생할 거다.

눈을 굴려 당장 일기장을 찾아 나섰다. 하지만 엄마가 지켜보고 있었다. "해야 할 일을 먼저 마치렴. 그 다음에 그걸 가지고 놀 수 있어."

"밥부터 먹으면 안 되나요?"

"할 일을 끝마친 다음에."

오가닉코어는 어제도 나머지 절반의 레콘을 배달하지 않았다. 우리는 지난번에 받은 양에서 배분한 하루 치를 먹어야 했다. 낮에 제대로 먹지 못하는 게 너무 힘들었다.

내 인생을 상자 몇 개와 서랍 몇 개에 욱여넣으려니 속이 울렁거렸다. 말리를 상상하며 현실을 잊으려고 애를 썼다. 자전거 가게에서 만난 그 남자애가 지금 함께 있다면 좋을 텐데(하, 퍽이나 그러겠다!). 덕분에 내 어린

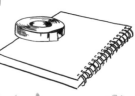

시절의 유물을 버리는 게 더는 마음이 쓰이지 않았다.

결국 미술용품만 남기고 나머지는 대부분 내다버려야 했다. 그동안 간직해온 추억의 물건을 사진으로 찍어 침대 옆 벽에 붙였다. 이 즈음 되자 더는 참기 어려웠다. 너무 배가 고파서 정신이 혼미했다. 마치 영화를 보는 것처럼 모든 게 비현실적으로 느껴졌다.

창고는 더는 욱여넣을 공간이 없을 정도로 짐으로 가득찼다. 엄마는 망치로 벽에 못을 박고 있었다. 침대에 걸터앉아 할머니의 종이 뭉치를 힘없이 들쳐보았다. 창문 틈새로 바람이 불어왔다. 추위에 몸이 떨렸다.

할머니의 종이 뭉치 사이에 엄마의 물건이 섞여있었다. 바이어스포어에 대한 연구 기록과 오가닉코어에서 가져온 메모였다. 그중 하나가 눈길을 사로잡았다. 카렌 킬데어가 엄마에게 보낸 이메일이었다. 엄마가 총리와 가까운 사이라는 게 여전히 실감나지 않았다.

보낸 사람: **카렌 킬데어**
받는 사람: **아이린 맥브라이드**
날짜: 6월 10일

아이린, 저는 총리로서 오늘 있었던 시위에 대해 조만간 정부의 입장을 내놓아야 해요. 오가닉코어가 이 문제의 원인으로 레콘이 아니라 환경오염을 제시하고 있다는 건 알고 있어요. 그 주장을 뒷받침할 만한 과학적 증거가 있다면 제게 보내주세요. 혹시 시위대의 주장에 타당한 근거가 있는 건 아닌지, 그들의 주장이 맞을까 봐 진심으로 걱정돼요.

만약 저에게 결정권이 있었다면 장기 실험이 모두 끝나 안전성이 입증될 때까지 절대로 레콘의 출시를 승인하지 않았을 거예요. 아이린, 만일 레콘이 안전하다는 확신이 들지 않는다면 이사회에게 리콜을 실시하라고 요구해줘요. 그리고 당신이 해결책을 찾을 때까지 생산을 중단하라고 말해줘요. 이사회를 설득할 수 있는 사람은 당신뿐이에요.

카렌으로부터

눈을 껌뻑이며 다시 읽었다. '저에게 결정권이 있었다면'이라니, 이게 대체 무슨 말이지? 복지 정책의 일환으로 레콘 출시를 결정한 건 카렌 킬데어였다. 그리고 카렌 킬데어는 이 나라의 총리다! 그런데 왜 레콘 생산을 중단하라고 직접 이사회에 요구하지 못하는 거지?

크고 부드러운 뭔가가 얼굴을 때렸다. 엄마의 점퍼였다. 내 주의를 끌어야 할 때면 엄마는 늘 물건을 던졌다. 엄마를 쏘아봤다. "왜요?"

"저녁을 데우기 시작해도 좋아."

"그 전에 먼저 이걸 설명해주셔야 할 것 같은데요." 인쇄된 이메일을 흔들며 말했다.

내 손에 들린 게 카렌 킬데어가 보낸 이메일이라는 걸 알아채자마자 엄마는 당장 방을 가로질러 왔다. 그리고 내 손에서 이메일을 낚아채며 말했다. "파이퍼! 넌 이걸 본 적이 없는 거다."

"네? 하지만…"

"아니, 넌 못 본 거야. 어서 저녁이나 먹자꾸나."

엄마를 빤히 쳐다보다가 곧 시키는 대로 움직였다. 레콘 진열장은 내 책상과 출입문 사이에 있었다. 지난 화요일에 오가닉코어는 내가 좋아하는 메뉴를 배달하지 않았다. 이제 남은 건 스테이크 타르타르처럼 먹어본 적 없는 메뉴뿐이었다. 나는 저녁으로 스테이크 타르타르를 고르고, 엄마가 먹을 저녁으로는 볼로네제 스파게티를 집었다.

레콘을 데우는 동안 엄마는 화가 나서 나와 눈 마주치기를 거부했다. 나는 한숨을 내쉬며 플라스틱 종이를 꺼내 별 모양으로 잘라 스텐실을 만들었다. 밖으로 나가 일기장의 아무 페이지나 펼친 다음 그 위에 스텐실을 고정시켰다. 그리고 검정 스프레이 페인트를 전체적으로 가득 뿌렸다. 모든 게 검정이었다가 스텐실을 떼어내는 순간 별이 모습을 드러냈다. 경이로웠다. 선명한 선과 부드러운 분사 자국, 여기저기 흩어진 작은 페인트 반점이 의도하지 않은 곳까지 스며들어 복고적이면서도 장엄해 보였다. 이 작업에 완전히 중독될 것만 같았다.

얼어붙을 것처럼 춥고 우중충한 손님용 숙소에서(엄마의 주장에 따르면) 대리석 탁자를 앞에 두고 파란 벨벳 의자에 앉아있으려니 기분이 몹시 이상했다. 내 몫의 레콘 상자를 열자 생고기처럼 생긴 이상한 덩어리가 보였다. 이건 스테이크가 아니잖아.

"엄마, 이게 무슨 요리예요?" 상자를 내밀며 물었다.

"프랑스식 별미란다. 오드 퀴진이야."

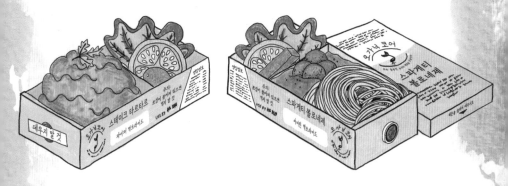

"뭐라고요?"

엄마가 다섯 번이나 반복해서 말해줬지만 여전히 이해할 수 없었다. 엄마가 손목 밴드에 타이핑했다. **오트 퀴진.** 프랑스식 최고급 요리. 하지만 이건 그냥 조리 단계를 하나 빼먹은 것처럼 보이는데.

마음속으로 이건 진짜 고기가 아니라고 계속 되뇌었다. 그냥 바이오스포어일 뿐이야. 대체 누가 조리되지 않은 살코기를 흉내 내려고 했는지 이해할 수 없었지만 어쨌거나 입 속으로 마구 밀어 넣었다. 기이하게도 맛이 좋았다.

"하지만 엄마." 입 안에 음식을 가득 문 채로 말을 걸었다. "도대체 왜 카렌 킬데어가 직접 이사회에 말할 수 없는 건데요?"

엄마는 입을 꾹 다물고 고개를 저었다.

맹렬히 엄마를 응시했다.

"넌 몰라도 돼."

"이건 제 일이나 다름없어요. 저도 이 나라의 시민이라고요. 만약 말해주지 않으시면 선생님께 가서 여쭤볼 거예요.”

이 한마디가 결정타가 됐다. “파이퍼, 정말 아무한테도 말하면 안 돼. 이건 가밀이라고.”

기밀이라니?

엄마가 나를 빤히 쳐다봐서 진지하게 고개를 끄덕였다.

“카렌은 이사회에 뭘 하라고 명령을 내릴 수 있는 입장이 아니란다. 왜냐하면 이사회가 카렌을 고용했거든.”

“그게 무슨 얘기예요? 카렌은 총리잖아요. 국민이 고용한 거라고요.”

엄마는 생각에 잠긴 듯 잠시 음식을 천천히 씹었다. 그러고는 자신의 침대로 가서 커다란 담요를 다리에 덮은 다음, 나에게도 담요의 다른 쪽 끝을 권했다. 엄마가 시키는 대로 했다.

처음엔 아무 대답도 해주지 않을 것 같았는데 마침내 엄마가 입을 열었다. “5년 전, 오가닉코어 이사회에서는 이 나라 모든 가정에서 레콘을 먹게 할 방법을 찾고 있었어. 새 투자자가 나타났거든. 선거철도 다가오고 있었고. 이사회는 총리 선거를 승리로 이끌 사람을 고용하기로 결정했어. 선거에서 이기면 정부가 레콘 도입을 승인해서 복지의 일환으로 제공할 수 있을 테니까. 레콘을 세상에 내놓을 완벽한 방법이었지. 이사회는 카렌 킬데어를 선택했단다. 당시 카렌은 이 나라를 대표하는 얼굴이었거든. 너도 기억 나니? 카렌은 공개 연설을 아주 잘하고 젊고 아름다웠어. 모두가 카렌을 좋아했지. 내 기억이 맞는다면 그때 넌 겨우 열한 살이었어.”

엄마의 말을 제대로 알아들으려면 시간이 필요했다. 대화 중에 튀어나오는 낯선 단어를 바로 이해하기가 쉽지 않았다.

“그러니까 우리는 투표로 카렌을 선출했지만, 이 나라의 진짜 총리는 오가닉코어의 이사회라고 지금 말씀하시는 거예요?”

“그래, 실질적으로는 그렇단다. 하지만 이건 철저하게 내부 기밀이야. 아무한테도 말하면 안 돼. 테일러에게도.”

“하지만 왜 카렌 킬데어가 오가닉코어의 제안에 동의한 거죠?”

“이걸 다른 좋은 정책을 많이 펼칠 수 있는 기회로 봤기 때문이란다, 파이퍼. 인터넷에서 일어나는 끔찍한 범죄를 막고, 홈리스의 비율을 줄이고, 모든 학생에게 동등한 기회를 제공하는 일 같은 것 말이야."

"그래요. 모두 실현되기만 한다면 그게 이사회가 추진한 건지 카렌 킬데어가 추진한 건지 누가 신경을 쓰겠어요…. 그렇죠?" 자신감 없는 목소리로 웅얼거렸다.

엄마가 뭔가 말하기 시작하다가 이내 입을 꾹 다물었다. "그래, 맞아. 하지만 꼭 비밀을 지키도록 하렴."

"엄마, 그 말은 이미 백 번도 더 들었어요! 아무한테도 말 안 할게요. 그런데 실험은 어떻게 된 거에요?"

"카렌 킬데어는 우리가 레콘의 장기적 안전성에 관한 실험을 끝내기 전에 선출됐어. 이사회는 참을성이 없었지. 그래서 카렌에게 복지 정책을 바로 실시하게 한 거야. 마침 그 시기에 나온 실험 결과가 모두 훌륭했어. 그리고 어마어마한 이익이 예상됐지. 하지만 지금은, 너도 알다시피, 더 장기적인 실험 결과 중 일부가… 그리 희망적이지 않게 나왔고."

엄마가 관자놀이를 문질렀다.

"어쩌면 이사회가 레콘을 리콜해야만 할 수도 있겠어." 엄마가 말을 이었다. "사실 난 리콜은 생각도 하지 않았거든. 레콘이 해결한 건강 문제가 최근에 제기된 잠재적 문제보다 훨씬 컸으니까 말이야. 게다가 난 정말로 내가 그 문제를 해결할 수 있을 거라고 확신했어. 하지만 이사회가 날 해고해버렸으니, 이제 회사에서 그걸 해결할 수 있는 사람이 없어져버렸네." 엄마가 쓸쓸하게 웃었다.

"그냥 다 말해버려요, 엄마! 뉴스 멜버른에 나가서 진실을 밝혀요!"

"그런 다음엔? 그리고 내 자리로 돌아가서 이 사태를 해결할 일말의 가능성마저 모두 없애버리고 말이지, 응? 파이퍼, 오가닉코어는 결국 내게 도움을 요청할 거야. 지금은 그냥 기다려야 한단다. 나 말고 이 일을 해결할 수 있는 사람은 아무도 없어."

"회사가 망해가는 중이라고 말씀하셨던 것 같은데요?"

"글쎄다…, 나도 확실하게는 모르겠구나. 또 모르지. 레콘을 운송할 다른 방법을 찾아서 살아남을지도."

마지막 남은 타르타르 한 숟가락을 허겁지겁 먹어 치웠다. 있기만 하면 더 먹을 수 있을 것 같았다. "레콘이 안전하지 않다면 우리도 그만 먹어야 하지 않을까요?"

엄마가 고개를 저었다. "지금 같은 상황에서는 레콘이 답이야. 무조건 레콘을 먹어야 해. 그렇지 않으면 올스타 슈퍼마켓 앞에서 아침 여섯 시부터 줄을 서야 할 거다. 게다가 우린 오랫동안 레콘을 먹어왔잖니. 물론 부작용에 주의를 기울여야지. 어쩌면 원인이 신체 저항력의 차이에 있을지도 모른다는 의심이 들어. 누군가에게는 레콘이 잘 맞지만, 누군가에게는 맞지 않는 거지. 우린 괜찮을 거야, 파이퍼. 시간이 지나면 나아질 거야."

저녁 식사가 끝난 뒤 보청기를 빼고 일기장을 손에 쥔 채 침대에 누웠다. 갑자기 사방이 고요해지자 머리가 빠르게 돌아가기 시작했다. 차가운 바람이 볼을 스쳤다. 말리가 생각났다. 카렌 킬데어와 오가닉코어가 떠올랐고, 창고를 집으로 받아들여야 하는 상황이 떠올랐다. 모든 게 너무 버거웠다.

머릿속에 든 온갖 잡동사니를 모두 일기장에 쏟아냈다. 나를 괴롭히는 사건을 상징하는 각각의 물건을 그리면서 어떻게든 혼란한 마음을 정리하려고 애를 썼다. 빠른 손놀림으로 물감을 마구 덧바르는 동안 천천히 감정이 가라앉았다. 이제 잠들 수 있을 것 같았다.

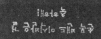

iHate눈
뀨 즣규뀨니ㅇ 뀨뀨 눞뀨

$$

식중독에 관한 과제를 마무리해야 하는 날이다. 내가 맡은 부분은 이미 다 끝냈는데, 결론을 쓰기로 한 테일러가 아직 학교에 오지 않았다.

애는 어디에 있는 거야?

그냥 내가 대신 써서 끝내는 게 좋을까?

이 과제가 정부가 지정한 교육과정이라는 사실이 순간 머릿속을 스치고 지나갔다. 그럼 식중독 수업도 오가닉코어가 만들어낸 교육과정이라는 거잖아. 그렇다면 내용이 좀 편향적일 것 같은데. 수업 시간에 배운 것처럼 정말로 야생 음식이 우리 몸에 나쁜 걸까…? 지금까지 한 번도 이런 생각을 해 본 적이 없었다.

점심시간이 되려면 아직 멀었는데 벌써 두통이 시작됐다. 보청기를 빼도 된다면 얼마나 좋을까. 뭐든 배불리 먹을 수 있다면 얼마나 좋을까. 매일 끊임없이 굶주리는 게 이제는 지긋지긋하다. 머리가 어지럽고 도무지 집중이 안 된다. 이미 학교에 오는 길에 낮 동안에 먹어야 할 레콘 반 상자를 먹어 치웠다. 어리석은 선택이라는 걸 잘 알지만 어쩔 수 없었다. 아침을 거르는 건 정말 싫다. 레콘을 다시 데우면 고무처럼 괴상한 질감이 되는 것조차 상관없었다. 오늘은 오가닉코어에서 배달이 오는 날이다. 이번에는 진열장을 꽉 채워서 배달하는 게 좋을 거야!

테일러가 맡은 결론 부분을 대신 작성하는 건 관두기로 했다. 걔가 알아서 하겠지. 세스풀에 '야생 음식 재배하는 법'을 타이핑했다. 병원균에 관한 글만 잔뜩 나올 뿐이었다. 이번 주말에는 무조건 작물 재배 워크숍에 가기로 결심했다.

가상 화면에 구직 질문지를 띄우고 멍하니 바라봤다. 마치 저전력 모드에 들어간 화면처럼 온몸에 기운이 하나도 없었다. '나는 친구를 사귀는 일이 무척 쉽게 느껴진다.' 각 항목에 얼마나 강하게 동의하는지 또는 동의하지 않는지를 표시해야 했다. 세스풀에 올라오는 게시물을 승인하는 거랑 친구 사귀는 거랑 대체 무슨 상관이 있다는 거지? 손가락이 '매우 동의하지 않는다' 위를 맴돌았지만 곧 말리를 만난 순간이 떠올랐기에 '보통'을 선택했다.

그 다음 무심코 고개를 들었는데 오, 이런! 모두가 나를 쳐다보고 있었다. 말 그대로 모두가! 심지어 선생님까지도 말이다! 대체 무슨 일이지? 옆자리에 앉은 브리아나를 쳐다봤다. 브리아나의 입 모양에서 "파이-퍼, 파이-퍼…" 하고 거듭 부르는 외침을 읽어낼 수 있었다.

모두가 나를 부르고 있었다. 얼굴로 열이 확 오르고 맥박이 갑자기 뜀박질하는 게 느껴졌다. 도움이 절실한 이런 순간에 테일러는 대체 어디에 있는 걸까?

"무슨 일이야?"

모두가 웃음을 터뜨렸다. 나를 비웃고 있었다.

브리아나가 무어라고 말하며 선생님을 몸짓으로 가리켰다. 리사 선생님 역시 나를 빤히 쳐다보고 있었다. 선생님의 입술이 움직였지만, 내가 알아챈 단어는 오직 **발표**뿐이었다.

발표할 차례라고 누구라도 내 어깨를 두드려서 알려줄 수는 없었을까? 테일러 말고는 아무도 건드릴 엄두를 못 낼 만큼 내가 그렇게 혐오스러운 걸까? 선생님조차도?

이런 상황을 더는 견딜 수 없다. 테일러 없이는 학교에 있을 수 없다. 테일러는 대체 어디에 있는 걸까?

눈물이 쏟아질 것 같았다. 하지만 눈을 깜빡이며 최대한 어깨를 쫙 펴고 일어섰다. "물론이죠. 첫 번째로 발표해도 상관없어요."

천연덕스럽게 앞으로 걸어 나갔다. 손목 밴드로 커다란 가상 화면을 조준해 발표할 슬라이드의 첫 페이지를 불러왔다. 한 달 전에 작성한 내용이었다. 발표할 내용을 떠올리자 심장이 빠르게 뛰기 시작했다. 오가닉코어의 높은 첨탑이 가상 화면을 가득 채우고 있었다.

침을 꿀꺽 삼켰다. "좋아요. 시작할게요. 저의 영웅은 아드햐 바시입니다. 우리나라 최고의 성공 신화를 쓴 주인공이죠. 오가닉코어의 비전을 처음 생각해냈을 때 아드햐 바시는 대학생에 불과했어요."

엄마가 더는 이 회사에서 일하지 않는데 내가 오가닉코어에 대해 발표하는 걸 아이들은 어떻게 생각할까? 다들 우스꽝스럽다고 생각할까?

"아드햐는 오가닉코어를 창설하고 세계적인 성공을 거둔 뒤에, 회사를 수백만 달러에 팔았습니다. 아드햐는 21세기에 들어선 지 20년이 지났는데도 여전히 대부분의 가사 노동을 여성이 도맡고 있다는 데에 분노했어요. 그래서 만약 남성이 가사 일을 분담하지 않는다면 여성은 물론이고 누구도 그 일을 하지 않아야 한다고 생각했죠. 아드햐의 목표는 장보기나 요리, 그리고 설거지와 같은 일에서의 해방이었습니다. 아드햐에게는 환경과 관련된 목표도 있었어요. 기업이 자사 상품에서 나온 폐기물을 자체적으로 수거하고 재사용하게 하자는 아이디어도 아드햐가 가장 먼저 주장한 것이었죠. 그 결과물이 바로 레콘입니다. 그리고 이 레콘이 아드햐 바시가 '미래 소녀'라고 불리게 된 이유예요. 바로 늘 앞서 나가는 생각을 했기 때문이죠."

오가닉코어에서 가장 인기 있는 메뉴를 확대한 사진으로 화면을 넘겼다. 아이스크림 버거다. 갑자기 모두가 알리사를 향해 몸을 돌렸다. 알리사가 무언가 말한 게 분명했다. 교실 가득 경멸이 퍼졌다. 리사 선생님의 얼굴을 확인했다. 표정이 굳어있었다. 선생님이 알리사를 불렀지만, 내가 알아들은 단어는 오직 **파이퍼**와 **건강**뿐이었다. 선생님은 내게 발표를 계속하라며 고개를 끄덕였다.

"처음에…" 방금 전보다 더 큰 목소리로 발표를 이어갔다. "뉴트리움 서스테이트는 밀이나 쌀을 섞어서 만들었어요. 하지만 그와 같은 방식으로 완벽하게 균형 잡힌 식사를 만들어내는 건 너무 어려운 일이었습니다. 그래서 오가닉코어에서는 바이오스포어를 개발해냈어요. 레콘의 두 번째 세대로, 여기엔 예방약이 함께 들어있죠. 바이오스포어는 아드햐가 회사를 팔 때까지 공개되지 않은 상태였어요."

이제는 아무도 내 발표에 주목하고 있지 않았다. 전혀! 심지어 리사 선생님조차 자신의 손목 밴드를 만지작거리고 있었다. 엄마가 카렌 킬데어에 대해 말해준 걸 다 외쳐버리고 싶은 충동을 억눌렀다. 그랬다면 확실히 주목은 끌 수 있었겠지.

종소리가 나를 살렸다. 교실 전체가 내 이름을 부르는 소리는 듣지 못하지만, 종소리는 항상 잘 들렸다. 모든 걸 지우는 소리니까.

손목 밴드의 배터리를 확인했다. 아직 반밖에 충전되지 않았다. 전기 요금이 너무 비싸서 손목 밴드 충전은 최대한 수업 시간에 재빨리 하려고 하고 있다. 적어도 학교가 그만큼의 쓸모는 있는 셈이다.

복도가 어두컴컴했다. 메리 막달렌의 '숙녀들' 인파에 짓밟히지 않도록 벽에 기대서 테일러에게 전화를 걸었다. 마른 잔디밭 위에 서 있는 테일러가 손목 밴드 화면에 나타났다.

"테이, 너 어디 있는 거야? 학교에 오는 길이야?"

테일러가 고개를 젓더니 뭐라고 말을 했다.

"뭐라고? 여기 너무 시끄러워서 잘 안 들려."

테일러가 입술을 깨물더니 말을 삼켰다. 한 손으로 타이핑하는 게 보였다. '나 시모어에 있어. 학교에 안 갈 거야.'

"시모어에서 뭐 하고 있어? 거기까진 어떻게 간 거야?" 손목 밴드를 입가까이 대고 말했다.

'기차로 왔지.' 테일러가 답장했다.

"어떻게? 기차 요금이 엄청 비싸잖아!"

'보우가 냈어.' 타이핑을 할 때면 테일러는 항상 무뚝뚝했다.

"보우네 집이 엄청나게 부자인 거야?" 내가 물었다.

하지만 테일러는 화면 밖의 누군가에게 말을 하고 있었다. 뭔가 의심스러운 일이 일어나고 있었다.

테일러가 다시 돌아보기를 기다렸다가 물었다. "보우가 네 손목 밴드 이식 수술비를 내준 거야? 너네 부모님께는 어떻게 허락을 받은 거야?"

테일러가 웃으며 타이핑했다. '응, 수술비는 보우가 내줬어. 부모님께는

아직 안 보여드렸고.'

"뭐라고?" 부모님이 수술을 허락하지 않았다면 이건 불법이다. 또 부모님이 아직 모른다는 건 테일러가 집에 들어가지 않은 지 한참 됐다는 얘기다. "너, 지금 보우와 함께 사는 거야?! 너 그러다 큰일 나!"

'내가 지금 큰일 난 것처럼 보여?' 테일러가 손목 밴드를 아래로 내리자, 입고 있는 새 옷이 보였다. 멋진 검정색 벨벳 재킷과 목에 높은 주름 장식이 달린 하얗고 부드러운 셔츠다. '이제 가봐야 해.'라고 말하더니 테일러는 화면에서 사라졌다.

'우리 과제는 어떻게 할 거야?' 메시지를 보냈지만 답은 없었다. 나랑 같이 작물 재배 워크숍에 가지 않겠냐고 물어볼 생각이었지만 그럴 필요가 없어 보였다.

테일러가 없는 점심시간은 끔찍했다. 혼자 있을 때면 뭘 해야 할지 모르겠다. 먹을 점심이 없는 지금은 더더욱 최악이었다. 터덜터덜 걸어 미술실을 지나며 동경에 찬 눈빛으로 안을 흘긋거렸다. 미술 교사인 앨리스 선생님이 들어오라고 다정하게 손짓을 해서 미술실 안으로 들어갔다.

"네가 원하면 전심시간에 와서 그림을 그려도 좋은 거 일고 있지?"

전심? 이건 모르겠다. 일고? 이건 어쩌면 **알고**가 아닐까?

"뭐라고 말씀하신 거예요?" 내가 물었다.

선생님이 나를 정면으로 보면서 천천히, 정확하게 다시 말했다. "네가 원하면 점심시간에 와서 그림을 그려도 좋은 거 알고 있지?" 선생님이 말을 너무 천천히 해서 좀 부끄러워졌다. 저는 바보가 아니라고요! 하지만 적어도 이번에는 무슨 말인지 이해할 수 있었다.

점심시간에 미술실에서 그림을 그려도 된다고? 그러면 안 되는 줄 알았는데! 엉망이 된 미술실을 치우는 걸 도왔다. "이건 뭐에 쓰는 거예요?" 여러 가지 크기의 작은 나이프 무더기를 고갯짓으로 가리키며 물었다. 어떤 나이프에는 알파벳 V자와 U자 모양을 한 날이 달려있었다.

"고무 도잠을 만들 때 쓴단다." 선생님이 두꺼운 고무판을 보여줬다.

"고무 도장이요?"

선생님이 고개를 끄덕였다.

'우와. 정말 멋져요. 어떻게 만드는 거예요?'

선생님이 고무판에 원을 그리고 파내는 법을 보여줬다. 처음에는 작은 V자 모양의 도구로, 그 다음에는 조금 더 큰 V자 모양 도구로 파냈다. 나는 선생님이 알려준 대로 U자 모양의 도구로 나머지 가장자리를 파냈다. 고무 도장으로 찍은 그림으로 가득 찬 일기장을 상상했다. 온갖 종류의 질감과 모양과… 어쩌면 꽃도 만들 수 있을 거다.

선생님이 새 고무판을 건네며 한번 해 보라고 몸짓했다. 다이아몬드 패턴을 그렸다. 단순하지만 일기장에 찍으면 근사해 보일 거야. 선생님이 교무실로 간 사이, 보청기를 빼서 집어넣고 고무판을 파기 시작했다. 여전히 배가 고팠지만 두통은 어느새 사라졌다. 기분이 좋아지기 시작했다.

안전이 확인된 가공 야생 음식을 사 먹는 것과 야생에서 먹거리를 직접 재배하는 건 전혀 다른 문제였다. 엄마에게 워크숍에 간다고 말하지 않고 하이 스트리트로 산책을 갈 거라고 둘러댔다. 뭘 하는 건지 잘 알게 되면 그때 엄마를 안심시켜서 천천히 익숙해지도록 할 계획이었다. 이번에도 레콘을 절반 정도밖에 받지 못했다. 이제는 화내는 것도 지친다.

"산책하다가 가스 파는 데를 보면 메시지를 보내렴. 살 수 있게 돈을 보내마." 엄마가 말했다.

아직 세입자를 구하지 못했기 때문에 엄마는 매일 아침 커피를 내리기 위해 우리가 살던 집에 들어가고는 했다. 집을 빌릴 사람이 나타날 때까지는 그냥 집에서 살자고, 그게 안 된다면 적어도 집에서 샤워라도 하자고 여러 번 주장했다. 하지만 엄마는 매일같이 사람들에게 집을 보여주고 있었고, 언제라도 바로 세놓을 수 있도록 집이 준비된 상태여야 한다고 말했다. 지난 수요일에 우리가 창고 집으로 이사한 뒤 엄마는 아예 뜨거운 물마저 끊어버렸다.

일주일 반 동안이나 샤워를 하지 못한 상태였다. 오늘 아침에서야 마침내 집에 들어가 스토브 위에 냄비를 올려 물을 뜨겁게 데운 뒤, 부엌에서 스폰지로 몸을 문질러 닦아냈다. 말리를 만날 수도 있으니 깨끗한 모습이어야 했다. 최소한 스토브는 쓸 수 있으니 정말 다행이었다.

자전거를 타고 집을 나서면서 우리가 살았던 집을 애틋하게 쳐다봤다. 누가 내 침실에서 자게 될까? 생각을 밀어내며 언덕길을 올라 프레스톤에 도착할 때까지 페달을 힘껏 밟았다. 말리가 내 자전거 뒤에 타고 있는 장면을 상상을 했다. 마치 무슨 비밀이라도 공유하고 있는 것처럼 눈을 마주치고 미소를 지으며 서로를 바라보는 모습을.

가는 길에 자동차 보닛 아래로 머리를 밀어 넣고 자동차 엔진을 뜯어내는 사람을 셋이나 지나쳤다. 팔려고 그러나? 아니면 고쳐서 다른 용도로 쓸 계획일까? 숨이 턱에 차서 워크숍이 열리는 장소에 도착했다. 원예학교 같은 곳에서 할 줄 알았는데, 그냥 갈색 벽돌로 지은 낡은 가정집이었다. 대문 앞에 서 있던 한 여성이 안으로 들어오라고 손짓했다.

집 옆으로 난 작은 오솔길을 따라 걸었다. 예상했던 것보다 훨씬 더 많은 사람이 있었다. 다들 배가 고파서 이곳에 온 것이리라. 신호라도 받은 것처럼 배 속이 꾸르륵거리기 시작했지만 무시하려고 애를 썼다. 계속 주위를 훑어보며 말리를 찾았다. 말리가 여기에 있을까? 워크숍 강사가 자신의 친구라고 말했는데. 하지만 그는 작물 재배하는 법을 이미 알고 있어서 오지 않았을 확률도 있었다. 날 알아보기는 할까? 만약 기억하지 못하면 어떻게 하지? 내가 먼저 아는 척을 해야 할까?

오솔길의 거의 끝자락에 도착했다. 사람들이 가만히 서 있었다. 보이는건 오로지 내 바로 앞에 선 키 큰 남자의 뒷모습과 그 앞에 선 여자뿐이었다. 강사는 보이지 않았다. 예의 바르게 기다리려고 했지만, 이대로는 강의를 이미 시작한 것인지 아닌지 도무지 알 수 없었다.

이건 무의미하다. 정말 작물 재배하는 법을 배우고 싶다면 더욱 적극적으로 행동해야 한다. 스스로를 다독이고 연신 "실례합니다, 실례합니다." 하고 속삭이며 인파를 뚫고 앞으로 나아갔다. 플라스틱 상자 위에 한 남자가 서 있었다. 스물다섯 살 즈음 되어 보이는 그리스계 사내였다. 그는 말이 아주 빨랐다.

애를 써봤지만 연설을 처음부터 듣지 않은 이상, 중간에 입 모양을 읽고 내용을 이해하는 건 거의 불가능에 가까웠다.

강사가 군중 뒤쪽에 있는 텃밭 정원을 가리켰다. **토마토**와 **필요해요** 그리고 **중요합니다**라는 단어가 들렸다. 보청기의 볼륨을 끝까지 올렸지만 소용없었다. 강사의 목소리는 쾅쾅 울렸지만 단어는 전혀 귀에 들어오지

않았다.

눈으로 빠르게 정원을 훑었다. 말리는 어디에서도 찾아볼 수 없었다. 실망감을 꾹 눌러 삼켰다. 정원에는 식물이 가득했다. 이리저리 제멋대로 뒤얽힌 잎과 줄기가 커다란 군락을 이루고 있었다. 하지만 이 식물들이 정말로 먹을 수 있는 것인지는 내 지식 밖의 일이었다. 식물에서 자라는 야생 음식이 어떻게 생겼더라? 오래전에 그림에서 보았던, 통통하고 빨간 사과가 주렁주렁 달린 나무를 떠올렸지만 정원 어디에서도 그와 비슷한 나무는 찾아볼 수 없었다. 잎사귀로 만든 음식을 상상해봤지만 그렇게 맛이 좋을 것 같지는 않았다.

물은 대체 어떻게 대는 걸까? 규제도 많고 가격도 비싼데 어떻게 식물을 키울 수 있을 만큼 충분한 양의 물을 구하는 거지?

파이퍼, 딴생각 좀 그만하고 워크숍에 집중해!

강사는 이제 무척 신이 나서 열정적으로 말하고 있었다.

"이걸로 테비를 마드는 거예요."

퇴비를 만든다고 말한 것이리라. 이유는 모르겠지만 강사를 보자 말리가 떠올랐다. 주변을 다시 두리번거리다가 녹색 플라스틱 탱크를 발견했다. 그렇지! 직접 받은 물은 마음대로 쓸 수 있잖아. 하지만 올해에는 엘니뇨 때문에 비가 거의 내리지 않았다. 그런데도 어떻게 정원에 쓸 만큼 충분한 양의 물을 모을 수 있었던 걸까?

주위를 둘러봤다. 무척 다양한 사람이 섞여있었다. 학교에서는 볼 수 없는 모습이었다. 손목 밴드를 이식한 사람은 아무도 없었다. 이곳에 모인 사람들은 보다 자연스러운 것을 추구하는 것 같았다. 보수적으로 보이는 나이 많은 어른들도 있었다. 그들은 무거운 표정으로 팔짱을 끼고 있었다. 이십 대로 보이는 젊은 세대가 아주 많았는데, 모두 대안적인 삶의 방식에 무척 관심이 많은 것 같았다. 길고 후줄근한 치마 위에 또 다른 치마를 겹쳐 입은 한 여자가 보였다. 마치 자신이 세상의 주인인 것처럼 두 다리를 벌리고 서 있는 모습이 자신감에 가득 차 보였고 동시에 편안해 보였다. 피부가 맑았으며, 눈동자가 밝게 반짝였다. 아름다웠다. 내

가 저런 모습이라면 좋을 텐데. 그 여자 옆에 서 있는 내가 작고 어색하
게 느껴졌다.

제발! 집중 좀 해! → 정말 중요한 일이란 말이야.
　　　　　　　　 → 딴 데 정신 팔지 마.

"나는 항산 …를 적어놔요."

나는 항상 …를 적어놔요. 강사가 말한 단어 중 몇 개를 놓쳤다.

"여러분이 … 대채하기 좋은 거다란 씨앗들을…"

대체하다? 옮겨 심다? 열심히 추측했지만 그 무엇도 말이 되지 않았다.
커다란 응어리가 목구멍에서 부풀어 올랐다. 힘겹게 응어리를 삼켜 내
렸다. 자칫하면 왈칵 울음을 쏟아낼 것만 같았다. 하지만…, 아니야. 이건
뭔가 잘못됐어. 난 내가 듣지 못한다는 걸 인정한다. 이게 내 운명이라는
걸 알고 있다. 이런 걸로는 더는 괴로워하지 않는다. 심지어 몸이 아프거
나, 배움이 느리거나, 레콘이나 다른 것에 알레르기가 있을 바에는 차라
리 소리를 듣지 못하고 살겠다는 생각까지 해 보았다. … 그런데 왜? 대체
왜 미친 것처럼 콧물을 훌쩍이는 거냐고? 왜 자꾸 눈물이 뺨으로 기어
나오는 건데?

감정이 가라앉기를 기대하며 눈을 마구 비벼봤지만 소용없었다. 이건
너무도 심각한 문제였다. 강사의 입술을 읽으려고 노력하는 건 그만두었
다. 절망의 파도가 나를 위협하고 있었다. 절망이 나를 집어삼켜 버리지
않도록 버티는 데 온 신경을 집중했다.

그리고 시작됐다. 바로 거기서. 모두의 앞에서. 나는 엉엉 울고 있었다.
사람들이 모두 뒤돌아서 걱정스러운 표정으로 쳐다보는 걸 보면 내가 아
주 소리를 크게 내며 울고 있는 게 분명했다. 도와주려고 손 내미는 사람
들을 떨쳐냈다. 시선을 떨구고 비틀거리며 인파를 헤치고 겨우 대문 밖
으로 한 발자국을 내밀었다. 밖에 세워둔 자전거를 움켜쥐었지만 눈물이
앞을 가려서 자물쇠의 숫자가 흐릿하게만 보였다. 나는 자전거 위로 몸을
숙인 채 자물쇠를 붙잡고 흐느껴 울었다.

도대체 왜? 왜 난 안 되는 거야?
다른 사람들은 다 그냥 알아듣잖아.
왜 나만 이런 건데?
왜 │힘든 거냐고?│

단지 들을 수 없는 것만이 문제가 아니었다. 아니, 분명 그것 때문이다.
하지만 배가 고프고, 춥고, 집 대신 끔찍하게 우중충한 창고에서 살게 되
고, 테일러가 며칠 째 학교에 오지 않고 있고, 화려한 옷을 입고 남자친구
와 함께 시모어에서 지내는 그 애가 더 이상 누구인지 모르겠다는 걸 포
함한 모든 것이 문제였다.

마침내 자물쇠를 풀었다. 도망치기 위해 정신없이 페달을 밟았다. 온
세상이 눈물 속에서 흐릿하게 휘청이고 있었다.

TUESDAY
14 JULY
7월 14일 화요일

미술 수업은 내가 학교에 있고 싶게 만드는 유일한 시간이다. 이제는 테일러가 여전히 학교에 없다는 것조차 신경 쓰지 않는다. 빨간 물감으로 그림 속 여자아이의 입술을 칠한 뒤, 한 걸음 뒤로 물러섰다. 음, 효과가 괜찮은데. 인상이 까칠해 보이는 게 마음에 들었다. 하지만 이 정도로는 부족하다. 여전히 너무 점잖아 보이잖아.

누군가 내 어깨에 손을 올렸다. 앨리스 선생님이다.

"전에 말했잖니. 더 과감하게 그려도 괜찮아, 파이퍼." 선생님이 말했다. "더 많은 층을 더하고 다양한 질감을 얹어서 깊이를 쌓아 올려봐."

더 과감하게 그려보라고 하는 것 같았다. 더 많은 층을 더하고 다양한 질감을 얹으라고? 고개를 끄덕였다. 그래, 그렇게 하면 지나치게 깔끔해 보이는 문제를 해결할 수 있을 것 같다.

"네가 가장 좋아하는 에술…품은 지저분해지고 망가진 것이라고 말했던 거, 기억하니?" 앨리스 선생님이 물었다.

미술 시간이니까 예술 작품이라고 말했을 거라고 추측했다. 망가진? 망가진이라고 말한 게 아닐까?

"… 하는 걸 두려워하지 말도록 해." 또 단어 몇 개를 놓쳤다. "조각하듯 새기고, 마구 긁어내고, 물감을 덧칠하는 거야. 그래서 먼저 칠한 물감을 부분점으로만 숨겨서 섬세함을 더하는 거지."

"먼저 칠한 물감이 어떻다고요?"

"부-분-적-으-로-만-숨-겨-서-섬-세-함을 더하라고."

"여전히 너무 점잖아 보이나요?" 내가 물었다.

62

"그래. 입 때문이야." 선생님이 자신의 얼굴을 가리키며 입술 주위에 손가락으로 네모난 액자 모양을 만들어 보였다. "입을 옆으로 더 길게 그릴 필요가 있어 보이는구나."

그래, 이제 어떻게 하면 될지 알겠다.

종소리가 요란하게 울렸다. 덕분에 우리의 대화는 막을 내렸다. 천천히 짐을 챙기며 남은 물감을 일기장의 빈 페이지에 마구 바르고, 그 위에 동그란 점과 줄무늬를 그려 넣었다.

앨리스 선생님이 내 팔을 다시 토닥였다. "미안하구나, 파이퍼. 난 이제 가봐야 해." 선생님은 열쇠를 들고 있었다.

가봐야 해. 재빨리 붓을 헹궈서 가방에 집어넣었다. 미술실 밖으로 나오자 선생님이 문을 잠그더니 돌아서서 뭐라고 말했다. 하지만 복도가 시끄럽고 어두워서 한 마디도 이해할 수 없었다.

"뭐라고 하셨어요?" 내가 물었다.

선생님이 거의 소리를 지르다시피 반복해서 말했지만 마찬가지였다. 괜찮다고 말했지만 선생님은 고집스럽게 자신의 손목 밴드에 타이핑을 했다. '네 스타일을 찾기 시작했구나.'

미소로 고마움을 표한 뒤, 선생님이 뭔가를 더 말하기 전에 재빨리 자리를 떴다. 똑같은 말을 백 번쯤 듣는 건 고역이니까. 이럴 땐 피하는 게 상책이다. 더구나 작물 재배 워크숍에서 멘탈이 무너져내린 경험에서 아직 회복하지 못한 상태였다. 여태껏 한 번도 겪어본 적 없던 일이 연달아 일어나면서 나를 조금씩 무너뜨리고 있었다.

인파에 떠밀려 밖으로 나왔다. 햇빛을 쬐자마자 허기가 다시 나를 덮쳤다. 크림을 곁들인 애플 파이가 간절했다. 달콤하고, 풍부하고, 아주 기름진 맛을 필사적으로 갈망했다. 보청기를 거칠게 빼고 손가락을 귓속에 넣어 마구 긁었다. 여전히 가려웠다. 보청기 때문에 생기는 가려움은 영원히 해소할 수 없으리라. 그나마 다행히 오늘은 두통이 그렇게 심하지 않았다. 그냥 조금 욱신거릴 뿐이다.

자전거 고정대로 향했다. 어…? 내 자전거가 어디로 갔지? 주변을 살펴봤지만 보이지 않았다. 내 자전거가 어디로 간 거야?!

아침에 분명히 여기에 자물쇠로 잠가두었다. 분명히 그랬다. 안 돼!

다른 고정대에 잠가두고 착각한 건가? 아니다. 그런 적이 없다.

자전거는 어디에도 없었다.

오, 제발! 제발! 이러지 마!!
난 자전거가 없으면 안 된다고!

당장 선생님께 알려야 한다는 걸 알지만 이미 집에 갈 시간이었다. 교무실을 돌아다니며 어쩌다 자전거를 잃어버렸는지 설명하고, 경찰이 도착하길 기다리고, 다시 경찰에게 설명하느라 시간을 낭비할 생각을 하니까… 그냥 그러고 싶지 않아졌다. 학교에는 내일 알리기로 했다. 직접 경찰에 신고하기로 결정했고, 손목 밴드로 가장 가까운 경찰서가 어디에 있는지 확인했다.

다행히 하굣길에서 얼마 떨어지지 않은 곳에 경찰서가 하나 있었다. 하지만 내가 도착했을 때 경찰서는 사람들로 붐비고 있었다. 대기 줄이 한참이나 길게 늘어서 있었다. 기다리고 기다리고 또 기다렸다.

가만히 서 있으려니 추워서 얼어죽을 것 같았다. 몸을 따뜻하게 유지하려고 발을 동동 구르면서 테일러에게 메시지를 보냈다. '안녕, 나 기억하니? 네가 옛날 옛적에 학교에 다녔을 때 알고 지냈던 그 이상한 여자애 말이야. 무슨 일이 생겼는지 맞혀볼래? 나 자전거를 도둑맞았어!! 경찰이 자전거도 찾아줄까? 너 대체 어디에 있는 거야?'

테일러는 답장하지 않았다. 이번에도 말이다. 메시지함을 뒤지며 깜빡하고 답장하지 않은 메시지가 있는지 확인했지만 엄마에게 온 것뿐이었다. 어제는 엄마가 세입자가 나타났다고 문자를 보냈다. 엄마는 무척 기뻐했다. 나는 아니었다. 엄마의 문자 메시지를 지우고 얼어붙은 손가락을 녹이기 위해 겨드랑이 사이에 손을 끼웠다.

손목 밴드가 진동했다. 세스풀에서 온 메시지였다. '축하합니다. 귀하는 최종 면접 대상자로 선정되었습니다.'

메시지에는 또 다른 테스트로 연결되는 링크가 걸려있었다. 처음에 했던 것보다 더 많은 상세한 항목에 답을 써서 제출해야 했다. 무기력한 내 진짜 성격이 드러나지 않기를 빌며 한 시간에 걸쳐 무의미한 질문에 답을 적었다. 그리고 가장 최근에 받은 세 번의 건강 검진 기록을 검색했다. 이

게 정말로 다 필요하단 말이야? 왜?

갑자기 한 무리의 사람이 줄에서 빠져나오더니 경찰서를 떠났다. 무슨 일이 일어나고 있는 거지? 주위를 둘러봤지만 아무 단서도 얻을 수 없었다. 물어보고 싶었지만 모르는 사람과 의사소통을 해야 한다는 생각만으로도 벌써 피곤했다. 다시 손목 밴드로 주의를 돌렸다.

마침내 대기 줄의 맨 앞까지 도달했다. 자전거 도둑을 신고하기 위해 왔다고 말하자, 유리창 너머에서 여자 경찰관이 날 뚫어져라 쳐다봤다. 그리고 무시하는 표정으로 날 외면하며 저리 가라고 손짓했다.

자리를 뜨지 않고 물었다. "지금 뭐라고 말한 거예요?"

여자 경찰관은 날 쳐다보지도 않고 중얼거렸고, 내가 재차 묻자 어쩔 수 없다는 듯 다시 내 얼굴을 쳐다봤다.

"제 자전거를 도둑맞았다고요." 더 크고 분명하게 말했다.

그게 경찰을 화나게 만들었다. 단 한 마디도 알아듣지 못했지만, 그건 명백히 호통이었다. 여자 경찰관은 옆으로 비키라고 또다시 손짓하더니, 내 뒤에 서 있던 남자에게 시선을 고정했다. 남자가 내 앞으로 왔고, 대화를 시작했다. 경찰은 그 남자에게는 무시하는 태도를 보이지 않았다.

혼란스러운 감정을 억누르며 돌아섰다. 경찰서를 나서는데 히잡을 쓴 나이 많은 한 여성이 나를 붙잡았다. 그녀는 천천히 정확하게 말하면서 내 귀를 가리키는 손짓을 했다. 내 보청기를 본 것이리라.

"공고가 있었어요." 그 여성이 나를 살펴보며 말했다.

"네? 공고요?"

"사소한 범재를 에결할 일력이 없다고 했답니다."

일력? 이유? 아니면 여력…? 어쩌면 인력?

그럼 **에결은? 예견? 해결?** 혹시 **여건**을 말하는 건가?

사소한 범죄를 해결할 인력이 없다고 했답니다.

"지금 경찰이 자전거 도둑 같은 건 조사하지 않을 거라고 말씀하시는 건가요?" 내가 물었다.

히잡을 쓴 여성이 고개를 끄덕였다. 몇 가지 단어를 놓쳤지만 **요즘 자**

전거를 도둑맞은 사람이 너무 많아서…와 중요한 문제가…라고 추측되는 말이 들렸다.

"요즘 자전거를 도둑맞은 사람이 많다고요?"

여자는 내 눈을 정면으로 보면서 천천히 발음을 정확하게 하며 말을 이었다. "네, 그래서 경찰이…." 이랬고 저랬고.

"신경을 쓰지 않는다고요?"

"신경을 쓸 수가 없다고 하네요. 바빠서요."

이해했다. 그 여성에게 고맙다고 말했다.

경찰서를 떠나려고 하자, 그 여성이 또박또박한 발음으로 말했다. "자전거를 꼭 찾기를 바라요."

자전거 없이 집을 향해 걸었다. 두 블록을 걷고 나서야 그 여성이 내게 베풀어준 친절에 감사를 제대로 표하지 않았다는 걸 깨달았다. 말을 읽는 데 너무 집중한 탓이다. 그 시간까지 줄을 서고 있었던 걸 보면 분명 사소한 범죄가 아닌 심각한 일을 신고하러 온 것일 텐데. 맙소사, 날 엄청나게 자기중심적인 사람으로 봤겠군.

한 시간을 걸었지만 겨우 집까지 절반 정도를 갔을 뿐이었다. 그때 문득 내가 자전거 가게에 찾아가서 말리를 만나야 할 완벽한 핑곗거리가 생겼다는 걸 깨달았다. 말리네 가게에 있던 낡고 녹이 슨 자전거는 가격이 얼마나 될까? 세입자가 월세를 내면 엄마가 자전거를 사줄 수 있을까?

Wednesday **15** JULY

7월 15일 수요일

엄마에게 학교에 가지 않겠다고 선언했다. 어제의 여정으로 발이 찢어질 것처럼 아팠다. 엄마는 기꺼이 허락해주었다. 나 대신 학교에 자전거 도둑에 대해 신고해주겠다고도 했다. 당장 말리를 만나야 했다. 승객이 통조림처럼 빽빽이 들어선 트램을 타고 검표원이 있는지 경계하다가 자전거 가게 근처에 있는 역에서 쏟아지는 인파에 섞여 내렸다.

가게 창에 붙어있는 전단지가 보였다. 가슴이 떨려왔다. 워크숍을 알리는 전단지는 이미 떼어지고 없었다.

가게 안으로 들어서자 어두컴컴한 실내에서 말리가 모습을 드러냈다. 말리의 파란 눈이 마지막으로 봤을 때와 마찬가지로 밝게 빛났다. "어서 와, 파이퍼! 잘 지냈어?"

그가 내 이름을 기억했다! 흠, 나도 그의 이름을 기억했잖아, 그치? 하지만 내 경우에는 매일같이 일기장에 적어둔 그의 이름을 쳐다봤기 때문에 전혀 놀랄 일이 아니었다. 보청기를 꺼내서 귀에 꽂았다. 말리가 또 보청기에서 소리가 난다고 말하는 건 바라지 않았다.

"정원을 만들 줌비는 다 됐어?" 말리의 손이 빠르게 움직였다.

*준비*라…. 고개를 저었다. "아니. 어떻게 해야 할지 잘 모르겠어."

우리 사이엔 짜릿한 긴장감이 있다. 분명히 느낄 수 있었다. 가게 출입문에 무심히 기댄 그의 눈 위로 머리카락이 쏟아져 내렸다. 강렬한 눈빛에 숨이 턱 막혀왔다.

"안젤로가 연감을 주지 않았어?"

안젤로가 영감을 주지 않았어?

그날 일이 떠올라 감정을 억눌러야 했다. "음, 훌륭한 강연이었던 것 같

아. 아마 그랬을 거야. 나는 한 마디도 알아듣지 못했지만."

"아." 말리가 미간을 찡그렸다. 눈빛에 걱정이 서렸다. 순간 부끄러웠다. 그냥 좋았다고 말할 걸 그랬나?

"평소에는 어떻게 의사소통을 해?" 말리가 물었다. "그러니까 넌 수어를 쓰지 …잖아. 무슨 일이 인어나는지 어떻게 파아캐?"

"뭐라고?"

뒤늦게 이해했지만 말리는 이미 같은 말을 반복하고 있었다. **넌 수어를 쓰지 않잖아. 무슨 일이 일어나는지 어떻게 파악해?**

말이 끝나기를 기다렸다가 대답했다. "세스풀이 많은 도움이 돼. 이젠 수업도 다 온라인으로 하니까 그렇게 힘들진 않아."

"그래도 세스풀에 작물 재배에 관한 자료는 거의 없을 텐데."

"맞아. 벌써 찾아봤는데 없더라."

"안젤로가 세스풀에 작물 재배에 관한 정보 셈터를 만들려고 시도했었어. 하지만 제안서를 반려당했어."

정보 센터를 만들려고 시도했었어.

말리는 천천히 그리고 정확하게 말했다. 어쩜 저렇게 매끄럽게 말할 수 있지? 말리가 말하는 방식은 앨리스 선생님과 달리 전혀 과장되지 않았다. 자연스럽고 편안했다.

"세스풀은 안전 때문이라고 했어. 작물을 재배했을 때 생길 결과를 책임질 수 없다고 말이야. 사람들이 식중독에 걸릴지도 모른다는 거지."

"글쎄, 그것도 일리 있는 주장인걸." 하지만 동시에 카렌 킬데어는 오가닉코어 이사회가 선택한 사람이라는 걸 떠올렸다. 세스풀에는 오직 승인을 거친 글만 올라갈 수 있다. 그건 결국 오가닉코어가 어떤 뉴스를 보도할지 사실상 결정할 수 있다는 뜻이다.

말리가 눈썹을 치켜떴다. "우리는 일류 역사 내내 진짜은식을 먹어 왔어. 야생 음식을 먹도록 진와해왔다고. 상자에 들어있는 플라스터 같은 것보다 진짜은식이 우리 몸에 이로운 거야."

눈을 깜빡였다. '진짜은식'은 분명히 **진짜 음식**을 말한 것일 거다. '진와'는 아마도 **진화**했다는 것일 테고. 그럼 이 단어를 쓰는 맥락을 고려했을 때 일류는 **인류**라고 추측할 수 있다. 하지만 플라스터는? 왜 이 말을 했지? 대화에서 잘 쓰는 단어가 아닌데. 분명히 다른 단어일 거다. 뭘까? **플라스틱?** 맞다, 그럴 확률이 높다. 좋아, 그렇다면… **우리는 인류 역사 내내 진짜 음식을 먹어왔어. 야생 음식을 먹도록 진화해왔다고. 상자에 들어있는 플라스틱 같은 것보다 진짜 음식이 우리 몸에 이로운 거야.** 레콘을 말한 것이리라.

"하지만 레콘을 먹고 식중독에 걸렸다고 보고된 사례는 단 한 건도 없는걸." 내가 반박했다.

"그렇긴 하지. 하지만 지금 아이들이 에너지결핍증우군이나 천시 같은 병을 앓고 있잖아."

에너지결핍증후군. 천식. 세스풀은 결국 뉴스를 통제하는 데 완전히 실패했다. 하지만 학교에서 봤던 기사가 떠올랐다. 그저 강박에 사로잡힌 일부 부모들의 염려일 뿐이라고 우리를 안심시키는 기사였다.

"레콘을 먹는다면 왜 은식을 기르는 법을 배우고 싶은 거지?"

"그걸로는 부족해서. 요즘 오가닉코어가 레콘을 절반 정도만 배달하고 있거든. 뭐가 됐든 먹을 게 충분했으면 좋겠어."

"그럼 우리 엄마를 한번 만나보는 건 어때? 우리 엄마는 청각장애인이신데, 한 번도 레콘을 머근 적이 없으셔. 먹을 수 있는 작물을 재배하는 법을 너한테 가르쳐주실 수 있을 거야."

"하지만 너희 어머니는 수어를 사용하시잖아, 그치? 난 수어를 못해. 아니면 너희 어머니도 나처럼 소리를 내서 말할 수 있으셔?"

"할 수는 있지만 일부러 하지 않으셔. 하지만 모두가 엄마의 수어를 이해해. 무척 명확하게 의사소통을 하시거든. 만약 대와가 마힌다면 내가 통역해줄게."

만약 대화가 막힌다면 내가 통역해줄게.

말리를 물끄러미 쳐다봤다. 왜 이렇게까지 신경을 써주는 걸까? 하지만 이미 답을 알고 있다. 그도 우리 사이에 흐르는 전류를 느낀 거다. 말리의

70

집에 간다고 생각하자 전율이 흘렀다. 말리의 에너지가 좋았다. 그의 곁에 있고 싶다.

하지만 곧 말리가 한 발짝 뒤로 물러섰다. "아, 먼저 엄마한테 여쭤봐야 할 것 같아. 널 만나고 싶은지 말이야."

내 세스풀 주소를 건네고 가게 쪽으로 손짓했다. "자전거 가격이 어떻게 되는지 알고 싶어. 가장 싼 건 얼마야? 근사한 건 필요 없어."

"네 자전거는 어떻게 하고? 그 자전거도 괜찮지 않았어?"

"도둑맞았어."

말리가 고개를 절래절래 흔들더니 나를 대신해 분노했다. "진작 너한테 말해줬어야 했는데. 자물쇠가 튼튼…다고 말이야."

"내 자물쇠가 **튼튼하지** 않았다고 말한 거야?"

말리가 고개를 끄덕였다. "이런 자물쇠를 써야 해." 그가 카운터에서 플라스틱 상자에 담긴 크고 무거운 페달 잠금용 철제 볼트를 꺼냈다. 가격표에 249달러(우리 돈으로 약 21만 5천원)라고 적혀있었다.

한숨을 내쉬었다. "이런 걸 살 형편이 안 돼."

"예산이 얼마나 있는데?"

"사실은… 전혀 없어. 엄마가 일자리를 잃었거든. 다시 돈을 벌 때까지 정말 쥐꼬리만 한 예산으로 살아야 해. 오늘은 그냥 좀 저렴한 자전거가 있을까 싶어서 보러 온 거야."

가게 안을 둘러보는 몸짓을 했다. 가죽 가방이 달린 자전거가 눈에 들어왔다. 처음에 여기 왔을 땐 못 봤는데. 말리를 그린 그림에 저 자전거를 그려 넣어야겠다. 나중에 덧그리기 위해 다른 것도 머릿속에 새겼다. 그리고 다시 말리를 향해 돌아섰다.

"저 자전거들은 파는 거야?" 말리가 고개를 저었다. 말하는 투로 봐서 파는 게 아니라고 말하고 있었다. "대여용이야. 지난 몇 주 동안 새 자전거가 드러오지 않았거든. 새 자점거는 이미 다 팔렸어."

새 자전거는 이미 다 팔렸어.

"왜 사람들이 자전거를 빌리는 거지?"

"먼 곳까지 무거운 짐을 옮기기 위해서. 이사를 하거나 뭐 그런 일 때문에. 가끔 나도 짐 나르는 걸 도와주기도 해." 말리가 고민에 잠긴 듯 손가락을 톡톡 두들겼다. "좀 기다려봐. 내게 생각이 있어. 메시지를 보낼게." 말리가 손목에 타이핑을 하는 듯한 몸짓을 했다.

떠나고 싶지 않았다. 나는 벽에 물감으로 쓰인 글씨를 가리켰다.

상상해보라,
GDP보다 행복지수를 우선시한다면
우리의 삶이 어떻게 달라질지를!

"GDP는 정부가 경제를 분석하는 지표를 말하는 거잖아. 맞지? 그런데 행복지수라는 게 진짜 있는 거야?"

"아니. 내가 알기론 없어. 저건 마프렌 킬시가 쓴 거야. 성공은 돈이 얼마나 많으냐가 아니라 우리가 얼마나 행복한가로 측정해야 한다는 뜻으로."

"그거 마음에 드네."

더는 할 말을 찾지 못해서 말리와 악수를 나누고 황급히 가게를 나왔다. 주머니에 다시 보청기를 쑤셔 넣고 행복지수를 생각하며 걸었다. 카렌 킬데어는 돈으로 성공을 측정할까? 오가닉코어 이사회는 물론 그렇겠지. 어쩌며 그들에겐 건강지수가 필요할 수도 있겠어. 비만, 암, 감기를 뿌리뽑은 것으로 레콘이 8점은 얻을 수 있겠지? 그럼 최근에 생긴 안전성 문제로는 몇 점이나 잃게 될까?

골목길로 들어서자 가게 옆 모퉁이에 있는 크고 하얀 벽이 보였다. 주위에 아무도 없었다. 가방에서 두꺼운 펜을 꺼내 크게 썼다. "상상해보라, 우리의 총리가 독립적이었다면 우리의 삶이 어떻게 달라졌을지를."

심장이 쿵쾅거렸다. 주머니에 펜을 쑤셔 넣고 서둘러 자리를 떴다. 한 번도 해 본 적 없는 일이었다. 하지만 죄책감은 느껴지지 않았다. 오히려 짜릿했다. 마침내 목소리를 찾은 것 같은 느낌이었다. 작은 소리에 불과하지만 이 벽을 지나는 누군가에게는 이 목소리가 들리리라.

마침내 세입자가 이사를 들어오고 있었다. 나는 차량 진입로 아래쪽에 있는 뜰에 앉아 이른 아침의 햇살을 쬐고 있었다. 집에서 일어나는 일에 신경을 쓰지 않으려고 노력하며 고무 도장의 도안을 그렸다. 마침 앨리스 선생님이 작은 조각칼 세트를 빌려주셨다. 하지만 이사 때문에 도무지 집중이 되지 않았다.

차량 진입로 위쪽에서 다섯 살쯤 된 남자아이가 갈색 수염에 몸이 빼빼 마른 자신의 아빠 뒤에 숨어서 조심스럽게 날 보고 있었다. 아이의 아빠는 구부정한 자세 때문에 자신감이 없어 보였다. 그는 온화한 태도로 아이를 대했다. 아이에게 집으로 들고 가도록 작은 물건을 몇 가지 건넨 후 큰 상자를 옮기느라 고군분투하고 있었다.

차에서 한 여자가 내리더니 남은 상자를 효율적으로 차곡차곡 쌓고는 다시 차에 올랐다. 두 번째 짐이었다. 휘발유가 말도 안 되게 비쌀 텐데 어떻게 차를 타고 왔지? 얼마나 멀리서 이사 왔을지 궁금해졌다.

손목 밴드가 윙- 울렸다. 말리다! 심장이 쿵쾅거렸다. '엄마가 좋다고 하셨어. 일요일에 우리 집에 놀러 와.'

'정말 기대된다.' 곧바로 답장을 보냈다.

너무 들뜬 것처럼 보였을까?

다시 목욕을 해야 한다! 일요일이면 몸을 닦은 날로부터 일주일이 훌쩍 지난 후다. 하지만 이제는 정말로 얼어 죽을 만큼 추운 창고 집에 꼼짝없이 갇혔다. 차가운 물을 끼얹을 생각을 하니 하나도 즐겁지 않았다.

'나도.' 말리가 다시 메시지를 보내오자 기분이 좀 나아졌다. '지금 뭐 하고 있어?'

'고무 도장을 조각하고 있어. 넌?'

'자전거로 집을 옮기고 있어.'

말리의 화물 자전거 뒤에 집 한 채가 올라가 있는 모습을 상상했다. 거부할 수 없을 만큼 매력적인 이미지다. 재빨리 스케치한 후 사진을 찍어서 보냈다. '이렇게 말이야?'

'하하! 그냥 이삿짐을 나르고 있는 거야.'

글쎄, 물론 그렇겠지! 하지만 그건 전혀 멋지지 않잖아. 세입자가 가져온 이사용 플라스틱 상자를 흘깃 올려다 봤다. 역시 지루해. 만약 내가 예술가 자격증이나 뭐 그런 걸 딴다면… 저 상자를 끈으로 묶은 귀여운 포장으로 바꿀 수 있지 않을까? 마치 옛날 여행 가방처럼? 떠오른 아이디어를 스케치했다. 사랑스러운 도장이 되겠어. 스케치를 고무판으로 옮긴 후 조각하기 시작했다. 고무판은 부드러웠고, 작업의 리듬감은 나를 사색에 빠져들게 했다. 마음이 자유롭게 날아올랐다.

할아버지에게 비슷한 여행 가방이 있었다. 할아버지, 할머니와 킹레이크에 있던 농장에서 함께 보냈던 시간이 그립다. 엄마도 함께했던 긴 연휴와 농장에서 보냈던 여름방학이 그립다. 할아버지가 호흡기 감염병으로 돌아가신 직후, 얼마 지나지 않아 할머니 역시 쓰러지셨다. 엄마는 그래도 이제는 두 분이 함께 계실 거라고 말했다. 나를 안심시키기 위한 말인 걸 안다. 하지만 난 죽음이 아무 감정도 느낄 수 없는 끝없는 암흑, 꿈꾸지 않는 잠이라고 믿는다. 우리 집을 사느라고 생긴 빚을 갚기 위해 농장을 팔았던 일이 지금도 마음 아프다. 그런데 이제는 낯선 사람들이 우리 집으로 이사를 들어가는 중이라니.

손목 밴드가 또 울렸다. 이번에는 테일러다. 보청기를 귀에 꽂았다.

"미안해. 나 정말 형편없는 친구였지?" 테일러가 불쑥 내뱉었다. "자전거는 찾았어?"

테일러는 빛이 환하게 들어오는 방 안에 있었다. 검정과 흰색 체크 무늬가 있는 벽 앞에서 근사한 복고풍의 오렌지색 스툴에 앉아 손목 밴드 화면을 보고 있었다. 또 새 옷을 입고 있었다. 높이 올라온 분홍색 레이

스가 목을 감쌌고, 머리는 복잡하게 땋아 올려 멋을 냈다. 아름다웠지만 여전히 눈가에 그늘이 보였다.

고개를 저었다. "아니, 못 찾았어. 너 어디야? 괜찮은 거야?"

"난 괜찮아. 잘 지내고 있어." 하지만 그대로 믿기엔 대답이 너무 빨랐다.

"무슨 일이 일어나고 있는 거야, 테이? 곤란한 일이 있는 것 아냐?"

"아니야!" 테일러가 깔깔대며 웃었다. 하지만 눈은 웃고 있지 않았다.

그 순간 화면이 까맣게 변했다. 배터리가 나간 것이다. 젠장, 학교에 가지 않으면 손목 밴드를 충전할 수가 없다. 엄마가 나가 있는 동안 잠깐이라도 충전기를 꽂으면 들킬까?

하지만 그 계획은 버려야 했다. 엄마가 집에 있기 때문이다. 엄마는 아이의 아빠와 이야기를 나누다가 갑자기 나를 향해 오라고 손짓했다. 발을 질질 끌었다. 테일러가 이토록 멀어진 걸 믿을 수 없었다. 대체 언제부터 테일러가 자신의 삶에 일어나는 일을 나한테 말하지 않게 된 걸까?

"여긴 제 딸 파이퍼예요." 엄마는 나를 향해 또박또박 말했다. "이쪽은 아치 씨란다. 아치 씨의 부인인 에린 씨도 이제 곧 오실 거야."

"안녕하세요. 반가워요." 공손히 말했다. 사실은 전혀 반갑지 않았지만.

"이쪽은 아치 씨의 아들 타이거야." 엄마가 말했다.

"타이거요? 정말 멋진 이름이네요."

엄마가 고개를 저었다. "태-거-트."

적당히 고개를 끄덕이고 이제 내 자리로 돌아가도 되는지 엄마를 살폈다. 엄마가 눈짓으로 허락했다. 하지만 아치 씨와 대화를 마치고 뜰로 와서 내 문제를 끄집어냈다. "왜 학교에 가지 않은 거지, 파이퍼?"

"왜냐면 자전거나 트램을 탈 돈이 없기 때문이죠."

"완벽하게 튼튼한 두 다리가 있잖니."

"엄마! 학교까지 걸어가려면 두 시간이나 걸린다고요."

"나도 어렸을 땐 늘 오랜 시간을 걸어서 학교에 다녔단다. 오늘은 쉬어도 되지만, 내일은 꼭 학교에 가는 거야."

나는 울상을 지으며 파고 있던 고무판 위로 몸을 수그렸다.

▶ 수신자: 테일러
좋아, 학교에 올 수 없다면 주말에 같이 노는 건 어때?
토요일에 놀러 올래?

▶ 발신자: 말리
어제는 진짜 너무 바빴어. 네가 만든 고무 도장을 보여줄 수 있어?

▶ 수신자: 말리

▶ 발신자 : 말리
넌 정말 여러 가지로 놀라운 사람이야.
일요일 4시에 자전거 가게에서 나랑 만날래?

↑

꼭 데이트 신청처럼 들리잖아?
              걔네 엄마와 함께 만나는 거긴 하지만….

그래도 이틀이나 연속으로 메시지를 보냈는걸.
          그냥 친절하게 대하는 것뿐인 걸까??

▶ 수신자 : 테일러
아니면 젠장…, 그냥 나한테 전화 좀 할래?

▶ 발신자 : 퀘스트툴 - 게시물 허가 행정 부서
축하합니다! 귀하는 7월 24일 오후 2시 퀘스트툴 본부에서
진행되는 면접에 참가할 자격을 얻었습니다. 아래에 있는
참여 버튼을 누르고, 면접 전에 다음의 질문지를 작성하십시오.

엄마가 알려준 목욕 비법을 따라 했다. 우선 싱크대 옆에 타월을 깔고 올라서서 머리를 수도꼭지 아래 들이민 다음 옷을 입은 채로 머리를 감는다. 그 뒤 옷을 벗고 수건을 비눗물에 적셔 몸을 닦는다. 물이 너무 차가워서 뼛속까지 시려웠다. 하지만 이제 몸은 깨끗해졌다.

예전 우리 집 욕실이 그립다. 거기서는 분명히 뜨거운 물이 다시 콸콸 나오고 있을 것이다. 세입자가 기름을 살 형편이 된다면 말이다. 세입자 가족은 이사 온 첫날 저녁에 거실 커튼을 닫은 이후로 한 번도 걷지 않았다. 뒷마당에 살고 있는 우리와 자꾸 마주치고 싶지 않을 거라고 추측했다. 커튼 틈으로 찬란한 불빛이 새어 나왔다.

창고 집에는 콘센트가 하나밖에 없었다. 엄마는 전기료를 계산하기 위해 콘센트에 작은 계량기를 꽂아놓고 매와 같은 눈으로 숫자를 관찰했다. 손목 밴드를 5분만이라도 충전하면 발끈했다. 심지어 전등을 켜는 것조차 금지했다. 그 대신 밖이 컴컴해지면 작은 독서등을 하나 콘센트에 꽂아서 전기 사용량을 기록했다.

옷을 세 번이나 갈아입었다가 포기하고 내가 가진 가장 따뜻한 옷인 청바지와 두꺼운 재킷을 입었다. 이를 덜덜 떨고 있다면 근사한 옷이 다 무슨 소용이겠어.

자전거 가게에 도착할 때 즈음, 심장이 쿵쾅거리며 빠르게 뛰기 시작했다. 너무 긴장해서 죽을 것 같았다. 할 말이 없으면 어떻게 하지? 말리네 어머니가 하는 말을 아무것도 못 알아들으면 어떡해? 만약에…?

하지만 그건 괜한 걱정이었다. 보청기를 귀에 꽂고 가게로 들어서자마자 말리가 활짝 웃으며 반겨주었기 때문이다. 그는 스패너를 손에 들고 괴상하게 생긴 세발자전거 아래 누워있었다. 말리는 하던 일을 멈추고 일어나 손을 청바지에 쓱쓱 문질러 닦더니 옆에 있던 평범하게 생긴 두발자전거를 가리켰다. 부품을 재활용해 만든 자전거였다.

"네가 탈 자전거를 만들었어."

깜짝 놀라 허둥지둥했다. 돈이 한 푼도 없는데 어떡하지? 엄마한테 아직 자전거를 사도 된다는 허락을 받지 못했다. 지난번에는 그냥 가격이 얼마나 하는지 알려고 물어본 것뿐이었는데….

"얼마야?" 내가 물었다.

"아냐, 아냐. 돈 걱정은 하지 마. 그냥 타도 돼. 필요한 만큼 오래 가지고 있어도 괜찮아."

말리의 눈동자가 반짝였다. 말리는 내게 푹 빠진 게 분명했다. 그냥 평범한 관심이라면 이렇게까지 하지는 않잖아.

"빌려준다는 말이야?"

말리가 고개를 끄덕였다. "그렇게 좋은 자전거는 아니야. 하지만 여기서 우리 집은 걸어서 가기엔 꽤 멀거든."

우리는 메리 크릭 자전거 도로를 따라서 달렸다. 배 속이 자꾸 간질거렸지만 무시하고 자전거 타는 것에 집중하려고 애를 썼다. 말리는 두 팔을 등 뒤로 뻗은 채 마치 유람하는 것처럼 편안하게 달리고 있었다. 그는 너무도 아름다웠다. 말리의 자전거를 함께 타고 있는 모습을 상상했다. 뒷자리에 앉아 양팔로 그의 허리를 감싸고 그의 등에 머리를 기대리라.

이곳에 온 건 정말이지 오랜만이었다. 강물은 빠르게 흘렀고, 몹시 더러웠다. 낡은 레콘 상자와 대형 운송용 플라스틱 상자, 그리고 옷가지가 물살에 휩쓸려 떠내려가고 있었다. 내 기억 속 어린 시절에는 이곳에 나무가 자라고 있었다. 지금은 모두 도둑맞아 그루터기만 덩그러니 남아있었다. 막대기처럼 삐죽 솟은 키 작은 관목과 우거진 잡초, 그리고 덩굴만 자라고 있었다.

마침내 자전거 도로를 벗어났다. 어디쯤 가고 있는지 감각을 잃을 때쯤 말리가 높은 벽돌 담장 앞에 자전거를 세웠다. 담장 꼭대기에 설치된 가시 돋친 철사를 보자 마음이 불안해졌다. 설마 날 납치하려는 건 아니겠지? 엄마한테 어디에 가는지 말했어야 했는지도 모르겠다. 집을 나설 때 엄마는 이미 외출한 뒤였다. 쪽지도 남기지 않고 나왔는데. 만난 지 얼마 안 된 남자애의 집에 간다는 걸 알면 엄마가 달가워하지 않을 것 같았다. 아무리 그 애의 엄마가 함께 있다고 해도.

"왜 이렇게 경비를 해놓은 거야?" 내가 물었다.

"나무 도둑 때문이야." 말리가 벽에 나있는 문을 열었다. 내가 바짝 긴장해서 들어가기를 주저하자, 말리가 열쇠를 건넸다. "자, 이거 받아. 집에 가고 싶다면 언제든 돌아가도 돼."

말리의 손가락이 닿았다. 전기가 뜨겁게 흘러 심장이 내려 앉았다. 얼른 다른 방향으로 눈길을 돌렸다. 말리의 시선이 너무 강렬했다.

우리는 안으로 들어갔다. 무성하고 푸르르며 거대한 야생의 낙원으로 빨려드는 것만 같은 순간이었다. 잎이 무성한 나무와 그렇지 않은 나무가 어울려 자라고 있었다. 잎이 없는 나무는 둥그런 주황색 열매로 가득 뒤덮여 있었다. 덤불이 나무의 몸통을 감싸고 담장을 타며 오르고 있었다. 어떤 식물은 큰 나무 말뚝에 묶여있었다(오, 나무가 있다니). 아무것도 자라지 않고 흙만 있는 밭도 있었는데, 그곳의 흙은 우리 집 앞의 먼지로 뒤덮인 갈색 흙과는 다르게 까맣고 촉촉했다.

말리가 따라오라고 손짓했다. 순간 말리가 내 손을 잡을 것 같다고 생각했지만 그런 일은 일어나지 않았다. 우리는 식물 상자가 격자로 놓여있는 새로운 구역으로 들어섰다. 방금 전에 보았던 혼돈스러운 입구와는 달리 이곳은 나무와 덤불이 서로 엉겨서 자라지 않고 각각 경계를 이루고 있었다. 한마디로 단정하게 정리된 공간이었다. 더 안쪽으로 들어가자 또 다른 공간이 펼쳐졌다. 커다란 연못이 있고, 그 주위로 여러 개의 의자가 쭉 늘어서 있었다. 그 뒤쪽에 정자가 세워져 있는 게 보였다. 지붕에 식물이 구불거리며 얽혀 있었지만 잎이 없는 걸로 봐서는 이미 죽은 상태인 것 같았다.

그러니까 이곳은 여러 공간으로 이루어진 정원이었다. 그리고 각각의 공간은 저마다 분위기가 달랐다.

그곳에 작은 나무 오두막이 한 채 있었다. 기어오르는 넝쿨로 온통 뒤덮여있었고, 안과 밖을 뒤집은 것처럼 부엌이 집 바깥에 나와 있었다. 마치 동화 〈헨젤과 그레텔〉에 나올 것 같은 집이었다. 믿기 어려울 정도로 고풍스러웠지만 동시에 아주 현대적이었다. 지붕에 태양광 패널이 둘러져 있었고, 풍력 발전용 터빈이 하늘로 삐쭉 솟아 있었다.

나는 사랑 에 빠졌다.

걸음을 멈추고 싶었다. 모든 걸 아주 천천히 둘러보고 싶었다. 각각의 정원이 뿜어내는 기운과 아름다움을 흠뻑 흡수할 수 있도록 이 순간을 멈추고 싶었다. 하지만 말리는 내 마음을 알아채지 못하고 자신의 엄마를 찾고 있었다. 말리가 안쪽 정원으로 나를 이끌었다. 닭이 여러 마리 들어있는 닭장과 토끼를 키우는 장이 벽을 따라 줄지어 쌓여있었다.

고작 한 블록 안에 이렇게 많은 걸 집어넣을 수 있을지 누가 상상이나 했을까? 마치 농장을 압축해놓은 것 같았다. 농장에서 볼 수 있는 동물이 다 있었다. 다만 크기가 작을 뿐이었다. 말 대신 토끼가, 소 대신 닭이 있었다. 이곳이 거리에선 그저 조금 크지만 평범한 보통의 주택처럼 보이다니. 얼마나 기묘한가.

벽을 따라 줄지어 놓은 뚜껑이 없는 1미터 크기의 나무 상자에는 정원에서 나온 나뭇잎 따위의 여러 잔해물이 가득 쌓여있었다. 그리고 그 벽을 배경으로 한 여인이 서 있었다. 입고 있는 녹색 코트가 마치 보호색처럼 정원의 배경과 뒤섞여서 움직이기 전까지는 누군가 거기 있다는 걸 알아채지 못할 정도였다. 그 여인은 말리와 별로 닮지 않았지만 말리와 같은 따뜻함이 물씬 풍기는 미소를 지니고 있었다. 그녀는 나보다도 키가 작았다. 얼굴에는 주름이 깊게 패여있었고, 지저분한 회갈색의 머리카락은 얼굴이 당겨질 정도로 바짝 틀어 올려져 있었다.

그 여인과 말리가 서로를 향해 손가락을 획획 움직이는 모습에 넋을 잃었다. 속도가 워낙 빨라서 손은 흐릿하게 형체만 보였고, 표정은 기이할 정도로 활기찼다. 하지만 두 사람이 무슨 말을 나누는지 아무것도 알아볼 수 없었다. 두 사람 모두 입술을 움직이고 있었지만 그건 내가 알지 못하는 패턴이었다.

거짓말이었어! 말리는 누구든 자신의 어머니가 하는 말을 이해할 수 있을 거라고 했는데. 하나도 못 알아보겠잖아. 하지만 그걸 신경 쓰기에 난 너무 들떠있었다. 감각이 이미 과부하에 걸려 폭발하기 직전이었다. 심지어 허기조차 잊고 말았다.

여인이 호기심 어린 눈빛으로 나를 유심히 살폈다. 말리가 항상 낯선 여자애들을 집에 데려오는 걸까? 말리가 나에 대해서 뭐라고 얘기했을까? 그 여인이 자신의 가슴께를 가리키더니 손가락으로 모양을 만들었다. 말리를 흘끗 쳐다봤다. 그의 볼이 발그스레했다. 조금… 멋쩍어하는 것처럼 보이는데? 나를 소개하는 게 창피한 걸까?

"지문자를 쓰시는 거야." 말리가 또박또박 말했다. "엄마의 이름이 로비라고 말씀하고 계셔." 나도 손가락으로 내 가슴께를 가리키며 음성으로 말했다. "제 이름은 파이퍼예요."

로비는 말리의 통역이 필요하지 않았다. 로비가 고개를 끄덕이고 두 손과 입술로 더 많은 모양을 만들었다. 아무 소리도 내지 않았지만 무슨 말을 하는지 완벽하게 이해할 수 있었다. **그쪽을 만나게 되어 반가워요.** 로비는 '그쪽'이라고 말하면서 나를 가리켰다.

로비는 정원 쪽을 향해 몸짓한 후 다시 나를 가리켰다. 이어서 씨앗을 심는 동작, 식물이 자라나는 모습을 몸짓으로 표현하고 기대에 찬 눈빛으로 나를 빤히 응시했다.

고개를 끄덕인 후 말리를 향해 돌아섰다. "너희 어머니께 **네, 작물 재배하는 법을 배우고 싶어요,** 라고 말해줄 수 있어?"

"괜찮아. 그냥 어머니께 직접 말해도 돼. 네가 한 말을 이해하지 못하시면 그때 내가 설명할게."

나는 손가락으로 나 자신을 가리킨 후, 방금 로비가 했던 몸동작을 그대로 따라 하고 고개를 끄덕였다. 그러고 나서 소리 내어 덧붙였다. "하지만 저는 작물에 대해선 전혀 알지 못해요. 작물로 어떻게 음식을 요리해야 하는지에 대해서도요. 어쨌든 이 정원은 정말 아름답네요."

옆에서 말리가 손가락을 재빠르게 움직였다. 로비가 기쁨을 가득 담아 미소 지었다. 로비는 나를 바라보면서 손을 턱으로 가져갔다. 동시에 이번에도 소리는 내지 않은 채 입 모양으로 말했다. *고마워요.*

얼른 그 동작을 머릿속에 입력했다.

로비가 따라오라고 신호를 보냈다. 우리는 함께 정원을 여행했다. 로비가 잎사귀를 가리키고 그걸 씹는 동작을 했다. 이번에는 아무 단서가 없었음에도 먹을 수 있는 것이라고 말한다는 걸 알았다. 로비가 자신의 몸을 가리키더니 엄지손가락을 들어 보였다.

말리가 통역했다. "이건 언강에 특별히 좋은 식물이래."

건강.

로비가 커다란 잎사귀를 한 웅큼 땄다. 로비는 공구 벨트가 달린 가죽 앞치마를 위에 두르고 있었다. 엉덩이 쪽에는 작은 정원용 갈퀴가 걸려있고 앞쪽에는 넓은 주머니가 있는 앞치마였다. 로비는 방금 딴 주름진 짙은 녹색의 잎사귀를 주머니에 넣었다.

정원에 딸린 작은 온실 안에서 로비가 섬세한 깃털 같은 식물이 얽혀있는 덤불을 가리키고 그걸 뽑는 동작을 했다. 그리고는 나를 가리켰다. 이번에는 제대로 이해했는지 확신이 없어서 말리를 쳐다봤다.

"저걸 뽑아봐."

말리가 윙크했고, 나는 작은 미소를 던졌다. 자신감이 생겼다. 로비는 대부분의 의사표현을 연기와 몸동작으로 했고, 나는 그걸 읽을 수 있었다.

줄기를 꽉 움켜잡고 세게 잡아당겼다. 흙 속에서 당근 한 뿌리가 모습을 드러냈다. 깜짝 놀랐다. 지저분하고 구불구불하게 생겼지만 의심할 여지 없이 당근이었다. 덥썩 당근을 한입 베어 무는 모습을 상상했다. 허기가 되살아났다. 로비가 몇 개 더 뽑으라고 몸짓했다.

다음으로 로비는 얇고 뾰족뾰족한 이파리가 달린 향이 좋은 식물(허브의 한 종류 같았다)을 가리키며 한 움큼 따라고 했다. 그리고 손가락으로 그 잎사귀를 비비고 숨을 깊게 들이쉬라고 했다. 우리는 또한 잎이 겹겹이 쌓인 동그란 공 같은 작물을 작은 톱으로 잘랐다. 알고 보니 그건 양배추였다. 우리는 또 혹처럼 생긴 지저분한 알멩이 몇 개를 찾을 때까지 땅을 파냈다. 감자다! 그러고 나서 로비는 주황색 과일이 주렁주렁 달린 잎이 없는 나무를 가리키고 작은 연극을 벌였다. 과일을 반으로 잘라서 열고, 한 입 베어 물고, 천국을 발견한 듯한 동작을 해 보였다.

"저건 강이야." 말리가 덧붙였다.

"뭐라고?"

"감-이라고."

두 번이나 반복해서 물어야 했다. 한 번도 들어본 적 없는 과일이었다.

로비가 말리의 팔꿈치를 툭 치더니, 오른손가락을 왼팔 위에 올리고 마치 등산하는 것처럼 움직인 뒤 손가락 세 개를 들어 보였다.

말리는 순순히 나무를 타고 올라갔다. 손쉽게 한 손으로 나뭇가지에 매달린 채, 다른 한 손으로 과일을 따기 시작했다. 말리는 딴 과일을 내 손바닥에 하나씩 떨어뜨렸고, 세 개가 되었을 때 나는 그걸 로비에게 건넸다. 로비는 과일 역시 불룩해진 주머니에 넣었다.

로비가 내게 알 수 없는 질문을 던졌다. 말리가 나를 쿡 찔렀다. 피부에 닿은 그의 손가락이 따스했다. "저녁으로 뭘 먹고 싶어? 생선? 닭고기? 아니면 토끼?"

저녁을 먹고 가도 된다고? 눈을 크게 떴다. 작물을 따는 시범만 보여준 거라고 생각했는데. 맛볼 수 있을 거라고 감히 상상도 하지 못했다. 하지만 불현듯 걱정이 피어올랐다. 내가 알아볼 수 있는 야채는 오직 당근뿐이었기 때문이다. 감자칩을 좋아하기는 하지만, 혹 같이 생긴 알멩이를 어떻게 한 접시의 가느다란 금빛 조각으로 요리할 수 있을지 전혀 알 수 없었다. 어렸을 때 이후로는 양배추를 본 적도 없었고, 과일과 허브는 완전히 미스터리였다.

"아니면 혹시 채식주의자야?" 말리가 물었다.

"내가 무엇이냐고?"

"채-식-주-의-자."

"아, 음…. 아니야. 괜찮아. 고기 먹어."

잠시 머뭇거렸다. 그러니까 내가 고기 맛이 나는 레콘을 먹기는 하지만 거기에 진짜 고기가 들어있는 건 아니었다. 오가닉코어는 그 덕분에 동물 권리 보호 단체와 기후 변화를 저지하는 운동가들에게서 전폭적인 지지를 얻을 수 있었다. 문득 내가 지난 몇 년간 사실상 채식만 해왔다는 걸 깨달았다. 로비가 생선, 닭고기 또는 토끼라고 말했지만, 설마 정말 그걸 요리한다는 뜻은 아니겠지…?

닭장 안에 있던 크고 하얀 닭과 새빨간 눈으로 나를 쳐다보던 부드러운 털을 가진 토끼를 떠올렸다. 걔네들을 죽이려는 걸까? 이것도 시범의 한 부분일까?

"생선이 좋겠어." 서둘러 말했다. 바다에는 이제 물고기가 남아있지 않았으니, 생선 요리는 레콘일 수밖에 없다고 판단했다.

하지만 말리와 로비는 정자의 뒤쪽에 자리한 연못으로 나를 이끌었다. 무릎을 굽혀 어두컴컴한 물속을 자세히 들여다보자, 진흙으로 탁해진 물속에서 물고기가 휙 움직이는 게 보였다! 말리와 로비가 고기잡이 그물망과 커다란 고무 망치를 가져왔다.

기겁하며 망치를 쳐다봤다. 내 얼굴에서 경계심을 본 말리가 손가락으로 자기 자신을 가리켰다. 그리고 한 손으로는 꿈틀거리는 물고기를 표현하고, 다른 한 손으로는 물고기를 붙잡아 누르는 동작을 했다. 그 아래에는 죽음이 입을 벌리고 있었다. 음, 죽이는 건 자기가 한다는 뜻이겠지? 하지만 그렇다고 공포감이 사라지는 건 아니었다.

나는 나 자신을 가리키고 손에 얼굴을 묻었다. 로비가 웃더니 엄지손가락을 세워 보였다. 그리고 우리는 모두 동의했다. 죽이는 건 말리가 할 거고, 나는 그 장면을 보지 않을 거다.

로비가 손에 쥐어준 그물망으로 팔뚝만 한 크기의 은빛 물고기를 두 마리 퍼 올렸다. 말리가 다가와 거칠게 팔딱거리는 물고기 한 마리를 움켜쥐더니 뒤로 냅다 던졌다. 굶주림이 초조함으로, 이윽고 메스꺼움으로 변했다. 하지만 손에 얼굴을 묻지는 않았다. 그 대신 나는 나무 옆에 서서 하늘을, 그리고 내 앞에 펼쳐진 자연과 식물을 뚫어져라 올려다 봤다. 정체를 알 수 없는 거미 한 마리와 곤충 몇 마리가 보였다.

그리고 끝이 났다. 우리는 죽은 물고기와 야채로 가득한 가죽 앞치마를 가지고 집 바깥으로 나와 있는 부엌을 향해 터벅터벅 걸어 돌아갔다.

로비가 물이 담긴 대야 앞에 나를 앉히고 손에 뻣뻣한 솔을 쥐어주었다. 내 역할은 야채를 문질러 깨끗이 닦는 것이었다. 흙을 먹고 죽을지도 모른다는 강박에 사로잡혀 야채를 문지르고 또 문질렀다. 보다 못한 로비가 내 손에서 감자를 도로 가져갈 때까지. 로비는 놀라운 속도로 감자를 얇게 썰었다. 말리는 어디로 갔는지 사라지고 없었다.

콘크리트 벤치 위에 까맣게 그을린 벽돌이 쌓여있었다. 가운데가 텅 빈 정사각형 모양이었다. 로비가 아래쪽에 난 구멍으로 나뭇가지를 쑤셔 넣고 불을 붙였다. 로비가 커다란 팬을 그 위에 올려놓자, 이것이 화덕이라는 걸 알았다.

불현듯 흥미가 솟구쳤다. 우리 집 뒤편에 쓰지 않는 벽돌이 여러 개 있었다. 그걸로 나도 화덕을 만들 수 있지 않을까? 자세히 살펴보니 회반죽을 바를 필요도 없었다. 벽돌이 옆으로 삐져나오면 그저 막대기로 툭툭 쳐서 원래 자리로 밀어 넣으면 그만이었다. 하지만 땔감을 어디서 구할 수 있을까? 메리 크릭 강가를 따라서 난 덤불이 있기는 했는데….

슬그머니 손목 밴드로 화덕을 사진 찍는데, 로비가 갑자기 몸을 움직였다. 몰래 찍다가 들킨 것 같아 부끄러움에 볼이 화끈거렸지만 로비는 신경 쓰지 않았다. 로비가 집 안쪽으로 사라졌다가 종이를 들고 나타났다. 진짜 종이였다. 로비가 종이에 글씨를 쓰기 시작했고, 나는 그 모습을 물끄러미 바라보다가 깜짝 놀라며 깨달았다. 로비는 손목 밴드를 차고 있지 않았다! 그래서 타이핑을 할 곳이 없었던 것이다.

이건 로켓 스토브예요. 열효율이 아주 뛰어나죠.
열을 정확하게 전달하기 때문에 연료가 아주 적게 들어요.
사람들은 잘 모르지만, 만들기도 아주 쉬워요.

나는 손가락으로 나 자신을 가리킨 다음 벽돌을 쌓는 흉내를 냈다. 나도 스토브를 만들고 싶다는 뜻이었다. 로비가 활짝 웃으며 엄지손가락을 세워 보였다. 그리고 벽돌 아래쪽에 난 구멍을 가리켰다. 로비가 나뭇가지를 넣고 불을 붙였던 구멍이다. 벽돌 사이에 아까는 보지 못했던 얇고 기다란 철망 하나가 가로로 끼워져 있었다. 불이 붙은 나뭇가지가 그 위에 올려져 있었다.

저게 아주 중요해요. 땔감을 저 위에 올려야만
아래로 산소가 흐르면서 불이 붙는답니다.

실망감이 스물스물 올라왔다. 어디서 저렇게 생긴 철망을 구할 수 있을지 전혀 감이 오지 않았다.

로비가 야채와 물고기, 그리고 지글지글 끓어오르는 버터와 허브로 요리를 시작했다. 나는 로비의 몸동작을 주의 깊게 살폈다.

휘휘 저어요.

나뭇가지를 스토브에 더 넣고요.

천천히 넣어야 해요. 연기가 너무 많이 나지 않도록 말이죠.

소리를 전혀 내지 않고도 자신이 하려는 말을 이토록 정확하게 전달할 수 있다는 게 무척 감명 깊었다.

몸동작과 입 모양, 필담으로 말리가 어디로 갔는지, 왜 그는 돕지 않는지 물었다. 로비는 자신이 작물을 재배하고 요리를 하면, 말리는 빵과 자전거를 비롯한 다른 집안일을 맡는다고 말했다.

다른 집안일이 뭔지 다시 물어보려는 찰라, 작은 비상 사태가 일어났다. 스토브의 불길이 너무 높이 치솟아서 하마터면 저녁을 다 태울 뻔한 것이다. 음식 냄새에 군침이 돌았다. 팬 위의 음식을 한 입 맛보고 싶은 갈망에 사로잡혔지만 꾹 참았다.

로비가 팬을 불에서 들어 올려 휘휘 젓더니 유리병에서 찐득찐득한 금빛 꿀을 한 숟가락 퍼서 더했다. 달콤하면서도 황홀한 냄새가 퍼졌다. 스토브의 불길은 다시 작아져 있었다. 로비가 꿀이 담긴 병을 들고 집 옆으로 난 길을 가리켰다.

어깨를 으쓱하고는 마지못해 음식이 가득 든 팬을 떠나 발걸음을 옮겼다. 로비를 따라가자 이윽고 끊임없이 곤충이 날아드는 상자에 도달했다. 그제야 알았다. 꿀벌이다!

로비를 도와 음식을 그릇에 담아 실내로 날랐다. 집 안이 그리 따뜻하지는 않았지만 야외의 매서운 추위에 비하면 무척 포근했다. 로비가 계단 아래에 있는 스위치로 팔을 뻗어 전등을 연달아 켰다 껐다 하자 곧 말리가 나타났다. 우리는 식탁 위에 놓인 각자의 접시 앞에 앉았다.

오, 세상에! *음식이다!* 으깬 생선이 폴렌타(옥수수 가루 등 곡물 가루로 끓인 죽)라고 불리는 노란색 죽 위에 올려져 있었고, 그 위에 향긋한 허브가 뿌려져 있었다. 버터와 꿀로 버무린 당근과 생긴 건 감자칩과 다르지만 맛은 거의 비슷한 바삭바삭한 감자, 그리고 버터와 소금과 꿀을 넣고 볶아 달콤하면서도 감칠맛 나는 양배추와 푸성귀가 가득했다.

갓 요리한 야채와 생선의 섬세한 맛은 그 무엇도 대신할 수 없으리라. 치솟는 불길에 저녁을 태워먹을 뻔한 덕분에 절묘한 훈제향까지 났다. 예의에 어긋나는 행동인 줄 알면서도 눈 깜짝할 사이에 먹어 치웠다. 식중독에 걸릴지도 모른다는 걱정 따위는 조금도 들지 않았다. 언제나 가장 맛있는 음식을 한 입 남겨두었다가 마지막에 먹곤 했지만, 지금은 어떤 음식을 남겨야 할지 결정할 수가 없었다.

"여기서 엄마랑 단둘이 사는 거야?" 말리에게 물었다. "아니면 형이나 누나, 동생이 있어? 아버지는?"

로비가 눈을 가늘게 뜨고 날 쳐다봤다. 내 말을 이해하지 못한 것이다. 내가 자주 짓던 표정을 다른 사람의 얼굴에서 발견하는 건 처음이었다. 특히 로비와 같이 지적인 사람이라면 더더욱. "로비한테 번역해줄 수 있어?" 말리에게 물었다.

"음, 사실 수어를 쓸 때는 **번역**한다고 하지 않고 **통역**한다고 말해." 말리가 대답했다.

"무슨 차이가 있어?"

"글은 번역한다고 말해도 돼. 그건 괜찮아. 하지만 수어로 말할 때 번역은 단지 한 언어에서 다른 언어로 단어나 표현을 바꾸는 것으로 여겨져. 그에 비해 통역은 훨씬 더 많은 걸 의미하지. 예를 들어 미국수어를 호주수어로 옮기거나 아니면 그 반대의 경우를 생각해봐. 그저 단어와 표현을 바꾸는 것만으로는 충분하지 않아."

미간을 찡그렸다. "예를 들어줄 수 있어?"

말리가 입술을 깨물고 잠시 천장을 응시했다. "좋아." 마침내 말리가 말했다. "만약에 네가 **돌멩이 하나로 두 마리의 새를 잡는다**(두 가지 일을 동시에 성공해낸다는 뜻), 라고 말했다고 치자. 내가 그 말을 있는 그대로 로비한테 전한다고 생각해봐. 그러면 로비는 네가 정말로 새를 죽일 거라고 받아들일 거야. 그러니까 나는 네가 한 말에 들어있는 의미를 수어로 전달해야 하는 거지. 효율적으로 일을 하려고 한다고 말이야."

"무슨 말인지 알겠어. 하지만… 너희 어머니도 관용 표현에 익숙하잖아. 있는 그대로 전달해도 이해하지 않을까?"

"아마 그렇겠지. 하지만 수어는 아주 직접적이고 직관적인 언어야. 만약 네 말대로 한다면 난 수어를 정확하게 하지 않은 것이 돼. 그냥 내가 수어를 제대로 못한 거야. 그리고 로비가 영어를 무척 잘하기는 하지만 ~~청각장애~~인 중 많은 사람은 영어를 잘 알지 못해. 그러니까 근본적으로 통역사가 그저 말을 옮기고 있을 뿐이라고 말하는 건 사실 모욕이나 다름없어. 훨씬 더 많은 걸 하고 있으니까."

"이제 이해했어. 미안해! 모욕하려는 뜻은 아니었어."

말리가 괜찮다며 손을 흔들고는 윙크를 했다.

"왜 ~~청각장~~애인 중 많은 사람이 영어를 잘 알지 못하는 거야?"

"수어는 영어와 아주 다르거든. 단어의 순서가 다르고, 문법과 시제도 다르지. 그래서 만약 네가 ~~청각장~~애인으로 태어났고 자라면서 영어를 한 번도 듣지 못했다면, 영어 단어 하나하나를 설명으로만 배우는 건 무척 어려운 일이야. 그런데 넌 어떻게 그렇게 영어를 잘해?"

어깨를 으쓱했다. 한 번도 내가 영어를 특별히 잘한다고 생각해본 적이 없었다. "세 살이 될 때까지는 듣지 못한 게 아니었거든. 아마 그때 이미 말을 할 수 있었던 것 같아. 게다가 엄마가 늘 신경을 곤두세우고 내 말을 고쳐줘."

"그거네. 태어날 때부터 듣지 못한 게 아니었구나."

숨을 들이쉬고 원래 하려고 했던 질문을 다시 던졌다. "나를 위해서 통역해줄 수 있어? 형이나 누나, 동생이 있어? 아버지는?"

말리가 질문을 수어로 옮겼다. 그리고 로비와 말리가 동시에 대답하기 시작했기 때문에 잠시 혼란이 있었다. 로비가 말리에게 계속 이야기하라고 손짓했다.

"나는 외동이야." 말리가 로비를 위해 수어를 하면서 말했다. "그리고 날 낳아준 또 다른 어머니는 내가 어렸을 때 돌아가셨어."

"오, 세상에. 미안해." 무슨 일이 있었는지 묻고 싶었지만 무례한 질문일 수도 있기에 참았다. 그건 선을 넘는 것처럼 느껴졌다.

잠시 동안 우리는 침묵했다.

"그래서, 어떻게 이곳을 이렇게 멋지게 만든 거예요?" 한참 동안 질문을 고른 끝에 로비에게 물었다. 이건 무례하지 않은 질문이겠지? 말리가 또다시 통역했다. 식탁 아래에서 말리의 발이 움직이더니 내 발에 닿았다. 일부러 그런 걸까?

로비가 손을 움직이며 높은 담장 모양을 만들었다. 말리가 로비의 수어를 옮겼다. '이런 방식으로 살고 있는 사람이 많아요. 그저 높은 담장 뒤

로 숨길 뿐이죠. 마치 우리처럼 말이에요.'

말리가 이번에는 자신의 생각을 말하면서 동시에 수어를 했다. "로비는 물질 문명의 븐괴를 기다려왔어. 살아오는 내내 그날을 대비해 준비해왔거든. 그리고 마침내 그날이 다가와서 몹시 열광하고 있어."

로비가 장난기 섞인 얼굴로 분개하는 표정을 지으며 말리를 향해 팔을 휘둘렀다. 그리고 한쪽 손 옆 날을 다른 쪽 손바닥에 탕탕 내려놓았다.

"뭘 기다린다고? 븐괴?" 내가 끼어들었다. 말리는 로비를 엄마라고 부르지 않고 이름을 불렀다. 무척 인상적이었다.

"문명의 붕괴." 말리가 또박또박 발음하며 말했다.

로비가 말리를 향해 빠르게 손짓했다. 입술은 전혀 움직이지 않았다. 그러더니 말리를 향해 손을 흔들며 내게 말하라고 지시했다. "언젠가 이런 날이 올 것을 알고 있었지만, 고대하고 있었던 건 아니라고 이야기하네." 로비가 바깥에 있는 부엌을 향해 몸짓했고, 말리가 계속해서 말을 이어갔다. "로비는 빵을 그리워해. 빵이 없는 삶은 전과 같지 않으니까."

말리에게만 집중하고 싶었지만 그럴 수가 없었다. 그저 로비가 수어 하는 모습을 보고 싶었다. 무척 매력적이었다. 사람을 강하게 끄는 무언가가 있었다. 하지만 동시에 로비가 이 자리에 없기를 바라기도 했다. 말리와 내가 서로의 발이 맞닿아 있는 이 순간의 설렘을 다리로, 손으로, 그리고 다른 모든 곳으로 번지게 할 수 있도록.

"밀이 다 떨어졌거든." 말리가 설명했다. "우리와 거래하는 농부한테 밀이 충분히 있기는 하지만 그걸 도시까지 가져올 수가 없어. 휘발유 값이 엄청나게 비싸서 말이야."

"그럼 부엌은? 왜 바깥에 있어?" 내가 물었다. 로비와 내가 얼어붙도록 추운 바깥에서 요리를 한 건 분명 이상한 일이었기 때문이다. 더군다나 집 안에 또 다른 부엌이 있는 걸 본 지금은 더욱 그랬다. 로비의 집 일층은 공간을 전부 터서 커다란 방 하나처럼 보였다. 한쪽 끝에는 스토브가 두 개 있는 부엌이 있었고, 정중앙에는 테이블, 다른 쪽 끝에는 아늑해 보이는 소파가 여러 개 놓여있었다. 우리의 창고 집보다 그렇게 크거나 따

뜻하지는 않았지만 훨씬 더 매력적이었다. 창가에 있는 화분에는 식물이 심어져 있었고, 거실 바닥에는 손으로 짠 줄무늬 카펫이 깔려있었다. 가방 여러 개와 코트 몇 벌이 고리에 걸려있었고, 책꽂이도 있었다! 우리 엄마는 가정용 가상 화면이 출시되자 우리가 가지고 있던 책을 모두 팔아 버렸는데 말이다.

"부엌에 있는 나무 스토브의 연통에 금이 갔어." 말리가 말을 하면서 동시에 손으로 연통의 모양을 만들고 가리키는 몸짓을 했다. "불을 피우면 집 안에 연기가 꽉 차거든. 새 연통을 주문했는데 도무지 오지를 않네. 그래서 그때까진 밖에서 요리를 해야만 해."

내 접시는 이제 텅텅 비었다. 하지만 말리와 로비는 겨우 절반 정도만 먹었을 뿐이었다. 말리의 그릇에 놓인 생선을 가져오고 싶은 충동을 간신히 눌렀다.

"하지만 스토브가 두 개잖아. 다른 하나는 전기로 작동하는 거 아냐?"

로비의 손가락이 빛처럼 빠르게 움직였고, 말리가 통역했다. "아니야. 저건 가스 스토브야. 하지만 위급한 상황이 아니면 저건 쓰지 않아. 매일 해야 하는 요리 같은 걸 할 때는 우리가 직접 구할 수 있는 연료를 사용하려고 노력하고 있어."

로비가 말리에게 또다시 수어로 뭔가 이야기하자, 말리가 말했다. "내 친구 닉이 부품 없이도 연통을 고칠 수 있는지 물어보고 계셔." 말리가 곧바로 대답했다. '물론 고칠 수는 있죠. 하지만 닉이 바쁜걸요. 닉은 지금 자신만의 체계를 갖추는 일에 몰두해 있어요. 특히 정원이요. 그래야 봄에는 정원에서 기른 작물을 수확해서 먹을 수 있으니까요..'

잠시 딴생각에 빠졌다. 닉이라는 사람과 그가 만들고 있다는 정원을 떠올렸다. 로비의 정원이 지닌 강렬한 아름다움과 야생성, 그리고 훌륭한 식사를 떠올렸다. 나도 닉처럼 음식을 구할 체계를 갖춰야 한다. 하지만 어디에 만들지? 어떻게 만들 수 있지? 우리 집에 있는 작은 뜰은 정확히 로비의 온실에 있는 화단 딱 하나만 한 크기였다. 집 앞쪽에는 잔디가 듬성듬성 난 길쭉한 마당이 하나 있었고, 집 앞 거리 한가운데 식물이 다

죽어버린 공터가 덩그러니 섬처럼 놓여있긴 했다. 하지만 설령 정원을 만든다고 해도 어떻게 나무 도둑으로부터 정원을 보호할 수 있을까?

로비가 손으로 식탁을 쿵쿵 두드렸다. 깜짝 놀라 고개를 들었다. 로비는 주의를 끌기 위해서 식탁을 친 것일 뿐 화가 난 표정은 아니었다.

'지금도 작물 재배하는 법을 배우고 싶나요?' 로비가 수어와 입 모양을 동시에 하며 물었다. 이번에는 말리의 통역이 필요 없었다. 입 모양은 읽기 쉬웠고, 동작은 명확했다. 로비의 손이 땅에서 솟아나는 식물의 모양을 표현했다.

"물론이에요. 하지만…." 로비의 정원을 향해 몸짓했다. "제가 저렇게 가꿀 수 있을 만큼 충분히 실력을 갖출 수 있을 것 같지 않아요."

로비가 고개를 젓고 다시 수어로 뭔가를 말했지만 이번에는 이해할 수 없었다. 말리를 쳐다봤다.

'복잡하지 않아요.' 말리가 통역했다. '잘 따라올 수 있도록 쉽고 간단한 것부터 단계적으로 차근차근 알려줄게요. 한 번에 하나씩 배우는 거죠.'

"저를 가르쳐주시겠다고요?"

로비가 고개를 끄덕이더니 말리를 향해 수어로 빠르게 말했다.

말리가 목을 가다듬었다. "기꺼이 가르쳐주시겠대. 하지만 로비는 입 모양을 읽는 걸 기다릴 만큼 참을성이 없어. 수어를 배워야만 할 거야. 아주 기본이라도 말이야. 지문자와 수어를 배우면서 로비의 정원 일을 도와주면, 정원을 만드는 법을 보여줄 거야."

말리는 음성과 수어로 동시에 말하고 있었다. 수어를 몰랐음에도 그가 나와 로비와 정원을 가리키며 말했기에 이해하기 훨씬 수월했다.

"좋아." 태연하게 말했지만 사실은 전혀 그렇지 않았다. 수어와 관련된 모든 것이 마음을 사로잡기는 했지만, 정원을 가꾸는 법에 더해 수어까지 배워야 한다는 사실이 버겁게 느껴졌다.

"어디로 가야 수어를 배울 수 있을까?" 내가 물었다.

"내가 가르쳐줄게." 말리가 제안했다.

로비가 손을 장난스럽게 휙휙 움직였고, 말리의 뺨이 붉어졌다. 하지만

말리가 이번 말은 통역하지 않았다.

"내가 가르쳐줄 수 있다면 영광이지." 말리가 열성적으로 말했다.

"왜? 원래는 안 되는 거야?"

말리가 마른침을 삼켰다. "오직 ~~청각~~농애인만이 수어를 가르쳐줄 수 있거든. 하지만 로비가 말하길, 나는 코다이기 때문에 수어는 내 언어이기도 하다고 했어."

로비가 즐거워하는 표정으로 말리를 쳐다봤다. 두 사람 사이에 더 많은 이야기가 오고 갔다는 걸 알아챘지만 묻지 않았다.

"그럼 대신 내가 뭘 하면 좋을까? 혹시 교습비를 받을 거야?"

말리가 웃었다. "아니, 아니. 돈은 됐어. 그냥 자전거 가게로 와서 배워. 대신 내가 수어를 가르쳐주는 동안 내 일을 조금씩 도와줘. 어때?"

고개를 끄덕였다. 이제 자전거 가게에서 일도 해야 하고, 새로운 언어도 배워야 하고, 로비와 정원 일도 해야 한다. 소리를 듣는 다른 사람들은 그저 안젤로의 무료 워크숍에 갔다가 집에 와서 바로 재배하기 시작해도 되는데 말이다.

하지만 덕분에 말리와 함께 시간을 보낼 완벽한 핑계가 생겼다….

모두의 그릇이 텅 비자 로비가 감을 반으로 잘랐다. 우리는 숟가락으로 속살을 파서 먹었다. 풍부한 맛의 오렌지색 젤리였다. 숨이 멎을 만큼 달콤하고 섬세하며 이국적이었다. 하나만 더 먹었으면.

말리가 설거지하는 걸 도왔다. 색다른 경험이었다. 집에서는 빈 상자를 레콘 진열장 아래 칸에 던져두면 그만이었다. 그러면 오가닉코어에서 수거해서 재활용했다. 그 전에는 항상 식기세척기를 사용했다. 말리는 거품이 가득한 물에 양손을 담그고 그릇을 헹궜고, 나는 그 옆에서 그릇의 물기를 닦았다. 서로의 팔이 부딪쳤고, 작은 전류가 몸을 타고 흘렀다. 말리의 어깨에 뺨을 기대고 싶었지만 용기가 나지 않았다.

가야 할 시간이 오자 말리가 바래다 주겠다고 했다. 다행이었다. 자전거 도로를 어떻게 찾아야 할지 전혀 감이 오지 않았기 때문이다. 로비가 로켓 스토브를 만들 때 쓰라며 작은 철망 하나를 건넸다. 오늘 배운 대로 내 손가락을 턱으로 가져왔다가 로비를 향해 내밀었다.

감사해요.

말리와 나는 자전거를 타고 달렸다. 우리는 마치 하늘을 나는 것처럼 언덕을 재빠르게 달려 내려갔다. 벅찬 숨을 고르며 거대한 밤 공기를 들이마셨다. 심장 박동이 미친 듯이 뜀박질을 했다. 오늘 하루 동안 있었던 모든 일이 경이롭게 나를 휘감았다. 마침내 내게 두 날개가 자라났고, 말리와 로비가 나의 첫 비행이 시작되도록 힘껏 밀어준 것처럼 느껴졌다.

말리와 나는 우리 집 대문 앞에 멈춰 섰다. 말리를 안으로 초대할까 잠시 고민했지만 그만두었다. 그렇게 되면 엄마에게 말리를 소개해야 한다. 또한 말리에게 우리가 사는 창고 집의 울적한 풍경을 고스란히 보여주게 될 것이다. 말리를 빤히 바라보았다. 입맞춤을 해야 할 순간일까? 말리가 어색하게 천천히 한 발씩 다가오더니 불현듯 몸을 굽혀 입술을 내 볼에 빠르게 댔다가 뗐다.

"이게 필요할 것 같아서." 말리가 자신의 자전거에 달려있던 견고한 볼트 자물쇠를 건넸다. 그리고 가버렸다.

불을 켜지도 않고 침대 속으로 미끄러지듯 들어가 몸을 눕혔다. 그날 나는 온갖 것이 뒤섞인, 아름다운 심상으로 가득한 꿈을 꿨다.

MONDAY 20 JULY
7월 20일 월요일

콧노래를 불렀다. 여기가 학교라는 것도 전혀 신경 쓰이지 않았다. 등교도 편하게 했다. 말리가 만들어준 자전거의 페달을 밟기만 하면 됐으니까. 테일러가 학교에 없는 것도 상관없었다. 정원을 꿈꾸며 생각에 잠겨있는 동안 영어와 과학 시간이 순식간에 지나갔다. 식중독에 대한 걱정은 전혀 들지 않았다.

미술 시간이 되자 일기장을 꺼냈다. 나와 물감과 종이만 이 세상에 존재하는 시간이다. 짙은 녹색과 파랑색 물감을 여기저기 흩뿌렸다. 말리와 내가 늦은 밤 자전거를 타고 달리던 순간의 색이다. 일기장 주머니에서 할머니의 오래된 종이를 한 장 꺼낸 뒤, 잘게 찢어 돌돌 뭉치고 풀로 붙였다. 팔레트 나이프를 집어 물감을 지평선처럼 보이도록 넓게 펴 발랐다. 검정, 파랑, 초록이 서로 번지며 겹겹이 쌓였다. 물감 뚜껑에 흰색 물감을 바른 뒤 종이 위에 꾹 찍어서 눌렀다. 달처럼 보였다. 아름다웠다.

말리처럼 매력적인 남자가 나에게 관심을 보인다니 믿을 수 없었다. 하지만 정말로 그랬다. 느낄 수 있었다. 이제 어떻게 되는 걸까? 말리는 내가 듣지 못한다는 사실조차 신경 쓰지 않는 것처럼 보였다. 오히려…

좋아하는 것처럼 보이던데?

WEDNESDAY JULY 22

7월 22일 수요일

무려 사흘이 지났다. 더는 못 참겠다. 오늘은 꼭 말리를 봐야겠다! 교복을 입고 자전거의 자물쇠를 풀었다. 그리고 마당에 서서 아침 햇살을 받으며 어제 먹다 남긴 싱가폴식 면 요리 레콘의 절반을 후루룩 삼켜버렸다. 언제나 그렇듯 고무를 먹는 것 같았다. 원래는 점심으로 먹어야 했지만 참을 수가 없었다. 끊임없이 계속되는 굶주림에 정말로 머리가 너무 어지러웠다. 어제도 레콘이 절반밖에 오지 않았다. 벌써 세 번째다. 다음 주에 나머지 절반이 배달될 거라는 희망 같은 건 이제 버렸다.

시야 한 구석에서 작은 움직임이 느껴졌다. 타이거, 아니 태거트였다. 아이가 거실 커튼 뒤에 숨어서 나를 지켜보고 있었다. 지난주에 이사 들어온 후 세입자 가족을 한 번도 마주친 적이 없었다.

거리를 달렸다. 핸들을 왼쪽으로 꺾는 대신 오른쪽으로 향했다. 말리의 자전거 가게로 가는 방향이다. 장갑을 꼈는데도 추위에 손가락이 얼얼했다. 학교를 땡땡이친 걸 부디 엄마가 모르고 넘어가기를. 하지만 학교에 가는 게 대체 무슨 소용이란 말인가? 훨씬 유용한 걸 배울 수 있는데.

메리 크릭 강가에 자전거를 세우고 나뭇가지를 한 뭉치 주워 배낭에 집어넣었다. 곧 로켓 스토브를 만들면 땔감이 필요할 터였다. 오늘 당장 만들고 싶지만 지금은 학교에 있어야 할 시간이니 꿈도 꾸지 말아야 했다. 엄마가 코앞에서 감시하는 중에는 더더욱.

도중에 하이 스트리트에 잠시 들렀다. 가게 세 군데에 들어가 비누와 가루 세제를 찾았지만 모두 품절이었다. 우리 집에 있는 것도 동이 났다. 더 이상 아무도 비누와 가루 세제를 만들지 않는 걸까? 일주일 전 엄마가 빨래방에 다녀왔다. 엄청난 양의 빨랫감을 세탁해왔다. 창고 집으로 옮기고 세탁기를 더는 사용할 수 없게 된 지 2주가 지났다. 모든 것이 더러웠지만 돈이 너무 많이 들었다. 찬물 세탁조차 비쌌다. 엄마는 이제부터 우리가 직접 손빨래를 해야 한다고 결론 내렸다. 세제도 없이 찬물로만 어떻게 빨래를 할 수 있을지 전혀 모르겠다.

자전거 가게가 있는 언덕을 향해 올라갔다. 집에서 출발할 때보다 몸이 한결 따뜻해졌다. 말리는 손님을 응대하고 있었다. 붉은 머리를 한 남자 손님이었다. 흉터가 난 얼굴에 피부는 빛났고, 옷차림은 지저분했다. 말리는 나를 보자마자 이를 활짝 드러내고 환하게 웃어 보였다. 나도 보청기를 끼고 웃음으로 응답했다. 말리는 붉은 머리 남자 손님에게 바퀴가 세 개 달린 커다란 자전거를 대여해주었다. 그 뒤에도 손님이 두 명 더 찾아와서 뭔가를 물어보았는데 말리는 안 된다고 대답했다. 아마도 판매용 자전거에 관한 이야기일 거라고 추측했다. 가게 문 앞에 안내문을 달아야 할 것 같은데. **대여만 가능합니다.**

말리가 가게 뒤쪽을 향해 뭐라고 외치자, 갈색 수염을 짧게 기르고 눌러 붙은 머리를 말총처럼 하나로 묶은 남자가 청바지에 손을 비벼 닦으며 나왔다. 남자의 검은색 눈동자가 따뜻하게 느껴졌다. 그와 말리가 말을 몇 마디 나누었고, 남자는 마지못해 말리와 교대해 카운터 뒤에 자리를 잡았다. 말리가 종이를 집더니 그 위에 '라이언'이라고 적었다.

내가 말하려고 하자 말리가 몸짓으로 멈추라고 손짓했다. 그리고 내게 손을 쥐고 손바닥을 돌리라고 보여줬다. 두 손을 서로 멀어지게 한 뒤 양쪽 검지를 들어 서로 맞닿게 하라고 알려줬다. 그리고 라이언을 가리켰다. 만나서 반가워요.

라이언이 엄지를 치켜들어 보였다. 말리가 나를 가게 뒤편으로 이끌었다. 우리는 자전거 프레임과 찌그러진 바퀴, 찢어져 솜이 삐져나온 자전거 안장과 더러운 펌프가 가득한 마당으로 나갔다. 가게가 지저분하다고 생각했지만, 여기는 또 차원이 달랐다.

말리가 플라스틱 상자 위에 놓인 잡동사니를 치우고 앉으라고 권했다. 순간 교복을 입고 여기 온 걸 후회했다. 청바지를 입고 왔어야 했다. 옷이 더러워질 걸 걱정하며 손으로 상자 위의 먼지를 털어내고 앉았다.

말리가 손가락을 꼼지락거리며 움직여 양쪽 손가락 끝이 입을 맞추는 것처럼 서로 닿게 했다. 그리고 손가락을 하나 들어 보이며 입 모양으로 말했다. 지문자부터 시작할게.

"좋아." 내가 말했다.

말리가 고개를 저었다. 목을 가리키더니 마치 수도꼭지를 잠그는 것 같은 손동작을 했다. 목소리를 쓰지 않기를 바라는 게 분명했다. 그러고 보니 말리 역시 오늘 전혀 소리 내어 말하지 않았다.

말리가 허공에 대고 글 쓰는 흉내를 냈다. 처음에는 오른손으로, 그 다음에는 왼손으로 동작을 했다. 그런 다음 양손을 모두 뒤집어 나를 향하게 한 뒤 눈썹을 올린 채 호기심 어린 몸짓으로 어깨를 으쓱했다. 오른손잡이야, 왼손잡이야?

오른손을 들어 올리자 말리가 고개를 끄덕이더니 자신의 왼손을 흔들었다. 음, 그렇구나.

말리가 왼손 검지손가락을 오른손 엄지에 가까이 가져갔다. 그리고 먼지투성이인 콘크리트 바닥에 알파벳 A라고 적었다. 이어서 그 옆의 손가락에 왼쪽 검지를 가져다 대고 그건 E라고 알려줬다. 좋아, 그러니까 지금 모음을 배우고 있는 거네. 손가락이 다섯 개, 모음도 다섯 개. 그냥 오른쪽 검지를 사용해서 왼쪽 엄지를 가리키면 된다. 이 정도는 할 수 있어.

내가 따라 하자 말리가 내 손을 부드럽게 감싸 잡았다. 손에서 느껴지는 열기에 깜짝 놀랐다. 순간 말리가 수어 수업을 그만둔 거라고 생각했지만 곧 내 손가락으로 모양을 만들고 있다는 걸 깨달았다. 말리는 지나치게 뒤로 구부린 내 손가락의 위치를 바로 잡아준 뒤 손을 빼냈다. 으아.

말리가 지문자로 B를 만들어 보여줬다. B는 정말 알파벳 B처럼 보였다. D도 알파벳과 똑같이 생겼다. 안타깝게도 따라 하기 너무 쉬운 모양이어서 S를 배울 때까지 말리가 손 모양을 고쳐줄 필요가 없었다. S를 만들 때는 실수로 새끼손가락 대신 검지손가락을 사용했다. 문득 일부러 또

지문자로 알파벳을
표현하는 법

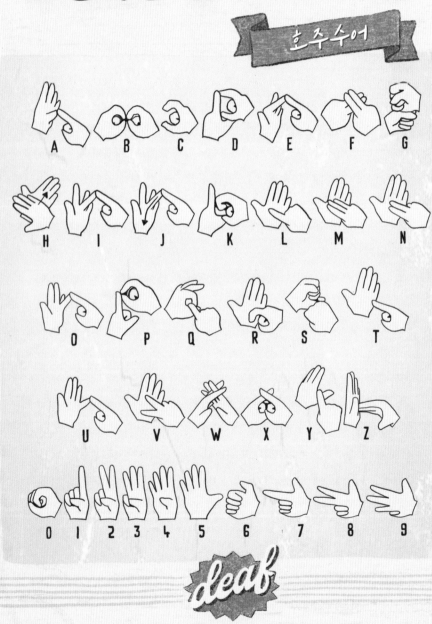

틀려서 손을 잡을까 하고 장난처럼 생각했지만 이내 그만두었다. 멍청해 보이고 싶지 않았다.

숫자까지 끝낸 뒤, 말리가 문장 만드는 법을 보여주기 시작했다. 알파벳이 순서대로 있는 게 아니어서 훨씬 어려웠다. 족히 20초는 지난 뒤에야 간신히 알아챘다. 양동이에 든 부품을 분류해 봐.

말리가 가리키는 녹슨 양동이를 내려다봤다. 나사와 너트, 그리고 알 수 없는 금속 조각이 가득했다.

좋아, 일단 시작해보자. 궁금한 점을 물었다. 지문자를 쓸 때 어느 쪽 손을 사용할지 마음대로 바꿔도 돼?

만세! 또 실수했다. 말리가 내 손을 가볍게 쥐고 자신이 아니라 내 쪽으로 향하게 했다. 글자를 만들 때 나는 본능적으로 글자 모양이 말리를 향하도록 했는데, 내 쪽으로 향하게 해야 하는 모양이다. 그러면 말리는 반대로 읽는 것이다. 말리가 손을 놓기 전에 내 손가락을 꼭 잡는 것처럼 느껴졌다. 내가 착각한 걸까?

말리가 고개를 젓고 질문에 대답했다. 그는 오른손으로 글씨 쓰는 흉내를 냈다. 다만 이번에는 왼손을 평평하게 판처럼 만들어 그 위에 글씨 쓰는 흉내를 내고는 나를 가리켰다. 그런 다음 이번에는 오른손을 평평하게 펴고 왼손으로 글 쓰는 몸짓을 하고는 자신을 가리켰다. 오, 알겠다. 그러니까 주로 사용하는 손을 가장 많이 그리고 일관되게 움직여야 하는 거였다. 잘 쓰지 않는 손은 배경이 되는 거고.

말리는 왼손으로 음료수를 드는 흉내를 내면서 자신은 왼손잡이고 주로 왼손을 쓰지만, 왼손으로 다른 일을 하고 있을 때는 임시방편으로 오른손을 사용해도 된다고 보여줬다. 멋지잖아!

나더러 이 부품을 종류 별로 분류하라고 말한 거야? 내가 물었다. 문장을 만드는 데 무척 오랜 시간이 걸렸다. 게다가 말리와 로비가 대화할 때 손가락이 날아다녔던 것과 비교하면 내 손동작은 느리기 짝이 없었고 무척 어색해 보였다.

하지만 말리는 참을성 있게 기다렸다가 고개를 끄덕였다.

그렇게 그날이 계속됐다. 우리 사이에 목소리가 오가는 일은 없었다. 나는 부품을 분류했고, 말리는 자전거를 분해한 뒤 바퀴와 핸들, 프레임이 쌓여있는 더미에 아무렇게나 내려놓았다. 그러다 말리가 가끔 양동이에 작은 부품을 한 주먹씩 떨어뜨렸고, 우리는 공들여 지문자로 대화를 나눴다. 안타깝게도 말리와 접촉할 아무런 핑계거리도 생각해낼 수 없었다. 하지만 그럼에도 나를 바라보는 말리의 시선이, 모든 걸 꿰뚫는 강렬한 그 시선이 우리의 모든 감각에 불꽃을 피웠다.

잠시 손님이 없는 사이 라이언도 우리에게 합류했다. 말리처럼 라이언도 내게 말을 한마디도 걸지 않았다. 그렇다고 수어를 쓰는 것 같지도 않았다. 어쩌면 그냥 무뚝뚝한 사람일지도 몰라.

조금 시간이 흐른 뒤 보청기가 더는 필요하지 않다는 걸 깨닫고 주머니에 집어넣었다. 안도감이 찾아왔다. 단순히 귀를 누르는 압력이 없어진 것 그 이상이었다. 만약 말리가 내게 할 말이 있다면 팔을 톡톡 두드릴 것이란 걸 알고 있다는 사실만으로도, 그리고 무슨 일이 일어나고 있는지 파악하기 위해 주위 사람들이 하는 말에 귀 기울이지 않아도 된다는 사실만으로도 안심이 됐다. 수시로 주위를 살피려고 애쓰지 않아도 되고, 모두가 '파이-퍼, 파이-퍼' 하며 나를 부르고 있을까 봐 신경을 곤두세우고 있지 않아도 된다. 천천히 긴장이 풀렸다. 곧 나만의 시간에 빠져들었다.

정오가 조금 지난 뒤, 말리가 내 어깨에 손을 가볍게 올려 주의를 끌더니 식사하는 동작을 했다. 이미 오늘 치 식사는 다 먹어 치웠는데 어떡하지? 좀 난감해졌다.

말리를 따라 가게 안으로 들어가 카운터 뒤에 있는 싱크대에서 손을 씻었다. 하지만 비누가 없어서 손가락이 여전히 시커맸다. 몸을 돌려 교복을 확인했지만 더러워졌는지 알 길이 없었다. 다시는 치마를 입고 이곳에 오지 않으리라!

카운터 뒤에 있는 허름한 의자에 걸터앉자 말리가 금속으로 된 도시락통을 꺼내서 뚜껑을 열었다. 잘 삶은 달걀과 조리한 녹색 푸성귀 요리가 들어있었다. 말리가 싱크대 아래를 뒤지더니 여분의 포크를 하나 찾아서

도시락통과 함께 내밀었다. 그제야 나눠 먹자고 하는 뜻임을 알았다.

그럴 수는 없다. 딱 봐도 한 사람이 먹기에도 충분하지 않은 양인데, 어떻게 나눠 먹겠어.

하지만 내가 음식에 손도 대지 않자, 말리가 삶은 달걀 한 조각과 야채 약간을 포크로 집어 내게 건넸다. 그대로 입을 벌려 받아 먹는 건 너무 친밀하게 느껴졌기에 포크를 건네 받았다. 그러면서도 그 기회를 놓치지 않고 일부러 내 손가락을 잠시 말리의 손에 스치게 했다. 천국에 닿은 것 같은 기분이 들었다. 말리도 지금 우리가 하고 있는 이 불필요한 접촉을 의식하고 있을까?

말리의 손목 밴드에서 빛이 났다. 메시지가 온 거다. 말리는 몸을 돌리고 메시지를 읽었다. 뭔가 숨기고 있는 걸까? 말리에게 여자친구가 없었으면 좋겠는데.

삶은 달걀과 야채는 무척 맛있었다. 오래도록 맛을 음미하기 위해서 꼭꼭 씹으려고 노력했다. 동시에 제발 식중독에 걸리지 않기를 빌었다. 야생 음식을 너무 자주 먹는다면 식중독에 걸릴 게 분명하니까. 지난번에는 운좋게 무사히 넘어갔지만 말이다.

말리는 답장을 하느라 바빴다. 배 속이 따뜻하고 기분이 좋았다. 학교에 가는 대신 이곳에 오길 정말 잘했다는 생각이 들었다.

말리가 다시 내 쪽으로 몸을 돌렸을 때, 숨을 크게 들이마신 뒤 지문자로 물었다. 여자친구야?

오, 세상에. 이제 얼마나 어색해질까? 하지만 알아야만 했다.

말리가 고개를 저었다. 아니. 지금은 만나는 사람이 없어. 몇 달 전에 여자친구랑 헤어졌거든. 넌 남자친구가 있겠지? 아니면 여자친구?

뜻밖의 질문이었다. 왜 그렇게 생각하지? 당연히 없다. 귀가 들리지 않는 여자애와 데이트를 하고 싶어 하는 남자(또는 여자)가 줄을 설 만큼 많은 것도 아닌데 말이다. 고개를 저었다. 얼굴이 뜨겁게 달아올랐다. 좋아, 우리 둘 다 이미 주사위를 던졌다. 아직은 설레는 정도이지만 조만간 진지한 사이로 발전할지도 모른다. 하지만

지금 당장 관계를 더 진전시키는 건 무리였다. 너무나 부끄러웠기 때문에 서둘러 말을 돌렸다.

네 이름을 나타내는 수어 표현이 있어?

말리가 고개를 끄덕이더니 왼쪽 손바닥을 하늘을 향하도록 돌리고 다른 손으로 두 번 통통 내리쳤다. 두 손가락으로 V자를 그린 채였다.

말리를 따라 했다. 이게 네 이름과 어떻게 관련이 있는 건데?

직접적인 관련은 없어. 그냥 어릴 때 내가 일어설 때면 머리를 바닥에 대고 중심을 잡곤 했었거든. 심지어 의자에서도 거꾸로 있었어. 그래서 로비가 내 수어 이름을 이렇게 만들어준 거야.

말리는 두 손가락이 손바닥 위를 걷도록 했고, 나는 손가락이 두 다리를 의미한다는 걸 깨달았다. 그러다 말리가 손바닥의 위 아래를 뒤집자, 알파벳 V로 보였던 손가락이 이제는 공중에 떠있는 두 다리가 되었다. 와, 진짜 기발한데!

파이퍼는 어떻게 표현해야 해? 내가 물었다.

말리가 어깨를 으쓱했다. '넌 아직 수어 이름이 없는 걸.'

'네가 하나 만들어줄 수도 있지 않아?'

말리가 엄지와 검지로 작은 알파벳 O자 모양을 만들어 흔들어 보이며 **안 된다**는 사인을 보냈다.

수어 이름은 그냥 만들 수 있는 게 아니야. 자연스럽게 생겨나는 거지. 그리고 오직 농인만이 만들어줄 수 있어.

그러면 아직 수어 이름이 없는 어린아이는 뭐라고 불러? 내가 궁금함을 참지 못하고 물었다.

지문자로 나타내. 아니면 머리글자만 따서 부르던가. 그리고 수어로 대화할 때는 상대방의 이름을 부르지 않아. 그냥 가리킬 뿐이지.

내가 수어 이름을 갖게 되는 날은 금방 오지 않을 거라는 걸 알 수 있었다. 내가 알고 있는 ~~청각장애~~인은 한 사람 밖에 없기 때문이다.

PMCB. 파이퍼 맥브라이드의 머리글자를 따서 지문자로 나타냈다. 말리가 의아한 표정을 지으며 마지막 세 글자를 지문자로 다시 물었다. 그래서 내 성을 포함한 이름 전체의 철자를 알려줬다.

너, 식중독에 자주 걸리니? 내가 물었다.

말리가 웃으며 손가락을 하나 들어 보였다. 딱 한 번! 말리는 구역질하는 시늉을 하더니, 그 뒤 별로 개의치 않다는 동작을 하며 그렇게 나쁘진 않았다고 나타냈다.

정부가 심각한 사례만 알리려고 일부러 기자들을 병원으로 보내서 그런 기사를 내보내는 거야. 이렇게 어려운 문장은 알파벳을 하나하나 조합해서 무슨 말인지 이해하기 위해 머리를 쥐어짜내야 했다. 말리가 덧붙였다. 정부가 온갖 방법을 동원해서 모두가 레콘에 빠져서 그것만 먹게 하려고 기를 쓰는 거라고.

무슨 말인지 이해하자마자 바로 되받아쳤다. 아니지. 영양적으로 균형 잡히지 않은 야생 음식을 먹었을 때 생기는 위험을 막으려고 정부가 노력하는 중인 거지.

하지만 말을 끝마치기도 전에 엄마가 해준 말이 떠올랐다. 어쩌면 말리의 말대로 식중독이 실제보다 흔한 일인 것처럼 보이도록 언론이 유도한 것일 수도 있다. 단지 오가닉코어가 돈을 더 많이 벌도록 하기 위해서. 하지만 레콘이 건강 문제를 해결한 건 사실이잖아?

그럼 복지 시설에서 주방을 다 없애버리고, 학교 교육과정을 바꾸고, 언론을 통제하는 이유가 뭐라고 생각해? 그건 다 우리가 식생활을 거대 기업에 완전히 의존하도록 조종하기 위한 거라고.

레콘은 암을 치료했어! 유행성 비만도 고쳤고!!

말리가 눈을 가늘게 뜨고 고개를 갸우뚱한 채 나를 바라봤다. 네가 레콘 숭배자라고는 전혀 생각하지 못했는데.

말리는 실망한 것처럼 보였다. 인구의 35퍼센트가 여전히 야생 음식을 먹고 있다는 건 알고 있었지만, 이처럼 근본적으로 다른 관점을 가지고 레콘을 반대하는 사람이 있을 거라고는 꿈에도 생각하지 못했다. 그러니까 이 논리대로라면 EDS(에너지결핍증후군)와 알레르기, 천식 때문에 최근에 시위가 벌어지기 훨씬 이전부터 레콘을 반대해온 게 틀림없었다.

무슨 말을 해야 할지 몰랐다. 앞으로 엄마의 정체에 대해 언급하거나, 내가 이번 주 전까지는 야생 음식을 몇 년 동안이나 전혀 먹지 않았다는 사실을 이야기하는 일은 절대 없으리라.

그럼 너는 레콘에 좋은 점도 있다는 것까지 전부 부정하는 거야? 암과 비만을 고친 것까지도? 내 생각을 솔직하게 말하는 대신 질문을 던졌다. 방어적으로 굴고 있다는 건 알지만, 어떻게 할 수 없었다.

아프면 병원에 갈 수도 있고 약국에서 약을 살 수도 있잖아. 사람들에게 자유롭게 선택할 수 있는 권리를 줘야지. 정부가 마음대로 음식에 약을 집어넣는 것이 아니라.

하지만 그렇게 하면 수도 없이 많은 질병을 고치기 위해 약을 엄청나게 많이 사야 할 걸? 지금보다 수백만 배는 더 돈을 내야 하고, 약도 매일 먹어야 하고 말이야. 레콘은 모두를 위한 가장 간단하고 더 저렴한 해결책이라고.

하지만 모두가 레콘을 원하는 건….

말리가 갑자기 말을 멈췄다. 가게로 손님이 들어온 것이다. 라이언은 아직 가게 뒤편의 마당에 있었다.

오, 이런. 말리와 잘될 수 있는 기회를 내 손으로 망쳐버린 걸까? 단지 내가 레콘 숭배자처럼 보인다는 이유로? 대체 어떻게 말리는 내 귀가 들리지 않는 건 싫어하지 않으면서, 내가 레콘을 선택한 건 문제라고 생각할 수 있는 거지?

손목 밴드가 울렸다.

▶ 발신자: 퀘스트툴 - 게시물 허가 행정 부서
　금요일에 있을 면접 전에 다음의 링크로 들어가서
　보안 항목을 작성해주시기 바랍니다.

말리가 손님을 상대하는 동안, 링크를 타고 들어가 보안 항목을 쭉 훑어 내려갔다. 엄마의 결혼 전 성? 아빠의 생년월일? 지금 장난하는 거야? 이 일자리를 얻기 위해서 지금껏 얼마나 많은 시간을 무의미한 질문에 허비했는지 이제 가늠할 수도 없었다. 세스풀은 정부 기관이잖아. 왜 그냥 나에 관한 정보를 한 번에 모아서 훑어보고 날 합격시킬지 말지를 결정하지 않는 거지? 이건 정말 말도 안 된다.

수많은 항목에 답을 채워 내려갔지만 세스풀이 생기기 이전의 내 의료 보험 번호를 묻는 항목에서 더는 나아갈 수 없었다. 누가 그렇게 오래된 걸 기억하고 있는담? 이건 엄마에게 물어봐야겠다.

말리가 여전히 바빴기에 그 틈을 이용해 테일러에게 메시지를 보냈다. '안녕, 낯선 친구! 나 세스풀에 면접 보러 가기로 했어. 너도 지원할 수 있을 거야. 그러면 게시물 허가하는 일을 할 수 있어. 보우와 섹스를 하는데 네 시간을 몽땅 쏟아붓는 대신 말이야…. 아, 그건 그렇고, 나 이제 수어로 알파벳을 쓸 수 있어.'

놀랍게도 테일러가 바로 답장을 했다. '나 섹스 좋아해. 게시물 허가하는 일보다 훨씬 더 재밌을 걸.'

뭐라고?! 농담한 거였는데. 그럼 뭐야? 보우와 정말 그걸 했단 말이야? 흘깃 말리를 쳐다봤다. 혹시 말리도 성관계를 기대하는 것인지 궁금했다. 나도 그러길 원하게 될까? 테일러에게 아직 말리에 대해 이야기하지 않았다. 난 그럴 준비가 되어있지 않았다. 하지만 그저 생각하는 것만으로도 열기가 몸을 감쌌고 내 안에서 무언가가 고동쳤다.

테일러에게 답장은 하지 않았다. 손님 응대를 마친 말리가 다시 일로 돌아가자고 내비쳤기 때문이다.

'우리 스무고개 할까?' 말리가 내 앞에 쪼그리고 앉아 프레임에서 고장 난 바퀴를 빼내며 물었다.

고개를 끄덕였다.

말리가 손가락으로 자신의 코를 톡톡 두드렸고, 나는 어리둥절해서 눈을 가늘게 뜨고 그를 바라봤다. 말리가 지문자로 철자를 보여줬다. 너, 몇 살이야?

'만으로 열여섯이야.' 대답하자 말리가 손동작을 고쳐줬다. 코 앞에서 하지 않으면 **열여섯**이 아니라 **육십**이라는 뜻이 되기 때문이었다. 무척 효율적이다. 손동작을 전혀 낭비하지 않는다. 다른 위치에서 동작을 하면 뜻이 더해졌다.

손가락으로 내 코를 톡톡 치며 말리를 그대로 따라 했다. 하지만 말리는 대답하는 대신 고개를 저었다. 눈썹 역시 질문하는 것처럼 들어 올려야 한다고 알려줬다. 물음표 대신 하는 동작인 것 같았다.

'난 열아홉이야.' 말리가 수어로 대답했다. 그에 대해 좀 더 알게 됐다는 사실에 작은 전율을 느꼈다. 그럼 지금 고등학교 1학년이야?

고개를 끄덕인 후 물었다. 넌 학교를 끝마쳤지? 이번에는 잊지 않고 궁금하다는 듯 눈썹을 치켜올렸다.

난 학교에 다닌 적이 없어. 홈스쿨링을 했어.

정말? 단 한 번도? 그럼 교육은 언제 마친 거야?

질문하는 의미로 눈썹을 올렸지만 이번에도 틀렸다. '네' 또는 '아니오' 라고 대답할 수 있는 질문을 할 때만 눈썹을 올려야 하는 거였다. 더욱 심도 있는 대답이 필요한 질문을 던질 때는 다른 방법을 써야 했다. 몸을 앞으로 숙이고, 얼굴은 살짝 찌푸린 채 눈썹을 아래로 내리고, 숙고하는 듯한 표정으로 눈을 가늘게 떠야 했다. 말리가 시범을 보여주었다. 확실히 내 대답에 무척 관심을 가지고 있다는 느낌이 들었다. 좋은데.

공식적으로는 마친 적이 없어. 졸업 같은 걸 하는 대신 그냥 여기 나와서 일을 돕기 시작했지. 이제는 여기서 일도 하고 생활도 해결하고 있고. 아무튼 학교는 한 번도 다닌 적이 없어.

발을 조금만 옮기면 서로에게 닿을 만큼 우리는 아주 가까이 있었다. 마음만 먹으면 그렇게 할 수 있었지만, 그러지 않았다.

그럼 공부는 어떻게 했어? 로비기 선생님이었어? 매일 공부를 했어? 눈썹을 어느 방향으로 향해야 하는지 기억하려고 애를 썼다. 둘 다 '네' 또는 '아니오'로 대답할 수 있는 질문이었기에 뒤늦게 눈썹을 치켜 올렸지만 타이밍이 맞지 않아서 우스꽝스러웠다. 우리는 함께 크게 웃었다.

말리가 고개를 저었다. 대안교육을 받았어. 내가 하고 싶은 걸 하면 교육이 거기에 맞춰 자연스럽게 따랐지. 그래도 가끔은 로비가 양심의 가책을 느끼고 나한테 책을 읽게 했어.

돌아가신 어머니가 그리워? 지금은 눈썹을 올려야 하나? 아니면 내려야 하는 건가? 아으, 기억이 안 난다. 말리가 하늘 방향을 가리켰고, 나는 재빨리 눈썹을 들어 올렸다.

말리가 고개를 끄덕였다. 그럼. 동시에 아니기도 해. 그러니까 이제는 익숙해졌다고나 할까. 하지만 가끔은 어릴 때 그랬던 것처럼 엄마가 나를 재워줬으면 하고 바라게 돼. 내가 잠들 때까지 함께 누워서 어둠 속에서 이야기를 들려주시곤 했거든. 그걸 녹음해놓았더라면 좋았을 텐데, 하고 바라지. 말리가 추억에 잠긴 듯 슬픈 미소를 지었다.

다른 어머니가 돌아가신 뒤에는 로비가 해줬어? 로비는 어떤 엄마였어? 질문하며 눈썹을 들어 올렸다. 하지만 곧 틀렸다는 걸 깨달았다. '네' 또는 '아니오'로 대답할 수 있는 질문과 열린 질문을 동시에 던진 거였다. 아, 어떻게 이걸 자연스럽게 할 수 있는 거지?

로비도 그렇게 해주려고 노력했었어. 하지만 문제가 있었지. 로비가 말하는 걸 보려면 내가 눈을 뜨고 있어야만 했거든.

아, 당연하다. 내 경우에도 누군가의 말을 들으면서 휴식을 취한다는 건 전혀 상상할 수 없었다. 눈을 크게 뜨고 입 모양을 이해하려고 애쓰느라 뇌가 터질 것만 같으니까.

말리가 바닥에 앉더니 양반다리를 했다. 나는 몸의 방향을 틀어 아무렇지 않은 듯 내 발이 그의 허벅지에 닿게 했다. 아무것도 모르는 척하면서. 로비가 그것 때문에 안절부절못했어. 말리가 말을 이었다. 그래서 혼자 잠드는 법을 익혀야 했지. 어릴 땐 그게 좀 힘들었어.

지문자 알파벳을 단어로 변환하기 위해 온 정신을 집중하다가 문득 한 가지 사실을 깨달았다. 모든 의사소통이 완벽할 정도로 명확했다. 혼동도, 불확실함도 전혀 없었다. 두통 역시 없었다! 정말 멋지잖아!

어머니가 해준 이야기를 기억해? 순간 나도 모르게 눈썹이 질문에 맞춰 올라갔다! 와, 난 제대로 해낼 수 있을 거야. 잘할 수 있어.

아주 일부분만. 이젠 엄마 얼굴조차 기억이 희미한 걸. 그게 정말 싫어. 말리가 대답하며 빠르게 눈을 깜빡였다.

어머니를 정말 그리워하고 있구나. 말리의 팔에 손을 얹었다.

참, 이거 원래 순서대로 질문을 해야 하는 거 아니었어? 자, 이제 네가 대답할 차례야. 가족관계가 어떻게 돼?

말리가 엄마, 아빠, 형제, 자매를 나타내는 수어 표현을 보여줬다. 그 바람에 말리에 팔에 얹었던 손을 내려놓아야 했다. 수어 하는 사람의 팔을 붙들고 있을 수는 없으니까. 말리가 내 손길을 좋아했는지 아닌지는 알 수 없었다.

오후가 그렇게 순식간에 지나갔다. 우리는 수어를 가르쳐주고 배우면서 시간을 보냈다. 자전거를 분해하거나 부품을 분류하는 일에는 별 진척이 없었다. 교복이 먼지와 자전거 기름으로 더러워졌지만 상관없었다. 내 발이 말리에게 닿아있고, 말리와 함께 웃고, 눈썹을 과장되게 들썩이며 서로의 눈을 들여다보느라 그런 일에 신경 쓸 겨를이 없었다.

가게를 떠나기 전, 말리가 지문자로 말했다. 너 말이야. 진짜 대단한 것 같아. 믿을 수 없을 정도야.

응? 당황해하며 양 손바닥을 들어 올렸다.

수어를 이렇게 빨리 배우는 사람은 한 번도 본 적이 없어. 보통은 지문자를 배우는 것만 해도 정말 오랜 시간이 걸리거든.

무슨 소리야? 내 수어는 정말 느린 걸. 네가 하는 말을 이해하는 게 정말 어려웠어.

그랬겠지. 하지만 그래도 할 수 있었잖아. 대부분의 사람들은 그냥 이해를 못 해. 몇 번을 반복해서 보여줘도 이해하지 못하거든.

오, 그래? 지문자로 대답한 뒤, 지난번에 로비에게 배웠던 대로 고마워, 하고 수어로 덧붙였다.

아마 네가 농인이기 때문에 가능했을 거야. 농인은 수어에 타고난 재능이 있으니까 말이야. 그래서 쉽게 배우는 거야. 그리고 넌 똑똑하잖아. 그것도 도움이 됐을 거고.

말리를 바라보며 활짝 웃었다. 그 뒤 말리에게 지난번에 빌린 자전거를 돌려주겠다고 제안했지만, 말리는 일단 가지고 있으라고 말했다. 나는 두 번 묻지 않았다.

말리에게 작별 인사로 입맞춤을 해야 할까? 심장이 다시 뛰기 시작했다. 관계를 한 발짝 진전시키는 게 왜 이렇게 어려운 걸까? 하지만 그 순간 내게 시간이 있다는 것을, 감정이 스스로 자라도록 내버려둬도 될 만큼 시간이 충분하다는 것을 깨달았다. 아무것도 밀어붙이지 않아도 된다. 왜냐하면 여기 온종일 내게 관심을 기울인 아름다운 남자가 있으니까. 그리고 나는 그가 내게 관심이 있다는 걸 알아차릴 만큼 똑똑하니까. 느낌이 왔다.

마음 편히 즐겨, 파이퍼. 그냥 즐기라고.

그래, 그렇게 하자. 재빨리 말리의 볼에 입을 맞춘 후, 자전거를 끌고 가게를 떠났다. 언덕 아래로 날 듯이 내달리고, 손버리의 뒷골목 사이사이를 누볐다. 머릿속에서 오늘 배운 모든 수어 표현이 휘몰아치고 있었다.

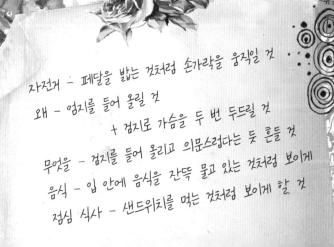

자전거 – 페달을 밟는 것처럼 손가락을 움직일 것

왜 – 엄지를 들어 올릴 것
＋ 검지로 가슴을 두 번 두드릴 것

무엇을 – 검지를 들어 올리고 의문스럽다는 듯 흔들 것
음식 – 입 안에 음식을 잔뜩 물고 있는 것처럼 보이게
점심 식사 – 샌드위치를 먹는 것처럼 보이게 할 것

7월 24일 금요일
FRIDAY
24 JULY

엄마는 여전히 화가 나 있었지만, 세스풀에 면접을 보러 가기 위해 조퇴하는 것은 허락했다. 말리의 가게에 갔던 날, 집에 도착하기 5분 전에 학교에서 내 행방을 묻는 메시지를 보낸 것이다. 엄마는 경악했고, 나는 죄책감에 휩싸여 비누와 세제를 찾으러 다녔다고 둘러댔다. 옷은 자전거를 타고 가다가 넘어져서 더러워졌다고 말했다. 아직 말리에 관해서는 말하지 않았다. 수어를 배우는 것과 관련된 그 어떤 것도 엄마는 절대 반기지 않을 거라는 강한 직감이 들었다.

면접을 보러 가기 전, 엄마에게 약속한 대로 학교 화장실에서 더러워진 교복을 벗고 단정한 치마와 재킷으로 갈아입었다.

세스풀 본부 건물은 밋밋하기 짝이 없었다. 나는 작은 회색 사무실로 안내되었다. 창문이 없는 사무실에는 형광등이 밝혀져 있었다. 면접관은 눈 밑의 두툼한 살이 처진 중년 남자였다. 그는 지친 듯 구부정한 자세로 앉아있었다. … 마치 지루해하는 것처럼 보였다.

밝게 웃으며 인사하려고 노력했지만 할 말이 없었다. '사무실이 멋지네요!'와 같은 말을 할 수 있는 상황도 아니었다. 면접관 맞은편에 앉아서 최대한 등을 곧게 펴고 바른 자세를 취했다. "시간을 내주셔서 감사해요."

면접관이 고개를 끄덕이고 마치 대본을 읽는 것처럼 단조롭게 말했다. "퀘스트툴 게시… 지원… 고맙습니다. 오늘 면접에서는 당신이 이 일에 적합한지 알아볼 겁니다. 우리는 당신이… 퀘스트툴을…."

나는 가만이 고개를 끄덕였다.

면접관은 계속해서 말했다. 집중하려고 최대한 노력했음에도 눈이 게슴츠레해지는 걸 어쩔 수 없었다. 면접관이 말을 멈추고 기대하는 눈빛으로 나를 응시하는 걸 깨달았다.

"죄송합니다. 방금 뭐라고 질문하셨지요?"

면접관은 더욱 크고 분명하게 말했다. "만약 기준에 적합하지 않은 게시물을 발견한다면 뭘 할 건가요?"

"음…, 부적절한 단어를 표시하고 상관에게 보고하겠습니다."

세스풀에 지원하는 과정에서 충분히 습득한 내용이었다.

"… 영상은요?"

"네?"

"만약 그게 영상이라면요?"

"아, 으음…." 젠장. 내가 먼저 이 문제를 언급하기를 바랐는데. 어쩌면 영상 게시물은 다른 사람에게 맡길 수 있을지 모른다. "문제가 되는 부분을 기록할 것입니다."

"만약 제대로 된… 기록이… 어떻게 할 거죠?"

"뭐라고 말씀하셨나요?"

면접관은 참을성을 잃어가고 있었다. 그가 내 이름을 확인하기 위해 손목 밴드를 흘깃 보더니 소리 내어 읽었다. "파이퍼 씨." 면접관이 나를 쳐다봤다. "당신은 어…, 어…, …를 갖고 있군요." 면접관이 손을 휘저었다. "청각… 장…."

전에도 이런 장면을 본 적 있다. *청각장애.* 그냥 듣지 못하느냐고 물어봐도 되는 거잖아, 안 그래? 한숨을 쉬었다. 부디 발음이 좋은 면접관을 만나기를 바랐었는데.

"저는 ~~청각장~~ 농예인이에요." 단도직입적으로 말했다. 돌려 말하는 건 그만하자. "그래도 게시물을 심사할 수 있습니다."

'너 자신을 홍보해야 해.' 오늘 아침 엄마가 말했었다. 말리가 내게 똑똑하다고 말했던 걸 떠올렸다.

"전 영리해서 뭐든 빨리 배웁니다. 듣지 못하는 것뿐이죠. 귀사에서 저에게 문자 기반의 게시물을 다루도록 하고, 영상 게시물은 다른 청인 직원에게 확인하도록 하는 것이 가능할 거라고 생각합니다."

면접관이 고개를 저었다. "… 그렇게는 하지 않아요. 우리 기관에서는 자동적으로… 때문에… 모두가 …을 하죠."

"자동화 시스템이 갖춰져 있다고 말씀하신 건가요?"

면접관이 고개를 끄덕였다.

"물론 시스템을 바꿀 수도 있겠네요. 그러면 듣지 못하는 다른 사람에게도 적용할 수 있을 겁니다."

하지만 세스풀은 그럴 생각이 없다는 게 면접관의 표정에서 명백하게 드러났다. "당신 한 사람만을 위해서 특별한 시스템을 만들 순 없어요."

느릿느릿 페달을 밟아 집으로 향했다. 기운이 없었다. 뭐든 먹어야 했다. 빌어먹을! 그 많은 문항에 답을 채우느라 엄청난 시간을 허비했건만. 이럴 거면 대체 왜 처음부터 명시하지 않은 거야?!!

청각장애인은 고용하지 않습니다. 지원하지 마시오!

이 세상에 날 받아줄 직장이 있을까? 단 한 군데라도?

자전거로 스미스 스트리트 언덕을 오르기가 너무 버거웠다. 내려서 무기력하게 자전거를 밀었다. 차도는 텅 비어있었지만 길 옆에는 차가 무수히 많았다. 어떤 차는 아예 버려졌고, 어떤 차는 분해되어 있었다. 새로운 사실을 알아차렸다. 버려진 차 안에서 사람이 살고 있었다. 좌석이 접혀 있었고 담요와 베개가 보였다. 한 남자가 나와 눈이 마주치자 마치 싸움을 걸듯 날 노려봤기에 얼른 시선을 돌렸다. 남자는 달랑 티셔츠에 청바지만 입고 있었다. 아, 왜 그 생각을 하지 못했지? 차 안은 따뜻하다! 낮 동안에는 날씨가 따뜻하니까 차 안에서 지낼 수 있을 거야!

마음도, 배 속도 텅 비어서 기운이 하나도 없었다. 멈춰 서서 의기소침하게 어느 가게의 벽에 기대 잠시 숨을 돌렸다.

테일러에게 메시지를 보냈다. '나 면접에서 떨어졌어. 누굴 원망할 수도 없어. 어느 회사가 듣지 못하는 사람을 고용하고 싶어 하겠어?'

곧바로 답장이 왔다. '오, 파이퍼. 내가 면접관이라면 널 보자마자 바로 고용할 거야. 네가 듣던 못 듣던 상관없이 말이야. 정말 유감이야. 난 보우의 집에 있어. 이리로 와서 같이 놀지 않을래?'

아, 테일러는 정말 다정한 아이다. 지난 몇 주를 통틀어 테일러와 가장 연결되어 있다고 느낀 따뜻한 순간이었다. 하지만 보우의 집이라니. 예전 파티가 생각났다. 면접에 이어 또 의사소통 때문에 절망하고 싶지 않았다. 엄마가 기다린다고 답장을 보냈다. 거짓말이다.

마침내 동네 거리로 들어섰다. 엄마에게 면접에서 떨어졌다고 말해야 하다니. 집 앞에 도착했지만 들어갈 엄두가 나지 않았다. 대신 차 안에 들어가 앉았다. 다행히 보조 열쇠가 있었다. 차 안은 아주 따뜻했다. 기분을 전환하려고 말리를 떠올리려고 노력했다. 하지만 소용없었다. 그 좋은 감정조차도 오그라든 것 같았다. 기분이 계속 가라앉았다.

일기장을 꺼내들었다. 빨간 테이프에 꽁꽁 묶여 숨이 막히기 직전인 여자아이를 그렸다. 그림 위에 '관료주의로 인한 죽음'이라고 커다랗게 적었다. 물감과 물통을 계기판 위에 가지런히 올려놓고 색을 겹겹이 덧발랐다. 물감이 종이에 스며들 때까지 기다렸다가 붓 손잡이로 색칠한 부분을 마구 긁어냈다. 그런 다음 그 위에 더 많은 물감을 바르고, 물감이 마르기도 전에 또다시 긁어내기를 반복했다.

분노를 쏟아냈다. 삶이 불평등하다는 것에 대해서. 그리고 내가 기본적인 것조차 누릴 수 없다는 것에 대해서. 실컷 쏟아내고 나자 마음이 서서히 가라앉는 게 느껴졌다. 차 안의 따뜻함도 팽팽하게 날 선 신경을 가라앉히는 데 도움이 됐다

해가 떨어져 몸이 추위에 떨려왔다. 저녁 식사 시간이 되어서야 짐을 챙겨 창고 집을 향해 터덜터덜 걸었다. 엄마도 아직 새 직장을 찾지 못했잖아. 심지어 호주 최고의 이력을 가지고 있는데도 말이야. 하지만 여전히 엄마한테 내가 얼마나 실패투성이인지 말하고 싶지 않았다.

드디어 주말이다. 오늘은 반드시 로켓 스토브를 만들고야 말리라! 집 울타리 옆에서 벽돌 더미를 찾아냈다. 벽돌 위로 잡초가 무성하게 자라 있었다. 앞뜰로 벽돌을 나르고, 잡초를 뽑고, 솔로 털어 벽돌을 깨끗하게 닦았다. 머릿속으로 말리가 내가 일하는 모습을 보고 있다고 상상하면서. 손목 밴드로 찍은 로켓 스토브의 사진을 확인한 뒤 정확히 로비의 것과 똑같은 모양으로 벽돌을 쌓았다. 상상 속의 말리가 고개를 끄덕였다. 나 자신이 아름답게 느껴졌다. 심지어 도발적으로 느껴지기까지 했다. 마지막으로 로비가 건네준 작은 금속 철망을 끼워 넣었다.

벽돌 사이에. 지문자로 혼잣말을 했다.

머릿속으로 우리 집 뜰을 바꿔보았다. 양쪽에 커다란 텃밭 상자를 줄지어 놓고, 울타리에 화분을 매달아서 덩굴식물이 흘러 넘치듯 자라게 해야지. 창고 집 문 옆에 화분을 놓고 커다란 감나무를 키우면 어떨까? 당장 로비를 만나야 한다. 물어볼 것이 많았다.

모아둔 나뭇가지로 로켓 스토브에 불을 붙이고 그 위에 물이 담긴 냄비를 올렸다. 태거트가 커튼 사이로 진지하게 지켜보고 있었다. 세입자 가족은 커튼으로 사생활을 보호하는데, 우리의 사생활은 어떻게 된 거지?

연기가 자욱하게 피어오르고 달콤하면서도 숲속에 온 것 같은 냄새가 퍼지자 엄마가 밖으로 나왔다.

"파이퍼! 세상에, 뭘 하고 있는 거니? 이거 안전한 거야?"

태거트도 불을 보더니 흥분했다. 커튼을 걷고 자신의 엄마를 창가로 끌고 왔다. 이사 온 뒤로 태거트의 엄마를 처음 봤다.

"진정해요, 엄마. 불장난하는 게 아니에요. 이건 스토브예요. 보세요, 이

걸 사용해서 엄마의 모닝 커피를 내릴 수도 있어요."

"이런 걸 어디서 배운 거니?"

"음…, 학교에서요." 얼굴과 두 손에 닿는 온기를 즐기며 천천히 불에 나뭇가지를 더 넣었다.

"그래, 그 많은 학비를 받고 유용한 걸 가르치다니 기쁘구나. 말이 나왔으니 말인데, 파이퍼! 만약 내가 새 직장을 얻지 못한다면 넌 노스코트 고등학교로 전학 가야 할 거야."

경악하며 엄마를 바라봤다. 테일러가 없는 학교라고? 게다가 엄마는 늘 공립학교를 싫어했었는데.

"하지만 이제 집세를 받잖아요." 내가 말했다.

"그건 학비의 일부분도 안 돼. 다음 분납금을 내야 하는 날이 다가오는데 답이 없구나." 엄마가 조곤조곤 말했다.

바로 그 순간 뒷문이 열리더니 태거트가 자신의 엄마를 질질 끌고 불가로 다가왔다.

"죄송해요." 태거트의 엄마가 변명하듯 말했다. 얼굴은 마르고 지쳐 보였으며 눈이 흐릿했다. 주말을 맞아 낡은 운동복 바지와 늘어진 점퍼를 입고 털 슬리퍼를 신고 있었다. 이 사람이 과연 이사 들어오던 날 상자를 멋지게 척척 쌓아 올리던 여자와 같은 사람이란 말이야?

엄마가 나와 에린을 서로에게 소개시켰다. 태거트는 넋을 빼앗긴 채 불을 뚫어져라 응시하고 있었다.

"만지지 마, 뜨거워." 에린이 경고했지만 태거트는 대답하지 않았다.

"불을 피워서 물을 데우고 있는 거야." 태거트에게 로켓 스토브를 보여주며 말했다. 보청기에서 쌕쌕 하는 소리가 났다. 날카롭게 꿰뚫는 소리가 귓속을 파고 들었다. 보청기를 단단히 밀어 넣자 소리가 멈췄다.

"죄송해요." 태거트의 엄마가 다시 사과했다. "우리 애는 말을 하지 않아요." 에린이 또박또박 발음하며 말했다. 에린이 세스풀의 면접관이었다면 좋았을 텐데.

"어떻게 이사 온 집에 적응이 좀 되셨나요?" 엄마가 물었다. "이사 오고

일주일 내내 한 번도 뵙지를 못했네요."

에린이 엄마를 향해 돌아서며 말했다. "**무엇 무엇**이 그곳에 머물러야 해서요."

"네? 차 안에서 잤다고요?!" 엄마가 무척 놀라며 물었다.

에린이 고개를 끄덕였다.

"뭐라고요?" 내가 끼어들었다.

"**뭐라고요**, 라고 말하면 안 된다고 몇 번을 말했니, 파이퍼. 예의 없게 들리잖니. **다시 말씀해주시겠어요**, 라고 말하렴."

한숨을 내쉬었다. "다시 말씀해주시겠어요?" 엄마가 다른 사람 앞에서 제발 이러지 않으면 좋겠다.

"에린 씨가 지금 다니는 직장이 오클리에 있다고 말씀하셨어. 열차를 타더라도 매일 여기서 오클리까지 출퇴근을 하기엔 기차 표 값이 너무 비싸잖니. 그래서 주중에는 집에 오지 않고 퇴근 후에 그냥 차 안에서 주무셨다는구나."

"아이가 엄마를 너무 그리워했어요." 에린이 태거트를 꼭 끌어안으며 말했다. "저도 아이가 너무너무 보고 싶었고요." 태거트는 다시 엄마의 품에 기댔지만 눈은 여전히 불에서 떼지 못하고 있었다.

더는 엄마와 에린의 대화를 애써 따라잡고 싶지 않았다. 나뭇가지를 스토브에 천천히 밀어 넣으며 불을 피우는 데 집중했다. 태거트가 나뭇가지로 손을 뻗기에 하나 건네주었다. 그리고 나뭇가지 끝에 천천히 열을 가해서 연기가 덜 나게 하는 법을 알려줬다.

태거트는 조용히 설명을 듣더니 조심스럽게 따라 했다. 그 순간 내가 마치 할머니가 된 것처럼 느껴졌다. 어렸을 때 할머니는 내게 도토리를 으깨고 물에 불리는 법을 알려줬었다. 농장에 있던 떡갈나무를 베어 직접 만든 테이블이 할머니 집에 있었는데, 거기에 앉아 차를 마실 때면 할머니는 내게 도토리 컵케이크를 만들어 주시곤 했다.

마침내 물이 끓어서 에린에게 양해를 구하고 안으로 들어갔다. 옷을 벗고 수건으로 온몸을 닦았다. 물이 바닥으로 뚝뚝 흘렀다.

차가운 공기 속에서
맞이하는 따뜻함이
너무도 달콤하다.
한 주 동안 쌓인 때를
밀어내고 또 밀어냈다.
그런 다음 긴 머리카락을
뜨거운 물로 감고
깨끗이 헹궈냈다.

목욕을 마치고 옷을 갈아입는데, 엄마가 안으로 들어와 의자에 앉더니 뭔가 말하기 시작했다.

"잠시만요."

손가락으로 탁자 위에 놓인 보청기를 가리켰다. 방수가 되지 않아서 당장 귀에 꽂을 수 없었다. 수건을 머리에 두르고 보청기를 안으로 밀어 넣자 귓속의 젖은 피부에 보청기가 쩍 달라붙었다.

"뭐라고 말씀하셨어요?"

"수요일에 네가 학교를 빼먹은 것에 대한 벌칙을 정했단다."

오, 환상적이네.

"네가 침대 시트와 수건을 손빨래하는 거야."

"엄마! 그건 아니죠. 잘못과 관련된 벌칙을 줘야 하는 거잖아요."

엄마가 의자에 몸을 기댔다. "글쎄, 그럼 어떤 벌이 좋겠니, 파이퍼?"

"음, 저는 학교 수업을 제대로 받지 못했고, 면접에서도 떨어졌잖아요. 봐요, 이미 자연스럽게 벌을 받은 거라고요."

엄마가 몸을 바로 세워 앉았다. "뭐? 너, 학교를 빼먹었기 때문에 면접에서 떨어진 거니?"

"아니요, 그냥 농담한 거예요."

"그래, 면접에서 무슨 일이 있었던 거니? 왜 말하지 않는 거야?"

"그냥 어젯밤에는 말하고 싶지 않았어요. 예전과 똑같아요. 언제나처럼요. 누가 듣지 못하는 사람을 고용하고 싶어 하겠어요?"

엄마가 한숨을 쉬더니 다시 털썩 기대 앉았다. 엄마의 가장 큰 공포는 교육에 그토록 공을 들였음에도 내가 제대로 된 직업을 갖지 못하게 되는 것이다.

학교를 빼먹은 것에 대해 벌을 줘야겠다는 생각은 이제 엄마의 머릿속에서 지워진 것 같았다. 그래도 죄책감이 느껴져서 내 침대에서 베갯잇을 벗겨낸 후 아직 따뜻한 물이 남아있는 냄비에 담궜다. 엄마도 자신의 베갯잇을 벗겨냈다. 엄마와 함께 베갯잇을 휙휙 헹구는 동안은 즐거웠고 우리는 다정했다. 어쩌면 엄마가 나를 용서해주지 않을까?

"엄마, 직장 구하는 건 어떻게 되어가고 있어요?" 내가 물었다.

엄마가 조소하는 듯한 미소를 띠며 말했다. "언젠가는 오가닉코어에서의 내 자리를 다시 찾을 거라고 확신해. 암, 확신하고 말고. 그 사람들에게는 내가 필요해."

"카렌 킬데어와는 얘기해보셨어요?"

"그래. 카렌에게 당신이 바로 총리이자, 호주에서 가장 영향력 있는 여성이라고 말했단다. 오가닉코어 이사회의 요구대로 행동할 필요가 없다고 말이야. 총리인 카렌이 그들에게 명령을 내릴 수 있는 거지. 나를 다시 고용해서 레콘 문제를 해결하라고 할 수도 있고."

"카렌이 그렇게 할까요?"

엄마가 어깨를 으쓱했다. "잘 모르겠어. 카렌은 너무 어려. 이사회에게 겁을 먹고 있어. 특히 브렌트 마크에게. 하지만 지금 사람들이 아프다고! 카렌에게 당신이 나서야 한다고 얘기했어!"

"그렇게 했으면 좋겠네요." 내가 말했다.

카렌이 겁내는 걸 비난할 수 없었다. 오가닉코어의 최고 경영자인 브렌트 마크를 나도 여러 번 만나본 적이 있었다. 한 번은 용기를 내 그에게 다가가 어린이를 위한 레콘 아트 패키지를 출시해야 한다고 제안했다. 아이들이 직접 레콘을 디자인할 수 있도록 바이오스포어와 향미료, 식감 보조제와 색소, 그리고 모양 틀이 담겨있는 키트를 출시해야 한다고 말이다. 정말 재밌을 텐데. 엄청난 히트 상품이 될 거라고 확신했다. 내 계획을 그림으로 그려서 가져갔지만, 브렌트 마크는 내 턱을 가볍게 톡 건드리고 크게 웃더니 옆에 서 있던 엄마의 동료, 밥 폴사이스를 향해 말했다. "이 아이 정말 귀엽네!"

귀여운 게 아니었다! 난 아주 진지했다. 브렌트 마크는 카렌 킬데어에게도 그런 식으로 대할까? 카렌의 제안을 비웃으면서?

엄마와 나는 말 없이 침묵 속에서 베갯잇을 휘휘 헹구고 물기를 짜낸 다음, 침대보를 빨았다. 엄마에게 말리에 관해 말해야 하지 않을까? 하지만 어떻게 말을 꺼내야 할지 생각해내기도 전에 엄마가 입을 열었다. "난 브렌트에게 정말 화가 나. 어떻게 날 해고할 수가 있지? 난 오가닉코어에 내 인생을 전부 바쳤어. 그런데 회사가 어려워지자마자 더러운 행주 버리듯 날 내팽겨쳐? 브렌트는 분명 지금도 월급을 꼬박꼬박 받고 있을 텐데. 회사가 날 배신할 줄은 꿈에도 몰랐어. 난 오가닉코어를 처음 설립할 때부터 그 사람들과 함께했다고."

"맞아요. 해고라니, 말도 안 되는 일이죠."

침대보에서 물을 짜내자 바닥에 커다란 물 웅덩이가 생겼다. 엄마는 자신의 침대보를 벗겨내 그 물을 닦아냈다. 저 침대보까지 빨려면 한참은 더 시간이 걸리겠군.

"제 생각엔 엄마가 다른 직장을 찾아봐야 할 것 같아요. 오가닉코어와 관련이 전혀 없는 회사로요."

엄마가 한숨을 쉬었다. "구인 광고를 매일 확인하고 있단다. 첨단 식품 과학자를 위한 일자리가 많지 않더구나. 카렌 킬데어가 정부에서 식량 배급을 준비하고 있다고 말했으니, 곧 그쪽에 인력이 필요할 거야. 물론 그것도 한참 뒤의 일이겠지만."

엄마는 생기 없어 보였다. 배급 직원이라니, 전혀 엄마가 관심을 가질 만한 일자리가 아니었다.

"배급을 하면 하루에 세 끼를 먹을 수 있을까요?" 내가 물었다. "언제쯤 배급을 시작할까요?"

엄마가 또 어깨를 으쓱했다. "나도 자세한 내용은 듣지 못했어."

엄마와 함께 빨래가 끝난 침대보를 밖으로 들고 나가서 울타리에 널었다. 그러고 나서 엄마는 침대 아래에 둔 상자를 샅샅이 뒤지기 시작했다. "찾았다! 자, 이걸 좀 보렴. 버리지 않고 여기다 보관해두길 정말 잘했지!" 엄마가 고무로 만든 주머니 몇 개를 꺼내 들었다.

"그 괴상하게 생긴 건 다 뭐예요? 죽은 물고기?"

엄마가 내 버릇 없는 말투에 눈을 굴렸다. "이건 보온 물주머니야!"

우와, 어렸을 때 할머니, 할아버지 집에서 사용했던 기억이 났다.

"네가 만든 스토브로 물을 데워서 물주머니에 넣으면 되겠어. 고작 나뭇가지로 그만큼의 물을 데울 수 있을 줄 몰랐단다. 통나무 장작 정도는 있어야 불을 피울 수 있다고 생각했는데."

지식이 많은 쪽이 되는 건 기분 좋은 일이었다. "저는 또 나뭇가지를 주으러 가야 해요. 오늘 저녁을 좀 일찍 먹어도 될까요?"

엄마가 동의해서 우리는 이른 저녁을 먹었다. 그 뒤 나는 자전거를 타고 나뭇가지를 주울 수 있을 만한 관목 숲을 찾아서 달렸다. 페어필드 공원에서 관목 한 그루를 발견했다. 풀밭에 등을 대고 누워 하늘을 올려다봤다. 테일러가 알려준 노래를 떠올렸다. 싱크로닉 블릭스의 *가벼운 상승*이라는 곡이다. 손목 밴드로 손을 뻗어 테일러에게 메시지를 보내려다가 그만두었다. 주말에는 손목 밴드를 충전할 수가 없다. 대신 *가벼운 상승*의 가사 전체를 지문자로 읊었다. 이제 손가락을 더욱 빠르게 움직일 수 있었다. 수어가 자연스럽게 손에서 흘러나왔다. 내가 얼마나 발전했는지 말리가 볼 순간이 기대됐다.

말리와 함께 자전거를 타고 메리 크릭 강을 따라 달렸다. 바람이 머리카락을 마구 헝클어뜨리고, 강물의 보드라운 물보라가 다리에 흩뿌려졌다. 길은 자전거를 탄 사람과 보행자로 붐볐다. 그들은 배낭을 멘 채 올스타 슈퍼마켓에서 훔쳐온 카트를 밀고 있었다.

나는 정말 여기 있으면 안 되는 거였다. 엄마가 계속 날 감시하고 있었기 때문에 지지난 수요일 이후 처음으로 학교를 빼먹는 모험을 하는 중이었다. 지난주에는 방과 후에 자전거 가게에서 시간을 보냈지만 두통이 있는 상태에서는 말리에게 은근슬쩍 관심을 표현하기가 어려웠다. 게다가 말리가 커다란 화물용 세발자전거를 조립해야 했기 때문에 우리는 거의 일에만 집중해야 했다. 하지만 내 수어 실력은 부쩍 늘었다. 얼마 전 말리가 세발자전거 만드는 일이 끝나면 내게 보여주고 싶은 곳이 있다고 말했는데, 오늘이 바로 그곳에 가기로 한 날이었다. 그래서 학교가 아닌 이곳에 있는 것이다.

말리가 자전거 도로에서 벗어났다. 말리를 따라 페달을 힘차게 밟으며 언덕을 올라갔다. 배가 너무 고파서 쓰러질 것 같다고 생각할 무렵, 말리가 멈춰 섰다. 그 옆에 자전거를 세우고 숨을 거칠게 내쉬었다. 차가운 공기에 입에서 하얀 김이 뿜어져 나왔다.

우리는 자전거를 자물쇠로 고정시켰고, 말리는 나를 이끌면서 아무렇지 않은 듯 손을 잡았다. 나 역시 아무렇지도 않은 듯 자연스럽게 걸으려고 애쓰며 곁눈질로 말리를 흘깃 쳐다봤다. 아름다운 소년과 손을 잡고 걷는 게 별일 아닌 듯 태연하게 걸었다.

자연의 흔적이 아직 남아있는 손버리 교외의 모퉁이를 돌자, 커다랗고 아름다운 떡갈나무가 서 있는 드넓은 땅이 나타났다. 떡갈나무의 벌거벗은 나뭇가지가 하늘에 대비되어 장엄한 윤곽을 드러내고 있었다. 얼마나 큰지 나무 도둑들이 아직까지 베어가지 않은 게 의아할 정도였다.

2미터쯤 높이의 가지에 나무로 만든 초소가 지어져 있다는 걸 깨달았다. 나무 몸통 아래쪽에는 손으로 칠한 커다란 팻말이 못박혀 있었다.

떡갈나무 아래로 사람의 손을 타지 않은 듯한 정원이 넓게 펼쳐져 있었다. 식물들이 서로를 타고 기어오르는 녹음이 무성한 들판이었다. 로비의 정원에서 봤던 식물 몇 가지를 알아보았다.

아쉽게도 말리가 수어를 하기 위해 잡은 손을 놓았다. 정원을 가리키며 말했다. "여기는 원래 공유지인데, 내 친구들이 하는 음식 나눔 모임에서 여기에 공동체 정원을 만들었어. 이런 걸 게릴라 정원이라고 불러."

이 말을 하면서 말리는 절반 정도의 단어만 중간중간 지문자로 표현했지만 이해할 수 있었다. 정원, 친구들, 음식 등을 뜻하는 수어를 내가 알아차렸기 때문이다. 따로 수어를 할 필요 없이 그냥 손가락으로 각각을 가리키면 그만이었다. 수어는 정말 경제적이다.

나무 초소 안에서 누군가의 움직임이 느껴졌다. 한 남자가 침낭으로 몸을 감싼 채 책을 읽고 있다는 걸 알아차렸다. 자전거 가게에서 말리가 응대했던 붉은 머리의 사내였다. 남자와 말리가 잠시 동안 이야기를 나눴는

데, 그들의 대화를 이해할 수 없었다. 말리가 나를 위해 수어로도 말했지만 그토록 빠른 대화를 따라가는 건 아직 어려웠다.

로비의 정원과 달리 이곳 게릴라 정원은 구역이 나뉘어 있지 않았다. 제멋대로 뻗어 나간 식물이 마구잡이로 엉켜있었다. 그중 어떤 것도 딱히 먹을 수 있는 것처럼 보이지 않았다. 두 남자가 대화를 멈추기를 고대하며 말리를 흘깃 쳐다봤다. 보청기를 끼고 있지 않았기 때문에(말리와 함께 있을 때는 보청기가 필요 없다) 붉은 머리의 사내가 여전히 말하고 있는지 알 수 없었다. 말리가 오솔길을 가리키며 따라오라고 손짓했다. 두 남자의 대화가 끝난 것 같았다.

저 사람, 여기서 살아? 남자를 가리키며 물었다.

말리가 고개를 젓더니 살다를 뜻하는 수어를 보여줬다. 가슴 위로 두 개의 획을 그리는 것이었다. 손가락으로 남자를 가리키고 살다를 말한 후, 바닥을 가리키면 방금 한 질문이 된다고 나타냈다. 그리고 젠장! 질문할 때 눈썹을 올려야 하는 걸 또 깜빡했다. 기억해야 할 게 너무 많았다.

'내 친구들은 언제나 이 정원에서 경비를 서고 있어. 나무 도둑으로부터 정원을 지키기 위해서지. 오늘은 캠이 당번이야.'

내가 모르는 수어 단어가 몇 개 나왔지만, 보는 것만으로 바로 이해할 수 있었다. 캠의 이름을 지문자로 읽는 게 전혀 힘들지 않다는 사실에 전율했다. 새 수어 단어를 머릿속에 저장하려고 했지만, 대화의 흐름을 따라가느라 벅찼다.

'너도 이 모임의 일원이야?' 이번엔 잊지 않고 눈썹을 올렸다.

'아니. 우리 집은 로비가 작물을 키우니까 그럴 필요가 없지. 하지만 내 친구인 코디와 오스카는 이 모임의 일원이야.'

그럼 몇 명이 여길 운영하는 거야?

말리가 어깨를 으쓱했다. '아마도 열 명이나 열두 명 정도?'

오솔길을 따라 걸으며 우리는 나뭇잎을 감탄하며 바라보았다. 이 정원 역시 로비의 정원과 마찬가지로 먹을 수 있는 작물을 재배하려면 어디를 살펴보고 무엇을 뽑아야 할지를 알아야 하리라.

모두가 먹을 수 있을 만큼 먹거리가 충분히 나와?

말리가 충분히, 그리고 모두를 뜻하는 수어 단어를 보여줬다. 말리가 알려준 대로 앞서의 질문을 반복했다.

'지금 당장은 모두가 배불리 먹을 만큼 충분하지 않아. 곡물을 재배하지 않고서는 그렇게 하기가 정말 힘들어.'

손끝에 스치는 잎사귀를 만졌다. 손끝으로 비비고 깊게 숨을 들이마셨다. 어쩌면 나도 모임의 일원이 될 수 있지 않을까? 지금 배달받는 레콘에 야생 음식을 조금 더해서 먹는다면 지금보다 훨씬 나을 것 같은데.

우리는 처음 걷기 시작했던 떡갈나무로 돌아왔다. 말리가 나무 초소에서 내려온 밧줄 사다리를 타고 오르라고 몸짓했다. 초소 안은 지저분했지만 진짜 집처럼 무척 아늑했다. 체리 그로그 병에 양초 조각이 꽂혀있었고, 촛농이 옆으로 흘러내려 굳어있었다. 얇은 캠핑용 매트리스 위에는 낡은 쿠션 몇 개가 놓여있었고, 누군가 나뭇가지와 깃털을 엮어 만든 거미줄 모양의 원반이 가지에 매달려 있었다. 수정과 유리 구슬로 만든 햇빛 가리개도 함께 걸려있었다. 무척 예뻤다.

한쪽 구석에 놓인 플라스틱 상자 안에는 오래된 종이책 여러 권이 줄지어 꽂혀있었다. 침낭을 두르고 있는 캠의 옆에는 **생태계를 따르는 영속농업**이라는 제목의 책이 펼쳐진 채 엎어져 있었다.

캠이 자리에서 일어나 낡은 기름 깡통에 불을 붙였다. 내가 보기에 그 깡통은 로비네 로켓 스토브의 또 다른 버전인 것 같았다. 캠이 말리를 향해 말을 걸었지만 이번에도 알아들을 수 없었다.

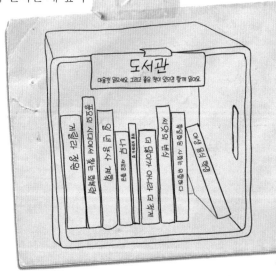

'차 마실래?' 말리가 물었고 나는 고개를 끄덕였다.

캠이 춤추듯 사다리를 타고 내려갔다. 식물 줄기를 약간 따서 다시 엉금엉금 나무 집으로 올라와 깡통 스토브 위에 놓인 물주전자에 줄기를 넣었다. 말리가 내 옆으로 와 앉았다. 그의 무릎이 내 무릎에 닿을 만큼 아주 가까운 거리였다. 말리의 몸에서 전해지는 온기가 기분 좋게 느껴졌다. 말리를 힐끗 보고 미소를 지었다. 말리는 소리 없이 활짝 웃으며 윙크로 화답했다. 다시 손을 잡고 싶었지만, 캠이 앞에 있어서 포기했다.

캠이 말리에게 말을 걸었다. '로비가 잘 지내는지 물어보고 있어.' 말리가 내게 말했다. 그러고는 다시 캠에게로 몸을 돌렸고 음성과 수어를 동시에 하며 말했다. 이번에는 입 모양을 읽고 내가 아는 수어를 조합해서 말리가 하는 말을 알아들을 수 있었다. '그럭저럭 잘 지내셔. 하지만 빵을 정말 그리워하고 계시지.'

우리는 홀짝홀짝 차를 마셨다. 차는 따뜻하고 풍부하고 향긋했지만 아무 맛도 나지 않았다. 그저 지금 내가 얼마나 배가 고픈지를 일깨워줄 뿐이었다. 캠이 이 정원에서 식용 작물을 어떻게 키우는지 내게 '시범'을 보여준다면 좋을 텐데.

수어를 사용해야 할지 음성을 내야 할지 알 수 없었다. 하지만 말리가 계속 통역을 해줬는데, 이제 와서 입을 열고 음성으로 말하는 것이 조금 이상하게 느껴졌다. 그래서 캠에게 수어로 질문을 던졌다.

저기…. 어색했지만 시도는 해 봐야 했다. 제가 당신의 모임에 함께할 수 있을까요? 작물 재배하는 방법을 잘 모르기는 하지만, 저는 뭐든 빨리 배워요.

말리가 통역을 하며 덧붙였다. "파이퍼는 정말로 빨리 배워!" 말리는 통역하는 걸 전혀 꺼려하지 않는 것처럼 보였다.

하지만 캠이 **안 돼요**, 라고 대답했다는 걸 알아차리는 데는 통역이 필요 없었다. 캠의 얼굴은 진지하고 단호했다. 말리가 캠의 말을 옮겼다. '지금 있는 구성원이 먹을 양도 충분하지 않아서요.'

이해해요.

불편한 침묵이 흘렀다. 물어보지 말았어야 했나 보다.

"가족 농장을 어떻게 할지 결정했어?" 마침내 말리가 물었다. 그리고 내게 설명해주었다. '캠의 가족이 바이오스포어를 경작하고 있거든. 하지만 농장이 기차 역과 선로에서 너무 멀리 떨어져 있다는 이유로 오가닉코어에서 더 이상 바이오스포어를 수거해가지 않고 있어. 그냥 밭에서 썩어가고 있을 뿐이지.'

캠이 대답하자 말리가 통역했다. '아버지가 바이어스포어 대신 연료가 될 만한 작물을 심을까 고민하고 계셔.'

'왜 먹을 걸 재배하지 않는 거예요?' 온전히 수어로 물었다. 질문에 필요한 수어 단어를 다 알고 있어서 무척 뿌듯했다.

말리가 말했다. 이번에는 통역을 하는 것인지 아니면 자신의 생각을 말하는 것인지 구분할 수 없었다. '왜냐하면 바이오스포어가 토양을 망가뜨리기 때문이야. 이 문제를 어떻게 해결할 수 있을지 아직 연구하는 중이야. 비료를 쓰면 도움이 되기는 하지만, 운송비가 엄청나게 비싸서 도저히 가져올 수가 없어.' 말리와 캠을 번갈아 흘깃 쳐다봤다. '연료 작물을 키울 수 있을지도 확실치 않아. 아직 실험해보지 않았거든.'

엄마는 바이오스포어와 토양의 관계에 관해서 한 번도 언급한 적이 없었다. 어쩌면 엄마는 이 사실을 알고 있지 않을까?

차를 마시며 말리와 캠이 대화하는 모습을 물끄러미 바라보다가 둘의 대화가 잠시 소강 상태에 접어들었을 때 물었다. 그런데 이 땅은 누구의 소유인가요?

말리가 대답했다. 이번에도 자신의 생각을 말하는 건지 통역을 하는 것인지 불분명했다. '누구의 것도 아니야. 아마 의회의 소유겠지. 몰라서 그렇지 잘 살펴보면 우리 주위에 이런 공유지가 정말 많아.'

의회에서 공유지에 작물을 재배하도록 허가를 해줘? 내가 물었다.

말리가 고개를 저었다. 이제야 말리가 자신의 생각을 말하고 있다는 게 분명해졌다. '공유지에 뭔가를 심는 건 불법이야. 사람들이 어쨌거나 그냥 하고 있는 거야. 다행히 아직까지는 별 문제 없었어.'

맹렬히 솟구치는 불길처럼 머릿속에 떠오르는 이미지가 하나 있었다. 집 앞 거리 한가운데 죽은 섬처럼 자리 잡고 있는 공터가 작물이 가득한 야생의 정글로 변한 장면이었다. 덩굴식물로 뒤덮인 닭장과, 토끼 몇 마리와, 토실토실한 주황색 열매가 잔뜩 달린 감나무가 있었다. 나는 저녁으로 먹을 생선 요리를 꿈꾸며 연못을 파내고 있었다. 상상만으로도 가슴이 벅차올랐다. 그런 정원을 꼭 만들고야 말리라. 먹거리를 수확할 때까지 몇 달이 더 걸리더라도 말이다. 정원을 지킬 사람을 어디서 찾을 수 있을까? 전혀 감이 오지 않았다. 매일 밤 바깥에서 쏟아지는 별을 바라보며 잠이 드는 내 모습을 상상했다.

좋아! 엄마는 절대로 내가 혼자 밖에서 잠을 자도록 허락하지 않을 것이다. 어쩌면 나와 함께하자고 설득할 수 있지 않을까? 엄마도 먹어야 하잖아. 하지만 물은 어떻게 구하지?

정원에 어떻게 물을 줘요?

말리가 손가락을 하나 들어 올렸다. 내가 상상의 나래를 펼치는 동안 두 사람은 계속 대화 중이었다는 걸 알았다. 이크. 엄마가 여기 없어서 다행이다. 엄마라면 나를 한참 꾸짖었을 것이다.

대화를 마친 캠이 내게 나무 초소의 옆쪽을 살펴보라고 손짓했다. 물이 들어있는 낡은 바이오스포어 통에 방수포가 연결되어 있었다. 우와, 이렇게 하면 되는구나.

울타리 위에 물감으로 적은 글이 있었다. '상상해보라, 우리의 국방 예산을 전 세계의 굶주림과 맞서 싸우는 데 사용한다면 세상이 어떻게 변화할지를.' 자전거 가게 벽에 말리의 친구가 쓴 메시지와 비슷했다. 그 사람 이름이 뭐라고 했더라? 마프렌 킬시?

얼마 후 나무 초소를 떠난 우리는 자전거를 고정해둔 장소에 도착해 작별 인사를 나누었다. 말리는 이사를 도와주러 가야만 했다. 오래도록 작별의 포옹을 했다. 그에게서 나는 향기가,

연기와 허브 찻잎, 머스크와 그의 체취가 아드레날린을 솟구치게 했다.

'로비에게 물어봐줄래? 조만간 정원 일을 배우러 가도 되냐고 말이야.' 수어와 지문자를 섞어서 물었다. 말리가 고개를 끄덕이며 메시지로 답을 주겠다고 약속했다.

자전거를 타고 가다가 노스코트에 있는 한 이탈리아 식당 뒤에서 버려진 바이오스포어 통을 발견했다. 식당 뒷문을 두드리자 험상궂은 얼굴을 한 남자가 문을 열었다. "무슨 일이죠?"

보청기를 끼고 싶지 않아서 귀가 들리지 않는다고 몸짓으로 알렸다. 남자가 미소 지으며 내 어깨를 토닥였다. 때로는 청각~~장~~애인이라는 걸 편리하게 써먹곤 한다. 물론 엄마가 보면 기겁하겠지만.

바이오스포어 통을 가게 옆 쓰레기통에 던지는 시늉을 하며 눈썹을 들어 올렸다. *버리시는 건가요?*

잠시 뒤 남자가 내 말을 이해하고 고개를 끄덕였다.

통을 끌고 가는 동작을 하자 남자가 기꺼이 동의했다. 쓰레기를 치울 수 있다는 사실에 반가워하면서. 아마도 오가닉코어가 이제는 빈 통을 수거해서 재활용하는 일 역시 축소했기 때문일 것이다.

남자에게 곧 돌아오겠다고 알려주고 자전거 가게를 향해 달렸다. 라이언이 통을 집까지 옮길 수 있도록 세발자전거를 빌려줬다.

식당의 나이 든 남자는 친절하게도 밧줄을 가져와 통을 자전거 뒤에 묶는 걸 도와주고는 행복한 얼굴로 손을 흔들었다. 어린 청각~~장~~애인 소녀에게 친절을 베풀었다는 사실에 기분이 좋아진 거다. 내가 음성으로 말할 때는 사람들이 이렇게까지 친절하지 않으니까.

가게를 세 군데나 확인했지만 방수포는 구할 수 없었다. 하지만 그 순간 창고 집 찬장 안에 있는 커다란 플라스틱 쓰레기 봉투가 떠올랐다.

집에 도착해 뜰 안으로 들어설 무렵, 태거트가 거실 창으로 모습을 드러냈다. 내가 손을 흔들어 인사하자, 태거트 역시 머뭇머뭇하

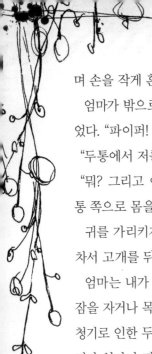

며 손을 작게 흔들었다.

엄마가 밖으로 나와 소리쳤다. 정확한 입 모양 덕분에 보청기도 필요 없었다. "파이퍼! 학교에서 전화가 왔어! 어디에 있었던 거니?"

"두통에서 저를 구해줄 곳에요."

"뭐? 그리고 이건 또 뭐야?" 엄마가 세발자전거에 묶인 바이오스포어 통 쪽으로 몸을 돌렸다. 엄마가 계속 말했지만 하나도 알아듣지 못했다.

귀를 가리키자 엄마가 내게 보청기가 없다는 걸 보았다. 엄마는 분노에 차서 고개를 뒤로 젖히며 날카롭게 말했다. "당장 끼도록 해!"

엄마는 내가 24시간 내내 보청기를 끼고 있어야 한다고 생각한다. 오직 잠을 자거나 목욕을 할 때만 해방될 수 있었다. 하지만 엄마는 모른다. 보청기로 인한 두통과 좀처럼 가라앉지 않는 가려움, 끊임없이 울려대는 소리가 얼마나 괴로운지를.

보청기를 귀에 쑤셔 넣으며 말했다. "물탱크를 만들 거예요."

"우리에게 지금 필요한 건 물탱크가 아니야. 너에겐 교육이 필요하고, 나는 그 학교에 터무니 없이 많은 돈을 내고 있어! 나는 네가 매일 하루도 빠짐 없이 학교에 가기를 바란단다."

"먹을 수 있는 작물을 키울 수 있도록 정원을 만들 거예요." 하지만 엄마는 전혀 감명받은 것처럼 보이지 않았다.

"난 진지하단다, 파이퍼. 계속 이러면 나중에 후회하게 될 거야."

지난번만큼 쉽게 빠져나갈 수 없을 거라는 느낌이 들었다. 하지만 신경 쓸 여유가 없었다. 엄마가 아무리 호통을 쳐도 내 안에서 방울방울 솟아나는 영감을 지울 수 없었다. 물탱크를 만들고 정원을 가꿀 수 있다는 흥분과 *말리가 내 손을 잡았다*는 설렘이 온 마음을 가득 채우고 있었다.

드디어 로비를 만나러 간다. 말리는 일을 해야 해서 나 혼자 로비를 만나야 한다. 조금 조바심이 났다. 내가 도착했다는 걸 로비한테 어떻게 알려야 하지? 우리 둘 다 서로의 말을 이해하지 못하면 어쩌지? 하지만 걱정할 필요가 없었다. 대문에는 반짝이는 작은 버튼이 달려있었고, 그걸 누르자 로비의 주머니에 든 벨이 진동했다. 로비가 나를 바로 들여보내줬다. 눈은 따뜻한 진줏빛 회색이었고, 미소는 싱그러웠다. 하나로 묶어 올린 머리카락이 절반쯤 빠져나와서 자꾸만 내 눈을 찔렀다.

로비가 잘 지냈어요?, 라고 수어로 물었다. 대답하는 데 손이 떨리는 게 느껴졌다. 로비를 따라다녔다. 정원과 온실의 모든 세세한 사항을 하나하나 흡수하고 이해하려고 노력했다. 로비가 온실 안에 있는 잡초투성이 화단을 가리키고 풀을 뽑는 동작을 했다. 그리고 내게 정원용 쇠스랑을 하나 건넨 뒤 땅을 파는 동작을 했다. 로비의 말뜻을 이해하는 데는 전혀 어려움이 없었다. 내가 로비처럼 수어를 할 수 있다면 얼마나 좋을까. 나도 저토록 효율적이고 정확한 손동작으로 말할 수 있다면.

땅을 파는 건 생각보다 힘이 많이 들어가는 일이었다. 근력이 떨어지고 있는 게 분명했다. 체중은 확실히 줄었다. 옷이 헐렁했다. 하지만 내가 어려운 상황에 처해있는 걸 티 내고 싶지 않았다. 쇠스랑으로 최대한 힘차게 땅을 파고 흙을 골랐다. 다른 화단에서 흙을 고르고 있는 로비를 슬쩍슬쩍 곁눈질로 보며 따라 했다.

흙 속에 꿈틀거리는 벌레가 있었다. 로비의 시선을 끈 뒤 벌레를 보여주자, 로비가 지렁이랍니다, 라고 말했다. 그리고는 양쪽 엄지손가락을 치

커올려 훌륭한 토양을 나타내는 지표라고 알려줬다.

계속해서 땅을 파고 흙을 골랐다. 잠시 뒤 로비가 나를 멈추게 하더니 내 발을 가리키며 나무랐다.

화단을 밟고 서면 안 돼요!

얼굴이 화끈거렸다. 수어로 **죄송해요**, 라고 말할 줄 알아서 다행이었다. 하지만 로비의 말은 아직 끝난 게 아니었다. 로비가 몸짓으로 작은 연극을 보여줬다. 손가락이 지렁이가 되었다. 내가 신은 거대한 부츠가 내려오자 지렁이가 으깨지고, 살점이 사방으로 튀었다.

실수였어요! 잘못했다고 말했는데.

하지만 이제 로비의 양손은 땅 속에서 행복하게 꿈틀거리는 식물의 뿌리가 됐다. 흙이 단단하게 굳은 부분에 닿자 뿌리가 고군분투하며 몸을 비틀었다. 땅 위에 있는 가지는 성장을 멈췄다.

로비는 나무라는 것이 아니었다. 알려주고 있는 것이었다. 좋아, 이건 모두 내가 알아야 할 것이야. **땅을 파서 고른 뒤에는 밟고 서지 말 것. 단 한 번이라도 절대로 안 됨.**

화단에서 무성하게 자란 잡초를 모두 뽑아내고 쇠스랑으로 땅을 갈고 난 뒤, 퇴비를 운반해왔다. 이제 로비의 왼손은 식물이 되었고, 오른손은 식물의 뿌리가 되었다. 뿌리가 행복해하며 퇴비를 먹어 치웠다. 퇴비는 식물을 위한 음식이었다!

로비를 보고 있노라면 하나의 개념을 이토록 명확하게 전달할 수 있는 다른 방법은 전혀 없는 것처럼 보였다. 하지만 어떻게 해야 로비처럼 우아하게 양손으로 모양을 만들 수 있는지, 손가락이 행복하거나 우울해 보이도록 만들 수 있는지 전혀 감이 오지 않았다.

로비가 내게 호스를 건네서 기겁하며 바라봤다. 호스를 사용하는 건 금지되어 있는데. 하지만 로비가 내 표정을 보더니 커다란 금속 물탱크를 보여줬다. 로비의 손가락이 비가 되어 탱크로 흘러 들어가더니, 호스를 통해 다시 흘러나왔다. 아, 그렇구나. 직접 모은 물을 사용하는 건 아

직 허가되어 있었다.

이곳이 내가 곧 물을 주게 될 미래의 정원이라고 상상했다. 젖은 흙에서 황홀한 내음이 올라왔다. 마음이 차분해지고 도취감마저 느껴졌다.

뽑아낸 잡초를 토끼와 닭에게 먹였다. 로비가 자신이 제일 좋아하는 토끼와 닭을 한 마리씩 꼽았다. 그 녀석들은 열정적으로 우리를 맞이하며 우리가 손에 들고 있는 녹색 풀을 낚아챘다.

그 뒤 로비가 유리로 된 진열장을 보여줬다. 그 안에 작은 식물이 담긴 상자가 가득 놓여있었다.

'이 아이들을 아까 작업한 화단으로 옮겨 심을 거예요.' 로비가 허공에 그림을 그리듯 말했다. 로비의 표현 방식은 말리와 또 달랐다.

점심을 준비하기 위해 닭장에서 달걀을 모으고, 양파 한 개와 약간의 푸성귀를 따왔다. 오솔길 옆의 땅에서 아스파라거스 한 줄기가 창처럼 뾰족하게 하늘을 찌르며 올라와 있었다. 로비는 활기차게 아스파라거스를 땄다. 로비가 달걀을 삶는 동안 나는 로켓 스토브의 불을 조절했다. 로비가 푸성귀를 버터에 휙 던져 넣고 스윗칠리 소스라고 불리는 빨갛고 찐득찐득한 액체를 부었다. 맛있겠다!

로비에게 보여주기 위해 손목 밴드에서 내가 만든 로켓 스토브의 사진을 불러왔다. 로비가 눈을 가늘게 뜨고 보더니 환하게 웃으며 축하의 뜻으로 내 손을 정중하게 잡고 악수를 했다.

깊게 숨을 들이마시고 제대로 오늘의 첫 대화를 시도했다. 지문자를 쓰고 싶은 충동을 억누르며 몸을 떨며 추위하는 모습을 흉내냈다. 그러고 나서 스토브를 만들고, 불을 붙이고, 온기가 폭포처럼 내게 흘러드는 모습을 보여줬다. 로비의 신속하고 정확한 동작에 비하면 내 손가락은 어설프고 바보처럼 느껴졌다. 마침내 내가 말했다. 고맙습니다!

로비가 활짝 웃더니 허리를 살짝 숙여 인사했다.

이 다음부터는 어떻게 의사소통을 해야 할지 생각이 나지 않았기 때문에 지문자와 수어를 섞어가며 물었다. '정원을

만들고 싶은데 어디서부터 시작해야 할지 모르겠어요. 뜰에 화분을 놓는 것부터 시작해야 할까요?'

로비가 내 팔로 손을 뻗었다. 잠시 뒤 내가 보여준 로켓 스토브 사진을 다시 보고 싶어 한다는 걸 알아차렸다. 로비는 로켓 스토브가 너무 그늘 진 곳에 있다고 말했다. 로비의 한 손은 태양이 되었고, 다른 한 손은 식물이 되어 햇빛에서 나오는 에너지를 굶주린 듯 흡수했다. 우리 집 뜰은 햇볕이 잘 들지 않아서 정원을 만들기에 좋지 않았다.

두 손으로 우리 집 앞 거리의 모습을 그렸다. 길 한가운데 섬처럼 자리 잡은 공터를 보여줬다. 그곳에 내가 씨앗을 심고, 먹을 수 있는 작물이 거기서 무성하게 자라나는 모습을 표현했다.

로비가 진지하게 고개를 끄덕였다. '아주 훌륭한 생각이에요. 꼭 해야만 해요.' 로비가 달걀과 야채를 한 입 더 먹은 뒤 계속 말했다. '처음엔 많은 게 필요 없어요. 정원을 만들기 위해서 뭘 준비해야 하는지 내가 알려줄게요. 지금 시작하면 아마 여름 중순 즈음에는 작물을 수확해서 먹을 수 있을 거예요.'

로비의 수어를 이해하기 위해서는 온 신경을 집중해야 했지만, 그건 입 모양을 읽는 것과는 전혀 달랐다. 두통이 전혀 생기지 않았다.

'그렇다면… 먼저 뭘 해야 할까요?' 내가 물었다.

'퇴비를 만들어야 해요.' 로비가 마른 풀과 녹색 풀, 물과 잎사귀로 어떻게 퇴비 더미를 만들 수 있는지 허공에 그렸다. 그 다음 로비의 손이 유리 진열장 안에 있는 작은 상자가 되었다. '씨앗을 심는 거예요.'

퇴비가 부숴져 흙으로 변하고 식물의 먹이가 됐다. 씨앗은 화단으로 옮겨 심을 준비가 될 때까지 자라고 또 자랐다. 텃밭은 물론 흙도 골라야 했고, 물도 주어야 했다.

비가 도통 내리지 않아서 얼마 전에 설치한 바이오스포어 통에는 물이 한 방울도 없었다. 부디 하늘이 늦지 않게 비를 뿌려주기를 소망했다.

로비가 나를 집 안으로 데려가 벽 한쪽에 붙어있는 커다란 포스터 앞으로 이끌었다. '텃밭 농사 월력'이라는 제목이 적혀있었다. 로비가 8월

18일을 가리키며 그날 올 수 있냐고 물었다. '씨앗을 좀 나눠줄게요.'

'왜 8월 18일이예요?' 수어로 물었다.

'그날이 달-심기의 날이거든요. 달의 주기상 퇴비를 만들고 씨앗을 심기 좋은 날이죠.'

이해가 안 된다. 달빛 아래서 씨앗을 심을 일은 없는데. 하지만 무슨 상관이람. 그 날 로비네 정원으로 오리라. 원래라면 학교에 가야 하는 날이라는 게 안타까울 뿐이었다.

로비가 갈색 포대로 만든 튼튼하고 커다란 가방을 건네며 눈썹을 들어올리고 손으로 바다를 만들었다.

처음 보는 표현이라 눈을 찡그렸다. 설마 이 수어의 뜻이…?

해안가. 로비가 지문자로 말했다.

아, 예상이 맞았다. 로비가 손으로 세상에 있는 모든 걸 정확히 표현하는 법을 알고 있다는 사실을 믿었어야 했다.

로비가 물 밑에서 해초가 자라나고, 그걸 뽑아서 물에 헹구고, 퇴비 더미와 섞는 걸 보여줬다. 모종이 퇴비를 두 배나 빠른 속도로 먹어 치우고, 두 배나 더 크게 자라났다.

성 킬다 해변은 자전거를 타고 한참을 달려야 할 만큼 멀리 있었다. 내게 거기까지 갈 에너지가 남아있길 바랐다. 로비는 어떻게 이 모든 걸 혼자 해내는 걸까?

학교에 갔지만 수업이 하나도 귀에 들어오지 않았다. 하루 종일 원래 해야 하는 일은 밀쳐두고 집 앞 거리에 있는 공터에 정원을 만들 계획을 세우며 그림을 그렸다. 일기장 한 장을 찢어낸 뒤 로비의 얼굴을 그리고 물감으로 칠했다. 완벽하게 똑같아 보이게 그리지는 못했지만, 로비의 진지함과 에너지, 강인함이 느껴졌다. 로비의 초상화가 마르는 동안 일기장에 계획을 세웠다. 정원을 만들기 위해 해야 할 일의 목록을 작성했다. 로비가 알려준 퇴비 더미 만드는 방법도 기록했다. 그런 다음 책상 아래로 손을 넣어 퇴비 만드는 법을 자세한 부분까지 지문자로 되새겼다. 지문자에 점점 더 능숙해지고 있었다.

▶ 수신자: 테일러
조만간 우리 집에 놀러 올래? 못 본 지 한참 됐잖아.
계획이 생겼어. 집 앞 공터에 먹을 수 있는 작물을 심을 거야!

학교가 끝난 뒤, 말리에게서 세발자전거를 빌려 손버리와 노스코트의 뒷골목을 누볐다. 노스코트 언덕 맨 꼭대기에서 내가 원하던 걸 찾았다. 어느 집 대문 앞에 막 깎아낸 잔디가 쌓여있었다. 좁고 기다란 잔디 마당이 있는 집이었다. 잔디를 두 손 가득 움켜쥐고 로비가 건네준 가방의 절반 가량을 채웠다. 다시 자전거를 타고 주위를 샅샅이 훑으며 거리를 달렸다. 가방이 꽉 찰 때까지 퇴비에 쓸 재료를 찾으러 다녔다.

집으로 가서 가방 속에 든 내용물을 거리에 자리 잡은 공터에 쏟아부었다. 양이 너무 적어서 애처로워 보일 정도였다. 로비의 말에 따르면, 적어도 1세제곱미터를 꽉 채울 수 있을 만큼은 모아야 한다.

페어필드 공원으로 가보기로 했다. 그렇지! 내 예상이 맞았다. 그곳에서는 잔디와 잡초가 무릎을 스치는 높이까지 자라나 있었다. 모두 키가 크고 줄기가 두꺼웠다. 비싼 전기료와 기름 값 때문에 더는 아무도 잔디 깎이 기계를 쓰지 않았다. 가방에서 가위를 꺼내 잔디와 잡초를 잔뜩 잘랐다. 마침내 가방의 나머지 절반도 꽉 채웠다.

돌아가는 길에 다리가 아파왔다. 완전히 녹초가 된 상태였지만 곧장 공터로 가서 작업을 시작했다. 로비가 설명해준 대로 마른 잔디와 녹색 풀, 푸른 잔디를 겹겹이 쌓아서 퇴비 더미를 만들었다. 그런 다음 냄비에 물을 가득 담아 가져와 퇴비 더미 위에 뿌렸다. 이게 식물이 먹을 영양이 풍부한 검은 식량으로 변할 거라니 신기했다. 하지만 나는 이미 자연이 마법을 부릴 수 있다는 것을 알고 있었다.

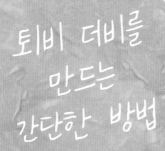

퇴비 더미를 만드는 간단한 방법

1 최소한 1세제곱미터 크기로 만들어야 한다. 그래야만 빨리 열이 발생해 퇴비가 부스러질 수 있다.

2 겹겹이 쌓는다.

3 일주일에 한 번씩 퇴비 더미를 뒤집어서 재료를 잘 섞어준다.

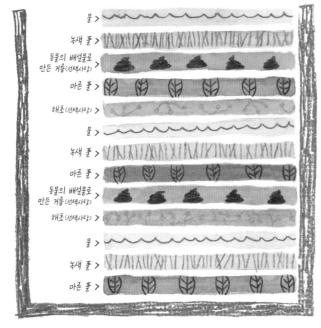

물 >
녹색 풀 >
동물의 배설물로 만든 거름(선택사항) >
마른 풀 >
해초(선택사항) >
물 >
녹색 풀 >
마른 풀 >
동물의 배설물로 만든 거름(선택사항) >
해초(선택사항) >
물 >
녹색 풀 >
마른 풀 >

녹색 풀(질소를 더해줌) = 싱싱한 잡초, 잔디
마른 풀(탄소를 더해줌) = 죽은 잎사귀, 건초, 마른 잔디
동물의 배설물로 만든 거름은 퇴비에 영양분을 더하고 빨리 부스러지는 데 도움이 된다.
해초는 미네랄을 풍부하게 함유하고 있다.

주말이 왔다. 굶주림 때문에 약간 어지러웠다. 그 상태로 집 앞 거리로 나가 공터를 조사했다. 가끔 동네에서 마주치는 나이 든 남자 말고는 아무도 없었다. 땅이 단단해 보였다. 내 힘으로 땅을 팔 수 있을까? 말라죽은 나무만 남아있는 이 공터가 **생명이 움트는 땅**에서 봤던 정원처럼 변화한 모습을 떠올렸다. 부드러운 검은 흙, 무성한 녹색 식물, 잎사귀에서 반짝이는 물방울. 벌써 정원의 내음이 코 끝을 스치는 것 같았다.

해내고야 말겠어!

다음 단계는 퇴비 더미를 뒤집는 것이다. 새 더미도 쌓아야 했기에 바로 작업을 시작했다. 처음엔 괜찮았지만 곧 속이 뜨겁다는 걸 발견했다. 정말로 아주 뜨거워서 깜짝 놀랐다. 잔디에 작고 기다랗게 잿빛 자국이 생겼다. 어떻게 이렇게 신비로운 현상이 일어날 수 있을까? 마치 연금술 같았다. 정원용 쇠스랑이 있으면 좋을 텐데. 할 수 없이 손으로 퇴비를 퍼내 새 더미로 던졌다. 곧 손바닥에 작은 물집이 생겼다. 아야. 발로 차서 옮겨보려고 해 봤지만 엉망이 될 뿐이었다. 젠장.

마침내 발로 밀어 퇴비 더미를 땅에 얇게 깔 수 있었다. 열기가 꽤 빠르게 식었다. 그 뒤 새로운 퇴비 더미를 쌓기 시작했다. 손바닥이 불타고 있었다. 입으로 후후 바람을 불어봤지만 소용없었다. 로비가 곁에 서서 내 등을 다독이는 모습을 상상했다. 내가 결국은 해냈다는 사실에 로비가 기뻐하리라.

다시 창고 집으로 향했다. 들어가는 길에 태거트에게 손을 흔들어주자, 태거트가 작게 손끝만 흔들며 화답했다.

일요일은 온종일 강 근처를 돌아다녔다. 내가 만든 로켓 스토브와 일기장에 그림 그릴 때 필요한 나뭇가지를 더 구하기 위해서였다. 두 손은 여전히 불타듯 아파서 최근에는 거의 그림을 그리지 못했다.

이른 저녁 즈음 집에 도착하자, 엄마가 날 기다리고 있었다. 엄마는 바짝 긴장한 상태였다. 저녁으로 먹을 레콘이 이미 작은 대리석 식탁 위에 물 두 잔과 함께 놓여있었다. 자리에 앉자마자 엄마가 데우기 버튼을 눌렀다. 엄마는 눈에 보일 정도로 흥분을 감추지 못하고 있었다. 이거 뭔가 좀 이상한데.

"뭔데요?" 보청기를 끼면서 물었다.

엄마는 심지어 내 말투를 바로잡지도 않았다. "오가닉코어에서 연락이 왔어. 나더러 회사로 복귀하라구나."

뛰어가 엄마의 목을 껴안았다. "정말 잘됐어요, 엄마!" 하지만 가까이에서 보니 엄마가 조금 초조해하는 것처럼 보였다.

엄마가 깊게 숨을 들이켰다. "시드니로 가야 해."

엄마를 안고 있던 팔이 힘없이 풀렸다.

"회사에서 근사한 아파트를 제공할 거야. 레콘 정기 배송권도 줄 거고."

시드니로 가야 한다고? "엄마!" 꺽꺽거리며 말했다. "벌써 가겠다고 말씀하신 거예요?" 엄마가 나를 외면하며 말했다. "그런 셈이지."

오 세상에, 안 돼. 안 돼. 안--돼! 안--돼!!

말리는 어떻게 하고?

먹거리로 가득해질 내 천국 같은 정원은 어떻게 하고?

시드니로 가면 누가 내게 정원 만드는 법을 알려주겠어? 그리고 수어는 또 어떻게 하고?

난 이제 수어를 포기할 수 없어. 그럴 수 없어.

이건 있을 수 없는 일이야. 엄마가 내 어깨에 손을 얹고 나를 의자에 앉힌 뒤 물을 한 잔 건넸다. 내 손이 덜덜덜 떨리고 있었다.

"진정하렴, 파이퍼. 이건 정말 멋진 기회야. 우린 새롭게 시작할 수 있어. 널 좋은 학교에 등록시킬 거야. 훌륭하고 집에서 가까운 곳으로 말이야. 그러면 멀리까지 자전거를 타고 다니지 않아도 된단다. 우리에게 다시 돈이 생길 거야. 모두 2주 이내에 일어날 일이지!"

뭐? 2주라고? 물잔을 내려놓고 의자에 쓰러지듯 몸을 털썩 기댔다. 꽉 막혀있던 목이 그제야 좀 풀리면서 소리가 나왔다. "전 시드니로 이사할 수 없어요, 엄마. 타협의 여지는 없어요."

그렇다, 난 절대로 갈 수 없다. 차라리 이 우중충한 창고 집에서 살고 말겠다. 하지만 난 엄마를 잘 안다. 엄마를 막을 수 있는 건 아무것도 없다. 땅속으로 꺼지는 것 같은 고통이 밀려들기 시작했다. 무슨 말을 해야 엄마를 설득할 수 있을까?

"회사에서 전기세도 대신 내줄 거야. 물론 수도세도. 너랑 나랑 둘이 타고 갈 시드니행 야간 기차표도 이미 예약해줬어. 잘 들어보렴, 파이퍼. 물론 당장은 테일러를 떠나는 게 힘들다는 거 알아. 하지만 이건 우리 삶을 되돌릴 수 있는 기회야."

"테일러요? 걔는 이미…."

저를 떠났는걸요, 라고 말할 수는 없다. 그럼 무슨 이유로 남고 싶어 하는지 물어볼 거다. 어쩌면 그냥 솔직하게 말하는 게 낫지 않을까…. 수어에 관한 건 빼고 말리와 로비, 그리고 정원에 관해서. 하지만 도저히 입이 떨어지지 않았다. 대신 다른 걸 물어보았다.

"오가닉코어에서 엄마가 레콘의 안전성 문제를 해결하길 원하나요?"

"아니. 연구가 아니라 관리직을 제안했어. 레콘 운송을 위한 새로운 철도망 체계를 만들고 있거든. 그걸 관리하고 레콘 배송이 다시 제대로 이루어지도록 다른 전략을 살펴보게 될 거란다."

"그럼 아픈 사람들은 어떻게 하고요?"

"레콘의 안전성 문제를 해결하려면 먼저 회사 내부에 발을 들여놓아야해. 이건 그 첫 걸음이나 마찬가지야. 오가닉코어는 이미 연구실과 멜버른 본부를 팔았어. 철도망 프로젝트 예산을 마련하려고 말이야. 그게 바로 내가 시드니로 가야만 하는 이유이기도 하고. 레콘 배송이 순조롭게 진행되면 다시 돈이 돌 거야. 그때가 되면 나를 연구직으로 복귀시킬 거라고 확신한단다."

"아직 안전하다는 게 밝혀지지 않았잖아요. 그때까지는 레콘을 리콜해야만 해요! 더 많이 배송하는 게 아니라요!"

"우리는 식량난과 맞서고 있어, 파이퍼. 레콘은 필수적이야. 해가 되는 점보다 사람들에게 도움이 되는 점이 더 많다고!"

"모두가 그걸 알아야 해요. 레콘을 먹을지 말지 각자 자유롭게 선택할 수 있어야만 한다고요!" 통제력을 상실한 채 마구 소리를 질러댔다.

엄마가 나를 진정시키려고 했지만 아무 소용없었다.

"인생에서 처음으로 하고 싶은 일을 찾았어요. 그런데 엄마가 방금 그걸 제 발 밑에서 갈기갈기 찢어놓았다고요!"

극도로 흥분한 나머지 팔을 휘두르며 버둥거렸다. 그 바람에 탁자 위에 놓여있던 레콘이 바닥으로 떨어졌다. 머릿속에서는 그만하라고 외치고 있었지만 도무지 멈출 수가 없었다.

절대로 시드니로 이사 가지 않을 거예요!
저에게 강요하지 마세요!

두 발을 버둥대자 탁자가 옆으로 쓰러졌다. 유리잔이 요란한 소리를 내며 박살나면서 물이 바닥 전체로 튀었다.

엄마가 날 꽉 움켜잡았다. "진정해, 파이퍼. 지금 당장! 이웃들이 네가 소리 지르는 걸 다 들을 수도 있다고!"

몸을 빼려고 씨름했지만 엄마가 나보다 힘이 더 셌다. 누가 듣건 상관없었다. 하지만 엄마가 날 끌어안자 기분이 조금 누그러졌다. 엄마가 유리

파편을 피해 조심스럽게 나를 침대로 이끌었다. 몸을 웅크리고 누워 베개를 껴안았다. 엄마가 옆에 앉아 내 이마를 쓰다듬었다.

"그래, 네가 찾아낸 하고 싶은 일이 뭐니?"

엄마의 목소리에 담긴 부드러움에 눈물이 파도처럼 몰아쳤다. 흐느끼고 딸꾹질하며 설명하려고 노력했다. "있잖아요…, 좋아하는 남자애가 있어요. …걔도 날 좋아하는 것 같아요. 그… 그 애의 엄마를 만났어요. …그 분이 저에게 작물 재배하는 법을 가르쳐주고 있어요. 저는 목표가 있어요. …우리의 거리를 자라게 할 거예요. 먹을 수 있는 작물이 곳곳에, 저 아래 길 한 가운데 있는 공터에서 자라나게 할 거예요."

수어에 관해서는 말하지 않았다. 엄마가 그걸 이해할 리 없었다.

"파이퍼." 엄마가 부드러우면서도 단호한 목소리로 말했다. "삶을 남자에게 맞추는 건 건강하지 못한 일이야. 우리 여자들은 독립적이어야 할 필요가 있어. 자신의 일을 하면서 말이야. 시드니에 가서도 작물을 재배할 수 있도록 필요한 걸 구해줄게. 그게 네가 하고 싶은 일이라면 말이야."

엄마는 전혀 이해하지 못했다. 그 기적을 어떻게 설명할 수 있을까? 내 귀가 들리지 않음에도 나와 함께하기를 원하는 남자가 이 세상에 있다는 그 기적을. 사실은 어떤 이유에서인지 내가 듣지 못하는 걸 그가 좋아하는 것처럼 보이지만…. 정말 그런 걸까?

로비의 정원이 보여주는 마법을 어떻게 설명할 수 있을까? 음식과 자연과 거대한 아름다움이 하나로 얽혀 나를 휘감고 내 영혼을 하늘까지 끌어올린다는 것을. 그 아름다움이 콘크리트와 잿빛과 플라스틱투성이인 세상을 초월하게 만든다는 것을. 그 하늘 같은 공간에서 내가 모든 걸 이해하게 됐고, 두 손으로 펼쳐지는 풍부하고 극적인 언어가 나를 사로잡았다는 걸 어떻게 설명해야 할까?

이건 단순히 남자에 관한 문제가 아니다.

어떻게 살아가느냐에 관한 문제다.

나는 학교에 가지 않겠다고 선언했고, 엄마는 강요하지 않았다. 학교에 가는 대신 로켓 스토브에 불을 붙이고 그 옆에 일기장을 들고 앉았다. **생명이 움트는 땅**을 그리고 싶었지만 너무 지쳐있었다. 마음을 진정시켜야 했다. 할머니의 종이 뭉치에서 한 장을 꺼내어 노란색 물감을 칠했다.

태거트가 마당으로 나와서 나를 지켜보았다. 플라스틱 종이 위에 동그라미를 여러 개 그리고 칼로 오려냈다. 옆에서 태거트가 손가락에 물감을 묻히더니 자신의 팔에 작은 노란색 점을 콕콕콕 찍었다. 그러고는 칼을 집으려고 손을 뻗어서 얼른 치워야 했다.

"안 돼, 다칠 수 있어. 만지지 마."

태거트는 내 말을 듣고 얌전히 앉아 내가 종이 자르는 걸 지켜보았다. 공허함을 잘라내려고 노력했다. 하지만 자르고 또 잘라도 공허함은 더욱 커질 뿐이었다.

누군가의 그림자가 드리웠다. 흘끗 올려다 보니 태거트의 아빠 아치가 서 있었다. 아치의 얼굴에 염려하는 빛이 떠오르더니 곧 입이 움직였다.

"태거트가 귀찮게 하나요?"

고개를 흔들었다. "괜찮아요. 방해되지 않아요."

태거트와 함께 있으면 편안하다. 무엇보다 말하지 않아서 좋았다.

아치는 집으로 돌아갔고, 태거트는 내 작업을 가만히 지켜보았다. 노란색으로 칠한 종이 위에 스텐실을 올리고 검은색 스프레이 페인트를 뿌렸다. 손이 약간 떨렸다. 마치 세탁기에 들어갔다 나온 것처럼 쥐어짜내진 기분이 들었다.

스텐실을 떼어내고 검정색 점이 모습을 드러내자 태거트가 기뻐하며 손으로 입을 틀어막았다. 내 기분이 가라앉은 것도 모른 채. 태거트는 자기 팔에도 스텐실을 찍고 싶어 해서 그 대신 여분의 종이 한 장을 꺼내어 스텐실을 새로 만들어주었다. 태거트는 마치 그게 소중한 보물이라도 되는 양 손에 꼭 쥐고 있었다.

물감이 다 마르자 가위를 꺼내 스텐실을 찍어낸 그림을 잘랐다. 태거트가 겁에 질려 가위질을 하지 못하게 나를 말리려고 했다.

"괜찮아, 콜라주를 할 거야." 일기장을 보여주었다. 태거트는 그동안 작업한 콜라주를 마치 그림책을 보는 것처럼 한 장 한 장 넘기며 조심스럽게 손가락으로 어루만졌다. 그 뒤로는 내가 그림을 잘라내는 걸 말리려고 하지 않았다.

로켓 스토브 위에 올려놓은 물이 끓었다. 보온병에 물을 부은 뒤 점퍼 아래로 보온병을 집어넣었다. 온기에 몸이 녹았다. 하지만 내 안의 공허함은 그 무엇으로도 메울 수 없었다.

엄마는 날 강제로 시드니로 데려갈 수 없어! 그럴 수 없어!

▶ 수신자: 테일러
내가 보낸 마지막 메시지를 확인했나 모르겠네. 계획이 바뀌었어.
네 진정한 친구가 시드니로 이사를 갈 것 같아. 그것도 2주 안에.
내 인생은 끝났어.

▶ 발신자: 테일러
파이퍼! 안 돼! 난데없이 시드니라니 말도 안 돼!
이사 간다면 네가 정말 보고 싶을 거야.

▶ 수신자: 테일러
정말? 내가 없어진 걸 눈치채지도 못할 거라고 생각했는데.

마지막 말은 좀 심했다. 이제라도 전송을 취소할 수 있다면 좋을 텐데. 하지만 미안하다는 메시지를 보내는 것조차 하지 않았다. 그 대신 자전거 가게로 향했다. 말리를 만나야 했다.

　　'무슨 일이 있었어?' 가게에 들어서자마자 말리가 수어로 물었다.

　　미소 지으려고 노력했지만 할 수 없었다. 말리가 내 손을 잡고 뒤뜰로 이끌었다. 도중에 라이언과 마주쳐서 눈인사를 했다.

　　'무슨 일인데 그래?' 밖으로 나오자마자 말리가 물었다.

　　'엄마가 시드니로 이사를 가야 한대.' 수어로 대답했다.

　　말리가 고개를 흔들더니 이내 눈을 크게 떴다. 그러고는 손을 내 어깨 위에 올리고 나를 끌어당겼다. 말리의 가슴에 머리를 기대고 자전거 기름과 커피, 머스크와 연기 냄새가 뒤섞인 그의 강렬한 체취를 들이마셨다. 우리는 잠시 서로를 끌어안았다. 말리의 품은 무척 단단하고 따뜻했다. 마치 땅을 안고 있는 것처럼 느껴졌다.

　　하지만 잠시 뒤 말리가 몸을 약간 움직였고, 그의 가슴이 울리는 게 느껴졌다. 말리는 말을 하고 있었다. 고개를 위로 들어보니, 내 뒤에서 라이언이 가게 쪽을 가리키고 있었다.

　　'미안.' 말리가 말했다. '누가 날 찾아왔나 봐.'

　　말리는 라이언을 따라서 가게로 들어갔다. 깊게 숨을 내쉬었다. 내가 나 스스로를 다잡을 필요가 있었다. 가방에서 일기장을 꺼내 들고 두 사람을 따라서 가게 안으로 터벅터벅 걸어 들어갔다. 말리가 손님을 상대하는 동안 그림이나 그려야겠다. 그림을 그리면 언제나 마음이 진정되니까. 일기장을 펼치고 말리 쪽을 흘낏 쳐다봤다.

　　생기 넘치는 얼굴을 한 아름다운 여자가 말리를 향해 이야기를 하고 있었다. 전에 본 적이 있는 여자였다. 어디서 봤더라? 맞다, 작물 재배 워크숍에서! 그때 여자가 입고 있던 치마가 기억났다. 치렁치렁한 치마를 겹쳐 입고 있었지. 그 여자가 말리를 알고 있다고? 가능한 일이다. 워크숍 강사인 안젤로가 자기 친구라고 말리가 말했으니까.

　　여자의 머리카락은 깨끗하고 빛이 났다. 부드럽게 굽이치는 갈색 머리카락이 등 절반까지 내려왔다. 입고 있는 몸에 딱 맞는 오렌지색 점퍼에는 빈티지 단추가 한 아름 수놓여 있었다. 파란색 치마를 겹쳐 입고 있었는데, 가장 바깥쪽 치마 옆면에 바느질해서 붙인 천 조각에는 이런 문구가 굵은 펜으로 적혀있었다. '상상해보라….'

가게 벽을 흘깃 쳐다봤다. 같은 글씨체였다. '상상해보라. 만약 GDP보다 행복지수를 우선시한다면 우리 삶이 어떻게 달라질지를…!' 말리가 말했던 마프렌 킬시가 바로 저 사람인가? 여자는 마치 말리를 여자로 바꾸어놓은 것처럼 보였다. 불현듯 초조함이 밀려왔다. 여자는 지저분함과 깨끗함, 활기와 단단함을 완벽하게 섞어놓은 사람이었다.

말리는 여자를 향해 미소 짓고, 여자의 말에 열정적으로 공감하며, 작업 중이던 자전거를 보여주고 있었다. 가게에 도착했을 때 난 완전히 내 생각에 빠져서 말리가 작업 중인 자전거에 배터리가 달려있는 것조차 알아채지 못했다.

두 사람은 서로 잘 알고 있었다. 서로를 대하는 자세와 시선에서 편안함이 느껴졌다. 보청기가 있다면 두 사람이 무슨 대화를 나누는지 알 수 있을 텐데. 하지만 보청기는 가게 밖에 둔 가방 안에 있었다. 밖으로 나가 가져오려고 할 때 말리가 나를 발견하고 소개했다.

'이쪽은 켈시라고 해.' 말리가 지문자로 말했다. 내 예상이 맞았다. 다만 철자는 조금 달랐다. 킬시가 아니라 켈시였다. 또 이름인 줄 알았던 *마프렌*은 *내 친구(my friend)*였다!

'켈시는 트랜지션 타운을 운영하고 있어. *생명이 움트는 땅*의 구성원이기도 하고.'

켈시가 따뜻한 미소를 지으며 호기심 어린 눈빛으로 나를 살폈다. 그녀는 내가 말리와 함께 있는 걸 보고 놀라는 눈치였다. 켈시는 한쪽 눈썹을 들어 올리며 말리에게 도전적으로 시선을 던졌다.

켈시가 하는 말을 이해할 수 없었지만, 말리가 통역해줬다. 아직 수어에 완전히 익숙한 건 아니지만, 아는 수어 단어와 입 모양을 조합해 말리가 통역하는 수어를 정확하게 이해할 수 있었다. '자신이 트랜지션 타운을 운영하는 게 아니라고 말하고 있어. 최소한 자신은 그러지 않으려고 노력하는 중이라고 말이야. 자체적으로 운영되는 모임이 되어야 한다고 말했어. 켈시의 역할은 자신이 이 모임에서 쓸모없어지는 거래.'

맥락을 파악했기 때문에 이제 켈시의 대답을 입 모양을 보고 쉽게 읽어낼 수 있었다. '지난 5년 동안 이 모임에서 쓸모없는 사람이 되려고 계속 노력했어요.'

말리가 또 통역했지만 나는 막지 않았다. 5년이라니. 그렇게 나이가 많단 말이야? 켈시를 자세히 살펴봤다. 스물다섯 정도 되지 않았을까?

'트랜지션 타운이 뭐죠?' 손을 자유롭게 쓸 수 있도록 일기장을 팔 아래로 끼고 물었다. 말리가 내 말을 옮겼다.

이 새로운 의사소통 방식이 아주 마음에 들었다. 어쩌면 켈시에게는 내가 로비처럼 근사하게 수어를 사용하는 비범한 청각장애인으로 보일지도 몰라. 생각만 해도 기분이 좋아졌다.

켈시가 카운터 위로 편안히 앉았다. 켈시가 말하는 동안 말리가 통역했다. 내가 이해할 수 있을 만큼 천천히. 지문자로 해야 해서 무척 오래 걸렸지만 말리는 개의치 않는 것처럼 보였다. '석유와 전기에 너무 의존하지 않고 사는 방식으로 전환하는 걸 목표로 하는 운동이에요.' 켈시는 내가 의미를 따라잡기를 기다렸다가 다시 말을 이었다. '영국에서 처음 시작됐어요. 마을 전체가 공동체 정원을 만들어 먹거리를 심었고, 물탱크와 태양광 패널을 지금처럼 가격이 오르기 전에 사들인 거죠.'

켈시와 말리가 웃었지만 나는 이유를 알지 못했다. 말리가 아직 통역해주지 않았기 때문이었다.

'그 마을 사람들은 아마 지금쯤이면 토실토실해져서 잘 살고 있을 거라고 말했어.' 말리가 설명했다. 아, 그래서 웃었구나. 하지만 두 사람이 더 이상 웃고 있지 않아서 그저 고개만 끄덕였다.

"우리 모임이 최근에 인기가 아주 많아졌어요." 켈시가 계속해서 말했다. "신입 회원이 엄청 늘어났어요."

'생명이 움트는 땅의 구성원이 되면 뭘 하나요? 정원 일을 하게 되나요?'

말리가 질문을 전할 때까지 기다렸다. 켈시가 어깨를 으쓱했다. "일주일에 몇 시간 정도는요. 그리고 가끔씩 정원에서 밤새 경비를 서요."

얼마만큼의 음식을 얻는지 물으려고 할 무렵, 켈시가 내 일기장을 흘끗쳐다봤다. "그건 뭐예요?"

그때까지 팔에 끼고 있던 일기장을 꺼내들자 양손이 가득 차서 수어를 할 수 없었다. 그래서 카운터 위에 올려놓고 나를 가리키며 말했다. '제 그림 일기장이에요.'

"제가 봐도 괜찮을까요?"

고개를 끄덕이자 켈시가 일기장을 열었다. 로비를 그린 페이지가 펼쳐졌다. 말리가 입을 떡 벌렸다. '네가 그린 거야?'

고개를 끄덕였다.

'로비랑 완전히 똑같이 그렸잖아!'

"이 사람이 누군데?" 켈시가 물었다. 이번엔 바로 이해했지만, 말리가 켈시의 질문을 통역해줬다. 언제 통역이 필요하고 언제 필요하지 않은지 텔레파시로 전달할 수 있으면 좋을 텐데.

"우리 엄마야."

켈시가 깜짝 놀라며 말리를 뚫어져라 쳐다봤다. 잠시 어색한 공기가 흘렀다. 서로를 잘 아는데도 켈시는 로비를 만난 적이 없었다. 켈시는 내가 로비를 안다는 사실을 분하게 느끼는 것처럼 보였다.

말리의 볼이 분홍빛으로 변했다. 두 사람은 내가 이해할 수 없는 시선을 교환했고, 그러다 동시에 내 일기장으로 몸을 돌렸다. 켈시가 일기장을 몇 장 더 넘겼다. 그러다 자전거 가게에 있는 말리를 그린 페이지에서 멈췄을 때 나는 몹시 당황했다. 켈시는 그림을 들어서 말리에게 가져다 대고는 무척 놀라워했다.

'네가 무척 재능있다고 켈시가 말하고 있어. 내 생각도 그래. 그날그날 있었던 일을 직접 그리는 거야?'

얼굴이 불타올랐다. 말리에게 빠진 마음을 적나라하게 들킨 것 같았다. '응. 거의 매일.'

손을 뻗어서 좀 더 평범한 그림을 찾아 급하게 페이지를 넘겼다. 퇴비 만드는 방법을 담은 그림에서 손이 멈췄다. 켈시가 관심을 보였다. 한참을 들여다보다가 고개를 들며 진지하게 말했다.

말리가 통역했다. '켈시가 이 그림으로 포스터를 만들고 싶어 해. 분명히 트랜지션 타운의 모든 구성원에게 아주 훌륭한 참고 자료가 될 거야. 완벽해. 정말 멋져!'

'아, 음…, 좋아요. 물론이죠.'

켈시가 사진을 찍어도 괜찮은지 물어서 고개를 끄덕였다. 정말로 영감을 받았는지 무척 흥분해 있었다. 켈시가 또 다른 페이지를 넘겼고 이번에는 꽁꽁 묶인 여자아이 위에 '관료주의로 인한 죽음'이라고 쓴 그림이 나왔다. 켈시는 즉시 이해하고 크게 웃으며 공감을 표하듯 손가락으로 그림을 힘주어 꾹 찔렀다.

"당신은 천재예요, 파이퍼. 이걸 멜버른의 모든 건물 벽에 붙여야 해요!"

말리가 통역해줘서 놓친 단어를 이해했다. **천재.**

켈시가 말리를 향해 돌아서서 배터리가 달린 자전거 이야기를 꺼냈다.

'배터리 충전기를 만들어주겠다고 했거든.' 말리가 내게 설명했다. '페달을 밟으면 충전이 되도록 고치는 중이야.' 이번에는 켈시에게 설명했다. "미안해. 아직 잘 안되네. 빠르면 내일 가능할 것 같아."

두 사람이 대화하는 모습을 유심히 관찰했다. 두 사람 사이에 우정 이상의 뭔가가 있는 걸까? 만약 그렇다면 대체 말리가 왜 나를 선택하겠어? 켈시는 나보다 더 성숙하고, 매혹적이며, 게다가 말리와 같은 세상에 속해 있는데 말이야. 무엇보다도 켈시는 레콘 숭배자가 아닐 거라고 장담한다. 백 퍼센트!

하지만 말리가 나를 선택한 것이 아직은 아니라는 사실을 곧 깨달았다. 그래서 관계에 진전이 없었던 걸까?

떠나기 전, 켈시가 말했다. "당신의 언어는 아름다워요. **아름답다**를 수어로 어떻게 표현하나요?"

모르는 단어였기에 말리가 내게 알려줬다. 턱을 닦는 듯한 동작이었다.

그대로 따라 했지만, 켈시는 내가 이 수어를 처음 해 본다는 사실을 전혀 알아차리지 못했다. 켈시는 손을 턱 위로 올렸다. 나는 켈시가 주먹을 잘 못 쥐고 있다는 걸 발견했다.

"언젠가 기회가 되면 가르쳐줘요, 파이퍼." 켈시가 말했다. "늘 수어를 배워보고 싶었거든요."

켈시가 떠난 후 킥킥 웃었다. '켈시는 내가 진짜로 수어를 할 수 있다고 생각하나 봐.'

'넌 이미 수어를 하고 있잖아.' 말리가 진지하게 주장했다. '어휘가 조금 부족한 것뿐이야. 켈시는 지문자와 수어의 차이를 모르니까 그냥 다 유창해 보이는 거야.'

말리가 작업 중이던 자전거로 다시 돌아갔다. 그가 배터리에 철사를 다시 연결하는 동안 내가 페달을 밟아줬다. 작동이 잘 되지 않았다. 말리는 그 이유를 정확히 알지 못했다.

'나도 처음 만들어보는 거야.' 말리가 말했다. 그 뒤 걱정이 가득한 눈으로 물었다. '그래서, 정말로 시드니로 가는 거야?'

'그러고 싶지 않지만 엄마가 일자리를 제안받았어. 이곳에서의 직장은 잃었고.' 엄마의 이름이나 그 회사가 오가닉코어라는 사실은 언급하지 않았다. 그걸 말하면 말리는 정말 내가 레콘 숭배자라고 생각하게 될 거다.

'파이퍼, 너는 이제 만으로 열여섯 살이야. 스스로 결정을 내릴 수 있는 나이라고 생각해. 엄마가 시드니로 간다고 해서 너까지 반드시 따라가야 하는 건 아닌 걸.'

그런 생각은 한 번도 해 본 적이 없었다. 독립한 내 모습을 떠올려봤다. 혼자 창고 집에 사는 나를. 집에 와도 엄마는 없겠지. 암울했다. 두려워졌다. '아직은 혼자서 살아갈 자신이 없어.'

말리가 **우리 집에서 나와 로비와 함께 살자,** 라고 말해주길 바랐지만 당연하게도 그런 일은 일어나지 않았다. 말리가 말했다. '너한테는 계획이 필요해. 시드니로 가든 이곳에 남든 어느 쪽을 선택하더라도 말이야.'

말리가 충전기의 연결을 끊어내고 덮개를 열었다. 생각에 잠겨 말리를

물끄러미 쳐다봤다. 가고 싶지 않다. 독립이라니…. 글쎄, 내가 원하는 건 그저 나를 위한 환경을 만드는 것뿐인데. 일기장에 적은 목록을 떠올렸다. 정원을 만들기 위해 해야 할 일을 적은 목록이다. 다음에 할 일은 로비에게서 씨앗을 얻는 것이고, 바로 내일이 바로 달-심기의 날이다. 내가 할 수 있을까? 한 번에 하나씩 해결하면서?

'무슨 생각을 그렇게 해? 페달 좀 밟아줘.' 말리가 던지는 말에 현실로 돌아와 다시 페달을 밟았다. 말리는 기뻐하는 것 같았다. 이제 배터리가 잘 작동하나 보다. 말리가 미소를 지었다. 우리는 서로의 눈을 평소보다 조금 더 오래 들여다봤다.

몇 시간 더 말리를 도운 뒤, 자전거를 타고 집으로 돌아갔다. 엄마를 무시하고 보청기도 끼지 않았다. 수도꼭지를 세게 틀어 마실 물을 받았다. 엄마는 내 주의를 끌기 위해 애쓰고 있었다. 아마 물을 낭비하지 말라고 말하려는 것이리라. 하지만 엄마가 가까이 다가왔을 때 나는 눈을 감고 보청기 없는 귀를 손가락으로 가리켰다. 무슨 말을 해도 전혀 소용이 없다고 보여주기 위해서였다. 그리고 등을 돌렸다. 소리를 지르더라도 나는 들을 수 없는 걸.

내 몫의 레콘을 집어 들고 침대로 가져갔다. 저녁을 먹으며 테일러에게 메시지를 보냈다.

▶ 수신자: 테일러
아까는 내가 너무 못되게 굴었지? 미안해. 네가 날 보고 싶어 할 거라는 것도 알아. 그냥… 뭐라고 말해야 할지 모르겠어. 매일 학교에서 널 보지 못하는 게 정말 힘들어. 시드니로 가지 않더라도 난 이미 네가 그립다고. 네 미래가 걱정되지 않아? 부모님이 널 걱정하시지 않아? 네가 어디에 있는지 알고 계시긴 한 거야? 제발 전화 좀 해 봐, 응?

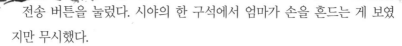

전송 버튼을 눌렀다. 시야의 한 구석에서 엄마가 손을 흔드는 게 보였
지만 무시했다.

5분 뒤, 테일러가 답장을 보냈다.

▶ 발신자: 테일러
사랑해, 파이퍼. 다 괜찮아. 미안해. 내가 지금 최악의 친구인 거 알아.
그냥 너무 많은 일이 일어나고 있어. 지금 얘기하기엔 상황이 좀 안
좋아. 나중에 다시 메시지 보낼게.

그렇겠지.
이럴 줄 알았어.

8월 18일 화요일
TUESDAY AUGUST 18

다음날 아침 일찍, 오가닉코어의 트럭이 천천히 집 앞 거리로 들어서고 있을 때 나는 로비네 집으로 가기 위해 거리에 나와 있었다. 기계로 만들어진 팔이 새로운 레콘 진열장을 떨구고 앞뜰에 둔 빈 진열장을 울타리 위로 높이 들어 올려 회수하는 게 보였다.

다시 집으로 뛰어 들어갔다. 제발, 제발 이번에는 레콘이 전부 배달되었기를! 센서에 엄지손가락을 갖다 대고 진열장 문을 열었다. 하지만 이번에는 심지어 절반조차 채워져 있지 않았다. 상자의 수를 세어보았다. 실망감에 털썩 주저앉고 말았다. 이제는 오직 하루에 레콘 한 상자만 먹어야 할 거다.

아무거나 하나 집어 들고 상자를 찢어서 열었다. 데워질 때까지 기다리지도 않았다. **인도식 버터 치킨**. 걸신 들린 사람처럼 맛도 거의 느끼지 못한 채 아주 빠르게 먹어 치웠다. 배가 불렀다. 머리가 조금 맑아졌다. 빈 레콘 상자를 진열장의 아래 칸에 아무렇게나 휙 집어던지고 메리 크릭 강으로 향했다.

또 학교를 빠지면 엄마가 화를 내겠지. 저녁 식사를 아침으로 먹어버린 것도. 하지만 내가 대화를 거부하는 상황에서 엄마가 할 수 있는 건 없었다. 진짜로 배워야 할 게 따로 있는데 학교에 가는 게 대체 무슨 소용이란 말인가? 치기 어리게 굴고 있다는 걸 알고 있지만, 엄마를 열 받게 할 수 있어서 은근히 기뻤다.

봐요, 엄마는 제가 하고 싶지 않은 일을 하도록 강요할 수 없어요!

로비의 정원에 도착했다. 로비는 나를 보자마자 닭을 잡아야 한다며 도와달라고 부탁했다. 로비가 닭장 안으로 들어가더니 닭을 한 마리 붙잡아 거꾸로 들어 올렸다. 그리고 한 손만 사용해 수어로 말하며 이렇게 잡아야 닭의 피가 머리로 쏠리도록 할 수 있다고 알려주었다. 그러면 닭이 마치 꿈을 꾸는 것처럼 차분해진다는 거였다.

우리는 연못 옆에 있는 정자로 향했다. 로비는 장소를 옮긴 이유를 나머지 닭에게 우리가 하려는 일을 보여주지 않기 위해서라고 설명해주었다. 로비가 닭을 건네며 아주, 아주 꽉 잡고 있으라고 말했다.

요 며칠 사이 나는 더욱 강인해지고 있었다. 로비가 가죽 주머니에서 칼을 꺼내 닭의 목을 깨끗하게 자르는 걸 지켜봤다. 피가 바닥으로 떨어지도록 로비가 닭의 머리를 뒤로 젖혔다.

갑자기 닭이 경련하기 시작했다. 두 날개를 격렬하게 파닥였다. 나는 그만 손을 놓치고 말았고, 닭은 바닥으로 몸부림치며 떨어졌다. 닭이 마구 버둥거리는 걸 지켜보며 공포에 휩싸였다. 피가 사방팔방으로 뿌려졌다. 로비가 닭을 잡으려고 시도했지만 불가능했다. 서서히 닭이 느리게 꿈틀거리며 마침내 피 웅덩이 위에 축 늘어졌다.

로비의 얼굴은 피로 뒤덮여 있었고 양손에서는 피가 뚝뚝 떨어졌다. 내 얼굴과 손 역시 마치 분무기로 뿌린 것처럼 미세한 핏방울로 뒤덮여 있었다. 깊게 숨을 들이켰다.

정말 끔찍했다.

'미안해요.' 로비가 수어로 말했다. '닭이 얼마나 힘이 센지 미리 말해줬어야 하는 건데.'

'그랬더라도 어차피 제대로 붙들고 있지 못했을 거예요.' 로비의 힘은 대체 어디서 나오는 걸까? '닭이 정말 고통스러워했어요.' 이렇게 덧붙이며 생각했다. 닭을 죽이는 좀 덜 야만적인 방법이 있지 않을까?

하지만 로비는 고개를 저었다. '반사 반응이랍니다. 목에 구멍을 내는 순간부터 닭은 아무것도 느끼지 못해요.'

162

로켓 스토브에 올려놓은 냄비에서는 아까부터 물이 끓고 있었다. 로비가 닭의 발을 잡고 냄비에 담갔다. 뜨거운 물이 깃털을 쉽게 뽑을 수 있도록 해준다고 로비가 알려줬다. 로비의 말이 맞았다. 깃털 대부분이 내 손으로도 쉽게 뽑혔다. 하지만 꼬리와 날개에 달린 깃털을 뽑기 위해서는 더 세게 잡아당겨야 했다.

마침내 닭이 맨살을 드러낸 채 도마 위에 뉘어졌고, 로비가 내 손에 고체 비누 한 개를 쥐어줬다.

'어떻게 아직까지 비누를 가지고 계세요?' 그러고 나서 상점에서 비누를 찾아 헤매다 절망하며 포기하는 모습을 흉내 냈다.

로비가 미소 지었다. 로비는 닭의 지방과 로켓 스토브에서 나온 재로 직접 만들었다고 설명했다. 조금 메스꺼웠지만 자연의 연금술이 또다시 작동한 게 분명했다. 그건 진짜 비누였다. 심지어 라벤더 향까지 났다.

로비가 닭의 모래주머니를 요리하기 시작했다. 셀 수 없이 많은 종류의 양념이 들어갔다. 허브와 양파, 버터, 소금 그리고 후추를 넣어 만든 닭 모래주머니 요리는 맛이 기가 막혔다. 살면서 먹어본 것 중 최고의 식사였다. 작은 고기 조각을 손으로 집어 올리며 심장과 청소를 뜻하는 수어 단어를 배웠고, 간은 지문자로 나타내야 한다는 것도 알게 되었다.

이 음식 안에 내 몸에 필요한 영양소가 들어있는 게 분명했다. 메스꺼움이 사라지고 몸이 *더 줘, 더 줘, 더 줘,* 하고 외치고 있었기 때문이다. 단순히 굶주렸기 때문이 아니었다. 어쩌면 그 모든 세심한 연구에도 불구하고 엄마가 뉴트리움 서스테이트 안에 포함시켜야 할 무엇인가를 빠뜨렸을지도 모른다는 생각이 들었다.

다음 질문을 어떻게 시각적으로 표현해야 할지 몰라서 대부분을 지문자로 나타내며 로비에게 물었다. '어떻게 식물에 대해 그렇게 많은 걸 알고 계세요? 작물의 종류가 정말 많은데, 씨앗을 각각 언제 뿌리고 어디에 심어야 하는지 어떻게 다 기억하세요?'

'직접 경험하면서 배웠답니다. 한 번에 하나씩 말이죠. 하지만 파이퍼가 좀 더 빨리 배우고 싶다면, 권해줄 만한 아주 훌륭한 책이 한 권 있어요.'

로비가 집 안으로 들어가 무겁게 생긴 책 한 권을 들고 돌아왔다. **지역 식물 도감**이라는 제목의 책이었다. 로비에게 책을 건네받아 휙 펼쳤다. 큰엉경퀴에 관해 적혀있는 페이지가 나왔다. 책에는 큰엉경퀴가 멜버른 전역에 걸쳐서 자라는 잡초이며, 줄기와 잎사귀, 꽃을 모두 생으로 먹을 수도 있고, 조리해서 먹을 수도 있다고 설명하고 있었다.

'잡초를 먹을 수 있다고요?' 로비에게 물었다. '잡초에는 무조건 독이 있는 줄 알았어요!'

책 속의 큰엉경퀴 그림이 왠지 눈에 익었다. 분명히 주변에서 본 적이 있는 풀이었다.

점심 식사가 끝난 후, 로비가 나를 부엌 바깥에 있는 유리 진열장으로 이끌었다. 로비는 모종을 더 큰 상자로 옮기자고 말했다. 야생으로 나갈 준비가 될 때까지 자라날 곳이었다.

우리는 각자 칼로 조심스럽게 흙을 파서 모종을 옮겼다. 손에 잡힌 물집에서 통증이 느껴졌지만, 무시하며 로비를 따라 했다. 그 뒤 우리는 원래 모종이 있던 상자를 다시 흙으로 가득 채웠다. 로비가 내 손바닥에 씨앗을 조금 올려놨다.

로비가 씨앗 심는 시범을 보여줬다. 로비는 손가락으로 찔러 흙에 작은 구멍을 냈다. 구멍 사이의 간격은 손가락 두 개 정도였다. 그 다음 각각의 구멍에 씨앗을 하나씩 떨어뜨리라고 했다.

'왜 이걸 달-심기라고 부르는 건가요?' 내가 물었다.

로비는 하늘에 떠있는 달의 모양을 만들고, 달이 바다의 조수에 어떤 방식으로 영향을 끼치는지 설명했다. 밀물이 밀려들어오는 순간, 씨앗 안에서도 무엇인가 일어나서 발아에 영향을 준다고 말했다.

믿기 어려웠다. '정말 그렇게 믿고 계시는 건가요?'

로비가 어깨를 으쓱했다. '달의 주기에 맞춰서 정원 일을 하면 계절의 흐름에 맞게 해야 할 일들을 순조롭게 해나갈 수 있어요. 하루에 너무 많은 양의 일을 하지 않고도 할 일을 다 마칠 수가 있고요. 만약 이렇게 해서 정말로 식물이 더 잘 자란다면 그건 보너스인 거고 말이죠. 내 믿음과는 상관없이 이건 정말이지 아주 효율적인 농사법이랍니다.'

'어떻게 식물을 텃밭 화단에 심을지, 화단 외곽에 심을지를 아세요?'

로비가 고개를 젓더니 손가락을 뺨 아래로 미끄러뜨렸다. 그러고는 부드럽게 손가락을 흔들며 주먹을 쥐어 보였다. 마지막 부분은 내가 아는 단어였다. 완성하다. 하지만 여전히 무슨 뜻인지 알 수 없어서 눈을 찡그렸다. 로비가 뜻을 지문자로 알려줬다. 어디에 심든 상관없어요. 문장 전체를 수어 표현 하나로 전달할 수 있는 거였다.

로비는 내가 정원을 만들기 위해서는 더욱 단순한 방식을 따라야 한다고 알려주며 허공에 만달라 모양을 그렸다. 여섯 개의 둥근 텃밭이 있고, 한가운데에 물이 있는 모양이었다. 아마도 연못일 거라고 추측했다.

여섯 개의 텃밭 가운데 한 곳에 퇴비 더미를 만들고, 일주일이 지난 뒤 그 더미를 다른 텃밭으로 옮겨야 했다. 로비가 첫 번째 텃밭의 흙을 파내는 모습을 보여주었다. 퇴비 덕분에 흙이 아주 부드러웠다. 그리고 퇴비가 아직 올려지지 않은 다른 텃밭의 흙을 파내려고 하는 모습을 흉내냈다. 그 밭의 흙은 돌처럼 단단했다.

좋아, 할 수 있어.

우리 위로 그늘이 드리웠다. 고개를 들어 올려다 보니 말리가 있었다! 로비도 말리가 오는 소리를 듣지 못했다는 사실에 깜짝 놀랐다. 마지막에 알아차리는 사람은 언제나 나였는데. 이곳에서는 아니었다. 그토록 아는 게 많고 지적인 로비도 말리가 오는 소리를 듣지 못하다니.

만달라 정원을 만들어보자

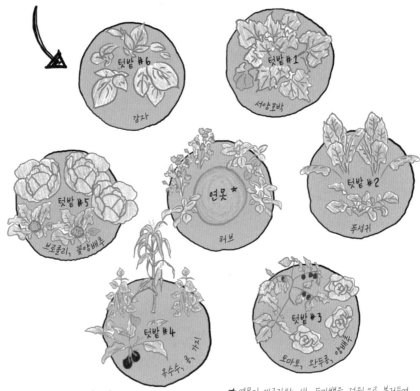

텃밭 #6 감자

텃밭 #1 서양호박

텃밭 #5 브로콜리, 꽃양배추

연못 ★ 허브

텃밭 #2 푸성귀

텃밭 #4 옥수수, 콩, 가지

텃밭 #3 토마토, 완두콩, 양배추

텃밭 정원을 만드는 여섯 단계

★ 연못이 개구리와 새, 도마뱀을 정원으로 불러들여 해충을 먹어 치우도록 한다.

1. 텃밭1에 퇴비 더미를 쌓은 뒤 물을 뿌려 흙이 부드러워지게 한다. 곧 퇴비 더미에서 열이 나면서 흙 속에 있을지 모를 잡초를 죽인다.

2. 일주일 뒤, 퇴비 더미를 뒤집고 텃밭 2로 옮긴다. 이제 텃밭 1의 흙을 고른다.

3. 다시 일주일이 지난 뒤, 텃밭 2에서 텃밭 3으로 퇴비 더미를 옮기고 텃밭 2의 흙을 고른다.

4. 텃밭 3의 퇴비가 허물어지면, 퇴비를 텃밭 1, 2, 3 위에 고르게 펴서 뿌리고, 텃밭 3의 흙을 고른다. 이제 작물을 심을 준비가 끝났다. 위에 제안한 다이어그램을 따라서 심어보자.

5. 텃밭 4에 두 번째 퇴비 더미를 쌓고, 위의 단계를 텃밭 4, 5, 6에 반복한다.

6. 텃밭에서 수확을 하고 나면 울타리를 치고 닭을 풀어서 잡초를 먹게 한다. 닭의 배설물이 땅에 비료가 되고, 닭이 흙을 고르는 효과가 있다. 닭이 임무를 완수하면 이제 텃밭은 더 많은 퇴비를 만들고 작물을 길러낼 준비가 됐다!

말리가 몸을 굽혀 로비의 뺨에 입을 맞추고, 내 관자놀이에 빠르게 입맞춤을 남겼다. 닭의 피를 모두 씻어냈기를 바랐다. 말리를 안고 싶었지만 로비가 함께 있어서 꾹 참았다.

'오늘 하루는 어땠니?' 로비가 수어로 물었다. 눈에 애정에 가득했다. '닭고기 좀 먹을래?'

말리가 고개를 끄덕였다. '가게로 돌아가야 해.' 말리가 나를 바라봤다. '여기 있을 거라는 걸 알았거든. 이걸 주고 싶었어.'

말리가 가방에서 플라스틱 종이 한 롤을 꺼내서 펼쳤다. 거기에는 내가 그린 퇴비 그림이 커다랗게 인쇄되어 있었다. 포스터였다! 아래쪽에는 작은 글자가 타이핑되어 있었다. **파이퍼 맥브라이드의 작품입니다. 무단 복제를 금합니다.**

우와. 정말로… 공식적인 것처럼 보였다!

'이걸 파이퍼가 그렸다고요?' 로비가 못 믿겠다는 듯 물었다.

고개를 끄덕였다.

'정말 멋지네요!' 로비가 말리에게 물었다, '내가 한 장 가져도 되니? 이걸 …에게 보여주면 좋을 것 같아.' 하지만 수어가 너무 빨라서 누구에게 보여주고 싶다는 것인지는 놓치고 말았다.

'켈시에게 물어볼게요. 켈시가 잔뜩 인쇄했거든요.'

'닭을 잡는 법에 관한 포스터도 하나 만들어봐요, 파이퍼.' 로비가 내게 말했다.

닭이 바닥에서 몸부림치고 피가 종이 전체로 튀는 포스터를 그리는 내 모습을 연기했다.

로비가 신이 나서 웃었다. '그렇게는 말고요!'

로비가 멋지고 깔끔하게 닭 잡는 모습을 다시 연기했다. 그리고 손을 닦은 뒤 말리에게 점심을 준비해주기 위해 안으로 들어갔다. 말리는 베란다에 앉아서 내가 마지막 남은 씨앗 몇 개를 구멍에 떨어뜨리는 걸 지켜보고 있었다.

'네가 포스터 시리즈 전체를 만들어도 좋을 것 같아.' 말리가 제안했다.

'큰 인기를 끌 거야.'

'드로잉을 한번 만들어볼게.'

말리가 활짝 웃었다. 그러더니 이내 진지해졌다. '계획은 세웠어? 내 말은, 시드니는 어떻게 하기로 했어? 이곳에 남을 생각이야?'

청바지에 손을 문지르고는 한숨을 내쉬었다. '독립해서 혼자 살 수 있을 만큼… 내가 충분히 어른이 된 것처럼 느껴지지 않아.' 제발 말리가 이 말에 숨겨져 있는 힌트를 알아차려줬으면. 하지만 말리가 잘 알지도 못하는 나에게 함께 살자고 권하는 일은 일어나지 않으리라.

'정확히 언제 가는 거야?'

'다음 주 일요일. 하지만 아직도 실감이 나지 않아.'

머릿속에서 엄마와 함께 기차에 오르는 내 모습을 떠올려보았다. 열차의 문이 닫혔고, 내 삶이 끝났다.

말리가 내 어깨를 한 팔로 감싸 안았고, 나는 그의 품에 쓰러지듯 안겼다. 이제는 익숙해진 자전거 기름 냄새와 소년의 체취를 들이마시자 몸이 부드럽게 이완됐다. 영원히 이렇게 앉아있을 수 있을 것만 같았다. 하지만 곧 식사가 준비됐다. 말리의 그릇에서 한 입 슬쩍 빼어먹고 싶은 충동을 억눌렀다. 그리고 말리는 순식간에 떠나버렸다.

나 역시 집으로 갈 때가 되자 로비가 씨앗 약간과 함께 퇴비를 작은 주머니에 담아 건넸다. 로비는 가죽 주머니에서 감자 몇 알을 꺼내 웃으며 내 주머니에 밀어 넣었다.

돌아가는 길에 누군가가 벽에 오가닉코어의 로고가 카렌 킬데어의 얼굴을 감싸고 있는 그림을 어느 집 벽에 스텐실로 뿌려놓은 걸 발견했다. 그건 누가 봐도 영락없는 카렌 킬데어의 얼굴이었다.

자전거를 멈춰 세우고 그림을 뚫어지게 바라봤다. 다른 사람들도 카렌 킬데어가 오가닉코어의 꼭두각시 노릇을 하고 있다는 걸 알고 있는 걸까?

자전거 도로를 벗어나 하이 스트리트로 접어들었을 때 상점가의 콘크리트 기둥에서 내가 그린 퇴비 포스터를 발견했다! 우와, 벌써 붙였단 말이야? 이게 내 작품이라니, 도저히 믿을 수 없었다.

오늘이 달-심기를 하기 좋은 날이라는 걸 되새기며 집에 도착하자마자 퇴비를 담을 상자를 찾아 돌아다녔다. 마땅한 걸 찾을 수 없어서 레콘 진열장의 재활용 칸에서 빈 상자를 하나 슬쩍 빼왔다. 상자 바닥에 스탠리 나이프로 작은 구멍을 뚫었다. 엄마가 양손을 들어 올리며 날 지켜보고 있는 모습이 눈에 들어왔다. 아마도 항의의 표시이거나 아니면 뭘 하고 있는지 묻기 위한 것이리라. 하지만 엄마를 못 본 척했다.

퇴비를 상자 안에 눌러 담고, 로비에게 배운대로 다이아몬드 모양으로 구멍을 여러 개 뚫었다. 각각의 구멍에 씨앗을 하나씩 떨어뜨리고 조심스럽게 흙으로 덮은 다음, 한 컵 분량의 물을 뿌렸다. 이제 기다리고 또 기다릴 시간이다.

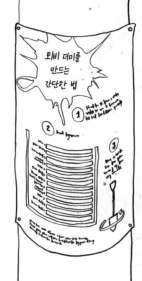

거의 일주일이 지났다. 내내 땅 속에 숨어있던 씨앗들이 오늘 마침내 자그마한 초록빛 막대를 틔웠다. 잎은 전혀 없었고, 유심히 살펴보지 않으면 있는지 모를 정도로 크기가 아주 작았다.

엄마와는 계속 싸울 수가 없었다. 엄마는 언제나 나보다 더 끈질겼다. 나를 말로 설득하는 걸 포기하고 이제는 아주 다정하게 대하기 시작했다. 엄마는 내 레콘을 챙겨주고 내 침대도 정리해줬다. 그 결과 오늘 아침 일주일 만에 처음으로 교복을 꺼내 입게 되었다. 뚱하니 앉아있다가 엄마가 건네주는 따뜻한 차 한 잔을 받아들었다. 엄마가 스스로 로켓 스토브 사용법을 알아내다니 믿을 수 없었다. 아마 그동안 내가 어떻게 하는지 쭉 지켜본 것 같았다.

학교에 갔지만 모든 게 무의미하게 느껴졌다. 최근에 내가 배워온 것에 비교하면 이상하고 동떨어진 세상에 온 것 같은 기분이 들었다. 학교에 와서 좋은 일이 있다면 딱 하나. 집으로 돌아가는 길에 로비가 빌려준 책에서 본 잡초를 발견했다는 것이다. 큰엉겅퀴가 돌 틈에서 자라고 있었다. 혹시 그냥 비슷하게 생긴 또 다른 식물이어서 이걸 먹고 죽으면 어떡하지…?

자전거에서 내려 쭈그리고 앉아 자세하게 살펴봤다. 책에 나온 그림과 정확히 똑같이 생겼다. 잎을 하나 떼어서 새어나온 우윳빛 수액을 조심조심 핥았다. 쓴맛이 났지만 그렇게 나쁘지는 않았다. 나머지 잎도 씹어봤다. 독성이 있더라도 이 정도 양으로는 아프긴 해도 죽지는 않겠지. 큰엉겅퀴 이파리를 한 움큼 뜯어서 배낭 안으로 밀어 넣었다.

집에 돌아왔을 때 그 즉시 오늘 학교에 갔던 걸 후회했다. 엄마는 내가 학교에 가고 집에 없는 틈을 기가 막히게 이용했다. 가구를 제외하고 창고 집에 있던 물건 전체가 상자에 포장되어 벽 옆에 줄지어 있었다. 텅 빈 집 안은 전보다 더욱 암울해 보였다.

"제 미술 도구는 다 어디에 있어요?" 내가 소리 질렀다.

엄마는 마음을 단단히 먹은 것 같았다. 엄마의 눈 밑에 무겁게 어둠이 깔려있었다. 머리에는 하얗게 센 머리카락이 잔뜩 올라와 있었다. 엄마가 이토록 여위었다는 사실을 그동안 깨닫지 못했다.

"뭐라고요?" 내가 말했다.

"보청기 끼라고!"

무시하고 싶었지만 미술 도구가 어디에 있는지 알고 싶었다. 귀에 보청기를 쑤셔 넣고 경계의 눈초리로 엄마를 쳐다봤다.

"왼쪽 두 번째 상자에 있단다."

굳이 보청기를 끼라고 할 필요 없이 그냥 손으로 가리킬 수도 있었잖아. 수어가 훨씬 더 효율적이다.

상자를 거칠게 찢어서 열었다. 바닥으로 미술 도구가 쏟아졌다.

"전 이걸 매일 하루도 빼놓지 않고 사용한다고요! 엄마 맘대로 이삿짐으로 싸놓을 순 없어요!" 무릎을 꿇고 책상 서랍에 다시 도구를 정리해 넣었다.

엄마가 말을 하고 있었다. 마지못해 시선을 돌렸다.

"뭔데요?"

"**뭔데요,** 라고 말하는 건 예의 없는 행동이야. **실례합니다,** 라고 해야지."

아무 대꾸도 하지 않고 반항하는 눈초리로 엄마를 빤히 쳐다봤다.

마침내 엄마가 한숨을 내뱉었다. 내가 이겼다. "배담원이 내일 짐을 가지러 올 거야. 가방은 딱 한 개만 들고 기차에 탈 수 있단다. 그러니까 이 가방을 출발하기 전까지 꼭 필요한 걸 담는 데 쓰도록 하렴."

엄마가 내 침대 앞에 둔 여행 가방을 가리켰다. 배담원은 **배달원**을 말한 것이라고 추측했다.

"제 미술 도구는 우리가 떠날 때까지 여기 그대로 둘 거니까 건드리지 마세요." 아, 내가 방금 정말 그렇게 말한 거야? 우리가 떠날 때까지라고? 나를 감싸 안던 말리의 팔을 떠올렸다.

"글쎄, 가방에 들어가지 않는 물건은 뭐가 됐든 여기에 두고 갈 거야."

내가 가장 좋아하고 가장 자주 쓰는 미술 도구와 재료를 골라서 일기장과 함께 배낭에 넣었다. 엄마가 언제 또 이삿짐에 넣어버릴지 모르니까.

밤새 잠을 설치다 새벽이 오기 한참 전에 일어났다. 시드니로 떠나는 날까지 딱 5일이 남았다. 엄마는 아직 자고 있었다.

좋은 소식도 하나 있다. 어제 집에 오는 길에 큰엉경퀴를 먹었는데도 내가 독에 중독돼 죽지 않고 여전히 살아있다는 것이다.

모종을 확인하기 위해 침대에서 빠져나왔다. 내게는 로비네 집에 있던 유리 진열장 같은 게 없어서 모종이 혹시라도 얼어죽지 않도록 밤마다 상자를 안으로 들여놓고 있었다. 그중 하나는 동그랗게 말려있던 조그마한 잎사귀를 펼치며 제 모습을 드러내기 시작했다. 상자를 밖에 내놓기로 했다. 어쩌면 아침의 태양이 잎사귀를 더욱 펼칠 수 있도록 자신감을 불어 넣어 주지 않을까?

문을 열었더니 바깥에… 비가 내리고 있었다! 그대로 창고 집 옆을 빙 돌아 전속력으로 달렸다. 빗방울이 얼굴로 톡톡 떨어졌다. 바이어스포어 통을 확인했다. 빗물이 창고 집 지붕에서 쓰레기 봉투를 따라 흐르더니 바이어스포어 통으로 떨어지고 있었다. 우와, 이게 정말 되는구나! 바이어스포어 통에는 벌써 물이 절반 정도나 차 있었다. 비가 몇 시간 전부터 내린 게 분명했다. 정원 만드는 일이 시작부터 술술 풀리고 있었다. 모종 상자를 울타리에 매달아 내 아가들이 물을 흠뻑 마실 수 있도록 했다.

시드니에 대한 생각을 떨칠 수 없었다. 계획을 세워야 한다는 말리의 말이 계속 머릿속을 맴돌았다. 사실 합리적인 선택지는 이미 정해져 있었다. 엄마와 함께 시드니로 가는 것. 그렇지만 어떻게 여기서 시작한 이 모든 걸 버릴 수 있단 말인가?

고개를 흔들었다. 시드니로 가더라도 계속해서 내 정원을 가꾸어 나갈 것이다. 엄마는 내가 아주 진지하다는 걸 보게 될 거고, 이 일이 최소한 그곳에서의 내 새로운 삶에 한 부분이 되어야 한다는 걸 알게 될 거다. 하지만 시드니에서 어떻게 로비와 연락할 수 있을까? 궁금한 게 있으면 어떻게 물어봐야 하지? 로비는 손목 밴드도, 가상 화면도 없는데.

로켓 스토브에 불을 붙이고 물이 데워질 동안 로비가 준 감자를 깨끗히 문질러 씻었다.

엄마가 연기에 이끌려 잠옷 차림으로 나왔다. 손에는 연구 기록이 담긴 두꺼운 폴더가 들려있었다. 혹시나 하고 세입자가 사는 집을 흘깃 봤지만, 태거트가 나타나기엔 아직 너무 이른 시간이었다.

엄마가 내 얼굴 앞에서 손을 흔들어서 엄마를 올려다 봤다. "이건 뭐니? 너, 보청기 끼고 있는 거야?"

아직은 끼고 싶지 않았지만 엄마가 계속 말을 하며 몸짓으로 나를 가리켰기에 창고 집으로 들어가 보청기를 손에 쥐었다.

"뭘 요리하고 있는 거니?" 보청기를 끼자마자 엄마가 물었다.

"감자요."

"어디서 났어?"

어깨를 으쓱했다. "음…, 우연히 발견했어요. 메리 크릭 강 근처에 있는 수풀에서요." 나는 한 번도 거짓말을 훌륭하게 해낸 적이 없었다.

"그게 뭔 줄 알고! 먹어도 안전한지 아닌지 대체 어떻게 알겠어?"

"괜찮아요. 제가 알아요." 직관적으로 로비가 빌려준 식물 도감을 꺼내 들었다. 책 속에 정말로 감자가 나와 있기를 신에게 빌었다.

엄마가 다른 무언가를 물었지만 책을 보고 있었기 때문에 질문을 놓쳤다. 색인을 손가락으로 훑어 내리며 P를 찾았다. 여깄다! 해당 페이지를 펼쳤다. 감자가 주렁주렁 달린 식물이 아름답게 그려져 있었다.

엄마가 팔을 건드리더니 내가 쳐다볼 때까지 기다렸다. "감자 잎사귀가 이렇게 생겼었니?"

"네! 그래서 찾을 수 있었던 거예요."

감자 potato /pətéitou/ 명사 복수형 -toes. 1. 재배된 작물의 식용 가능한 덩이줄기 (흰감자 또는 아이리쉬감자), Solanum tuberosum. 2. 감자 식물을 지체를 일컫는 말. 3. → 고구마 sweet potato [스페인어. patata 흰감자, 아이티에서 유래된 고구마 (sweet potato) batata의 변형]

엄마는 눈살을 찌푸리며 납득하지 못했다.

감자가 다 익었다고 생각이 들 무렵 지난번에 봤던 로비의 행동을 떠올리며 큰엉겅퀴를 던져 넣고 냄비를 바로 불에서 내렸다. 채소는 금방 익으니까. 빈 레콘 상자를 물로 헹궈서 내가 먹을 한 접시, 그리고 엄마가 먹을 한 접시를 담았다.

엄마가 질문을 퍼부었다. **독성**과 **책**이라는 단어가 들렸다. 하지만 엄마의 입 모양을 읽으면서 동시에 요리를 하는 건 불가능한 일이었기에 그냥 듣지 못한 척 연기했다.

엄마는 내가 아침을 먹기 위해 자리를 잡고 앉는 동안에도 여전히 미심쩍은 눈빛으로 아침 식사를 바라보고 있었다.

감자 요리를 한 숟가락 가득 떠서 입 안에 밀어 넣었다. 로비의 요리를 맛 본 뒤라서 그런지 맛이 실망스러웠다. 버터와 소금, 그리고 꿀이 있느냐 없느냐가 아주 큰 차이를 만들었다. 하지만 감자 자체는 로비 집에서 먹었을 때와 마찬가지로 따뜻하고 포슬포슬했으며, 큰엉겅퀴는 부드러웠다. 쓴 맛이 났지만 두 음식의 맛이 완벽하게 잘 어울렸다.

"이걸 먹는다고 죽지는 않을 거예요, 엄마." 내가 말했다. "어젯밤에 제가 둘 다 먹어봤는데 아직 이렇게 살아있잖아요." 이건 거짓말이다. 큰엉겅퀴만 먹어봤다. 하지만 난 로비를 온전히 믿었다.

엄마가 한 숟가락 입에 넣고 천천히 씹었다. 한 번도 불평한 적이 없었지만 엄마도 나만큼이나 굶주렸을 게 분명했다.

"강 근처에 이게 더 있을 것 같니?" 이윽고 엄마가 물었다.

어깨를 으쓱했다.

"저건 또 뭐니?" 모종을 가리키며 엄마가 물었다.

그 사이 빗줄기가 잦아들었기에 엄마를 모종 상자가 매달려있는 울타리로 데려갔다. "이건 꽃양배추와 브로콜리고요, 이건 루콜라예요. 당근과 토마토도 심었는데, 아직 싹이 올라오지 않았어요."

"기차에는 여행 가방 한 개만 가져갈 수 있다는 거 알고 있겠지, 파이퍼? 이건 모두 시드니로 가지고 갈 수는 없단다." 엄마가 손목 밴드를 확인했다. "이제 학교에 가야지."

무겁게 한숨을 내쉬었다. "학교에 가는 게 대체 무슨 의미가 있어요? 어차피 엄마가 저를 시드니에 있는 새 학교에 끌고 갈 건데 말이에요. 그때까지는 그냥 좀 내버려두세요."

"파이퍼, 지난주에는 네가 아파서 못 간다고 학교에 말했어. 시드니로 이사 가는 걸 받아들일 시간을 주려고 그랬던 거야. 하지만 원래 학교에는 꼭 가야 하는 거야."

어두운 표정으로 엄마를 쏘아봤다. 잠시 좋아졌던 기분이 도로 나빠졌다. 옷을 갈아입기 위해 안으로 들어갔지만 교복이 지독히도 더러웠다.

"교복을 빨아야겠어요." 자전거의 자물쇠를 풀면서 말했다.

연구 일지를 들여다보던 엄마가 고개를 들어 올리며 말했다. "그건 네가 스스로 할 수 있는 거잖니, 파이퍼. 그리고 나는 바쁘단다."

"뭐 때문에요? 아직 일을 시작한 것도 아니잖아요." 버릇없이 굴고 있다는 걸 알고 있었지만 상관없었다.

"언제라도 배달원이 와서 짐을 실어 갈 거야. 게다가 난 실험을 계획하는 중이고. 내게 … 계획이 있거든. 레콘의 문제가 정확히 뭔지 분명히 밝혀낼 수 있을 거야."

"무슨 실험이라고요?"

"비용이 많이 들지 않는 실험 말이야. 오가닉코어는 이 제안서를 거절할 수 없을 거야. 나를 다시 연구직으로 되돌려 놓으라고 설득할 거란다. 어쩌면 실험을 진행하면서 동시에 철도 프로젝트도 관리할 수 있을 거야." 엄마가 다시 시간을 확인했다. "파이퍼, 학교에 가야지!"

한숨을 쉬고 자전거에 올라탔다.

오후에 퇴비 더미를 뒤집어야 했지만 손이 다시 불에 데인 것처럼 아파올 걸 감당할 자신이 없었다. 여행 가방과 가구 말고는 아무것도 없는 창고 집은 황량하다 못해 암울해 보였다. 냄비와 서빙용 숟가락만큼은 우리가 떠날 때까지 꺼내놔야 한다고 엄마를 설득할 수 있어서 그나마 다행이었다. 감자를 더 찾을 경우에 대비해야 한다고 핑계를 댔다.

서빙용 숟가락과 베갯잇을 손에 쥐고 거리에 있는 공터로 향했다. 퇴비를 옮기는 작업에 도구로 쓸 생각이었다. 퇴비를 옮기고 있는데 늘 동네 거리를 느릿느릿 걷곤 하던 나이 든 남자가 발걸음을 멈추고 내 앞에 섰다. 남자의 눈동자가 맹렬하게 움직였다. 입도 움직이고 있었지만, 마침 보청기가 침대 옆 책상 위에 있었다.

남자가 이해하지 못할 걸 알면서도 검지손가락을 흔들었다. 무슨 일이죠를 뜻하는 수어 단어였다. 남자가 못마땅한 표정으로 다시 말했지만 입술을 거의 움직이지 않아서 알아들을 수가 없었다. **날씨가 참 좋네요**라고 말했을 수도 있지만, 아마 아닐 것이다. 화창한 날씨에 감격하는 분위기가 느껴지지 않았다. 어쩌면 **동네 거리에서 그 잡초 더미를 당장 치워**라고 말했을지도 모른다. 아마도 그거 아닐까?

내 귀를 가리키면서 망가졌다고 내비치는 동작을 했다. 남자가 보일듯 말듯 고개를 끄덕였다. 남자는 눈이 퉁퉁 부어있었고, 굵고 붉은 정맥이 얼굴에 거미줄처럼 퍼져있었다. 배는 청바지 밖으로 튀어나와 있었고, 얼마 남지 않은 머리카락은 흰색에 가까운 잿빛이었다. 남자는 우리 집 맞은편에 있는 집으로 느릿느릿 걸어 들어갔다. 그리고 몇 분 뒤 뒤뚱뒤뚱 걸으며 다시 나타났다. 손에는 정원용 쇠스랑을 들고 있었다. 우와! 쇠스랑을 받아들고 곧바로 잡초를 긁어 모으기 시작했다. 그에게 쇠스랑이 얼마나 유용한지 보여줬다. 하지만 남자는 얼굴을 찌푸리며 고개를 저었다. 그는 내 손에서 쇠스랑을 잡아채고 소매를 둘둘 말아 올리더니 나 대신 퇴비 더미를 뒤집기 시작했다. 다만 아쉽게도 퇴비 더미의 바깥쪽 부분을 가운데로 밀어 넣지 않았다. 로비가 이 상황을 본다면 완전히 만족스러워하지 않을 거란 생각이 들었다. 베갯잇을 장갑 삼아 바깥쪽에 있는 잡초를 움켜잡고 퇴비 더미 맨 위로 던지기 시작했다. 그런데 대체 이게 무슨 상황이지? 아마도 좋은… 일이겠지?

이제 물이 필요했다. 집으로 돌아가 엄마의 와인 잔을 꺼내 바이어스포어 통에 모은 빗물을 떠서 냄비에 부었다. 태거트가 거실 창 뒤에서 지켜보고 있었다. 손을 흔들어주자, 태거트도 손을 흔들어 화답했다.

공터로 돌아왔을 때 나이 든 남자는 여전히 퇴비 더미 옆에 서 있었다. 그리고 내가 퇴비 더미에 물 뿌리는 모습을 지켜보며 고개를 끄덕였다. 그때 누군가의 그림자가 드리웠다. 말리가 왔다! 타고 온 자전거와 안장에 달린 커다란 가죽 가방, 그리고 눈가에서 흩날리는 머리카락이 매력적으로 조화를 이루어 거칠면서도 세련돼 보였다.

말리가 내 볼에 입을 맞췄다. 그의 체취와 뾰족뾰족하게 자란 수염의 꺼슬꺼슬한 감촉을 오래 기억하고 싶어서 그 느낌을 마음속에 소중히 담았다. 말리를 남자에게 소개했지만 남자의 이름을 몰랐기에 조금 어색한 상황이 됐다. 말리가 남자와 악수를 하며 몇 마디 교환하더니 '자기 이름은 할림이라고 하네.'라고 지문자로 알려주었다.

'저는 파이퍼라고 해요.' 지문자로 대답하자, 말리가 통역했다.

'로비가 감탄할 거야.' 우리가 작업한 걸 자세히 살펴보며 말리가 수어로 말했다. 동시에 음성으로도 말한 것 같았다. 왜냐하면 할림이 말리의 말을 이해한 것처럼 보였기 때문이다. 말리가 손목 밴드로 사진을 찍었다. 그리고 아치와 태거트가 나타났다.

아치가 내게 말을 걸었지만 콧수염 때문에 입 모양을 읽을 수 없었다.

말리가 통역했다. '아이가 여기 나와서 구경하고 싶어 한대. 아이를 우리한테 맡겨도 되겠느냐고 묻는데?'

물론이죠, 라고 말하려다가 순간 멈칫했다. 오후 내내 할림과 몸짓으로만 대화를 하던 상황이었다. 내가 음성으로 말할 수 있다는 걸 알게 되면 할림이 황당하게 여기지 않을까?

그냥 고개를 끄덕이고 수어로 '좋아요.'라고 말했다. 말리가 나를 대신해 음성으로 전달해주었다. 아치가 이 상황을 이상하게 여기지 않을까 궁금했다. 지난번에 그와 마주쳤을 때 내가 음성으로 말했기 때문이다. 하지만 아치는 태거트에게 이것저것 주의를 주느라 정신이 없었다. 당장은 얼굴 표정에서 이상해하는 낌새를 읽을 수 없었다.

아치가 집으로 들어가자 태거트는 내 청바지를 손으로 꼭 쥔 채로 내 옆에 바싹 붙어 섰다. 다시 한 번 모두를 소개했다. 다 함께 퇴비 작업을 끝냈다. 정말 뿌듯했다.

마지막으로 퇴비를 뒤집어 올려놓았을 때 말리는 우리가 모두 나오게 사진을 찍어주었다. 태거트는 나와 말리의 사진을 찍어주었다. 지금부터는 이 사진이 내게 가장 소중한 사진이 될 테지.

할림이 쇠스랑을 집에 가져다 놓고 다시 나왔다. 태거트는 우리가 다함께 집 마당으로 가길 원했다. 말리와 나는 태거트를 따라 걸었다. 할림이 우리 뒤를 따랐다.

태거트가 자랑스러운 표정으로 말리와 할림에게 로켓 스토브를 보여주더니 내 옷소매를 잡아당겼다. 태거트가 원하는 대로 스토브에 불을 붙여 응석을 받아주었다. 다 같이 차를 마셔야지. 마침 시도해보고 싶은 잡초가 있었다. 오늘 아침 학교 가는 길에 민들레를 발견했다. 식물 도감에 나와 있어서 쉽게 알아볼 수 있었다.

엄마가 창고 집에서 무심코 나왔다가 우리 일행을 발견하고 깜짝 놀랐다. 엄마를 소개하기 위해 다가갔지만 순간 몸이 얼어붙었다. 어떻게 소개해야 하지? 음성으로? 아니면 수어로? 아치와 있을 때도 어색했지만, 지금에 비하면 그건 아무것도 아니었다. 엄마는 심지어 내가 수어를 할 수 있다는 것조차 모른다! 엄마 앞에서 수어를 할 수는 없었다. 하지만 음성으로 말한다면 말리가 어떻게 생각할까? 내게 실망하게 될까? 대체 왜 태거트는 우리를 이곳으로 이끈 거야? 계속 공터에 있을 걸!

한참을 머뭇거렸다. 모두가 서로를 멀뚱멀뚱 쳐다봤다. 말리가 뒤늦게 엄마를 알아봤다.

맞아, 말리. 우리 엄마가 바로 아이린 맥브라이드야.

하지만 말리가 재빨리 서먹서먹한 분위기를 깨고 엄마에게 손을 내밀며 인사했다. "안녕하세요, 저는 말리라고 합니다."

엄마가 말했다. "아이린이에요."

주먹을 꽉 움켜쥐었다. 엄마에게는 그저 무의미한 동작으로 보이길 바라며 수어로 친구라고 말했다. 동시에 반쯤은 꺽꺽거리면서 그리고 반쯤은 들릴 듯 말 듯 작게 음성으로 말했다. "제 친구들이에요."

그 자리에 있던 누군가는 내 행동이 기이하다는 걸 알아차렸을지도 모르겠다. 엄마는 다시 창고 집으로 들어갔다. 엄마는 여전히 내가 수어를 할 수 있다는 걸 몰랐고, 할림도 내가 음성으로 말할 수 있다는 사실을 알아채지 못했다. 결국 내 손으로 복잡하게 얽힌 거짓의 거미줄을 만들어내고야 말았다. 머릿속이 혼란스러웠다.

어느 쪽이 진정한 내 모습인지 모르겠어.

태거트가 또 나뭇가지를 집으려고 팔을 뻗어서 불에 넣기 전에 먼저 열을 세라고 태거트에게 일러주었다. 그대로 놔두면 힘들게 모은 땔감을 몽땅 바닥낼지도 모르니까.

민들레 잎을 주전자에 넣었다. 하루 종일 주머니 속에 넣고 다녔더니 시들시들했다. 민들레 잎은 주전자 속에서 금세 흐물흐물해졌다.

엄마를 위해 차를 한 잔 따라서 안으로 가지고 들어갔다. 쓴 맛은 질색이지만 차 안에 어떤 종류든 영양소가 들어있기를 바랐다. 마당으로 돌아오자 말리가 수어로 뭔가 말했다. 두 손을 마치 공을 들고 있는 것처럼 넓게 벌린 채로. 말리는 그 상태로 손을 두 번 위 아래로 흔들었다. 입 모양이 *바 바* 또는 *파-파*라고 말하는 것처럼 보였다. 무슨 뜻인지 전혀 알 수가 없었다.

'뭐라고?' 수어로 물었다. 엄마는 설명을 요청할 때는 더더욱 예의 바르게 말해야 한다고 강조했지만, 내가 보기에 말리와 로비는 이런 식으로 대화했고, 두 사람 모두 그게 무례하다고 여기지 않는 것처럼 보였다.

'아이린 맥브라이드가 너희 엄마일 거라고 전혀 생각하지 못했어! 하지만 이제 보니 많이 닮았네.' 말리가 내 얼굴을 가리켰다. 어쩌면 내가 레콘을 옹호했던 것과 엄마를 연결지을 수도 있겠다고 생각했지만 말리는 거기에 대해서는 아무것도 언급하지 않았다.

할림과 말리에게 차를 건넸다. '좀 전에 한 말은 뭐였어?' 공을 들고 있는 것 같은 손 모양을 만들고 따라 하며 말리에게 물었다.

말리가 손동작을 하면서 동시에 입을 움직였다. *파-파*. '이상하거나 기이하다는 뜻이야.' 말리가 말했다. '하지만 이 수어를 할 때는 파-파라고

입 모양도 함께해야 해.'

파-파라고 해야 해? 아니면 바 바라고 해야 해? 지문자로 물었다.

말리가 웃었다. '사람마다 달라. 하지만 상관없어. 어쨌거나 소리를 내진 않으니까. 그냥 입으로 모양만 만들면 돼.'

말리를 따라 했다. '파-파.' 입술을 움직이면서 동시에 보이지 않는 공을 들고 흔들었다.

할림이 그 동작을 따라 하며 뭔가 말했다. 말리를 향해 눈썹을 들어 올리자 그가 기꺼이 통역했다. '할림이 자기도 *파-파*라고 생각했대. 아이린 맥브라이드가 이웃인 걸 알게 되었을 때 말이야.'

어깨를 으쓱했다. 나에게 엄마는 그냥 엄마일 뿐이다.

차를 다 마셨을 때쯤 말리가 가게로 돌아가야 한다고 말했다. 말리는 평소보다 조금 더 길게 내 볼에 달콤한 입맞춤을 남긴 후 떠났다. 할림도 역시 집으로 돌아갔다. 말리는 여전히 내가 자신과는 실질적으로 정반대편에 서 있는 오가닉코어 중심 인물의 딸이라는 사실에 충격을 받지 않은 것처럼 보였다. 세상에, 정말 다행이야.

엄마가 얼굴 앞에서 손을 흔들었다. "10분 후에 출발이야."

안 돼!

마침내 그 날이다. 아니, 그 날 밤이다. 시드니로 가는 열차를 타야 하는 밤. 시간이 이렇게 빨리 지나가버리다니 믿을 수 없었다. 내 계획은 어디로 간 거지? 이제 진짜로 가는 거다. 텅 빈 창고 집이 너무나 삭막해 보였다. 심지어 테일러에게 작별 인사조차 하지 못했다. '너무 많은 일이 일어나고 있어서' 만나기 어렵다는 메시지만 잔뜩 받았을 뿐이다.

혹시나 하는 마음에 한 손으로 모종 상자를 들고 여행 가방을 끌어봤다. 상자 가득 하트 모양의 작은 잎들이 쌍을 이루어 돋아나 있었다. 너무 귀여웠지만 엄마 말이 맞았다. 이건 현실적이지 않았다.

얘네를 어떻게 해야 할까? 이곳에 남겨둘 수는 없었다. 그러면 다 죽고 말 거다. 충동적으로 급히 길 건너로 달려가 할림네 집 앞 베란다에 모종 상자를 잘 내려놓았다. 쇠스랑을 빌려주고 퇴비 작업을 도와준 것에 대한 감사의 표시였다. 퇴비 더미가 길 한 가운데 있는 공터에 덩그러니 버려져 있었다. 어쩌면 할림이 유용하게 사용할 수 있지 않을까?

집으로 돌아왔을 때 엄마는 벌써 차량 진입로에 나와 있었다. 내 여행 가방과 배낭 역시 그 옆에 놓여있었다. 엄마는 조바심을 내며 발을 구르고 있었다. 최근 몇 달 동안 이토록 생기 넘치는 모습을 본 적이 없었다.

"모험이라고 생각하렴, 파이퍼." 엄마가 내 팔을 꽉 쥐며 말했다. 배낭을 메며 힘겹게 목구멍으로 감정을 집어 삼켰다.

트램을 타고 서던 크로스 기차역으로 갔다. 기차표가 비싼데도 사람들이 이토록 빽빽하게 들어차 있을 줄이야. 하지만 비행은 더 이상 선택지가 아니었고 사람들은 언제나 어딘가로 가야 할 이유가 있었다. 여행객으로 붐볐음에도 거의 모든 전등이 꺼져있는 밤의 역사는 귀신이 나올 것처럼 으스스했다.

기차를 타기 전, 마지막으로 화장실에 다녀오기 위해 탑승 안내 방송을 기다리는 엄마를 플랫폼에 남겨두고 자리를 떴다. 몸을 돌리자마자 눈물이 후두둑 떨어지기 시작했다.

어제 말리에게 작별 인사를 하고 자전거를 돌려주기 위해 가게에 찾아갔었다. 입맞춤을 하는 건 아무 의미가 없어 보였다. 말리는 생기가 없었고, 심지어 조금 거리감마저 느껴졌다. 내가 떠나는 것에 상처 입지 않으려고 보호막을 치는 것일까?

화장실 칸에 앉아있는데 뒤늦게 후회가 밀려들었다. 어제 말리에게 입을 맞췄어야 했다. 두려움에 차서 아무것도 하지 않은 내가 멍청하게 느껴졌다. 말리를 다시는…, 아니 영원히 보지 못하게 될 텐데, 그깟 두려움이 무슨 상관이란 말인가? 몸을 수그리고 배낭을 껴안았다. 이제 곧 열차의 문이 닫히면, 내가 소중하게 여겼던 것들도 모두 사라지게 되리라.

전부 다.

무엇을 해야 하는지 깨달았다. 말리가 옳았다. 나는 만으로 열여섯 살이다. 충분히 독립적으로 행동할 수 있는 나이가 되었다.

어린애처럼 굴지 마, 파이퍼.

언제까지나 엄마한테 의지할 순 없어. **절대로.**

엄마는 엄마에게 필요한 모험을 떠나게 해주자. 나는 내가 해야 하는 일을 할 것이다. 그 삶에 엄마가 함께하지 않더라도 말이다.

아직 시간이 있었을 때 이 계획을 세웠어야 했다. 플랫폼에서 나를 기다리고 있을 엄마를 떠올렸다. 열차가 출발하기까지 5분이 남아있었다. 엄마는 내가 시간을 너무 오래 끈다고 걱정하며 안달이 났을 거다. 엄마에게 돌아가서 함께 가지 않겠다고 말하고, 작별의 입맞춤을 하고, 손을 흔들어줄 수도 있었다. 하지만 난 엄마를 안다. 엄청난 장면이 펼쳐질 게 분명하다. 엄마가 내 결정을 받아들이고 혼자 아무렇지도 않게 시드니로 떠나는 일은 하늘이 무너져도 일어나지 않을 것이다.

대책없이 행동하고 있다는 걸 알고 있었다. 하지만 내 의지와 상관없이 발이 저절로 움직였다. 인파를 헤치며 정처없이 앞으로 나아갔다. 다음 순간 정신을 차렸을 때 나는 스펜서 거리에 서 있었다. 크로스 기차역을 등지고서. 엄마는 이제 나 없이 새로운 삶을 시작해야 할 거다.

돌아가, 파이퍼! 돌아가!!

하지만 이미 늦었다. 지금쯤이면 기차는 이미 떠났을 거다. 내가 엄마한테 어떻게 이럴 수 있을까? 죄책감이 들었다. 하지만 그럼에도 돌아서지 않았다. 손목 밴드가 진동하고 진동하고 또 진동했다. 전원을 껐다. 지금 당장은 마주할 자신이 없었다.

걷고 또 걸었다. 한참을 걸어 집에 도착했을 즈음에는 몸과 머리가 차분하게 가라앉았고 동시에 무감각했다.

열쇠가 없었다. 창문을 살펴봤지만 깨고 들어갈 엄두를 내지 못했다.

수리 비용이 어마어마하게 나올 테니까. 문득 궁금해졌다. 혹시 말리가 자물쇠 따는 방법을 알고 있지 않을까? 아니면 혹시 엄마가 시드니에서 집 열쇠를 보내줄 수도 있지 않을까?

할림네 집 대문 앞에 놓아둔 모종 상자를 다시 가져와 바이오스포어 통에 모아둔 빗물을 조금 뿌려주었다. 집 안은 컴컴했다. 로켓 스토브 옆에 털썩 주저앉았다. 이제 어떻게 하지?

저녁 식사 시간이 한참 지났다. 배가 고팠다. 엄마와 난 기차에서 레콘을 먹을 계획이었다. 최소한 엄마는 이제 두 상자를 먹을 수 있게 되었다. 난 어디로 가야 할까? 어디에서 잠을 잘 수 있을까?

말리네 집에 찾아가는 건 너무 주제넘은 짓일까? 아니지. 말리도 우리 집에 찾아왔었잖아. 어떤 이유도, 어떤 핑계도 없이 말이야, 그렇지? 그래, 말리에게 가서 솔직하게 말하리라. 계획을 세우는 건 실패했지만, 마침내 독립적으로 살아야 할 때가 왔다는 걸 깨달았다고. 그런 다음 발 뒤꿈치를 들어 말리에게 입을 맞출 거다. 내게 더 잃을 것이 뭐가 있겠어?

말리에게 내 감정을 전달하는 게 왜 이렇게 두려운 걸까?

배낭을 집어 들고 웨스트가트 거리를 따라 걸었다. 전신주에 붙어있는 내 퇴비 포스터를 또 하나 발견했지만 그냥 지나쳤다. 그걸 들여다보며 감격하기에 오늘 밤은 마음이 너무 어수선했다. 자전거가 있으면 얼마나 좋았을까.

습관처럼 손목 밴드를 확인했다. 까맣게 꺼져있는 화면을 보니 기분이 이상했다. 엄마가 분명 영상 통화를 계속 시도하고 있을 텐데. 아직 엄마와 얼굴을 마주볼 자신이 없었다. 손목 밴드에서 눈을 떼고 시선을 거리로 돌렸다.

메리 크릭 강을 따라 터벅터벅 걸었다. 차가운 바람에 뺨이 얼얼하고 굶주림으로 배가 으르렁거렸다. 말리가 어쩌면 늦은 저녁 식사를 줄지도 몰라. 말리네 집까지 가는 데 한 시간 이상이 걸렸다. 그의 집 앞 거리로 들어섰을 때 바로 말리가 보였다. 말리가 문 앞에 서 있었고, 자전거는 담 벼락에 기대 세워져 있었다. 그는 자물쇠에 열쇠를 꽂는 중이었다.

말리의 품 속으로 나를 던지리라! 그런데 막 달려가려는 순간 말리가 혼자가 아니라는 걸 깨달았다. 누군가 그곳에 있었다. 어둠 속에서 희미한 형체가 보였다. 나는 바로 멈추고 눈을 가늘게 뜨고 누군지 알아보려고 안간힘을 썼다. 겹쳐 입은 긴 치마가 뚜렷하게 보이기 시작했다. 꿀 같은 머리카락이 폭포처럼 쏟아져내렸다. 켈시다!

켈시가 가느다란 팔로 말리의 목을 끌어안으며 자신의 입술을 내어주었다. 말리는 잠시 머뭇거리더니 켈시에게로 몸을 기울였다. 그들의 입술이 맞닿았다. 나에게 했던 가볍고 순수한 입맞춤이 아니었다. 말리는 자물쇠를 던져버리고 양 팔로 켈시의 허리를 감싸고 그녀를 꽉 끌어안았다. 망연자실해서 꼼짝도 하지 않고 두 사람을 뚫어지게 쳐다봤다.

마침내, 마침내 긴 입맞춤이 끝나고 말리가 켈시를 대문 안쪽으로 끌어당겼다. 켈시가 고개를 뒤로 젖히며 깔깔대며 웃었고, 두 사람은 곧 시야에서 사라졌다.

그대로 무너져 내리듯 주저앉았다. 갑자기 배낭이 견딜 수 없을 만큼 무거워졌고, 발에서 통증이 느껴졌다. 구역질이 올라왔다. 아무것도 먹지 않아서 속이 텅 비었는데도. 이제 어떻게 하지? 어디서 잠을 자야 하지? **생명이 움트는 땅**에 있던 나무 초소가 떠올랐지만 이내 고개를 저었다.

지금은 배가 고픈 게 문제가 아니었다. 그저 쉬고 싶을 뿐이었다. 내게는 지금까지 걸어왔던 길을 되짚어 집으로 돌아갈 기력이 남아있지 않았다. 콘크리트 바닥에서 올라오는 냉기가 뼛속까지 스며들었다. 옛날 사람들은 이럴 때 어디서 잠을 잤을까? 매트리스가 존재하기 전에는 어디서 잠을 잔 거지? 지푸라기 위에서?

억지로 몸을 추슬러 메리 크릭 강변으로 돌아갔다. 호흡이 가빠와서 거의 헐떡이다시피 했다. 덜덜 떨리는 손으로 배낭을 뒤져 스탠리 나이프를 꺼냈다. 한참이 걸려서 지푸라기 대신 풀을 한 아름 베었다. 자전거 도로에서 조금 떨어진 덤불 아래 쉴 둥지를 만들었다. 그 누구도, 말리와 켈시가 아침 일찍 자전거를 타고 이곳을 지나더라도 나를 발견하지 못하기를 빌었다.

몸이 덜덜 떨렸다. 추위를 막아보려고 공처럼 몸을 단단히 말고 잠을 자려고 노력했다. 하지만 머릿속에서 말리와 켈시가 입맞춤하는 장면이 자꾸만 되풀이되었다. 켈시가 몸을 부드럽게 말리에게 기대고, 켈시에게 입맞추기 위해 몸을 기울이며 말리의 목에 생긴 곡선이.

말리는 잠시도 시간을 낭비하지 않았네, 그렇지? 아니면 내내 둘이 만나고 있었던 걸까? 하지만 말리는 분명히 여자친구가 없다고 말했는데. 거짓말을 한 걸까? 아니면 최근에 시작된 관계일까?

말리와의 관계를 쭉 되짚어봤다. 어쩌면 모두 내 상상인지도 몰랐다. 우리 사이에 흐르던 전류도. 설렘도. 말리는 날 그저 친구로 여겼던 걸까? 하지만 그가 팔로 내 어깨를 감싼 채 우리가 나란히 앉아있었던 걸, 서로의 눈을 뜨겁게 마주보았던 걸 기억한다. 평범한 친구와는 그렇게 행동하지 않는다.

마침내 잠이 들었다. 말리와 켈시가 내 꿈 속을 헤집었다. 눈을 떴을 때 빛과 함께 덤불을 기어오르는 그림자가 보였다. 저건 뭐지? 주머니쥐?

주머니쥐의 꼬리를 잡고 휘두르는 내 모습을 상상했다. 주머니쥐의 머리가 나무에 쾅 부딪치는 모습도. 부르르 몸을 떨었다. 세상에, 내가 그런 걸 할 수 있을 리 없다. 하지만 배가 고파서 죽을 것 같았다. 어디선가 로비가 요리해준 닭고기 냄새가 나는 것 같았다. 주머니쥐 고기도 기름진 맛이 나지 않을까? 주머니쥐가 잠시 꼬리를 아래쪽으로 휙 움직였다. 잡을 수 있었지만 잡지 않았다. 머뭇거리는 사이 주머니쥐는 사라졌다.

잠시 뒤 주머니쥐가 다시 나타났고, 이번에는 번개처럼 붙잡았다. 꽉 움켜진 손 안에서 주머니쥐가 마구 몸부림치며 으르렁거렸다. 눈을 꽉 감고 돌 위로 두 번, 세게 내리쳤다. 덩어리가 기운 없이 축 늘어졌다. 간신히 눈을 떠 흘깃 보니 주머니쥐가 죽은 듯 손끝에 매달려있었다. 이제 어떻게 하지? 어떻게 불을 피우지? 라이터 같은 게 있을 리 없었다. 배낭 속에는 그저 옷 몇 벌과 미술 도구, 일기장과 로비가 빌려준 책뿐이었다. 로비는 나중에 혹시 멜버른으로 돌아오게 되면 자신을 방문할 핑계가 되도록 책을 가지고 있으라고 말했다.

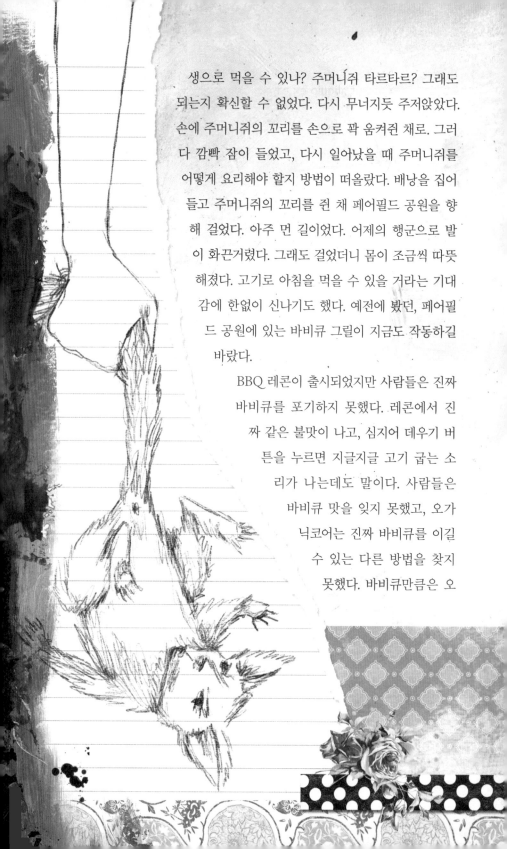

생으로 먹을 수 있나? 주머니쥐 타르타르? 그래도 되는지 확신할 수 없었다. 다시 무너지듯 주저앉았다. 손에 주머니쥐의 꼬리를 손으로 꽉 움켜쥔 채로. 그러다 깜빡 잠이 들었고, 다시 일어났을 때 주머니쥐를 어떻게 요리해야 할지 방법이 떠올랐다. 배낭을 집어들고 주머니쥐의 꼬리를 쥔 채 페어필드 공원을 향해 걸었다. 아주 먼 길이었다. 어제의 행군으로 발이 화끈거렸다. 그래도 걸었더니 몸이 조금씩 따뜻해졌다. 고기로 아침을 먹을 수 있을 거라는 기대감에 한없이 신나기도 했다. 예전에 봤던, 페어필드 공원에 있는 바비큐 그릴이 지금도 작동하길 바랐다.

BBQ 레콘이 출시되었지만 사람들은 진짜 바비큐를 포기하지 못했다. 레콘에서 진짜 같은 불맛이 나고, 심지어 데우기 버튼을 누르면 지글지글 고기 굽는 소리가 나는데도 말이다. 사람들은 바비큐 맛을 잊지 못했고, 오가닉코어는 진짜 바비큐를 이길 수 있는 다른 방법을 찾지 못했다. 바비큐만큼은 오가닉코어가 패배했다. 테일러와 함께 마지막으로 페어필드 공원에 갔을 때까지 그릴은 여전히 작동 중이었다.

도착했을 무렵 태양은 하늘 높이 떠올라 있었고, 공원에는 아무도 없었다. 주머니쥐를 요리하기 위해 자리를 펼치고 앉아 스탠리 나이프로 가죽을 벗겨냈다. 고기를 토막내기에는 칼날이 너무 짧고 약해서 결국 통째로 바비큐 그릴 위에 올렸다. 그리고 어느 정도 익었다고 생각되었을 때 그대로 덥석 베어 물었다.

고기는 뜨거웠고, 기름졌으며, 소금 없이도 기가 막히게 맛있었다. 고기를 다른 방향으로 뒤집어서 다시 그릴 위에 올렸다.

말리가 이곳에 함께 있는 장면을 상상했다. 서로를 바라보고, 요리하고, 먹는 모습을 그렸다. 하지만 곧 고개를 저었다. 이 습관을 빨리 버려야 한다. 너무 고통스러우니까.

배불리 먹고 나자 고기가 절반 정도 남았다. 말리를 머릿속에서 밀어내고, 말리를 떠올리게 하는 로비까지 지우고 나자 엄마가 떠올랐다. 엄마도 함께 이 고기를 먹으면 좋았을 텐데. 영양학적으로 완벽하지 않더라도 야생 음식이 얼마나 놀랍고 환상적인 맛인지 엄마도 알게 된다면 얼마나 좋을까? 시드니 뉴타운의 황량한 아파트에 홀로 있을 엄마를 상상했다. 침대 옆에 엄마의 여행가방이 열려 있고, 내 가방은 잠긴 채 문 옆에 있으리라. 내가 엄마를 버렸다는 사실에 엄마는 상처받았을지도 모른다. 어쩌면 화를 내고 있거나 혹은 울고 있을지도 모른다. 생각이 꼬리에 꼬리를 물었다. 대체 내가 뭘 위해서 엄마를 떠났더라? 말리를 위해서? 오, 세상에. 대체 무슨 짓을 한 거야.

하지만 내가 엄마를 떠난 건 단지 말리 때문만은 아니었다. 나의 정원을 만들기 위해서였다. 정원을 가꾸는 내 모습을 떠올리며 말리를 지웠다…. 로비를 계속 만날 수 있을까? 말리는 모든 걸 연결하는 중심점이었다. 머리를 흔들었다. 이제 말리는 잊어버리자. 엄마도 생각하지 말자. 그냥 지금 내가 여기에 있다는 것에 집중하자. 햇빛은 따뜻하고 배도 부르잖아.

이제 뭘 하지? 엄마에게 내가 무사하다는 걸 알려야 했다. 손목 밴드를 켜자 엄마가 보낸 메시지가 홍수를 이루고 있었다. 어디서부터 어떻게 설명해야 할까?

파리 한 마리가 날아와 주머니쥐 고기 위에 앉았다. 손을 휘휘 저어 쫓아냈지만, 웅웅거리며 주변을 맴돌다가 다시 앉을 뿐이었다. 주머니쥐 고기를 집어서 가죽으로 칭칭 감쌌다. 그러다 문득 고개를 들어보니 자전거를 탄 예닐곱 명의 경찰관이 나를 둘러싸고 있었다. 모두 짙은 푸른색 제복을 입고 무거운 검정 부츠를 신었으며 챙이 넓은 햇빛 차단용 모자를 쓰고 있었다. 남자인지 여자인지 구별이 가지 않았다.

내 앞에 서 있던 경찰관이 나를 걱정스럽게 내려다봤다. 창백하면서도 푸른 눈빛이 친절해보이는 남자였다. 그는 말을 하고 있었지만, 보청기를 끼고 있지 않았기 때문에 이해할 수가 없었다. 몸짓으로 보아 내게 괜찮으냐고 묻는 것 같았다.

내 귀를 가리키고 망가졌다는 동작을 취했다. 경찰관은 이미 알고 있다는 듯이 고개를 끄덕이더니 손목 밴드에 타이핑했다. '괜찮아요? 다친 데는 없어요?'

고개를 끄덕였다. 나를 에워싸고 있던 경찰관 중 누군가 내 손에서 주머니쥐를 가져갔다. 여자 경찰관이었는데, 칭칭 묶은 가죽을 벗기고 그 안에 든 내용물을 확인하더니 표정이 확 바뀌었다. 여자 경찰관이 무언가를 묻자, 푸른 눈의 남자 경찰관이 질문을 타이핑해서 내게 보여줬다. '주머니쥐가 멸종 위기종이라는 거, 몰랐어요?'

눈을 깜빡였다. 경찰관이 잔뜩 몰려온 것 때문에 놀라서 주머니쥐에 대해서는 아무것도 생각도 나지 않았다. 왜 이렇게 경찰관이 많이 온 거지? 나는 대답으로 고개를 끄덕였다.

분위기가 또다시 바뀌었다. 경찰관들은 이제 무뚝뚝하고 냉정해졌다. 무표정한 얼굴로 서로 말을 빠르게 주고받고 있었다. 도대체 뭔데 그러지? 보청기를 어디에 뒀더라? 배낭 속 주머니에 넣어 지퍼를 잠가둔 것 같았다. 보청기를 꺼내려고 배낭을 뒤지는데 경찰관 한 명이 내 배낭을 집어들더니 안에 있던 내용물을 모두 바비큐 그릴 위로 쏟아붓고는 가방을 비웠다.

일기장을 잡으려고 팔을 뻗었다. 일기장에 고기 즙이 묻는 건 싫었다. 하지만 푸른 눈의 경찰관이 손목 밴드를 내밀며 또 다른 질문을 던지는 바람에 멈춰야만 했다. '어머니가 찾고 있는 거 알고 있어요?'

고개를 끄덕이고 손목 밴드에 타이핑했다. '죄송해요. 제가 도망쳤어요.'

경찰관들은 맥 빠진 표정이 되었다. 세 명은 이미 자전거를 타고 공원을 절반이나 가로질러 가고 있었다. 주머니쥐를 들고 있던 여자 경찰관 역시 푸른 눈의 남자 경찰관에게 뭔가를 빠르게 말하고는 자리를 떠나려고 했다. 급히 여자 경찰관의 팔을 건드려 주의를 끈 다음 주머니쥐를 돌려달라고 두 손을 내밀었다. 하마터면 '돌려주세요.'라고 말할 뻔했지만 갑자기 음성으로 말하면 이상하게 여길까 봐 그러지 않았다.

하지만 여자 경찰관은 *너 정신이 나간 거 아니니?*, 라고 말하는 듯한 시선을 던질 뿐이었다. 자신의 자전거 옆에 달려있는 플라스틱 가방에 주머니쥐를 싸서 넣더니 내 쪽은 한 번도 돌아보지 않은 채 그대로 가버렸다. 그렇게 내 주머니쥐가 사라졌다. 분명히 누군가 저 고기를 먹을 텐데. 젠장! 아무리 배가 불러도 다 먹었어야 했다. 그걸 잡고 가죽을 벗긴 건 나인데. 이건 공평하지 않다.

이제 두 명의 경찰관만이 남았다. 처음에 내게 말을 걸었던 푸른 눈의 남자 경찰관과 깊게 주름진 얼굴에 단호한 회색 눈동자를 가진 여자 경찰관이었다. 남자 경찰관이 다시 손목 밴드를 들이밀었다. '우리가 집까지 데려다 줄게요.'

'제 주머니쥐를 돌려주실 수 있을까요? 제발요.' 내가 타이핑했다.

그는 무표정한 얼굴로 고개를 저었다. 더는 친절하지 않았다. 그가 가방을 챙기라고 지시했고, 나는 일기장을 낚아챈 후 일기장에 묻은 육즙을 청바지에 문질러 닦아냈다. 그런 다음 아까 경찰관이 쏟아낸 물건을 주워 배낭에 집어넣은 다음 등에 둘러맸다.

집으로 돌아가는 길은 긴장감으로 팽팽했다. 경찰관들은 내가 어디에 살고 있는지 알고 있었다. 페어필드 공원에서 집까지는 걸어서 15분밖에 걸리지 않았다. 우리 집 차량 진입로 아래쪽에 도착하자 태거트가 거실 커튼 뒤에 꼭 붙어있는 게 보였다. 태거트는 경찰을 발견하더니 눈이 휘둥그레졌다.

창고 집의 문이 열렸다. 안으로 들어서니 어젯밤에 마지막으로 봤을 때의 그 음울하고 공허한 분위기가 사라져 있었다. 침대가 정리되어 있었고, 그 끝에 여행 가방 두 개가 가지런히 놓여있었다. 엄마의 물건이 걸려있었다. 그리고 그곳에 엄마가 있었다. 엄마는 몸을 덜덜 떨면서 파란색 벨벳 의자에 몸을 기대고 앉아있었다. 불품없이 뻗친 머리카락은 헝클어져 있었고, 눈은 퀭 했으며, 두 뺨은 눈에 띄게 홀쭉해져 있었다.

엄마가 벌떡 일어나서 나를 품에 껴안았다. 어찌나 꽉 껴안았는지 뼈가 삐걱거릴 정도였다. 눈물이 엄마의 뺨을 타고 흘러내렸다.

경찰관들이 떠나고 내가 보청기를 찾아서 끼자, 엄마가 그때부터 소리를 지르기 시작했다.

"오, 세상에 이럴 수가! 파이퍼, 대체 무슨 생각을 했던 거니? 얼마나 네 메시지를 애타게 기다린 줄 알아? 난 그저 메시지 하나만 받았으면 됐어. 네가 무사하다는 메시지만 받았어도 이렇게까지 난리를 피우지 않았을 거야."

엄마의 분노를 고스란히 받아들이며 고분고분하게 서 있었다. "저는 엄마가 시드니로 가셨다고 생각했…"

"뭐? 시드니?! 난 네가 납치된 줄 알았어! 정말 내가 그 기차를 탔을 거라고 생각한 거야? 너 없이 떠날 거라고 생각했어?"

"음…, 네…."

엄마가 잠시 주먹을 꽉 쥐었다가 이내 손으로 머리카락을 확 뒤로 넘겼다. "넌 정말 아무 생각이 없는 애로구나, 파이퍼."

"죄송해요."

"내가 뭘 겪었는지 조금이라도 알고 있니? 네가 돌아오지 않아서 난 그 열차를 무려 한 시간이나 지연시켰어. 경찰한테 열차를 조사하게 했다고. 경찰들은 계속 네가 도망갔을 거라고 말했지만, 난 네가 그런 짓을 할 리가 절대로 없다고 말했어. 네 귀가 들리지 않는다고 말한 이후에야 경찰은 내 얘길 진지하게 듣기 시작했고."

"뭐라고요? 경찰들은 귀가 안 들리는 십 대 여자애는 도망가지 않을 거라고 생각한대요?"

엄마가 눈을 굴렸다. "사람들은 귀가 들리지 않는 사람을 다섯 살짜리 어린애와 같다고 생각한단다. 몇 살인지는 상관없어. 그냥 어른의 손을 잡고 있지 않으면 살아남지 못할 거라고 여기지."

엄마가 내게 시선을 던졌다. *이건 너도 알고, 나도 아는 사실이잖니. 이 세상 사람들은 듣지 못한다는 게 어떤 건지 모른다는 것도 말이야*, 라고 말하듯이. 이게 바로 내가 엄마 없이 살 수 없는 이유였다. 지금까지 살면서 누구와도 이렇게 깊은 연결감을 느끼지 못한 이유이기도 했다. 엄마가 시드니가 아니라 이곳에 있다는 것이 *너무나도 기뻤다.* 나에게 몹시 화가 난 상태이더라도 말이다.

"어쩌면 내가 그 점을 이용했는지도 모르겠구나." 엄마가 인정했다. "널 찾아야 한다고 설득하기 위해서 말이야."

"그래서 경찰관이 그렇게 많이 몰려왔던 거예요?"

"내가 강력하게 주장해서 경찰이 거대한 수색조를 꾸렸어. 기차역 전체를 샅샅이 뒤지고, 멜버른 구석구석을 뒤지고, 우리 집 근처를 수색하게 했지. 너를 찾기 위해서 시간과 자원을 너무 많이 썼기 때문에 지금 경찰들은 너에 대한 감정이 좋지 않단다, 파이퍼."

침대 위로 무너지듯 주저앉았다. "죄송해요. 지금이라도 시드니에 갈게요. 다시는 도망치지 않을게요. 우리 둘의 기차표는 제가 꼭 갚을게요."

이 한마디가 엄마를 다시 분노하게 만들었다. "뭐? 시드니에 가겠다고?" 엄마가 폭발했다. "마치 지금이라도 갈 수 있는 것처럼 말하는구나!!" 엄마가 몹시 격분해서 벽을 주먹으로 쾅 내리쳤다. 고함을 치고 있었지만 무슨 말인지 알아들을 수 없었다. 마침내 엄마가 나를 향해 몸을 돌렸다. 나는 엄마가 비명을 지르고 있다고 생각했다. "시드니에 무슨 일자리가 있다고 하는 거니?"

잘못 들은 걸까? "지금 오가닉코어에서 엄마한테 제안한 일자리를 말씀하신 거에요…?" 조심스럽게 물었다.

엄마가 나를 향해 몸을 기울이며 또박또박 말했다. "밥 폴사이스의 일자리겠지! 내가 기차를 놓쳤다고 연락했더니 회사는 그 자리를 바로 밥 폴사이스에게 줬어. 시드니에는 이제 내 일자리가 없어."

엄마가 흐느끼며 침대로 무너져 내렸다.

죄책감에 사로잡혀 엄마를 바라봤다. 그리고 슬그머니 다가가 엄마의 등을 두 손으로 껴안았다.

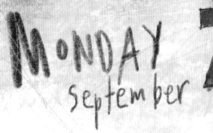

MONDAY 7
september
9월 7일 월요일

학교를 그리워하게 될 줄은 꿈에도 몰랐다. 테일러는 여전히 행방불명 중이었고, 말리네 자전거 가게에는 갈 수 없었다. 그렇기에 슬럼프에 빠져 온종일 침대에 누워있는 엄마의 차가운 분노를 피해 도망칠 곳이 아무 데도 없었다. 시드니로 떠나기 전에 엄마는 메리 막달렌 학교에서 내 등록을 취소했다. 대신 나를 노스코트 고등학교에 등록시켰다. 하지만 학교에서 내 등교를 허락할 때까지 최소한 며칠은 기다려야 했다. 새 학교에서 어떻게 적응할 수 있을지, 그리고 친구를 사귀는 벅찬 과정을 어떻게 시작할 수 있을지는 모두 내 능력 밖의 일이었다. 두려움이 배 속 깊이 무겁게 자리 잡았다.

테일러에게 메시지를 보냈다. 시드니로 떠나던 날 밤의 일과 주머니쥐를 먹은 일, 그리고 경찰관들이 날 찾은 이야기를 했다. … 마음이 찢어지는 것 같았다. 일주일이 지나도록 테일러에게 아무 답장도 받지 못했다. 배고픔을 잊으려고 노력하며 온종일 침대에 누워있었다. 레콘 한 상자로 하루를 버티는 건 불가능하다! 어떤 식으로든 생각을 다른 데로 돌리려고 애를 썼다. 심지어 손목 밴드로 뉴스를 확인하기까지 했다. 평소에는 전혀 하지 않던 일인데 말이다. 하지만 그것도 별로 도움이 되지 않았다.

식량난과 연료난에 대응하기 위한 정부 회의가 열리다

연방정부와 주정부, 지방정부 간의 회의가 연일 비공개로 열리고 있다. 아직까지 공식적인 입장 발표가 나오지 않았지만, 관계자들은 식량 배급제가 도입될 가능성이 있다고 내비쳤다. 식량을 평등하게 분배할 수 있도록 강제한다는 것이다. 수입한 식량과 지역에서 생산한 먹거리를 부유한 소비자들이 사재기하는 걸 막겠다는 의도이다. 배급 식량을 시민들이 시장 가격을 지불하고 받게 할 것인지 아니면 정부가 무상으로 지원할 것인지는 아직 불분명하다. 카렌 킬데어 총리는 지난 밤 언론과의 만남에서 '새로운 국면 속에서 호주 국민을 위한 최선의 방안을 찾기 위해 전념할 것'이라고 선언했다.

손목 밴드가 진동했다. 테일러다! 드디어 연락이 왔다.

▶ 발신자: 테일러
대체 어떤 녀석이 네 마음을 아프게 한 거야? 그리고 너 진짜로 감옥에 가는 거 아냐? 그럼 날 위해 주머니쥐 고기는 좀 남겨줄래? 엉망으로 굴어서 미안해. 우리 만나자. 이번주 토요일 오후 어때? 네가 시드니로 가지 않는다니 정말 기뻐! 그걸 기념하자고!

▶ 수신자: 테일러
좋아! 우리끼리 데이트하는 거야. 토요일에 우리 집에 놀러 올래? 내가 만들고 있는 정원을 보여주고 싶어. 그때 전부 다 말해줄게.

▶ 발신자: 말리

안녕, 파이퍼… 시드니는 어때? 떠나기 전에 전국에 농인 단체가
있다고 알려줬어야 했는데 깜빡했어. 시드니에 있는 단체를 검색해서
연락해볼 수 있을 거야. 어쩌면 수어 수업에 대한 정보도 얻고 농인
커뮤니티를 만날 수도 있지 않을까? 네가 없는 이곳은 너무 쓸쓸하네.

▶ 수신자: 말리

시드니에 안 갔어. 여기 남기 위해 계획을 세워야 했다는 걸
이제야 알았어. 열여섯이면 충분히 독립할 수 있는 나이인데
너무 늦게 깨달아버렸어. 간단히 말하자면, 나 때문에 엄마가
새 일자리를 잃었어. 이제 우리는 여기 있을 수밖에 없어.

▶ 발신자: 말리

세상에, 정말이야? 네가 여기 있을 거라니 너무 신난다!
너희 엄마는 분명 일자리를 다시 찾을 수 있을 거야, 분명히.

엄마가 직장을 다시 찾길 바란다고? 최소한 내가 이곳에 남은 것에 대
해 행복해하는 시늉이라도 할 수 없는 걸까? 심지어 자전거 가게로 오라
는 초대도 하지 않았다. 켈시에 대한 언급도 전혀 없었다. 죄 없는 손목
밴드만 노려봤다.

더는 메시지를 보낼 기분이 들지 않았기 때문에 일기장을 펼쳤다. 배경
만 채워져있는 페이지를 열고 망설였다. 팔레트에 남아있던 물감을 다 쓰
기 위해서 그리기 시작했던 배경이었다. 나는 충동적으로 나무 한 그루
를 스케치하기 시작했다. 머릿속으로 할머니의 집에 있던 떡갈나무를 떠
올렸다. 하지만 다 그리고 보니 좀 우스꽝그러워 보였다. 밑그림을 지우고
로비가 빌려준 책에서 떡갈나무 그림을 찾았다. 천천히 그림을 베끼며 나

뭇가지를 그리고 옹이를 그렸다. 도토리를 그려야 할 차례가 됐을 때 멈췄다. 멜버른에는 더는 도토리가 없었다. 그래서 그 대신 콘크리트 벽돌이 나무에 매달려 있는 모습으로 그렸다. 스케치를 하는 동안 마음속에서 여러 가지 단어가 마구 떠올랐고, 콘크리트 벽돌을 모두 그렸을 무렵, 내가 무엇을 말하고 싶은지 깨달았다.

콘크리트 빨고
먹거리를 기르라!

갑자기 엄마가 침대에서 일어나 밖으로 나가는 바람에 정신이 산만해 졌다. 그림 그리기를 멈추고 창문으로 몰래 엿보았다. 엄마가 손목 밴드에 대고 뭔가를 열정적으로 말하고 있었다. 이번 주 내내 엄마가 보여주던 모습과 달리 원래의 엄마로 돌아온 듯 활기찬 모습이었다. 다시 자리로 돌아와 일기장에 블록체로 적어 넣은 글자에 음영을 더하는 작업을 하고 있는데, 등에 부드러운 무언가가 내려 앉는 게 느껴졌다. 엄마의 점퍼였다. 고개를 들어 엄마를 올려다 봤다.

　"방금 그 전화, 밥 폴사이스였어. 밥이 내 연구 제안서를 이사회로 가져갈 거야. 내가 그를 위해 원격으로 일할 수 있다고 제안했거든. 밥 폴사이스는 그럴 만한 일이 있을지 확실하지 않지만 만약 있다면 나를 우선순위로 두겠다고 했어. 이제 내 연구 프로젝트를 시작할 수 있게 됐어."

　"엄마, 너무 잘됐어요." 엄마의 기분이 훨씬 나아진 것처럼 보여서 이 기회에 학교 문제를 끄집어내기로 했다. "엄마, 학교 말인데요, 제가 좀 휴식기를 가질 수 있을까요? 이 상황이 끝날 때까지만요. 우리 생활이 원래대로 돌아가면 그 뒤에는 메리 막달렌 학교로 돌아갈 수 있잖아요."

　불현듯 지난 석 달 내내 내가 이 상황이 끝나기만을 기다리고 있었다는 걸 깨달았다. 창고 집에서 사는 것, 차와 대중 교통과 전기, 그리고 모든 것이 너무 비싸다는 데서, 구하는 게 불가능하다는 데서 오는 스트레스…. 난 그저 이 모든 일이 끝나기를 기다리고 있을 뿐이었다.

　엄마의 얼굴에 고통스러운 감정이 떠올랐다. 엄마가 내 옆으로 다가와 앉았다. "파이퍼, 난 이 상황이 끝날 거라고 생각하지 않아. 값싼 기름의 시대는 영원히 과거로 남을 거야. 그리고 밥을 통해서 내가 이 일자리를 잡는다고 해도, 메리 막달렌 학교의 학비를 낼 수 있을 만큼 돈을 충분히 벌지는 못할 거야."

　아무 대답도 못하고 그저 엄마를 물끄러미 바라봤다.

　마침내 엄마가 입을 열었다. "이렇든 저렇든 넌 학교 교육을 받아야 해. 그러니 노스코트 고등학교만이 답이란다."

　테일러 없이 학교에 적응하려고 노력하는 내 모습을, 친구를 사귀기 위해서 어떻게 행동해야 하는지 따라가느라 안간힘을 쓰는 내 모습을 다시 떠올렸다. 나는 감정을 꾹 눌러 삼키고 말했다. "저는 이제 만으로 열여섯 살이에요. 학교를 떠나도 법적으로 문제가 되지 않는 나이가 됐어요. 엄마가 학교에 가라고 강요할 수 없어요."

우리의 대화는 거기서 끝났다. 엄마가 무엇이라고 중얼거렸지만 알아들을 수 없었다. 엄마는… 씁쓸해 보였다.

"뭐라고 말씀하신 거예요?"

엄마가 고개를 저었다.

"말해주세요"

"내가 더는 아무것도 제안할 수 없게끔 네가 방금 확실히 했다고 말했단다."

"엄마." 하지만 엄마는 돌아보지 않았다.

모종을 확인하기 위해 밖으로 나갔다. 정원이 있어서 얼마나 감사한지 모른다. 정원은 내가 집중할 수 있는 단 하나의 긍정적인 요소였다. 모종은 옮겨 심어도 될 만큼 자란 상태였다. 레콘 상자 몇 개를 잘라서 테이프로 붙여 큰 상자를 하나 만들었다. 그 뒤 모종을 옮겨 심는 작업을 시작했다. 모종을 손으로 다루는 일이, 자라나는 자그마한 연둣빛 생명을 가만히 바라보는 일이 마음을 진정시켰다. 엄마에 대한 죄책감이 살며시 흩어졌다.

9월 12일 토요일
SATURDAY
SEPTEMBER **12**

아침에 일어나 손목 밴드의 전원을 켜자, 진동이 곧바로 울렸다.

멸종 위기종 보호에 관한 법률 위반 통보문

발신: 빅토리아 주 경찰

통보 대상자: 파이퍼 맥브라이드

위법 행위: 경찰 공무 방해
             허가 없이 멸종 위기종을 훼손함

처벌: 10월 21일까지 벌금 2000달러(우리 돈 약 170만원)를 납부할 것

이 사건에 대해 항변하기를 원한다면, 10월 21일 전까지 신청하십시오.
정해진 날짜까지 벌금을 납부하지 않으면, 치안 법정으로 소환될 것입니다.

`벌금 납부하기`

오, 세상에. 갑자기 2000달러를 어디서 구한단 말인가. 식은땀이 났다.
주머니쥐를 먹는 게 위법인 줄 누가 알겠어? 학교에서는 왜 이런 걸 가르
쳐주지 않은 걸까? 법정에 서게 되면 어떻게 되는 거지? 나는 아직 만으
로 열여덟 살이 되지 않았다. 위법을 저질렀더라도 내게 끔찍한 처벌을
내릴 수는 없을 거야…. 그렇겠지?

주머니쥐가 멸종 위기종이라던 경찰관의 말이 새삼 실감이 났다. 물고기처럼 주머니쥐도 머지않아 모두 사라질 거라고 생각하자 속이 메스꺼웠다. 만약 내가 먹은 그 주머니쥐가 마지막 남은 개체였다면 어떻게 하지? 난 정말 몰랐다. 굶주림이 나를 내가 모르는 무언가로 바꿔놓고 있었다. 말리가 이걸 알면 뭐라고 할까?

내 머릿속에서 나가, 말리!

말리가 보낸 메시지에 아직 답장을 하지 않았다. 하지만 자전거 가게에서 보냈던 시간이 그리웠다. 그리고 자전거 없는 생활이 너무나 고통스러웠다. 엄마는 학교 문제를 다시 언급하지 않았고, 나는 정원에 내 모든 시간을 쏟고 있었다. 할림에게 쇠스랑을 빌려 땅을 파고, 퇴비 재료로 쓸 잡초와 로켓 스토브에 쓸 나뭇가지를 모으는 일에 전념하고 있었다.

테일러가 오늘 놀러 온다고 해서 너무 기뻤다.

테일러에게 여전히 화가 나 있었지만, 그럼에도 나는 테일러가 그리웠다. 어쩌면 테일러가 벌금을 마련할 기발한 방법을 생각해낼지도 모른다. 청바지를 끌어올려 입었다. 전에는 낮 동안 레콘 반 상자로 버텨야 한다는 사실에 분개했었는데, 이제는 저녁 식사 시간까지 아무것도 먹을 수 없게 되었다. 그 반 상자라도 먹을 수 있다면 뭐든 할 수 있을 것 같았다.

"엄마, 이것 좀 보세요." 엄마는 로켓 스토브 옆에 앉아 민들레 차를 홀짝이며 연구 기록을 보는 데 열중하고 있었다. 손목 밴드에 벌금 통지서를 띄워 엄마에게 보여줬다.

엄마가 심드렁하게 들여다봤다. "이걸 어떻게 할 생각이니?"

심장이 덜컥 내려 앉았다. "모르겠어요." 기어들어가는 목소리로 말했다. "좋은 방법이 있을까요?"

"아니, 파이퍼. 없단다. 그리고 네가 교육을 받지 않아도 되는 법적 성년이라고 선언했으니, 나는 더는 네게 의무를 느끼지 못하겠구나." 엄마의 목소리와 눈빛이 냉정했다.

엄마의 따스한 품과 다정함이 그리웠다. "차를 좀 마셔도 될까요?"

민들레 차에서 쓴 맛이 났지만 내 몸은 더 달라고 외치고 있었다. 내 몸에 필요한 영양소가 들어있는 게 분명했다. 로비가 준 책에서는 잡초가 흙에서 영양분을 섭취하는 데 탁월하다고 말했다. 엄마가 날 쳐다보지도 않은 채 주전자를 건넸다. 안에 흐물흐물한 잎이 떠다니고 있었다. 따뜻한 차를 벌컥 벌컥 삼켰다.

"밥 폴사이스에게서는 아직 소식이 없나요?" 다시 대화를 시도했다.

엄마가 나를 올려다 보며 말했다. "이사회에서 내 제안서를 거절했어. 당장 자금을 댈 수 없다고 말이야. 내가 그 자리에 있었다면 분명히 설득할 수 있었을 텐데."

"일할 수 있을 것 같아요?"

엄마가 어깨를 으쓱했다. "아직 알 수 없단다. 열차로 운송을 다시 시작하려는 중이지만 아직 정확한 계획이 세워진 건 아니라서."

태거트가 마당으로 나왔다. 나뭇가지를 하나 건네주자 태거트는 천천히 불 속으로 밀어 넣었다.

"엄마가 대신 계획을 세워주겠다고 제안하는 건 어때요? 엄마는 계획 세우는 걸 잘 하시잖아요."

"나도 알아. 하지만 범위를 모르는 상태에서는 계획을 세울 수 없어."

"카렌 킬데어와는 얘기해보셨어요? 카렌은 범위가 어디까지인지 알고 있지 않을까요? 카렌이 엄마한테 그 일을 위임할 수 있지 않겠어요?"

"카렌이 아직 답을 주지 않았어. 난 매일 연락을 하고 있고."

엄마가 다시 연구 기록으로 눈을 돌렸다. 나는 물러나야 했다.

"우리 공터로 나갈까?" 태거트에게 물었다.

태거트가 고개를 끄덕이더니 내 손을 잡았다. 보청기를 빼서 집 안에 던져두고, 아치네 집 부엌 창을 톡톡 두드려 태거트가 나와 함께 있다는 걸 알렸다. 아치가 내게 엄지손가락을 들어 올려 보이더니 현관으로 나와 태거트의 양동이와 삽을 건네주고 손을 흔들었다. 침실의 블라인드는 내려져 있었다. 에린은 아직 자고 있는 것 같았다. 만약 에린이 깨어있었더라도 태거트가 나와 어울려 시간을 보냈을까 하는 생각이 들었다.

할림은 이미 공터에 나와 있었다. 나를 보더니 잠깐 기다리라는 손짓을 하고는 쇠스랑을 가지러 집으로 돌아갔다. 땅을 자세히 살펴보았다. 첫 번째 퇴비 더미는 이미 두 번 뒤집은 상태였다. 원 모양으로 땅을 고른 흔적이 보였다. 두 번째 퇴비 더미는 뒤집기만 하면 되는 상태였다. 여섯 개의 텃밭으로 이뤄진 만달라 정원을 완성할 날이 멀지 않았다. 몇 주 뒤면 모종도 바깥에 옮겨 심을 만큼 크게 자라있을 것이다.

벌금은 어떻게 하지?

머리를 흔들어 걱정을 떨쳐내고 퇴비를 텃밭 자리에 골고루 뿌렸다. 공터로 돌아온 할림이 내 작업을 지켜보았다. 태거트는 작은 플라스틱 삽으로 퇴비를 퍼냈다. 그러다 텃밭을 밟고 섰을 때 손목을 잡아서 태거트를 멈춰 세웠다. 그리고 로비가 내게 보여줬던 것처럼 절대로 텃밭을 밟아서는 안 된다고 알려줬다. 할림 역시 귀를 기울이고 있기를 바랐다. 태거트는 곧바로 이해하고 조심스럽게 경계선을 따라서 발걸음을 옮겼다.

쇠스랑을 퇴비 안으로 밀어 넣었을 때 꿈틀거리는 무언가가 시선을 사로잡았다. 지렁이다! 태거트 역시 나만큼이나 흥분했다. 태거트가 지렁이를 조심스럽게 들어 올렸지만 손가락 사이로 스르르 빠져나가고 말았다.

세 번째 텃밭이 위치할 자리의 흙을 파서 고르는 걸 마무리하고 퇴비로 다시 그 위를 골고루 덮었다. 이어서 만달라 정원 한가운데 위치하게 될 연못 자리를 파기 시작했다. 하지만 땅이 너무 단단해서 쉽지 않았다. 뭐라도 먹어야 힘을 낼 수 있을 텐데.

윤기 나는 검정색 단발머리를 한 우아한 여자가 내 앞에 모습을 드러냈다. 여자는 삽 하나를 들고 마치 무용수처럼 걷고 있었다. 할림이 그녀에게 무언가를 말했고, 여자가 예의를 차리며 내게 인사했다.

"저는…." 그 다음 말은 놓치고 말았다. 여자가 손을 내밀었다.

여자와 악수를 하고 고개를 끄덕이며 "전 파이퍼예요."라고 말하는 대신 귀를 가리키고 내가 청각장애인인임을 알렸다.

여자가 당황하지 않고 자신의 이름 철자를 검지손가락으로 허공에 썼지만, 나는 읽을 수 없었다. 내가 흙 위에 글을 쓰는 동작을 하자 여자가 따라 했다. *코니 사토.*

여자가 자신의 입을 명확하게 알아볼 수 있도록, 그러나 너무 과장되지 않도록 움직이며 말했다. "연못을 얼마나 크게 만들고 싶어요?"

조금 놀란 채로 두 손을 사용해 크기를 알려주자, 코니가 연못 자리를 파기 시작했다. 코니는 전문가처럼 매끄럽고 얕은 사발 형태가 되도록 흙을 파냈다. 이런 일을 많이 해 본 게 분명했다.

"공유지에 전원을 만드는 게 불법이라는 거 알고 있죠? 나무 도둑이 걱정되지는 않아요?" 맥락을 알고 있기 때문에 코니가 한 말을 도출해내는 게 어렵지 않았다. *공유지에 정원을 만드는 게 불법이라는 것.*

나는 마치 로비가 된 듯 동작을 해 보였다. 공터에서 작물이 자라나고, 작물에서 얻은 먹거리를 먹는 모습을 몸짓으로 표현했다. 그러고 나서 이번에는 군인처럼 서고, 경례를 하고, 작물을 훔치기 위해 몰래 숨어드는 누군가를 향해 총을 겨누는 동작을 했다. 물론 지나친 과장이었지만 의미는 전달됐다.

"경비는 쉽지 않아요." 코니가 말했다.

나는 나 자신을 가리켰다.

코니가 열 손가락을 들어 보이더니 두 번을 휙휙 펼치고, 이어서 손가락 네 개를, 그리고 또 손가락 일곱 개를 들어 보였다. *24/7?* 코니는 묻고 있었다. *하루종일 일주일 내내?*, 라는 뜻일 거다. 코니는 손을 사용해 의사소통하는 방법을 빠르게 익히고 있었다.

질문에 대한 대답을 어떻게 표현해야 할지 몰랐기에 흙 위에 적었다. '도움이 필요할 거예요.'

코니가 몸을 구부리고 앉아서 내가 쓴 글 아래에 적었다. '제가 도울게요. 수확한 걸 나눠 먹는 걸 대가로요. 제 파트너도 함께요.'

코니가 할림에게 뭔가 말했고, 그제야 할림이 이 협의의 일부였을 수도 있다는 의심이 들었다. 태거트가 내 옆에 쭈그리고 앉아서 손가락으로 흙 위에 구불구불한 선을 그렸다. 내가 엄지손가락 두 개를 들어 올려주자 태거트는 만족해했다.

코니가 다시 적었다. '전에 살던 집에서 주택 사이에 있던 자연 녹지대에 야채를 심었었는데, 의회에서 그걸 치우라고 했어요.'

'물론 지금은 그렇게 하지 않겠죠?' 내가 적었다.

코니는 어깨를 으쓱했다. 그녀는 이 일을 낙관적으로 보지 않았다.

나는 우리가 얼마만큼의 음식을 얻게 될지, 그리고 이토록 많은 사람이 다 먹을 수 있을 만큼 충분한 양을 수확할 수 있을지 확신이 서지 않았다. 하지만 장비와 경비 모두 도움이 필요했다.

흙 위에 필요한 작업의 목록을 적었다. 퇴비 재료 모으기와 물 운반하기, 물탱크 구하기, 해초 구해오기, 연못 만들기 등이었다. 나는 우리가 이 작업을 나눠서 할 수 있다고 표현했다.

코니가 목록을 주의 깊게 읽더니 자신이 연못을 맡겠다고 자원했다. 그러고는 다시 목록 전체를 훑어 내리며 어떤 일이든 상관없다고 했다.

코니가 덧붙였다. '경비 당번표를 만들도록 하죠.'

태거트가 코니를 따라 했다. 손가락으로 목록을 훑어 내리며 흙 위에 쓴 글자를 마구 문질지고는 진지하게 고개를 끄덕였다. 모두가 활짝 웃었다. 일이 착착 진행되기 시작했다.

그때 손목 밴드가 울렸다.

▶ 발신자: 테일러
정말 미안해, 파이퍼. 일이 좀 생겼어. 진짜로 곧 연락할게.
다른 날을 잡자.

얼굴에 가득하던 웃음기가 희미해졌다. 답장을 보낼 수도 있었지만… 그만두기로 했다. 내가 무슨 말을 할 수 있을까?

TUES DAY 22 SEPT

9월 22일 화요일

벌써 일주일 반이 지났다. 더는 참을 수 없었다. 로비를 방문하기 위해 집을 나섰다. 오라는 말도 없었는데 말이다. 대문을 열고 나를 발견하는 순간 로비는 깜짝 놀라며 눈을 크게 떴다. 놀라지 않도록 미리 메시지를 보냈다면 좋았겠지만 로비는 손목 밴드를 하고 있지 않아서 어쩔 수 없었다. 나는 로비가 이곳에 있다는 것에, 그리고 그 먼 거리를 헛되이 걸어온 게 아니라는 사실에 몹시 기뻤다. 솔직하게 말하면 딱 점심 시간에 맞춰 이곳에 도착한 것도 사실이었다. 로비의 정원에서 흘러나오는 향기가 나를 감쌌다. 허브와 잎사귀, 땅과 물과 흙 내음이 났다. 나는 깊게 숨을 들이마시며 로비의 정원이 만들어내는 마법 속으로 흠뻑 젖어들어갔다.

말리가 여기 있을까?

오, 제발! 내 머릿속에서 나가버려! 말리가 이곳에 있든 그렇지 않든 그건 중요하지 않았다. 나는 로비를 만나기 위해 이곳에 온 거다.

하지만 여전히 눈으로 로비의 뒤로 보이는 정원을 샅샅이 훑으며 말리가 있나 확인하고 있었다. 로비가 나를 꼭 끌어안았다. 나를 다시 만난 걸 반가워하며 미소 짓고 있었다. 로비의 눈 주위로 깊게 주름이 졌다. 로비가 무언가를 수어로 말했지만, 나는 *시드니*를 뜻하는 표현만 알아봤다. 말리가 가르쳐줬다. 손가락이 시드니의 하버 브리지가 되는 것이다.

그러니까 말리가 로비에게 아무 말도 하지 않았다는 거네. **결국에는 가지 않게 되었어요.** 지문자로 말했다.

'왜요?' 로비의 눈썹이 깊은 고랑을 만들었다. 그건 그녀가 내 대답에 깊은 관심을 가지고 있다는 의미였다. 그저 열린 질문을 던질 때 사용하

209

는 평범한 수어 테크닉이라는 걸 알지만. 로비가 내 팔을 꽉 끌어안고 기쁨이 듬뿍 담긴 미소를 던졌다.

잠시 망설였다. 로비에게 내가 얼마나 버릇없게 굴었는지 말하고 싶지 않았다. 엄마의 일자리에 문제가 좀 있었어요. 이건 사실이니까.

로비가 나를 주의 깊게 들여다보았다. 괜찮아요? 로비는 자신의 목을 두 손가락으로 찔렀다. 내가 이해하지 못해서 얼굴을 찡그리자 로비가 지문자로 알려주었다. 실망했어요?

수어와 몸짓, 허공에 그림을 그리는 것과 지문자를 섞어서 대답했다. '아뇨. 남게 되어서 기뻐요. 계속 정원을 만들 수 있잖아요. 그런데 요즘 스트레스를 좀 받고 있어요. 왜냐하면… 제가 주머니쥐를 먹었는데, 경찰이 그걸 알게 됐거든요. 한 달 안에 벌금 2000달러를 내야 하는데, 어떻게 그런 거금을 마련할 수 있을지 방법을 모르겠어요.'

로비가 나를 집 바깥에 있는 부엌으로 이끌었다. 로비는 요리하고 있던 중이었다. 녹색 야채와 양파가 담겨있는 후라이팬에서 천국에 온 것만 같은 냄새가 났다. '주머니쥐를 먹는 건 좋은 생각이 아니예요.' 로비가 수어로 말했다. '정말 몇 마리 남지 않았거든요.' 하지만 내 행동에 화가 난 것처럼 보이지는 않았다. '일자리가 있나요? 어쩌면 벌금을 천천히 나눠서 내는 방식을 선택할 수 있을지도 몰라요.'

나는 고개를 젓고, 얼마 전 세스풀에서 본 굴욕적인 면접 이야기를 해주었다. '청각 장애인은 어떤 직업을 가질 수 있나요?'

로비가 닭장에 가서 달걀 하나를 더 가져오라고 신호를 보냈다. 신난다! 로비가 음식을 줄 것이다! 로비는 달걀 두 개의 껍질을 깨서 팬에 넣고는 수어로 말했다. '쉽지 않죠. 전 약사가 되려고 4년을 공부했어요. 좋은 성적으로 졸업했음에도 이사회에서 제가 단지 청각 장애인이라는 이유로 면허증을 주지 않았답니다. 그러니 그런 함정을 조심해야 해요. 그들은 귀가 안 들려도 무엇이든 할 수 있다고 말할 거예요. 정말 중요한 순간이 오기 전까지는 말이죠. 그러고 나면 이미 인생의 몇 년을 허비한 상태가 되는 거예요.'

'면허증을 받지 못했을 때 어떻게 하셨어요?'

'저는 싸웠어요. 하지만 운이 없었어요. 그 뒤 한동안 농인 단체에서 일했고요. 단체에서는 언제나 ~~청각장~~애인을 고용하죠. 하지만 월급은 꽤 낮아요. 그리고 요즘은 단체에서 일하려면 수어에 능통해야 한답니다. 올스타는 장애인 고용 정책을 시행하고 있어서 상자를 운반하는 일에 ~~청각장~~애인을 고용했었어요. 하지만 새 경영진이 들어오면서 ~~청각장~~애인인 직원은 모두 해고당했죠. 수어 통역사의 월급을 지불할 여유가 안 된다는 이유로 말이에요. 운이 좋다면 전기공이나 배관공, 정비사처럼 손을 주로 사용하고 전문적인 기술을 필요로 하는 직업에서 견습생 자리를 얻을 수도 있을 거예요. 하지만 그러려면 당신을 떠맡겠다고 나서는 사람을 찾아야 하니 그것도 쉽지 않죠.'

엄마가 이곳에 없어서 정말 다행이었다. 내 앞에 펼쳐진 직업 전망이 이토록 울적하고 냉혹하다는 건 엄마에겐 사망 선고나 다름없을 것이다. 학교는 내가 절대로 가질 수 없는 직업을 '준비하게' 하고 있는 걸까? 어쩌면 엄마가 이런 사실을 알아둘 필요가 있을지도 모르겠다. 로비에게 지금도 농인 단체에서 일을 하느냐고 물었다.

로비가 고개를 젓고는 정원을 가리켰다. '음식을 살 돈을 벌기 위해 일할 수도 있고, 아니면 먹을 음식을 직접 기르는 일을 할 수도 있죠. 난 기르는 쪽이 훨씬 만족스러워요.'

로비가 달걀과 야채를 두 그릇에 나눠 담았다. 우리는 베란다 턱에 다리를 걸치고 앉았다. 급하게 먹어 치우지 않기 위해 최대한 노력했다. 정말 맛이 섬세했다. 뜨겁고, 향기롭고, 푸짐했다. 레콘은 절대로 낼 수 없는 맛이었다.

'물탱크와 가스, 태양열 패널을 사려면 돈이 필요하지 않나요? 그 돈은 어떻게 마련하셨어요?'

로비가 고개를 끄덕였다. '사람들에게 정원 설계를 의뢰받아요. 그렇게 번 돈으로 기본적인 의식주를 해결하죠. 이젠 말리도 돈을 벌고요.'

'의뢰인과는 어떻게 의사소통을 하세요?'

'펜과 종이로요. 사람들은 저처럼 정원 가꾸는 법을 알고 싶어 하죠. 그러니 모두들 참을성 있게 기다려요.'

글쎄, 이건 내가 10월 21일까지 2000달러를 마련하는 것에 도움이 될 방법은 아니었다.

정원 먼 쪽에서 바스락거리는 움직임이 있었다. 로비와 나는 가만히 지켜봤다. 우리가 앉아있는 곳에서는 대문을 볼 수 없었다. 잠시 후, 말리가 연못 옆에 있는 정자에서 나타났다. 몸이 얼어붙는 것 같았다.

나를 보더니 말리의 얼굴이 환해졌다. 말리는 서둘러 달려와 내게 긴 포옹을 했다. '보고 싶었어요.' 말리가 수어로 말했고, 나는 보고 싶다를 뜻하는 새 수어 표현을 알아차렸다. 양쪽 볼을 번갈아 맞대는 동작이었다. 말리는 내 곁에 섰다. 아주 가까이. 그의 체취가 느껴졌고 나도 모르게 긴장했다. 이 남자를 떨쳐내는 일은 쉽지 않았다.

'점심 먹을래?' 로비가 물었다.

말리는 고개를 끄덕였고, 로비는 다 먹은 그릇을 챙기고 로켓 스토브로 돌아갔다. 말리가 내 옆에 자리를 잡고 앉았다. 너무도 가까워서 몸에서 나는 열기를 느낄 수 있을 정도였다. 새 여자친구와 바쁠 텐데 어떻게 내가 그리웠을 수 있겠어! 나는 그게 말리가 나를 자전거 가게로 초대하지 않은 이유라고 추측했다.

'그래서, 뭐 새로운 일은 없었어?' 말리를 시험하며 질문을 던졌다.

'라이언이 고장난 자전거에서 부품을 잔뜩 떼어왔어. 자전거 여러 대를 충분히 만들 수 있을 만큼. 그것도 대여용이 아니라, 판매용으로 말이야. 지금 그 작업을 하고 있어.'

말리의 눈은 강렬하게 반짝이며 나에게 집중되어 있었다.

말없이 고개를 끄덕였다. 자전거에 대해서는 듣고 싶지 않았다.

말리가 깊게 숨을 들이마셨고 얼굴이 붉어졌다. '켈시, 기억하지? 트랜지션 타운을 운영하고 있는…'

'그럼, 누군지 알지.'

      '우리가 좀… 가까워졌어.'

말리는 내가 그를 어떻게 느끼는지 알고 있다. 그게 아니라면 지금 이렇게 어색해하지 않으리라. 내가 여태껏 그렇게 투명하게 감정을 드러냈던 걸까?

얼굴이 달아올랐고 억지로 미소를 지었다. '잘됐네. 켈시는 정말… 멋진 사람이잖아. 축하해.'

불편한 정적이 흘렀다. 우리 둘 다 미소를 지으려고 애쓰고 있었다.

잠시 후 말리가 수어로 말했다. '혹시 *생명이 움트는 땅* 얘기 들었어?'

'아니. 무슨 얘기?'

'의회에서 철거 명령문을 붙였어. 두 달 안에 정원을 철거해야 해. 그렇게 하지 않으면 의회에서 그들을 고소할 거야. 듣자 하니 화재 위험 요소라고 했다고 하더라고.'

입이 떡 벌어졌다. '지금 같은 시기에?'

우리 동네 거리에 있는 공터도 의회의 소유일까? 아니면 주민에게 속하는 걸까? 내 정원에도 철거 명령이 떨어질까? 또 벌금이 떨어진다면 감당할 방법이 없는데.

'이게 다 대기업 때문이야.'

'그게 무슨 말이야?'

'킬데어 정부가 들어서자마자 오가닉코어는 모든 걸 장악했어. 온통 레콘, 레콘, 레콘으로 넘쳐났어. 갑자기 진짜 음식에 대한 건강과 안전에 관한 법률이 엄격해졌고, 모든 언론이 식중독 이야기로 도배됐어.'

사람들은 알고 있었다. 지난번에 봤던 그래피티를, 오가닉코어의 로고와 카렌 킬데어의 얼굴이 함께 그려진 그림을 떠올렸다. 하지만 어째서인지 카렌을 변호하는 나 자신을 발견했다.

'카렌 킬데어는 정말로 혁신적인 인물이야. 저소득층을 위한 주택을 공급하고 레콘 복지 정책을 지원하고 또…'

'맞아, 그리고 아파트에서 주방을 다 없애버리고 말이야. 그러면 사람들은 진짜 음식을 선택할 수 있는 기회를 영영 잃게 되지. 대체 자유로운 선택은 어디로 간 거야? 그런 정책은 사람들이 레콘에 중독되도록 만드는

방법 중 하나일 뿐이라고.'

　얼굴을 찡그렸다. 한 번도 그런 식으로 생각해본 적이 없었다. 엄마도 이런 생각을 해 본 적이 있는지 궁금해졌다.

　'물론 지금은 정부에서도 사람들이 작물을 재배하도록 내버려두는 게 합리적이고 현실적인 일이라는 걸 알 거야, 그렇지 않을까?' 내가 물었다.

　'파이퍼, 정부의 관심은 오직 오가닉코어가 얼마만큼 이윤을 창출할 수 있느냐뿐이야. 아무리 우리가 굶주리고 있더라도 작물을 재배하는 걸 어렵게 만드는 게 정부에게는 재정적으로 가장 중요한 관심사라고.'

　카렌 킬데어가 엄마에게 보낸 이메일에서 시민들의 건강을 염려했던 걸 떠올렸다. 그리고 운송을 재개하려고 오가닉코어가 고군분투한다는 엄마의 말을 떠올렸다. '나는 카렌 킬데어가 우리가 작물을 재배하는 걸 반대할 거라고 생각하지 않아. 어쩌면 카렌이 이 사실을 모르고 있을 수도 있어.' 하지만 만약 안다고 하더라도 이 일에 대해 뭘 할 수 있을까?

　말리가 나를 의아하게 바라봤다. '카렌을 만난 적이 있어?'

　고개를 끄덕였다. '엄마가 종종 카렌과 함께 일했거든. 직장을 잃기 전에 말이야.' 말리가 너무도 가까이 앉아있어서 무릎이 닿을 것만 같았다. 예전이었다면 그에게 더 바싹 붙어 앉아 자연스럽게 맞닿도록 했을 것이다. 하지만 오늘은 무릎을 당겨서 몸에 딱 붙였다.

　'켈시가 시위를 준비하고 있어. 정부가 식량난에 대한 해결책으로 공유지에서 작물을 재배하는 걸 허용하도록 요구할 거야.'

　'그거 정말 멋지네. 새 여자친구와 함께하는 프로젝트라니 말이야.' 내가 방금 그렇게 말했다니 믿을 수 없었다. 내 말이 몹시 속이 쓰린 것처럼 들렸을 것이다.

　하지만 말리는 그저 한숨을 내쉴 뿐이었다. '글쎄, 마치 내가 다른 사람 행세를 하는 것처럼 느껴져. 트랜지션 타운 회원들과 몇 년 동안 알고 지냈지만, 이토록 강하게 그 사람들 일에 관여했던 적은 없었어. 내가 뭔가 잘못을 저지를까 봐 걱정돼.'

　　'그게 무슨 말이야?'

'언젠가 오랫동안 못 봤던 남자를 만난 적이 있어. 그를 무척 좋아해서 반가운 마음에 포옹을 했지. 청~~각장~~애인 남자들끼리는 항상 서로 껴안으니까. 하지만 청인 사회에서는 달라. 똑같은 행동을 하면 게이라고 생각하지. 물론 그러거나 말거나 상관없지만, 어쨌든 내 행동은 일반적이지 않은 거야. 항상 나 자신을 감시하고 있는 기분이 들어. 실수하지 않으려고 말이야. 난 지금까지 살면서 주로 청~~각장~~애인들과 코다인 아이들과 함께 지내왔거든.'

'~~청각장~~애인 사회는 뭐가 다른데?'

'난 그것보다는 청인 사회가 어떻게 다른지에 대해 더 많이 고민해. 예를 들어 ~~청각장~~애인들은 뭐든 있는 그대로 말해. 못 생겼으면 못생겼다고 말하고, 어떤 것이 안 된다면 정확히 어떤 게 안 된다고 말하지. 청인들은 너무 복잡해. 직설적으로 말해도 괜찮은지 아닌지 판단해야 해. 그리고 괜찮지 않다고 생각되면 돌려서 말하는 방법을 찾아내야 하지. 예를 들어 뭔가가 거의 완벽하다고 말하면 그건 그냥 훌륭하다는 뜻이잖아. 대체 왜 그냥 직설적으로 말할 수 없는 거지? 그게 문제야. 켈시와 함께 있으면 이런 차이를 계속 의식하고 있어야 해. 올바르게 말하거나 행동하려고 말이야. 그래서 완전히 긴장을 풀 수가 없어.'

'켈시에게 확실하게 문화적 차이에 대해 말하면 되잖아. 지금 나한테 얘기한 것처럼 말이야.'

말리는 내 질문에 생각에 빠진 듯했다. '넌 청~~각장~~애 문화에 대해 관심을 갖고 있잖아.' 마침내 말리가 말을 이었다. '켈시는 그걸 이해하지 못해. 관심 가질 만한 것이 있다는 사실을. 켈시는 수어가 아름답다고 생각은 하지만, 내가 사용한 표현을 어느 것도 기억하지 못해…'

마지막 단어를 알아보지 못했다. '방금 그건 뭐였어?' 말리가 했던 손 동작을 따라 하려고 시도하며 물었다. 엄지손가락을 꼬고 흔드는 동작을 하며 내 반대쪽의 새끼손가락을 건드렸다.

'로비.' 말리가 지문자로 알려줬다. '로비의 수어 이름이야.'

'왜 이게 로비의 이름이야?'

그때 로비가 돌아와 우리에게 합류했다. 말리에게 달걀과 야채가 담긴 그릇을 건네자 말리는 작은 동작으로 감사를 표했다. 두 사람이 서로를 향해 수어로 말하는 걸 영원토록 볼 수 있을 것 같았다. 자연스럽게 대화할 때는 어떻게 하는지 보고 싶었다. 나를 위해서 정확하고 분명하게 수어를 할 때와는 달랐다. 말리가 로비에게 수어로 말했다. '파이퍼에게 어떻게 수어 이름을 얻게 됐는지 말씀해주세요.'

로비가 어린 소녀였던 자신의 모습을 나타냈다. '우리 가족은 교외에서 살았어요. 그곳엔 청각장애학교가 없었죠. 그래서 도심에 있는 학교에 다녀야 했어요. 주중에는 학교 기숙사에서 생활을 했고요. 그때 제 방은 복도 끝자락에 있는 제일 마지막 방이었어요.'

의아해서 눈살을 찌푸렸다. '어떻게 그게 수어 이름이 된 건가요?'

말리가 두 손가락을 꼬아서 들어 올리고 말했다. '이건 R이야. 미국식 영어 알파벳에서 말이야.' 이번에는 오른손으로 왼손 새끼손가락으로 툭 툭 쓰는 듯한 동작을 했다. '이건 마지막을 뜻하고. 이제 이 둘을 합치는 거야.' 이번에는 왼손을 펴서 알파벳 R을 자르는 동작을 했다. '복도 끝 가장 마지막 방. 그러니까 마지막-R인 거지.'

'정말 재미없는 이름이죠.' 로비가 말했다. 하지만 로비에 관한 건 그 어떤 것도 나에게는 지루하지 않았다.

언제쯤 나에게도 수어 이름이 생길지 궁금해졌다. 하지만 그 생각을 밀어내고 열심히 식사를 하기 시작한 말리를 향해 몸을 돌렸다. '혹시 자전거를 다시 빌릴 수 있을까?'

'물론이지! 아, 미안해. 너한테 자전거가 없다는 걸 깜빡했어. 아니었다면 먼저 빌려주겠다고 했을 거야. 그냥 가게로 와.'

수없이 반복했던 다짐을 내려놓고 말리의 팔에 손을 얹었다. 말리가 내게 미소를 던졌고, 말리의 몸에서 피어오르는 열기가 내 몸을 타고 흘렀다. 말리에게 새 여자친구가 생겼다고 하더라도, 우리 사이에 흐르는 전류는 그 어느 때보다 더 강렬했다. 대체 말리는 켈시와 뭘 하고 있는 거지? 둘이 사귀는 거 맞아?

엄마가 팔을 움켜잡는 바람에 잠에서 깼다. 엄마는 극도로 흥분한 상태로 뭔가 말하며 내 손에 보청기를 쥐어주었다. 게슴츠레한 눈으로 보청기를 귀에 찔러 넣자, 엄마의 목소리가 귀를 강타했다.

"얼른 일어나, 빨리! 카렌 킬데어가 오고 있어!"

잘못 들었을 거다. 하지만 카렌 킬데어와 비슷하게 들릴 만한 다른 단어를 생각해낼 수 없었다. "카렌 킬데어라고 하셨어요? 왜요?"

"카렌이 이 근방에 있어. 10분 정도면 도착할 거야. 넌 여기 있을 수 없단다. 밖에 나가 있으렴, 파이퍼."

"여긴 제 집이에요, 엄마!"

엄마가 못 참겠다는 듯 한숨을 내쉬었다. "이러지 마. 기밀을 유지한 상태로 의논해야 카렌이 더욱 솔직하게 대화할 거야."

"전 어차피 듣지도 못하잖아요."

엄마가 손목을 잡아 날 일으켜 세웠다. "옷 입고! 밖에 나가 있어!"

옷을 입는 동안 엄마는 침대를 정리하고 이런저런 물건을 가지런히 놓았다. 엄마가 카렌에게 우리가 사는 곳을 보게 할 줄은 몰랐다. 하지만 이 집을 보면 카렌이 엄마에게 새 일자리를 찾아줘야겠다는 생각을 하게 될지도 모른다. 그렇게 된다면 내가 벌금 내는 걸 엄마가 도와주겠다고 할 수도 있지 않을까?

얼마 지나지 않아 카렌 킬데어가 우아한 걸음으로 차량용 진입로를 따라 걸어왔다. 커다란 총을 든 두 명의 군인을 옆에 대동하고. 군인들은 위장용 무늬가 그려진 군복을 입고, 같은 무늬의 모자를 쓰고 있었다. 만약 도심에서 위장을 해야 한다면 인공 콘크리트로 만든 회색 조끼와 베이지색 벽돌로 만든 헬멧을 쓰고 있어야 했을 것이다. 흰색 줄무늬가 군복 가슴께까지 와서 마치 차도 한 가운데 그려진 선처럼 보여도 좋을 텐데. 이걸 그리면 멋진 작품이 될 것 같은데? 제목은 '미래의 제복'.

군인들이 방금 정글에서 튀어나온 것처럼 보였다면, 카렌 킬데어는 패션쇼 무대에서 막 걸어 나온 것처럼 보였다. 옅은 노란색 치마 정장과 목을 높게 감싸주는 주름 장식이 달린 흰 셔츠를 입고 있었다. 구두는 정장과 같은 재질의 천으로 만든 것이었다. 모든 게 한치의 흐트러짐도 없이 깨끗했다. 얼굴을 감싸고 있는 매력적인 금빛 단발 머리도 마찬가지였다. 태양이 카렌의 주위를 마치 후광처럼 비췄다.

엄마가 곁눈질로 도끼눈을 했다. *어서 여기서 나가지 못해?* 하지만 나는 완전히 넋을 빼놓고 있었다. 어쩌면 카렌 킬데어에게 *생명이 움트는 땅*에 대해 말해볼 수도 있을 거다. 카렌이 엄마와 악수를 하고 나서 나를 향해 몸을 돌렸다.

엄마가 의례적으로 나를 소개했다. "제 딸 파이퍼, 기억하죠?"

카렌 킬데어가 손을 뻗었다. 손이 차갑고 부드럽고 매끈했다.

"차 한 잔 드시겠어요?" 내가 물었다.

엄마가 경고를 담아 나에게 눈동자를 굴렸지만, 카렌이 대답했다. "고마워요, 파이퍼. 하지만 그렇게 오래 있지는 못할 것 같네요." 카렌은 명확하고 정중하게 이야기해서 무슨 말인지 이해하기가 쉬웠다.

엄마가 카렌을 푸른색 벨벳 의자로 안내했고, 두 사람은 작은 대리석 탁자를 사이에 두고 마주보며 앉았다. 군인 중 한 명은 문 바깥에서, 다른 한 명은 안쪽에 서서 무표정한 얼굴로 기다렸다.

밖으로 나가서 모종에 물을 주었다. 일부는 이미 내 손가락 절반만 한 크기로 자라나 있었고, 처음 올라오기 시작했을 때의 작은 하트 모양의 잎을 대신해서 삐죽삐죽한 잎사귀들이 돋아나 있었다. 하지만 곧 카렌 킬데어에 대한 호기심이 나를 이겼다. 다시 안으로 들어가서 내 침대에 누워 일기장을 펼쳤다. 두 사람은 깊은 대화에 빠져있었다. 엄마가 나를 향해 눈을 부라렸지만, 카렌 킬데어는 내 존재를 전혀 신경 쓰지 않는 것처럼 보였다. 고개를 숙인 채 곁눈질을 했다. 카렌의 옆모습만 볼 수 있었지만, 어느 정도까지는 입 모양을 읽을 수 있다.

엄마가 말했다. "배급은 레콘으로 하나요, 야생 음식으로 하나요?"

카렌 킬데어가 자세히 대답했지만, 내용을 명확히 알아차릴 수는 없었다. **올스타**와 **오가닉코어** 그리고 **공급자 입찰**이라는 단어 정도만 알아차렸다. 카렌은 밝은 표정으로 몸짓하며 말했다. **당신을 위한 일자리가 있어요**라고 말한 것처럼 보이기도 했다. 엄마가 기뻐하는 걸 보니, 아마도 맞게 알아들은 것 같았다.

잠시 뒤 엄마가 또 다른 질문을 던졌다. **제안서**와 **아픈 어린 아이들**에 관한 내용이었다. 카렌 킬데어의 분위기가 바뀌었다. 고개를 저으며 좌절한 표정으로 양 손바닥을 들어 올렸다. 무슨 무슨 무슨 **정부의** 무슨 무슨 **예산이 대폭 감소되었고** 무슨 무슨…. 엄마가 또다시 나를 노려보더니 눈동자를 문을 향해서 휙 움직였다.

죄책감이 번쩍 가슴을 훑고 지나갔다. 내가 어떻게 엄마가 시드니에서 가질 수 있었던 일자리를 망쳐놓았는지 떠올랐다. 이번에는 방해가 되고 싶지 않았다. 하지만 내 발이 바깥이 아닌 두 사람의 곁으로 나를 데려다 놓았다. 이제 엄마를 쳐다보기도 두려웠다. 카렌 킬데어가 정중한 미소를 띤 채 고개를 들어 나를 올려다 보았다.

"말씀 중에 끼어들어서 죄송해요. 지금 나가려던 참인데요, 그 전에 제안을 하나 드리고 싶었어요. 어쩌면 사람들이 공유지에서 작물을 재배하도록 격려하는 것이 식량난을 해결하는 방법의 하나가 될 수 있다고 생각해요."

"물론이죠." 카렌이 정중하게, 그러나 크게 관심을 보이지 않으며 대답했다. "다만 현행 법률이…."

"파이퍼!" 엄마가 끼어들었다.

이 제안을 가장 빠르게 전달할 수 있는 방법이 뭐가 있을까? "제 친구들이 운영하는 정원을 철거하라는 통보를 받았어요."

엄마는 이제 일어서서 거의 소리를 지르고 있었다. "총리에게는 네 친구들의 정원보다 더 중요한 고민거리가 있단다!"

카렌 킬데어를 빤히 쳐다보았다. 카렌의 얼굴은 여전히 무표정했다. 카렌은 엄마의 말을 부정하지도, 내 제안에 대해 더 알기 위해 질문을 던지지도 않았다. 카렌은 너무… 젊어 보였다. 스물대여섯 살 이상으로 보이지 않았다. 엄마가 나를 강제로 밖으로 밀어냈다. "미안해요." 내 뒤로 엄마가 말하는 소리가 들렸다.

제길. 접근 방식이 틀렸다. 입법에 관해서 하려던 이야기를 끝까지 마무리했어야 했다. 어쩌면 카렌 킬데어가 공유지에 대한 규정을 잘 알지 못할 수도 있다. 켈시였다면 아마 유창하게 웅변했을 텐데.

내 머릿속에서 나가!

좌절감에 휩싸여 터벅터벅 동네 거리를 걸었다. 창문을 까맣게 썬팅한 커다란 검은색 차가 우리 집 차량 진입로 건너편에 주차되어 있었다. 그 뒤로 처음 보는 여자가 공터에서 연못 자리를 향해 몸을 굽히고 두꺼운 잿빛 반죽을 그 안에 마구 문지르는 게 보였다. 여자는 짧은 머리와 탄탄한 근육이 인상적이었다. 여자가 힐끗 고개를 들었고, 긴 속눈썹을 지닌 그녀의 둥글고 검은 눈과 통통한 입술이 드러났다. 쳐다보지 않으려고 노력했지만, 나는 순식간에 빠져들고 말았다. 당장 여자의 얼굴을 그리고 싶어서 손가락이 간질거렸다.

여자에게 다가가 연못을 가리키며 몸짓하고 질문을 던지듯 어깨를 으쓱했다. 여자가 손을 청바지에 문질러 닦아내고 나에게 내밀었다. 악수하는 동안 여자가 뭐라고 말했지만 이해할 수 없었다. 얼굴을 찡그리며 내 귀를 가리켰다. 여자가 자신의 이름을 천천히 또렷하게 말했다. '소와.'

'지금 조이라고 말한 거죠?' 흙 위에 적었다.

여자가 고개를 끄덕였다. 그런 다음 흙 위에 '파이퍼?'라고 썼고, 나는 고개를 끄덕였다. 이번에는 여자가 '코니'라고 쓰고는 사랑스러운 미소를 지으며 팔을 누군가에게 두르는 동작을 했다. 그러니까 조이는 코니의 연인이었다. '콘크리트예요.' 조이가 이렇게 쓴 다음 손가락으로 잿빛 반죽

조이

을 가리켰다.

할림이 공터로 건너와 내게 말을 걸었지만 한 마디도 알아들을 수 없었다. 그는 우리 집을 가리켜 손짓했다. 나는 어깨를 으쓱했다.

할림은 계속해서 말을 했다. 이해하지 못한 걸까? 무슨 말을 하는지 안 들린다고! 하지만 할림은 동작을 하거나, 흙 위에 글을 쓰는 법 없이 계속해서 말을 이어갔고, 나는 계속해서 어깨를 으쓱거렸다.

보다 못한 조이가 땅 위에 '총리?'라고 썼다.

아, 카렌 킬데어의 방문이 완전히 비밀이 될 수는 없었다. 하긴 정글에서 막 빠져나온 것 같은 군인을 둘이나 데려오고, 창문을 짙게 썬팅한 커다란 차를 타고 왔으니 그럴 수밖에. 하지만 내가 무슨 말을 할 수 있단 말인가? 할림은 왜 카렌이 우리 집을 방문했는지 내가 설명해주기를 기대하는 걸까? 조이가 따뜻한 미소를 보냈다. 그리고 고개를 절레절레 흔들며 할림이 부적절한 질문을 연달아 던지고 있다고 내비쳤다.

조이가 다시 작업을 시작했다. 할림과의 무의미한 의사소통을 피하려면 뭐라도 해야 할 것 같았다. 조이에게 뭘 도우면 좋을지 물으려던 순간 코니가 자루 몇 개와 갈퀴를 들고서 나타났다. 코니는 우아하게 몸을 굽혀서 조이의 목 뒤에 입을 맞추었다. 그리고 작은 나무 막대로 나에게 묻는 질문을 적었다. '정원 경비를 설 때 어디에 있고 싶어요?'

점퍼를 벗어서 허리에 묶었다. 마침내 멜버른에 봄이 왔다! 손가락으로 거리의 끝자락을 가리켰다. 그곳에서는 한눈에 정원 전체를 관찰할 수 있었다. 여러 사람과 한 테이블에 앉을 때면 나는 늘 끝자리에 앉으려고했다. 그 자리에 있으면 한 방향만 쳐다봐도 누가 이야기하고 있는지 알 수 있기 때문이다.

막대기를 가져와서 공터 전체를 어떻게 만들어갈지에 대한 나의 계획을 그렸다. 만달라 텃밭 정원이 여러 개 더 있고, 과일이 열리는 나무들, 도구를 보관할 수 있는 작은 헛간, 닭과 토끼, 물고기가 사는 커다란 연못과 전용 퇴비 더미를 포함한 계획이었다. 코니가 자신의 손목 밴드로 사진을 찍고 할림에게 이것 좀 보라고 손짓했다.

에린과 태거트가 차도를 건너왔다. 에린이 내게 태거트가 우리와 함께 해도 괜찮냐고 물었다. 태거트는 이미 양손에 플라스틱 양동이와 삽을 들고 우리와 함께할 준비가 되어있었다. 나는 두 사람에게 엄지손가락을 들어 보인 다음, 태거트에게 조이가 바르고 있던 연못의 콘크리트 내벽을 보여줬다. 콘크리트 내벽 없이 연못을 파고, 물을 붓고, 그 물이 빠져나가는 상황을 몸짓으로 표현했다. 그러고 나서 조이가 콘크리트를 마구 바르고, 이번에는 물이 연못을 가득 채우는 상황을 표현했다. 태거트는 무척 신이 나서 당장 물을 가져 오고 싶어 했다. 조이가 무엇이라고 말하자, 태거트는 콘크리트가 마르기를 기다리기 위해 조용히 자리를 잡고 앉았다. 에린이 활짝 미소를 지으며 우리에게 태거트를 부탁하고 떠났다.

갑자기 모두가 시선을 돌렸다. 무슨 일인가 하고 그 시선을 따라갔다. 카렌 킬데어와 군인들이 검정색 차에 올라탔고 거리를 떠났다. 나는 할림의 눈을 피하며 나와는 아무 상관없는 일인 듯이 행동했다. 나는 이제 엄마에게 일자리가 생겼기를 바랐다.

조이가 연못의 내벽 작업을 마치자, 코니가 조이에게 이야기를 하기 시작했다. 경비 초소를 세울 장소를 가리키며 뭔가를 설명하고 있음을 알 수 있었다. 조이가 고개를 끄덕였고, 두 사람은 집으로 돌아갔다. 우리 집 쪽 거리에서 다섯 번째에 있는 집이었다.

코니가 흙 위에 적었다. '전 언제나 수어를 배워보고 싶었어요. 저한테 좀 가르쳐줄 수 있나요?'

지문자로 알파벳을 보여주자, 코니가 따라 했다. 그때 조이가 인조 나무 기둥을 한 묶음 가지고 돌아왔다. 이미 홈이 파여있고 녹슨 못이 여기저기 박혀있었다. 조이가 거침없이 못을 뽑아내고, 기둥을 박을 구멍을 파내는 작업을 시작했다. 조이는 나더러 기둥을 붙들고 있으라고 하고는 구멍에 다시 흙을 채웠다. 태거트도 옆에서 자그마한 장난감 삽으로 흙을 채우며 도왔다.

늦은 오후가 되었을 무렵, 경비 초소의 골조가 완성됐다. 코니와 할림은 페어필드 공원에서 자루 한 가득 모아온 잔디로 두 번째 만달라 텃밭 정원을 위한 퇴비 더미를 만들었다. 첫 번째 만달라 정원은 모종을 맞을 준비가 끝나 있었다. 부드러운 검은 흙으로 이뤄진 여섯 개의 둥근 텃밭이 기다리고 있었다. 모종이 아주 약간만 더 자라기만 될 뿐이었다.

해가 저물고 날이 쌀쌀해져서 태거트를 집에 데려다주고 차 안에 자리를 잡았다. 이제 차는 내 미술 작업실이나 마찬가지였다. 일기장과 두꺼운 플라스틱 종이 몇 장, 스탠리 나이프를 꺼냈다. '미래의 제복'을 스텐실로 만들면 특히 더 멋져 보일 것 같았다. 하지만 작업을 시작하려는 순간, 새로운 아이디어가 떠올랐다. 세스풀에서 카렌 킬데어의 사진을 검색해서 띄우고, 손목 밴드 위에 얇은 종이 한 장을 올렸다. 종이 위로 비친 카렌 킬데어의 모습을 간단하게 그릴 수 있었다. 카렌의 윤곽선을 따라 그리고, 거대한 손에서 내려온 줄을 몸에 연결하여 꼭두각시 인형처럼 보이게 그렸다. 그리고 누가 지배하고 있는지 보여주기 위해서 오가닉코어의 로고를 손의 소매 위에 그려 넣었다. 오가닉코어의 로고가 새싹이 움트는 씨앗을 본딴 모양을 하고 있다는 아이러니에 충격을 받았다. 우리가 못하도록 막고 있는 바로 그 일을 로고로 사용하고 있다니. 그들이 우리에게 진정으로 가치 있는 것을 팔고 있다는 인식을 심어주기 위해서 꾸며낸 전략이리라. 그저 검은 잉크 자국으로 표현했음에도 그림 속 여자의 얼굴은 카렌 킬데어와 완벽하게 닮아 있었다.

나는 그 디자인을 플라스틱 종이 위에 옮겨 그리고 스텐실을 잘라내기 시작했다. 그러다 무심코 고개를 흘깃 들었을 때 희미한 불빛 속에서 네 사람의 실루엣이 보였다. 아마도 십 대 후반이나 이십 대 초반으로 보이는 남자들이었다. 그들은 검정색 재킷을 입고 후드를 뒤집어 쓴 채 거리 한 가운데에 있는 공터로 줄지어 가고 있었다. 온몸이 얼어붙었다. 남자들은 거대한 톱 한 쌍을 들어 올려서 공터에 있는 나무 그루터기를 자르기 시작했다. 나무 도둑이다! 그들은 각자 약 20센티미터 정도 되어 보이는 두께의 둥그런 원반을 잘라냈다. 저렇게 작은 나무 조각이 위험을

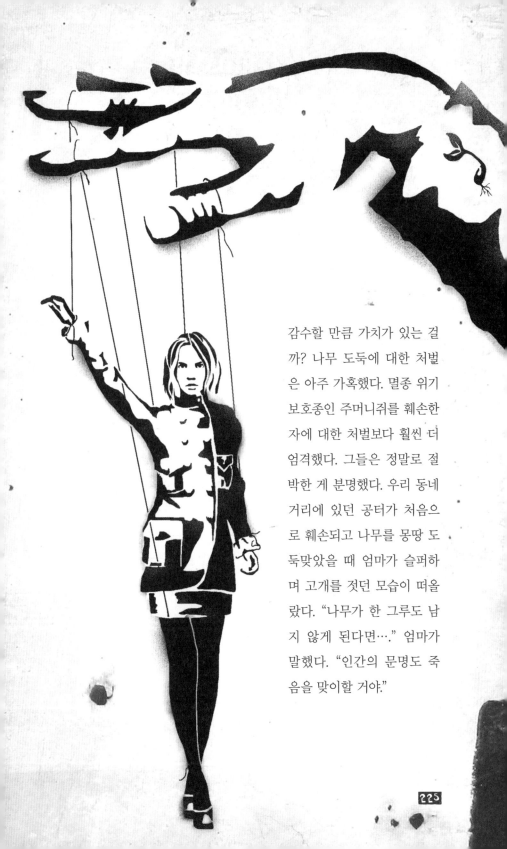

감수할 만큼 가치가 있는 걸까? 나무 도둑에 대한 처벌은 아주 가혹했다. 멸종 위기 보호종인 주머니쥐를 훼손한 자에 대한 처벌보다 훨씬 더 엄격했다. 그들은 정말로 절박한 게 분명했다. 우리 동네 거리에 있던 공터가 처음으로 훼손되고 나무를 몽땅 도둑맞았을 때 엄마가 슬퍼하며 고개를 젓던 모습이 떠올랐다. "나무가 한 그루도 남지 않게 된다면…." 엄마가 말했다. "인간의 문명도 죽음을 맞이할 거야."

지난 2주 동안 그림을 그렸지만 글로 쓸 만한 일은 전혀 없었다. 아무 것도 변하지 않았다. 엄마는 일자리가 없었고, 카렌 킬데어가 식량 배급이 시작되면 데어빈 지역의 관리자 자리를 주겠다고 약속했지만, 그건 먼 훗날의 이야기였다. 나 역시 일자리가 없었기 때문에 벌금을 한 푼도 모으지 못했다. 벌금을 납부해야 할 기한이 채 2주도 남지 않았다.

이건 불가능해.

말리가 빌려주기로 약속한 자전거를 가져가기 위해 말리네 가게를 찾아갔다. 미리 그에게 메시지를 보낼 용기가 나지 않아서 그냥 갔다. 말리는 가게에 없었다. 그래서 대신 라이언이 나를 위해 자전거를 찾아주었다. 곧 연락하겠다던 테일러는 여전히 감감무소식이었다. 매일 아침 일어날 때마다 스스로를 다그치며 억지로라도 노스코트 고등학교에 등교하려고 노력했다. 하지만 테일러가 없는 학교생활을 감당할 자신이 없었다. 만약 그 학교에 다른 ~~청각장애~~인들이 있고, 수어를 할 줄 아는 사람이 한 명이라도 있다면 좀 달랐을텐데. 하지만 그럴 확률이 얼마나 되겠는가?

엄마는 크게 상심했다. 늘 그랬듯 엄마는 나를 위한 최선이 무엇인지를 자신이 잘 알고 있다고 확신해왔다. 나는 엄마를 실망시키는 게 정말 싫었다. 하지만 로비가 한 말이 계속해서 머릿속을 맴돌았다. 어쩌면 학교는 내가 절대로 가질 수 없는 직업을 준비하도록 하기 위해 존재하는 것일지도 모른다. 로비가 있어서 얼마나 다행인지 모른다. 틈만 나면 로비네 집을 찾아가 녹음이 우거진 정원에서 뿜어져나오는 아름다움에 흠뻑 젖었다. 로비의 정원은 내 영혼을 진정시켜주었고, 이 세상에 마법이 존재한다는 걸 일깨워주었다. 나는 계속 살아가고, 계속 식물을 심고, 땅을 파고 길러내야 했다. 엄마가 허락하지 않더라도 말이다.

이것이 바로 내가 금요일 오후에 공터에 나가서 모종을 옮겨 심고 있는 이유였다. 로비가 준 낡은 부엌칼을 사용해서 조심스럽게 서양호박 모종의 뿌리 주위를 도려냈다. 그리고 조심스럽게 레콘 상자에서 들어 올린 뒤 미리 파놓은 구멍에 밀어 넣고 흙을 단단히 덮었다. 태거트를 향해 고개를 끄덕이자, 태거트가 자신의 작은 플라스틱 물뿌리개로 물을 주었다. 서양호박 모종을 옮겨 심을 때는 간격을 최소한 50센티미터 정도는 두어야 한다고 로비는 신신당부를 했다. 그냥 호박 모종은 간격을 그 이상 두어야 한다고도 강조했다. 이토록 작은 모종이 커다란 작물로 자라난다는 게 놀라웠다.

한 걸음 뒤로 물러서서 정원을 바라보았다. 검은 흙으로 덮힌 여섯 개의 둥근 텃밭이 있었고, 그 위에 작은 연둣빛의 모종이 일정한 간격을 두고 심어져 있었다. 연못에는 물이 가득했고, 그 주위로 자그마한 허브가 자라고 있었다. 로비가 자신의 정원에서 뿌리까지 파내어 나눠준 것이었다. 로비는 이 허브가 커다란 덤불을 이루게 될 것이라고 장담했다.

어둠이 찾아오자, 얼마 전에 완성한 경비 초소로 이동해 일기장과 베개, 이불을 가지고 자리를 잡았다. 아침이 올 때까지 정원을 지켜보며 경비를 설 작정이었다. 오늘이 바로 정원 경비를 서는 첫날이다. 내일은 코니의 차례다. 그 다음날 밤은 할림이 경비를 서고, 그 다음 날은 또 다른 일원이 경비를 설 것이다.

읽을 만한 것을 찾기 위해 손목 밴드를 확인했다. 그냥 뉴스여도 상관없었다. 테일러와 말리에게 메시지 보내는 걸 그만두고, 오직 직접 얼굴을 대면하고 만나는 사람들하고만 의사소통을 시작한 이후로 손목 밴드의 배터리가 훨씬 더 오래갔다.

식량 및 연료 부족 사태에 대한 정부 대책이 발표되다

지방정부와 주정부, 그리고 연방정부가 지난 몇 주간 집중적으로 회의를 진행한 결과, 카렌 킬데어 총리가 오늘 성명서를 발표했다. 식량 배급이 시작될 예정이다. 군은 식량과 연료를 전 국민에게 공평하게 분배하기 위해서 농장과 연료 지징고, 철도와 가축 운송을 통제할 수 있는 권한을 위임받았다. 카렌 킬데어 총리는 이 새로운 조치가 낯설게 느껴질 수 있지만, 공공의 이익을 위한 것이므로 침착하게 따라주기를 바란다고 촉구하며 다음과 같이 말했다. "군이 우리를 지원할 수 있도록 지지합시다."

연설 전문 보기

눈을 끔뻑였다. 군이라고? 모두에게 음식과 연료를 공평하게 배급한다는 건 좋은 일처럼 들렸다. 어떤 식으로 진행되는 거지? 돈이 없는 사람도 배급을 받을 수 있게 될까? 레콘이랑 야생 음식을 섞어서 나눠줄까? 그리고 내가 하고 있는 것처럼 스스로 작물을 재배하도록 장려할까? 아니면 야생 음식이 위험하다는 입장을 고수할까? 혹시 오가닉코어가 배급제를 모두가 레콘을 먹도록 강요할 기회로 삼는 건 아닐까?

엄마가 나타났다.

"엄마, 방금 배급 계획이 발표됐어요! 엄마 일자리는 언제 시작해요?"

엄마가 어깨를 으쓱했다. "방금 카렌에게 메시지를 보냈단다. 자, 어서 집으로 가자. 저녁 먹어야지."

"레콘을 여기로 가져다주시면 안돼요? 경비를 서는 중이거든요."

엄마가 주위를 둘러봤다. "잠잘 시간이 되면 어떻게 할 거니?"

"여기서 자야죠."

"농담이지? 길바닥에서는 잘 수 없어. 위험해!"

"작물을 지킬 수 있는 방법이 이것밖에 없는걸요."

"파이퍼, 넌 저 작물들보다 훨씬 더 소중해."

"엄마, 이 작물이 자라서 먹을 수 있는 음식이 될 거예요. 누군가는 얘네들을 지켜봐야 해요. 아니면 도둑맞을 수도 있다고요. 예전에 동네 나무를 몽땅 도둑맞은 것처럼요."

엄마는 불만의 표시로 입술을 오무렸지만, 레콘을 가지고 나왔다. 우리는 초소에 나란히 앉아 함께 저녁을 먹었다. 엄마는 밤 늦은 시간까지 내 옆에 있어주었다. 엄마가 눈을 비비기 시작하자 집에 들어가라고 단호하게 말했다. "만약 무슨 일이 생기면 크게 소리를 지를 게요."

"널 혼자 바깥에 남겨두고 싶지 않아."

"혼자가 아닌걸요. 코니랑 조이, 할림이 제가 소리를 지르면 나올 거예요. 그리고 전에도 바깥에서 자본 적이 있는걸요. 우리가 시드니에 가기로 했던 날 밤과 그렇게 다르지 않아요."

이 말에 엄마가 한 대 맞은 것처럼 털썩 주저앉았다. 엄마가 집으로 들어가자 몸이 떨렸다. 막상 혼자 있으려니 섬뜩할 정도로 으스스했다.

밤은 끝이 없는 것처럼 느릿느릿 지나갔다. 그림을 그릴까 생각했지만 너무 어두웠다. 새벽 두 시쯤, 눈이 감겼다. 그리고 소리가 났다. 너무 놀라서 펄쩍 뛰었지만 아무것도 보이지 않았다. 으악, 얼마나 잔 거지? 지나가는 자동차 소리였을까? 나는 밤에 소리를 듣는 게 익숙하지 않았다. 보청기를 끼고 있으니 기분이 이상했지만, 감히 뺄 생각은 하지 못했다. 간지러운 귀를 문지르고, 눈을 비비고, 볼을 꼬집었지만 다시 눈이 감겼다.

깨어있을 유일한 방법은 한 시간에 한 번씩 일어나 정원을 걷는 것뿐이었다. 한밤의 정원은 신비로웠다. 까만 하늘에서 희미하게 어른거리는 별을 바라보았다. 깊게 숨을 쉬며 어둠을 들이마셨다. 그 어둠이 내 안을 고요로 가득 채웠다. 나는 할 수 있어!

이 시간이 좋아졌다.

자전거 페달 체인에 기름을 바른 뒤, 체인을 프레임에 감았다. 말리를 따라 자전거를 조립하는 중이었다. 나는 계속해서 손목 밴드로 시간을 확인했다. 금방 밥을 먹을 수 있겠지? 마침내 말리가 나를 쿡 찔렀고, 우리는 안으로 들어갔다. 말리가 카운터 아래에서 금속 도시락 통을 꺼냈다. 그가 내 몫의 점심을 싸왔다!

도시락통 안에는 붉은 색의 무언가를 으깨어 만든 음식 위에 삶은 달걀 하나가 올려져 있었다. '이건 뭐야?' 수어로 물었다. 손가락이 이제 아주 자연스럽게 움직였다.

'토끼 고기를 넣은 토마토 스튜.'

'정원에서 기르고 있는 그 토끼?' 로비네 정원에 있던 토끼장 안의 토끼를 떠올렸다. 크고 아름다운 갈색 눈과 하얀 털로 뒤덮인 모습이 떠올랐다. 주머니쥐와 닭을 잡은 이후인데도 토끼를 죽이는 상상을 하니 속이 뒤집혔다. 그토록 사랑스러운 녀석들에게 어떻게 그럴 수 있을까? 하지만 스튜의 맛과 기름기가 혀에 닿은 순간 토끼에 대한 생각은 까맣게 지워졌다.

'생각해봤는데….' 말리가 말했다, '넌 이제 자전거 일에 익숙해졌고, 더 이상 나한테 수어도 배울 필요도 없어. 지금부터는 네가 직접 자전거를 조립하고 여기서 팔면 어떨까? 물론 자전거 부품을 모으려면 나랑 같이 쓰레기장을 좀 돌아다녀야겠지만 말이야. 라이언에게는 나처럼 수익의 30퍼센트를 주면 될 거야.'

일자리라고? 세상에!

이건 진짜로 돈을 벌 수 있는 일자리다. 믿을 수 없었다. 더구나 이 일은 청력이 필요한 것도 아니었다. 세스풀은 나를 위한 직업 제안 목록에 '자전거 만들기'를 넣어놨어야 했다.

너무 신나서 두 팔을 말리에게 둘렀다. 말리가 나를 가까이 끌어당겼고, 우리는 잠시 포옹했다. 그러고 나서 나는 곧바로 몸을 뒤로 뺐다. 말리가 오해하지 않도록. 나는 그저 기쁜 것뿐이다.

벌금을 내야 하는 날까지 9일이 남았다. 자전거를 팔아서 그 전까지 2000달러를 마련할 수 있을지 의문이 들었다. 가능성은 거의 없었다. 하지만 어쩌면 로비 말대로 법원에서 분할 납부를 허락할 수도 있지 않을까? 자전거를 한 대 팔 때마다 얼마씩 내는 방식으로 말이다.

'내일 부품을 주우러 함께 갈 수 있어?' 내가 물었다.

말리가 어깨를 으쓱했다. '아마도.'

테일러를 떠올리며 함께 자전거를 조립하자고 물을까 생각하다가 관두었다. 테일러가 이런 일을 하는 모습을 상상할 수 없었다. 나와 달리 테일러는 손으로 하는 일에는 전혀 흥미가 없었다.

말리가 고개를 들었다. 로비가 자전거를 끌고 가게 안으로 들어오고 있었다. 로비는 자신이 페달을 밟고 있는데 자전거 앞바퀴에 못이 하나 박히고, 쉬이익 하고 공기가 새더니 바퀴에서 바람이 빠지는 모습을 두 손으로 생생하게 표현했다. 로비는 어떻게 바퀴가 마치 감정을 가지고 있는 것처럼 나타낼 수 있는 걸까? 로비가 나를 따뜻하게 안아줬다. 내 정원의 사진을 보여주자 활짝 웃으며 엄지손가락을 들어 보이고 내 등을 토닥거렸다. 말리는 로비가 자전거 바퀴를 빼는 걸 도와주고 카운터 위에 로비가 앉을 자리를 마련해주었다.

그 다음 켈시가 나타났다. 꿀 같은 빛깔의 머리카락과 피부가 환하게 빛났다. 켈시의 에너지는 너무도 강렬해서 온 가게를 다 뒤덮을 정도였고, 사과향과 비누향을 물씬 풍겼다. 켈시는 몸에 딱 맞는 작은 주황색 민소매 티셔츠 위에 목걸이를 여러 개 걸치고 긴 치마를 입고 있었다. 틀어올리지 않은 절반의 머리카락이 빛나는 잔물결을 이루며 폭포처럼 등으로 흘러내렸다. 켈시가 열정적으로 로비에게 인사하고, 내가 보는 앞에서 말리의 입술 위에 촉촉한 입맞춤을 남겼다. 그리고 나를 붙잡고 우리가 절친한 친구인 것처럼 꽉 끌어안았다. 말리가 켈시를 선택한 것에 의문의 여지가 없었다. 태양이 떠오른 것 같았다.

켈시는 나를 향해 말을 했고 말리가 통역했다. '일기장을 가지고 왔나요? 새로운 그림을 보여줄 수 있어요?'

켈시의 관심에 기분이 우쭐해져서 가방에 넣어둔 일기장을 꺼냈다. 로비도 일기장을 보기 위해 이쪽으로 왔다. 카렌 킬데어를 오가닉코어의 꼭두각시로 그린 그림을 보더니 켈시의 입이 떡 벌어졌다. "어떻게 이렇게 꼭 닮게 그린 거예요?"

사진을 따라 그리는 동작을 했다.

'그건 반칙이 아닌가요?' 말리가 수어로 말했다. 처음에는 말리가 한 말인 줄 알았지만, 이내 그가 켈시의 말을 통역하고 있다는 걸 알았다.

어깨를 으쓱해 보였다. '전 그렇게 생각하지 않아요. 따라 그리는 건 그저 하고 싶은 말을 전달하기 위한 도구일 뿐인걸요.'

로비가 두 손을 허공으로 들어 올려 흔들었다. 모르는 표현이라서 눈을 찡그렸다. '그건 무슨 뜻이예요?'

'이건 농인들이 치는 박수예요.' 로비가 대답했다. '농인들은 박수 소리를 들을 수 없어요. 하지만 이렇게 높이 든 손은 볼 수 있죠.' 말리가 켈시를 위해서 통역했다. 켈시는 로비를 따라서 두 손을 허공에 높이 들어 흔들고 있었다.

로비가 팔꿈치로 나를 살짝 찔렀다. '파이퍼의 수어 이름이 떠올랐어요. 이게 되어야 할 것 같아요.' 로비는 왼손을 평평하게 들고 오른손으로

그림을 그리는 동작을 했다. 손가락은 비스듬히 V자 모양을 하고 있었고, 엄지손가락이 그 사이에 끼워져 있었다.

'왜 그 손 모양인가요?' 비스듬한 V자 모양을 따라 하며 물었다.

'이건 미국식 알파벳에서 P를 나타내요.'

'왜 우리의 알파벳을 쓰지 않는 건데요?'

로비가 어깨를 으쓱했다. '어떤 이유에서인지 미국식 알파벳을 본떠서 만든 이름과 단어가 아주 많아요. 게다가 만약 한 손만 사용해서 호주식 알파벳 P를 만들려고 하면, 그저 반쪽짜리 모양이 될 거예요. 그렇다면 그건 P가 아닌 게 되죠.'

말리가 활짝 웃었다. '벌써 수어 이름이 생기다니, 믿기지 않네. 정말 멋진 이름이기도 하고.'

내 얼굴에 행복한 미소가 번졌다. 내 수어 이름에는 전혀 지루한 구석이 없었다. 내 예술에 관한 것이었다. 나는 새 이름과 사랑에 빠졌다. '고마워요, 로비.' 수어로 말했다.

말리가 우리의 대화를 켈시를 위해서 음성으로 옮겼는지 확실하지 않다. 하지만 어쨌든 켈시는 여전히 내 일기장에 딱 달라붙어 있었다. 켈시는 '콘크리트 말고 먹거리를 기르라!'라는 문구와 그림을 발견하고 두 손을 들고 격렬하게 흔들며, 아니 **박수**를 치며 힘차게 말했다. 말리가 그 말을 통역했다. 나는 말리가 불편하지 않을까 궁금했지만, 말리는 신경 쓰지 않는 것처럼 보였다.

'이 그림을 스텐실로 만들어 멜버른에 있는 모든 건물 벽에 뿌려야 해요! 사람들에게 용기를 북돋아줄 수 있을 거예요. 더 많은 사람이 작물을 재배한다면 의회가 그걸 합법화하도록 설득하는 데 도움이 될 거라고 생각하거든요. 제가 이 문구를 **생명이 움트는 땅**의 슬로건으로 슬쩍 가져다 써도 괜찮을까요? 너무 좋아서 그래요! 혹시 포스터를 만들어줄 수 있을까요?'

'콘크리트 말고 먹거리를 기르라!' 그림을 다시 스텐실로 만드는 건 생각해본 적이 없었다. 정말 훌륭한 발상이다. '관료주의로 인한 죽음' 역시 스

텐실로 바꿀 수 있을 거다.

'물론이죠.' 수어로 답했다.

그때 한 남자가 가게 안으로 들어왔다. 본 적이 있는 남자였다. 잠시 후 그 남자가 **생명이 움트는 땅**의 일원인 캠이라는 걸 기억해냈다. 캠은 말리의 대화에 끼어들었다. 로비는 다시 카운터로 돌아가서 자전거 바퀴에 난 구멍을 때울 준비를 하고 있었다.

말리가 나를 발견하고 수어로 말했다. '캠이 방금 그의 가족 농장이 군대에게 점령을 당했다고 말해줬어. 군인이 사방에 가득하대.'

충격에 휩싸여 캠을 바라봤다. 그에게 위로를 전하고 싶었다. 하지만 캠은 켈시를 바라보고 있었고, 뭔가 말하려는 나를 보지 못했다.

말리가 나를 쿡 찔렀다. '아까 하던 작업을 마저 끝내야 해. 오늘 중으로 찾으러 올 거라서.'

우리는 켈시와 캠이 대화를 하도록 내버려두고 가게 구석으로 돌아갔다. 말리가 볼트를 조이는 동안 자전거를 붙잡으며 그를 도왔다. 그때 손님이 들어왔다. 거친 피부에 턱수염이 희끗희끗한 나이 많은 남자였다. 남자는 카운터 앞에 앉아있는 로비를 직원일 거라고 추측하고 질문을 던졌다. 하지만 로비는 알아채지 못했다. 켈시가 불쑥 끼어들었다. 켈시는 남자에게 무엇인가를 말했고, 남자는 당황한 것처럼 보였다. 그는 슬퍼하며 손을 가슴께에 올렸다. 입이 계속 움직였다. 뭐라고 하는 거지? 남자는 계속해서 자신을 보지 않는 로비를 향해 말을 걸었고, 켈시가 대신 대답했다.

갑자기 말리가 스패너를 바닥에 쾅 하고 세게 내려놓고 일어섰다. 말리는 몹시 화가 나 있었다. 발을 쿵쿵 굴러 가게 전체로 진동을 보냈다. 로비가 고개를 들어 쳐다봤다.

'켈시!' 흥분한 말리가 수어로 말했다. '당신은 로비를 대변해서 말할 수 없어.'

'켈시가 뭐라고 했는데?' 로비가 수어로 물었고, 그와 동시에 켈시 역시 말하기 시작했다. 켈시는 놀라고 좀 화가 난 것처럼 보였다.

말리가 켈시를 향해 손바닥을 들어 보였다. *기다려요.* 로비를 향해 말리가 수어로 말했다. '이 남자는 가슴이 찢어질 것 같대요. 어머니가 지금 나오고 있는 이 아름다운 음악을 듣지 못해서요. 어머니에게 생체공학 귀를 사라고 말하고 있어요.'

로비가 눈동자를 굴리며 조소했다. 로비는 이 일을 심각하게 받아들이지 않고 있었다. '켈시는 어머니가 지금 당장 생체공학 귀를 살 여력이 없을 거라고 말했고요.' 켈시가 그렇게 말한 건 형편없는 행동이었다. 물론 나도 똑같은 제안을 수백만 번은 들었다.

로비가 눈썹을 들어 올리고 내가 이해하기에는 너무 빠른 속도로 수어로 말했다. 남자에게 통역하는 말리를 봤지만 온전히 이해할 수 없었다. 로비가 신체 부작용 때문에 생체공학 귀를 사지 않을 거라는 이야기인 것 같았다.

남자가 열정적으로 말했다. '하지만 그러면 영영 아름다운 음악을 듣지 못할 거래요.' 말리가 로비를 위해 통역했다.

켈시가 다시 말을 하자, 말리가 격앙된 상태로 켈시를 힐끗 봤다. 말리는 켈시의 말 역시 수어로 옮겼지만, 그녀가 한 말을 마음에 들어하지 않는 게 분명했다. '빗소리도요. 저는 침대에 누워서 빗소리를 듣는 게 정말 좋아요. 무척 위로가 되거든요.'

나는 단 한 번도 빗소리를 들어본 적이 없다. 그렇다고 해서 내 삶이 불행하다고 생각하지 않는다. 평소에 음악에 대해 자주 생각하지는 않지만, 할아버지와의 추억 중에서 내가 가장 좋아하는 기억은 어렸을 때 할아버지가 노래를 불러주는 시간이었다. 가사를 이해할 수는 없었지만, 할아버지가 나를 안아주는 방식, 오르고 내리는 할아버지의 목소리, 뺨에 맞닿은 할아버지의 가슴에서 느껴지는 울림을 좋아했다. 그렇게 있노라면 마음이 평안해졌다.

로비가 일어서더니 조금 비꼬는 투로 과하게 느릿하고 또 명확하게 수어로 말했다. '그걸 제안한 사람이 당신뿐이라고 생각하나요? 이렇게 훌륭한 아이디어를 줬으니 내가 당장 달려가서 수술 예약이라도 할 것 같아요? 그렇게 좋은 거면 당신이나 병원에 가서 손목 밴드 이식 수술을 받지 그래요?' 말리가 로비의 말을 통역했다.

남자가 자신의 손목을 내려다보았다. 로비가 한 말을 고민하고 있는 게 분명했다. 남자는 로비의 냉소를 의식하지 못한 채 진지하게 대답했다. "저는 손목 밴드를 이식하고 싶지 않아요." 말리가 그의 말을 옮겼다. "제 친구가 이식 수술을 했다가 아주 끔찍한 감염 증세를 보였거든요. 무척 고통스러워했어요."

로비가 양 손을 던지듯 들어 올리고 한 손의 날로 다른 쪽 손바닥을 내리쳤다. 말리를 흘낏 보았고 이번에는 그의 입 모양을 쉽게 읽을 수 있었다. '내가 말한 게 정확히 그거예요.' 말리가 통역했다. 표정이 날카롭고 신랄했다.

남자는 혼란스러워하며 얼굴을 찡그렸다. 말리는 주제를 바꿔서 어떤 도움이 필요한지 묻고 응대한 뒤, 나에게로 돌아와 자전거 조립을 시작했다. 말리는 화가 나 있었다. 자전거 부품을 거칠게 다루었고, 장비를 지나치게 꽉 쥐고 있었다.

캠과 켈시는 좀 더 이야기를 나누고 떠날 준비를 했다. 켈시가 말리에게 작별의 입맞춤을 하기 위해 몸을 기울였을 때, 말리는 얼굴을 살짝 옆으로 틀어 켈시가 입술이 아닌 볼에 입맞추도록 했다. 켈시는 그 행동에 대해 아무 반응을 보이지 않았다. 켈시가 내 손목 밴드를 잡고 포스터에 관해서 이야기했지만, 말리는 통역해주지 않았다. 나는 켈시에게 엄지손가락을 들어 보이며 포스터가 완성되면 메시지를 보내겠다고 내비쳤다.

늦은 오후가 되자, 한 남자가 가게로 들어왔다. 말리는 수어로 인사하며 그를 따뜻하게 맞았다. 대략 삼십 대로 보이는 남자는 머리를 밀었고, 헐렁하고 지저분한 청바지와 우람한 근육을 드러내는 딱 붙는 초록색 티셔츠를 입고 있었다.

'이쪽은 저스틴이라고 해.' 말리가 소개했다. '저스틴은 청~~각장~~애인이야.' 말리가 저스틴에게 내 이름 철자와 수어 이름을 알려주고, '파이퍼도 청~~각장~~애인이에요.'라고 말했다.

기분이 조금 이상했다. 나는 절대로 다른 사람에게 내가 듣지 못한다는 걸 말하지 않는다. 대부분의 경우 어쨌거나 알아차리기는 하지만, 그 사실을 밝히는 걸 미룰수록 사람들은 내게 평범하게 말하는 것에 익숙해졌다. 그렇게 하지 않으면 곧바로 입 모양을 과장해서 말하거나 아주 천천히 말하곤 했는데, 나는 그게 정말 싫었다.

하지만 저스틴은 얼굴이 환하게 밝아졌다. 그는 기뻐하며 내게로 몸을 돌렸다. '파이퍼라고요? 이전에 만난 적이 없네요. 어디서 자랐어요?'

'여기요, 멜버른에서요.' 수어로 대답했다.

저스틴은 혼란스러워하며 눈을 찡그렸다. '어느 학교에 다녔어요?'

'메리 막달렌이요.' 지문자로 대답했다.

'그 학교에 청각장애인이 있는지 몰랐네요.'

나는 고개를 저었다. '오직 저뿐이에요.'

저스틴은 손가락을 고리처럼 걸고 입 앞에서 원을 그렸다. 그 동작이 **말 읽기**를 뜻하는 수어 표현이라고 생각했지만, 저스틴은 입 모양으로 다른 것을 나타냈다.

구화, 라고 말리가 지문자로 알려줬다.

나는 혼란스러워서 미간을 찡그렸다.

'구화를 쓰면서 자랐다면…' 말리가 설명했다. '그건 수어를 쓰지 않고 입술 모양에서 말을 읽어내야 했다는 뜻이 돼.'

'아, 맞아요. 제가 그랬어요.'

저스틴이 공감하는 미소를 지어 보였다. '하지만 이제 수어 쓰는 법을 배우고 있네요.'

고개를 끄덕였다. '말리가 가르쳐주고 있어요.'

저스틴은 기뻐하며 말리에게 하이파이브를 건넸다.

'다른 청각장애인을 만나고 싶다면 저한테 메시지를 보내세요. 청각장애인 클럽에 데리고 가줄게요. 저도 구화를 쓰면서 자랐기 때문에 어떤 느낌인지 알아요.'

연락처를 교환했지만 삼십 대 남자와 함께 외출하는 걸 상상할 수 없었다. 저스틴을 믿어도 되는지 어떻게 알지? 혹시 나를 꼬시려는 걸까?

저스틴은 자전거 구입에 대해 문의한 뒤, 대기자가 많다는 이야기를 듣고는 말리와 포옹을 하고 가게를 떠났다.

'저스틴이 너무 앞서가는 것처럼 느껴졌어. 만나자마자 클럽에 초대하고 내 배경에 대해서 알고 싶어하는 게 말이야.'

'아니야!' 말리가 화들짝 놀랐다. '그런 게 아니야. 저스틴은 게이야. 그리고 농인 커뮤니티에서는 흔한 일이야. 다른 농인과 만나면 언제나 농인들은 살아온 이야기를 물어봐. 어디서 자랐고 어느 학교에 다녔는지부터 시작하지. 저스틴은 그저 네가 구화를 쓰면서 자랐기 때문에 너무 고립되어 있어서 걱정했을 뿐이야.'

'고립되어 있다고?' 사람들과 멀리하며 지내온 것도 아닌데.

'수어를 쓰는 사람들로부터 고립되어 있다는 거야.'

말리는 마치 내가 태어나면서부터 얻은 권리를 거부하고 있는 것처럼 말하고 있었다. 마치 ~~청각장~~애인인 것이 내 정체성의 아주 중요한 부분인 것처럼, 그래서 내가 다른 ~~청각장~~애인들과 함께 시간을 보내야 하는 것처럼 말이다. 하지만 나는 ~~청각장~~애인이라는 것이 주근깨를 가지고 있는 것과 다르지 않다고 생각했다. 너무나 당연해서 시간이 흐르면 의식하지 않게 되는 무엇이라고 여겼다. 주근깨가 있는 사람들은 다른 주근깨가 있는 사람들과 시간을 보내려고 하나? '그게 중요해?' 내가 물었다.

'그건 네가 결정할 일인걸. 하지만 너에게 좀 고된 일이었을지 모른다고 생각했어. 알잖아, 친구를 사귀고, 무슨 일이 일어나고 있는지 이해하고, 네가 들을 수 없는 세상에 스스로를 맞추려고 노력하는 것 말이야. 다른 농인들과 함께한다면 서로 공감할 수 있는 경험을 나눌 수 있어. 서로를 더 쉽게 이해할 수 있는 공동의 언어를 사용해서 말이야.'

솔직히 말하자면, 그건 정확하게 내가 노스코트 고등학교에 가는 걸 거부해온 이유였다. 로비와 함께 시간을 보낼 때 나를 전율하게 한 부분이기도 했다. 주위에서 일어나는 일을 의식하지 못하거나 혼란을 느끼는 유일한 사람이 아니라는 사실, 로비가 음성으로 말하려고 할 가능성이 없으며 만약 의사소통하고 싶다면 시각적으로 다가올 거라는 걸 알고 있다는 사실, 그리고 내가 직업 선택의 기회를 제한당한 유일한 사람이 아니며, 그로 인해 겪는 좌절감을 공유할 수 있다는 사실이 나를 전율하게 했다.

'어디에 가더라도 수어 하는 사람을 보게 되면 그냥 다가가면 돼. 네가 ~~청각장애~~농애인이라고 말하면 그들은 곧바로 네 친구가 되어줄 거야. 또 공공장소에서 수어를 하면 다른 ~~청각장애~~농애인이 다가와서 방금 저스틴이 한 것처럼 너를 초대할 거야. 농인 사회에서는 아주 평범한 일이야.'

우와. 그거 마음에 드는데.

집으로 돌아가는 길에 벌금을 분할해서 낼 수 있을지 물어보기 위해 경찰서에 들렀다. 자전거를 사겠다고 예약한 사람들의 명단이 있다고 설명할 생각이다. 비싼 새 부품을 사기 위해 돈을 좀 써야 하더라도 꽤 좋은 수익이 될 거였다. 쓰레기장에서 충분한 양의 부품을 공짜로 얻을 수 있다면 벌금을 모두 납부할 수 있으리라. 하지만 경찰서의 대기 줄은 문밖으로 길게 뻗어나와 거리까지 이어졌다. 문득 자전거 도둑을 신고하려고 했던 순간이 떠올랐다. 민원을 처리하는 데 필요한 만큼의 인력도 없는데, 어떻게 내게 벌금을 매길 시간은 만들어냈는지 궁금해졌다. 엄마가 나를 찾아야 한다고 강력하게 요구했기 때문일 거라고 추측했다. 한숨이 나왔다.

줄을 서는 대신 전에 받았던 벌금 메시지에 답장을 보냈다. 내가 얼마나 진심으로 벌금을 내고 싶어 하는지, 어떻게 이제 막 일자리를 찾았는지 설명하고, 분할 납부 허가를 내줄 수 있는지 질문했다.

"엄마!" 문을 쏜살같이 통과하면서 보청기를 끼고 소리를 질렀다. "저 일자리가 생겼어요!"

엄마가 보고 있던 손목 밴드를 내렸다. "어떤 일을 하는 거니?"

"자전거를 조립하는 일이에요! 쓰레기장에서 낡은 자전거의 부품을 모아서 조립하고 새 자전거를 만들 거예요! 음, 새 것이면서도 오래된 자전거인 셈이죠. 그리고 그걸 팔 거예요!"

엄마는 깜짝 놀랐다. "그런 일을 하려면 훈련이 필요한 거 아니니? 넌 예전에 자전거 핸들이 고장난 것도 못 고쳤잖니. 아, 미안하다. 맥빠지게 하려는 건 아니었어."

"이미 배우는 중이에요! 말리가 가르쳐주고 있어요! 이제 거의 다 할 줄 알아요!"

"말리? 지난번 그 남자애 말이야?"

고개를 끄덕였다. "하지만 친구일 뿐이에요. 제가 그를 좋아했던 건 전부 잊어주세요. 중요한 건 벌금을 낼 수 있는 방법을 찾았다는 거죠!"

"10월 21일 전까지 2000달러를 말이야?" 엄마가 날짜를 기억하고 있다는 사실에 놀랐다. "시급이 어떻게 되니?" 엄마가 손목 밴드를 켜며 내가 얼마나 많은 시간을 일해야 하는지 계산할 준비를 했다.

"시급은 없어요. 제가 직접 조립해서 팔 거예요. 거기서 얻은 순수-익의 70퍼센트를 가져가는 거예요."

"순-수익이라고 해야지." 엄마가 말했다.

"뭐라고요?"

"순수-익이 아니라, 순-수익이라고 발음해야 해."

"아, 알았어요. 순-수익이요. 정말요? 순수-익이 아니고요?"

"그래, 순-수익이라고 말하는 거야."

한숨을 내쉬었다. 미세한 발음의 차이를 기억하는 건 어려운 일이다. "그게 중요한 거예요, 엄마?"

"파이퍼, 중요하고 말고! 단어를 정확하게 발음하지 않으면 사람들은 네가 교육받지 못했다고 생각할 거야. 널 존중하지 않을 거라고."

~~청각~~장애인들과 어울리는 것에 좋은 점이 또 하나 있었다. ~~청각~~장애인들은 단어가 어떻게 발음되는지에 전혀 신경 쓰지 않을 것이다.

"그래서, 자전거는 얼마에 파는 거니?" 엄마가 물었다.

"얼마나 좋은 부품을 썼는지, 어떤 기능이 있는지에 따라 달라요. 아마 300달러나 400달러 정도? 그중에서 30퍼센트는 가게로 가고요." 엄마는 그냥 내가 일자리를 갖게 된 걸 기뻐해줄 수 없는 걸까? 내가 기뻐하는 걸 함께 기뻐할 수 없는 걸까?

"자전거 여덟 대를 팔아야 하는구나. 9일 안에 그렇게 많은 자전거를 조립하고 파는 게 현실적으로 가능하겠어? 하루에 한 대씩?"

고개를 저었다. "불가능하죠. 말리와 제가 같이 한 대를 조립하는 데도 며칠이 걸리는걸요. 저 혼자 한다면 더 오래 걸릴 거고요. 하지만 경찰에 메시지를 보내서 벌금을 나눠서 내도 되는지 물어봤어요."

"잘됐으면 좋겠구나." 엄마가 말했다. 엄마는 생각에 잠겨 고개를 끄덕였다. "네가 이번 학기의 첫 달을 이미 놓친 걸 알아. 하지만 노스코트 고등학교에 등록할 수 있는 기회가 아직 있단다. 자전거를 조립하는 일은 훌륭하지만 직업이라고 말할 수는 없어."

"학교에 다니면 자전거를 조립할 수 없을 거예요. 제가 어떻게 벌금을 낼 수 있겠어요?"

"방과 후와 주말에 할 수 있겠지. 파이퍼, 교육을 받는 건 몹시 중요한 일이야."

가슴이 조여들고 기분 좋은 흥분감이 사라졌다. "엄마! 날 그냥 내버려 두세요. 자전거 조립이 제가 가질 수 있는 단 하나의 직업이더라도 저는 정말로 기쁠 거예요."

엄마는 못마땅해하며 입술을 오무렸다. 주제를 바꿨다.

"엄마 일자리는 어떻게 됐어요? 배급은 언제 시작하는지, 데어빈의 관리자로 갈 건지 아직 아무 얘기도 없나요?"

엄마가 어깨를 으쓱했다. "여전히 계획을 세우고 있는 중이야. 내 생각엔 한참은 더 걸릴 것 같구나."

마른 체형에 나이가 많은 남자가 정원에 있는 연못 앞에서 몸을 구부리고 있었다. 남자는 연못 주위에 찐득찐득한 반죽 같은 걸 문질러 바르고 깨진 그릇 조각을 그 위에 눌러 붙이고 있었다. 모자이크 장식이다. 작업은 이미 4분의 1 정도 진행된 상태였다. 타일의 복잡한 무늬가 말을 거는 듯했다. 기계로 생산해낸 배수로와 아스팔트로만 이뤄진 세상 속에서 손으로 빚어낸 목소리가 작게 속삭이는 것만 같았다.

"미안해요, 미안해요." 나를 보더니 남자가 말했다. 그리고는 연못을 내려다보고 모자이크를 가리키며 말을 했기에 또다시 이해할 수 없는 단어의 홍수가 퍼부어졌다. 남자의 하얗게 센 머리는 성겼고, 얼굴엔 깊은 주름살이 퍼져 있었다.

남자가 다시 고개를 들어 나를 볼 때까지 기다렸다가 수어로 말했다. '전 파이퍼라고 해요.' 손을 내밀어 악수를 청했지만 남자의 손은 온통 끈적한 반죽으로 뒤덮여 있었다. 남자가 멋쩍어하며 어깨를 으쓱했다.

'정말 예쁘네요.' 반쯤은 음성으로 속삭이며 동시에 수어로 말했다. 얼굴로는 감탄하는 표정을 지었다.

"저는 게리…고 해요. 언짢게 여기지 않…기를 바라요. 소와가 이렇게 해도 되다고 얘기했어요."

미간을 찡그리며 어깨를 으쓱했다. '뭐라고요?' 흙 위에 적었다.

남자는 바로 이해하고 내 방식을 따라서 대답을 적었다. '저는 게리라고 해요. 언짢게 여기지 않으셨기를 바라요. 조이가 이렇게 해도 된다고 얘기했어요.'

그에게 엄지를 들어 올려 보였다. '정말 멋진걸요.' 수어로 말했다.
'당신의 말을 좀 알아들을 수 있어요. 정말 말을 잘하시네요.'

눈을 가늘게 뜨고 남자를 바라봤다. 내가 말을 잘하는 게 아니다. 사람들이 귀가 들리지 않는다는 사실을 깨닫지 못할 만큼 아주 평범하게 말할 수 있다. 속삭인 것만 듣고 말을 잘한다고 얘기하다니! 어떻게 대응해야 할지 몰랐다. 나는 마치 그가 무례하게 군 것이 아니라 나를 칭찬한 것처럼 가장하며 입술을 당겨 거짓 미소를 지었다.

그 다음, 남자는 사람들이 자주 묻는 질문을 적었다. '청각장애를 가지고 태어난 건가요?'

속으로 한숨을 내쉬며 고개를 저었다. '세 살이 되었을 때 귀가 들리지 않게 되었어요. 그 이유는 모르고요.'

'생체공학 귀를 맞추는 걸 고려해본 적이 있나요?'

로비가 같은 질문을 받았을 때 했던 퉁명스러운 대답을 떠올렸다. 마음 같아선 똑같이 되받아치고 싶었지만 그럴 수는 없었다. 게리는 방금 내 정원에 아름다운 모자이크를 공헌한 참이었다.

'도움이 되지 않을 거예요. 왜냐하면 제 귀는 멀쩡하거든요. 뇌와 연결해주는 신경이 죽은 상태예요. 그러니까 생체공학 귀가 아니라, 뇌 속에 이식할 신경이 필요한 거죠.'

모르는 사람에게 개인적인 건강 상태를 이야기하는 게 정말로 싫었다. 이런 질문에 대답할 더 나은 방법을 찾아야겠어.

게리는 다시 모자이크 작업으로 돌아갔다. 모종 사이로 잡초가 싹을 틔우고 있었다. 몸을 숙여 조심스럽게 뽑아냈다. 모종은 이미 새 잎을 피어내며 자라고 있었다. 일주일 전보다 존재감이 훨씬 더 선명했다.

손목 밴드를 확인했다. 빅토리아 주 경찰에서는 아직 소식이 없었다. 메시지를 읽기는 한 걸까? 지난 한 주간 매일같이 자전거 조립에 몰두해 두 대를 완성했다. 내일 모레면 손님이 와서 가져갈 예정이다. 돈을 지불받으면 벌금의 4분의 1을 마련하게 되겠지만, 문제는 그 날이 벌금을 내야 하는 마지막 날이라는 것이다! 경찰이 너무 바빠서 벌금을 내지 않아도 신경 쓰지 않을 가능성이 있을까?

자전거 가게에서 출발해 집으로 달렸다. 내 계좌에는 500달러밖에 없었다. 경찰서로 가서 영원히 끝나지 않을 것 같은 대기 줄을 기다려 경찰과 대면으로 벌금의 분할 납부 계획을 주장하기로 했다. 하지만 이번에는 엄마에게 함께 가달라고 부탁할 예정이었다.

내 퇴비 포스터를 발견한 건 웨스트가트 거리에 도착했을 때였다. 커다랗게 인쇄된 포스터가 벽에 붙여져 있었다. 미소를 지었다. 왜 오가닉코어와 올스타가 항상 모든 걸 지배해야만 하지? 이제는 작은 울림일지언정 내 목소리도 이 세상에 나와 있었다. 그러니 세상의 어느 정도는 나의 것이라는 생각이 들었다.

집으로 가까이 가면서 깊게 숨을 들이마셨다. 엄마가 경찰서에 함께 가주는 것에 동의해주기는….

앗, 차가 어디로 갔지?!

동네 거리를 샅샅이 훑어봤지만 보이지 않았다.

내 미술 도구는 어디에 있는 거지???

벌금은 까맣게 잊은 채 집으로 향해 질주하면서 보청기를 찾아 주머니 속을 더듬었다. "엄마? 차는 어디에 있어요?"

엄마가 창고 집 문 밖으로 나와서 내가 보청기를 낄 때까지 기다렸다. "팔았단다." 엄마가 말했다. "그 차를 사기 위해 3만 달러가 넘는 돈을 지불했는데, 겨우 2천 달러만 주다니, 정말 기가 차는구나. 하지만 어쩌겠니. 누군가 그 차를 파티를 벌이기 위해 쓰거나 잠을 자는 곳으로 사용하겠지."

"제 미술 도구는 어디에 있어요?"

"걱정말거라, 네 침대 위에 있단다."

세상에, 다행이다! 다시 숨을 내쉬었다. "그런데 왜 파신 거예요? 차 안에 앉아있는 걸 좋아했단 말이에요."

"네 벌금을 내기 위해서지. 자전거를 다 팔면 그때 내게 갚으렴."

충격에 휩싸여 엄마를 뚫어지게 바라보았다. 그 순간, 천천히, 안도감이 몸을 타고 스며들기 시작했다. 그 다음 기억나는 건, 내가 울고 있었다는 사실이다.

"엄마, 엄마가 최고예요!" 덥썩 엄마를 끌어안았다. 그리고 엄마가 얼마나 말랐는지 느끼고 깜짝 놀랐다. 몸에는 뼈밖에 남지 않았다. "고마워요, 고마워요, 고마워요! 최대한 빨리 갚을게요. 맹세해요."

엄마가 나를 다시 끌어안았다.

"그리고 파이퍼…" 엄마가 말을 이었다. 엄마의 얼굴에 낯선 표정이 떠올라있었다. "계속 고민해왔단다. 나는 네가 교육을 받는 걸 무척이나 바란단다. 하지만 너는 이제 스스로 결정을 내리겠다고 명확하게 밝혔지. 너는 만으로 열여섯이고, 합법적으로 학교를 떠날 수 있는 나이가 되었어. 학교에 다니는 대신 네가 일을 하겠다면…. 그래, 엄마는 널 지지한단다. 지금은 평범한 시기가 아니지. 하지만 난 여전히 내년에는 네가 학교로 돌아가겠다고 결정을 내리길 바라."

이제 나는 그저 조금 흐느끼고 있는 게 아니었다. 눈이 퉁퉁 붓도록 엉엉 울고 있었다. 엄마도 흐느끼기 시작했고, 어느 순간 우리는 서로에게 매달려 눈물을 폭포처럼 쏟아내고 있었다. 엄마의 분노가 그동안 내게 얼마나 무겁게 느껴졌는지 알지 못했다. 시드니, 학교, 이 모든 것에 더해 그 많은 벌금을 낼 능력이 없다는 두려움까지. 하지만 갑자기 모든 것이 다시 괜찮아졌다. 엄마가 여전히 내가 학교에 대해 내린 결정에 실망하고 있더라도 말이다. 정말로 열심히 일해서 빨리 돈을 갚을 거다. 그 뒤에는 경제적으로 기여하기 시작할 수 있을 거고, 그렇게 되면 엄마는 내가 내린 결정을 기뻐할 거야.

커다란 상자가 뒤에 달린 자전거를 빌려서 브룬스윅의 뒷골목을 달가 닥거리며 달리고 있었다. 정글에서나 어울릴 법한 우스꽝스러운 제복을 입은 군인이 곳곳에 있었다. 멈춰 서서 일기장을 꺼내고 새로운 제복을 그려서 보여주고 싶었다. 하지만 두려웠다. 군인들은 커다란 검정색 총을 들고 다니면서 무표정한 눈으로 사람들을 샅샅이 살피고 있었다.

군인 세 명이 교차로에 있는 트램 정거장을 감시하고 있었다. 나는 트램이 지나가기를 기다리고 있었다. 트램을 기다리는 승객이 가득했다. 대부분이 양복을 차려 입고 있었다. 하지만 군인들이 그들을 막았다.

내 옆에 서 있던 남자가 몸을 돌리고 무언가를 말했다. 보청기를 끼고 있지 않았기 때문에 남자에게 질문하듯 손바닥을 들어 올려 보이고 귀를 톡톡 두드려서 내가 ~~청각장~~애인임을 알렸다. 남자는 얼굴을 마주하고 더욱 정확하게 발음했다. "이제 트램을 타고 이동을 하려면 공식 통행건이 있어야 한대요."

'**공식 통행권**이라고 말씀하신 건가요?' 입 모양으로 단어를 읊으며 수어로 말했다. 아마 작게 음성도 냈을 것이다.

주위가 시끄러운 듯 남자가 몸을 기울이고 "뭐라고요?"라고 물었다. "공식 통행권이요?" 이번에는 좀 더 크게 음성을 내며 반복해서 말했다. 거리의 소음을 뚫고 들릴 수 있을 만큼 충분히 크게. 그러나 또한 내가 ~~청각장~~애인이라는 걸 잊지 않을 만큼만. 남자가 이해할 수 없을 것도 알고, 내 손을 쳐다보지도 않고 있었지만 나는 수어로도 말했다.

남자가 혼란스러운 듯 미간을 찡그리며 나를 봤다. 하지만 대답을 기다릴 필요가 없었다. 탑승하려고 하는 사람들의 손목 밴드를 일일이 확인하고 있는 군인들이 보였다. 너무 지나친 거 아닌가? 이 군인들이 '도움'을 주고 있는 것이라고 상상하기는 어려웠다. 이제 여기에 있는 사람들 중 대부분이 직장에 가지 못할 것이기 때문이다. 남자에게 적당히 고마움을 표한 뒤, 절망하는 사람들을 뒤로 하고 도로를 건넜다.

그 다음, 소 한 마리를 몰고 걷고 있는 여자를 발견했다. 여자는 총을 한 자루를 들고 주위를 경계하고 있었다. 자전거를 멈춰 세우고 빤히 바라보다 여자와 눈이 마주치자 황급히 페달을 밟아 달아났다. 나는 총의 생김새를 좋아하지 않는다. 하지만 도심에서 우유를 얻을 수 있다니 얼마나 멋진 일인가! 소를 산책시켜서 잡초를 먹이면 된다니. 어디서 소를 구할 수 있을지, 얼마나 돈을 내야 할지 궁금해졌다. 소를 산책시킬 시간을 낼 수 있을까? 나는 이미 닭을 구하기 위해 오후 동안 자전거 조립하는 일을 쉬는 것에 죄책감을 느끼고 있었다. 어쩌면 엄마에게 소를 데리고 산책하는 일을 맡으라고 제안할 수도 있겠다. 배급 일을 시작하려면 한참이 더 걸릴 것 같으니 말이다. 물론 엄마는 별로 달가워하지 않을 거라는 강한 직감이 들지만.

로비가 알려준 대로 닭을 파는 벤의 집을 찾는 건 오래 걸리지 않았다. 벤과는 한 번도 만난 적이 없었다. 문을 두드렸지만 아무 대답도 없었다. 결국 울타리에 자전거를 자물쇠로 고정시키고 옆길로 들어갔다.

커다란 뒷뜰이 있었다. 로비의 정원과는 완전히 달랐다. 식물 위에 보호용 플라스틱 상자가 덮여있었고, 미니어처 온실처럼 반쪽짜리 플라스틱 병이 모종을 감싸고 있었다. 낡고 녹이 슨 욕조에는 초록빛 바다가 싹을 틔우고 있었고, 덩굴로 뒤덮인 잡동사니가 곳곳에 있었다. 뜰 뒤쪽에는 닭장이 여러 개 있었는데, 닭장마다 각각 서로 다른 종류의 닭이 있었다. 검정색과 하얀색, 갈색 깃털의 커다란 닭과 예쁜 깃털에 반점 무늬가 있는 작은 닭, 그리고 부드러운 솜털과 제대로 자란 깃털이 섞인 모습을 자랑스럽게 내보이는 조그마한 병아리가 보였다.

팔에 누군가의 손길이 느껴졌다. 몸을 휙 돌려보니 여러 갈래로 길게 땋아 내린 머리를 하고 팔에는 각양 각색의 문신을 한 구릿빛 피부의 사

내가 있었다. 서른 살 즈음 되어 보였다. 지저분하게 자른 청바지 아래로 흙투성이인 맨발이 보였다.

'죄송해요!' 수어로 말했다. 문을 두드리고, 기다리다가, 그를 찾으러 옆길로 들어왔음을 몸짓으로 나타냈다.

남자는 어깨를 으쓱했다. 얼굴은 상냥했다. 자신의 정원에서 낯선 여자애를 마주친 것에 개의치 않는 것처럼 보였다. 내가 농인이고 수어를 하는 것도 로비를 알고 있으니 익숙할 수도 있었다.

나는 닭을 가리켰다. 그리고 손가락 두 개를 비벼서 돈을 나타냈다. 실제로 돈을 나타내는 수어 표현은 이것과 완전히 다른 것이었지만.

남자는 곧바로 알아들었다. "닭을 사고 싶다고요?"

고개를 끄덕였다.

"몇 마리나요?"

손가락 열 개를 들어 올려 보였다.

남자가 이해할 수 없는 어떤 말을 했다. 나는 눈썹 사이로 깊은 고랑을 만들고 양 손바닥을 질문하듯 들어 올리며, 그가 알아야 할 필요가 있는 게 또 무엇이 있는지 알아내려고 노력했다.

남자는 입술을 씹더니 잠시 하늘을 올려다 봤다. 그러더니 두 주먹을 어깨에 놓고 팔꿈치를 파닥이며 무릎을 굽히고 아래로 앉았다. 완전히 앉기 전에 남자는 자신의 다리 사이로 손을 뻗어 가상의 달걀을 주워 올리고 나에게 그걸 건넸다. 그 다음, 옆으로 걸음을 옮겨서 또 다른 닭이 되었고, 그러더니 사람이 되어서 닭의 목을 향해 팔을 뻗고 먹는 동작을 했다. 남자는 어깨를 들썩거리며 질문하는 표정으로 나를 바라봤다.

닭을 먹는 것과 달걀을 먹는 것, 어느 쪽을 원하냐고? 둘 다! 그게 닭이 존재하는 이유 아닌가?

내가 혼란스러워하는 걸 본 벤은(음, 그가 벤이라고 추측했다) 살짝 안쪽으로 걸음을 옮기더니 커다란 암닭을 가리켰다. 벤이 몸짓으로 보여주길, 그 닭은 달걀을 많이 낳지만 먹기에는 좋은 맛이 나지 않았다.

이제 이해했다! 둘 다를 원한다고 동작으로 나타냈다.

벤이 고개를 끄덕이더니 병아리보다는 조금 크지만 아직은 어리고 작은 닭이 있는 우리로 들어갔다. 벤은 이 닭들은 알을 여러 개 낳지만 아까 본 커다란 암탉만큼은 알을 많이 낳지 않는다고 동작으로 나타냈다. 고기는 훌륭했다. 벤은 음미하듯 턱을 우걱우걱 움직였다.

나는 하얀 깃털과 검정색 점이 있는 예쁜 닭을 가리켰지만 벤은 고개를 저었다. 그는 손을 따분한 듯 배배 꼬고 그저 기다리며 그 닭들은 아주 작은 달걀을 낳는 데도 오랜 시간이 걸린다고 보여주었다. 또한 뼈에 붙은 고기가 거의 없다는 것을 알려주었다. 그러면 그 닭들은 무엇을 위해 있느냐고 묻고 싶었지만, 어떻게 그 질문을 동작으로 나타낼지 생각해 내지 못했다. 마치 내 마음을 읽은 것처럼, 벤은 흙 위에 쪼그리고 앉더니, 사랑스럽게 닭을 바라보며 즐거운 표정으로 고개를 끄덕였다. 아름답기 위해 존재하는 것이었다. 벤이 나보다 훨씬 더 잘하잖아!

아름다운 닭은 또한 다른 닭보다 세 배나 더 비쌌다. 나는 닭 여러 마리를 사기 위해서 엄마에게 빌린 돈은 좀 더 천천히 갚기로 협상했다. 작고 어린 닭 열 마리가 생기는 거다! 손목 밴드로 벤의 계좌로 돈을 입금했고, 벤이 닭을 자전거 뒤에 달린 커다란 플라스틱 상자에 옮겨주었다. 그런 다음 닭 한 마리를 들어 올려서 내 손에 건넸다. 닭은 따뜻했고, 심장이 강하게 뛰고 있었다. 자그만한 구슬 같은 눈이 나와 벤을 깜빡거리며 봤다. 이렇게 사랑스러운 것을 차마 어떻게 죽일 수 있을까?

닭을 싣고 조심스럽게 천천히 달려서 동네 거리에 들어서자, 정원 경비를 서고 있는 할림이 보였다. 조이는 망치로 바닥에 말뚝을 박으며 그 주위로 육각형 모양의 철조망을 두르고 있었다. 우리의 새 아이들을 위한 집이었다. 민소매의 플란넬 셔츠를 입은 조이는 무척 강인하고 굳세어 보였다. 게리가 정성껏 만들어 붙인 모자이크는 햇빛에 반짝이고 있었다.

조이와 할림이 닭을 구경했고, 아치가 태거트를 데리고 나와서 합류했다. 태거트가 닭을 안아보고 싶어 해서 닭장 안으로 태거트를 데리고 들어갔다. 닭이 도망치지 않도록. 조이와 할림, 그리고 나는 상자에서 닭을 꺼내 한 마리씩 건넸고, 태거트는 조심스럽게 닭을 바닥에 내려놓았다.

닭들은 울타리에 붙어 옹기종기 모여있었다. 지금 무슨 일이 일어나고 있는지 도통 알지 못하는 것처럼 보였다.

아치가 집으로 들어가더니, 이사 올 때 사용했던 커다란 플라스틱 포장 상자를 하나 들고 돌아왔다. 아치는 스탠리 나이프로 상자에 문을 만들었고, 할림은 닭들이 지낼 새 집이 바람에 날아가지 않도록 눌러주기 위해 자신의 집 앞뜰에서 커다란 돌을 가지고 왔다. 아주 세련된 모양은 아니었지만, 닭들이 그걸 신경 쓰지 않을 거라고 생각했다.

조이가 내 팔을 톡 건드리더니 흙 위에 적었다. '나중에 더 멋진 걸 지어줄게요.'

조이를 향해 엄지손가락을 들어 올렸다.

나는 활짝 웃고 있었다. 그때 손목 밴드가 울렸다. 말리다!

▶ 발신자: 말리
생명이 움트는 땅이 어제 오후 의회의 명령으로 철거됐어.
정원을 불도저로 싹 밀어버렸어. 오늘 아침에는 떡갈나무도
사라졌어. 이건 보나마나 나무 도둑들의 짓이겠지.

벽돌로 세게 얻어맞은 것 같았다. 메스꺼움이 서서히 격렬한 분노로 변하는 걸 느꼈다. 자라는 데 수백 년은 족히 걸릴 아름다운 나무에 대체 누가 그런 짓을 했단 말인가?

말리가 사진을 보냈다. 아무것도 없는 땅에 나무의 그루터기만 덩그러니 남아있었다. 얼굴 위로 눈물이 비처럼 흘렀다.

페달을 밟아 스미스 거리를 올라가고 있었다. 피츠로이에서 퇴비에 쓸 잔디를 구하는 일에 실패하고 되돌아가는 길이었다. 곧 쓰러질 것만 같아서 카페 폭시스로 숨어 들어갔다. 세련된 카페였던 폭시스는 이제 어둠 속에서 우유가 들어가지 않은 차와 커피만 팔고 있지만 여전히 손님으로 붐볐다. 내가 아무것도 사지 않을 것이라는 걸 누구도 알아차리지 못하길 바라며 유모차를 동반한 아이 엄마들을 뚫고 안뜰에 위치한 화장실까지 겨우 도달했다.

미션 성공. 손을 씻기 위해 세면대 뒤에 섰다. 마호가니색 머리카락을 딱 떨어지는 카렌 킬데어 스타일의 단발머리로 자른 여자애가 얼굴에 물을 끼얹고 있었다. 곧 여자애가 몸을 돌렸고 나는 깜짝 놀랐다. 테일러다! 테일러의 긴 갈색 머리가 어쩌다 저렇게 된 거야?! 테일러의 눈가가 붉었다. 테일러도 나를 보더니 놀라 재차 내 얼굴을 들여다보았다.

"파이퍼? 오, 세상에. 너인지 못 알아봤어. 왜 이렇게 마른 거야?" 테일러가 내 손을 잡고 나를 끌어안았다.

내 모습을 내려다봤다. 테일러의 얼굴은 둥그렇고 팔은 살짝 볼록했다. 반면에 내 팔은 앙상하게 뼈가 드러나 있었다. 충격적이었다.

테일러가 나를 끌어당겨 안았고, 나도 테일러를 꽉 끌어안았다. 테일러에게서 기이한 향기가 났다. 데이비드 존스의 향수 판매 층에서 나는 것처럼 인조적이고 우아한 향기였다. "널 보게 되니 정말 기쁘다." 테일러가 나를 놓아주며 말했다. "네가 계속 그리웠어, 파이퍼."

"어떻게 나를 그리워했다고 말할 수 있어? 나와 만날 시간을 전혀 내지 않았잖아! 내가 시드니로 이사 간다고 했을 때도 넌 작별 인사를 할 잠깐의 시간조차 내지 않았어!" 울지 않으려고 노력했다. 고개를 숙이고 보청기를 찾기 위해 가방 속을 뒤졌다. 테일러의 입 모양은 어렵지 않게 읽을 수 있지만, 목소리도 함께 듣는 편이 훨씬 쉬웠다. 보청기를 끼자 백색 소음이 귀를 강타했다.

테일러가 세면대에 기대어 두 손으로 얼굴을 문질렀다. 처음에는 아무 대답도 하지 않을 거라고 생각했는데, 테일러가 손을 떨구고 고개를 숙인 채 작은 소리로 중얼거렸다.

"뭐라고?" 내가 물었다. 동시에 내가 수어를 사용하고 있음을 깨달았다.

테일러는 혼란스러운 얼굴로 내 손을 흘깃 봤고, 이번에는 명확하게 말을 해서 테일러의 입 모양을 읽어낼 수 있었다. "너무 복잡하다고 말했어. 보우는 감정 기복이 좀 심하거든. 밖에 나가는 게 쉽지 않아."

얼굴을 찡그렸다. 예상하지 못한 대답이었다. "보우가…, 그가 널 강제하고 있는 거야? 밖에 나가는 걸 허락하지 않는다고?"

테일러는 검지손가락으로 머리카락을 빙빙 꼬며 고개를 저었다. "그저 내가 곁에 있는 걸 좋아하는 거야. 그리고 언제든 보우가 나가자고 하면 함께 나갈 준비가 되어있어야 하거든."

보청기를 홱 꺼냈다. 카페의 요란한 소음 때문에 테일러의 말을 들을 수가 없어서 보청기를 끼고 있어야 할 이유가 없었다. "그건 널 통제하는 거잖아. 위험 신호야, 테이."

"아냐, 그렇지 않아. 그런 사람이 아니야. 보우는 그냥…. 그래, 어쩌면 조금은 그럴지도 모르겠어. 하지만 내 잘못인 걸. 내가 선택했으니까 말이야. 나도 보우와 함께 있는 게 좋아. 내가 감당할 수 있어. 나는 괜찮아."

"가장 절친한 친구조차 보지 못하는 상황인데 뭐가 괜찮다는 거야? 아니면 나랑 만나는 걸 네가 원하지 않는 거니?"

테일러가 다시 얼굴을 두 손에 묻었다. 테일러가 대답을 했는지 하지 않았는지 알 수 없었다. 테일러에게도 쉽지 않은 일이 일어나고 있다는 사실을 깨달았다. 하지만 나를 위해서 보우에게 맞설 만한 가치가 있다는 생각은 하지 않은 걸까?

마침내 테일러가 다시 얼굴을 들었을 때 두 눈이 몹시 지쳐 보였다. 눈을 비벼서 눈가가 붉은 걸까, 아니면 울고 있었던 것일까? 테일러는 아무 말도 하지 않았고, 내 안에서 상처가 깊이 자리 잡는 걸 느꼈다. 이런 식으로 내 가장 절친한 친구의 삶에서 밀쳐질 거라고는 상상하지 못했다.

감정을 눌러 삼켰다. 말해봤자 아무것도 변하지 않을 게 명백했고, 테일러는 더 이상 말하고 싶어 하지 않았기에 주제를 바꿨다. "뭘 먹고 지냈어? 어떻게 하나도 마르지 않은 거야?" 몇 달 전이었더라면 기분 상하는 질문이었겠지만, 이제는 모든 것이 달랐다.

"그게 문제야. 보우에게 먹을 게 잔뜩 있거든. 그게 보우의 기분을 맞춰줘야 하는 이유이기도 하고."

"하지만 어떻게? 가게에서 음식을 살 수 있는 것도 아니잖아."

"보우에게 …이 있거든."

"뭐? 커넥션이라고? 암시장이랑?"

테일러가 어깨를 으쓱했다. "아마도." 그러고는 흘깃 손목 밴드를 보더니 팔짝 뛰며 걸음을 옮겼다. "가봐야 해. 보우가 기다리고 있어." 손을 잡으려고 했지만 내 볼에 입맞춤을 남기고 테일러는 사라졌다.

음식과 가장 절친한 친구, 둘 중 하나만 골라야 한다면 나는 무엇을 선택하게 될까? 허기가 나를 갉아먹고 있었다. 친구라고 말하고 싶지만 그렇게 간단한 문제가 아님을 알았다.

이틀 뒤, 정원의 온 사방에 커다란 오렌지색 스티커가 붙어있는 걸 발견했다. 닭장, 경비 초소, 심지어 연못 주위를 둘러싼 바위에까지.

의회 소유지에 방치한 미등록 사유재산에 대한 철거 명령 공고문

지역 구획 규정 IV, 34b 조항에 따라서 해당 사유 재산은 **등록되지 않은 폐기물**로 판정되었습니다. **12월 31일**까지 철거하지 않을 경우, 시의회는 강제로 철거하여 처분할 권리가 있습니다. 소유주는 폐기물에 관한 벌금형에 처해질 수 있습니다. **최대 벌금 8,590달러.**

온몸이 얼어붙었다. 만달라 정원은 이제 생기 넘치는 초록빛 물결을 이루고 있었다. 서양호박과 오이 잎 사이에서는 조그마한 노란색 꽃들이 올라오고 있었고, 완두콩 덩굴을 따라서 작은 나비처럼 생긴 하얀 꽃들이 곳곳에 흩어져 있었다. 닭은 처음 데려왔을 때보다 많이 커졌고 보송보송하던 솜털은 이제 제대로 된 깃털이 되어있었다. 조이는 플라스틱 닭장 옆에 쭈그리고 앉아 인조 나무를 재활용한 판자로 좀 더 튼튼한 닭장을 만들고 있었다. 머리가 갑자기 욱신거렸다. 그러고 보니 한동안 두통을 느끼지 않았음을 깨달았다.

조이가 나를 보더니 흙 위에 적었다. '공동체 정원이라고 설명했어요.

자신들은 일을 하고 있는 것뿐이라고 하더군요. 따질 게 있으면 의회에 가서 이야기하라고 말했어요.'

이 모든 게 무의미한 일이었나?
철거되기 전에 먹거리를 하나라도 수확할 수 있을까?

조이가 단단한 팔을 내게 두르고 말했다. 얼굴이 보이지 않아서 어깨를 으쓱하자, 조이가 나를 놓아준 뒤 다시 흙 위에 적었다. '그냥 우리를 겁주려고 허풍을 떤 걸 거예요. 확실해요.'

생명이 움트는 땅을 떠올렸다. 확신이 없었다. 식량난과 연료 부족으로 인한 파동을 해결해야 할 마당에 의회는 대체 왜 이런 일에 자원을 쏟아 붓는 것일까? 의회도 우리에게 음식을 얻을 수 있는 다른 원천이 필요하다는 걸 알고 있어야 하는 거 아냐?

집으로 들어가서 보청기를 찾았다. "엄마, 의회가 우리 정원을 철거하겠대요!" 엄마에게 오렌지색 스티커를 찍은 사진을 보여줬다. "오가닉코어의 짓인가요?"

엄마는 침대보를 세탁하느라 차가운 물에 손을 담그고 있었다. 티셔츠는 더러웠고, 머리카락은 감지 못해서 축 늘어져 있었다. 여태껏 이토록 형클어진 엄마의 모습은 본 적이 없었다. 엄마가 손을 흔들어 말리고는 얼음처럼 차가운 손가락으로 내 손목 밴드를 가져가더니 눈을 가늘게 뜨고 스티커에 적힌 문구를 읽었다. "여러 해 전에 만들어진 법이란다. 의회가 하는 일 중 하나일 뿐이고. 우리가 사는 거리를 쓰레기 없이 깨끗하게 유지하는 일이잖니?"

"쓰레기가 아니에요, 엄마!" 내가 소리쳤다. "공동체 정원이라고요!"

"미안. 그런 뜻은 아니었어. 네가 그동안 열심히 가꾸어 온 걸 알고 있어. 하지만 거긴 공유지란다."

"그 말은 곧 그 땅이 우리 모두에게 속한다는 뜻 아닌가요? 우리가 하고 싶은 대로 사용할 수 없는 거예요? 엄마, 엄마가 오가닉코어 이사회에게 지금 당장 레콘의 수요를 채울 수 없으니, 우리가 스스로 먹거리를 생산할 수 있도록 법을 어떻게 해달라고 제안해줄 수 있으세요?"

엄마가 한숨을 쉬더니 다시 침대보를 문질렀다. "밥 폴사이스가 방금 전화를 했어. 시드니에 가지 못했을 때 그가 내 일자리를 가져간 것 기억하지? 엉망이라고 하더구나. 아직까지 월급이나 레콘도, 그 무엇도 받지 못했대. 아파트는 쓰레기장이나 다름없고, 전기는 이미 끊겼고. 오가닉코어가 자기를 속여서 공짜로 일하게 만들었다고 그가 말했어. 내 생각에, 오가닉코어는 의회에 폐기물 투기 법안을 바꾸라고 말하기엔 더 큰 당면한 문제를 걱정하고 있을 것 같구나. 회사가 버틸 수 있을지 잘 모르겠어."

"그렇다면 우리가 시드니에 가지 않았던 건 행운이었네요."

엄마가 나를 보며 눈썹을 들어 올려 보였다. "그래, 어쩌면 그럴지도 모르지." 엄마가 건조하게 말했다. 하지만 난 알고 있다. 엄마가 자신의 계획이 바뀐 것에 대해 내게 고마워하지 않을 것이라는 걸.

오렌지색 스티커를 발견한 이후로, 우리는 언제나 한 사람 이상은 정원을 지키고 있기로 했다. 통보한 기한보다 일찍 들이닥쳐서 불도저로 정원을 다 밀어버리면 어떻게 하겠는가? 오늘은 나의 차례였고, 태거트가 나의 조수가 되었다.

둘이서 정원에 물을 주던 중 태거트가 내 팔을 세게 잡아당겼다. 고개를 들어보니 나보다 조금 어려 보이는 남자가 염소를 산책시키고 있었다. 줄에 묶어서 말이다! 소와 함께 걷던 여자를 기억했다. 사람들은 굶주림을 해결할 수 있는 기발한 방법을 각자 찾아내고 있었다.

태거트와 나는 미술 도구를 챙겨서 경비 초소에 자리를 잡았다. 이제 초소에는 쿠션 몇 개와 양초 토막 하나가 놓여있어서 제법 아늑했다. 태거트는 낙서를 하고 있었고, 나는 엄마가 한 말을 곱씹으며 앉아있었다. 의회가 우리의 정원을 쓰레기로 본다니. 만약 내 교육용 퇴비 포스터를 이곳에 붙이고 공무원들이 그걸 읽게 된다면 어떻게 될까? 그들도 이 장소가 가치 있다는 걸 이해하지 않을까?

일기장에 고이 넣어둔 포스터 한 장을 꺼낸 뒤 어디에 붙일지 신중하게 고민했다. 플라스틱 상자를 잘라 판자를 만들어 그 위에 포스터를 붙인 다음 닭장에 끈으로 묶어 고정시켰다. 뒤로 물러서서 우리의 작품을 감상했다. 정원이 훨씬 더 전문적으로 보였다. 손길을 조금만 더하고, 예술성까지 더한다면 이곳이 세심하게 정성들여 가꾼, 애정이 듬뿍 담긴 장소인 게 드러날 것 같았다. 스텐실로 포스터를 여러 장 만들어 닭장과 경비 초소에 붙였다.

할림이 대문 밖으로 나와 고개를 끄덕거렸다. 마치 우리의 작업을 허락하는 것처럼. 태거트를 데리러 온 아치 역시 감탄했다. 거리의 먼 끝에 있는 집에서 게리가 나타났다. 내가 얼마나 연못의 모자이크를 사랑하는지 말하자, 게리는 어색한듯 어깨를 움츠렸다.

마치 트램이 지나가는 것처럼 발 밑에서 약한 진동이 느껴졌다. 웨스트가트 거리를 향해 몸을 돌렸다. 말 여섯 마리가 트럭의 적재함 같이 생긴 걸 끌고 있었다. 적재함 위에는 방수포를 씌우고 밧줄을 십자 모양으로 해 단단히 묶은 뭔가가 높게 쌓여있었다. 그 뒤로는 여러 명의 군인이 걷고 있었다. 너무도 놀라운 광경이었다. 우리는 좀 더 잘 보기 위해서 동네 거리의 끝까지 터벅터벅 걸었다. 우리처럼 그 광경을 보러 나온 사람들로 거리가 꽉 차 있었다.

아치가 무엇인가를 말했고, 게리가 나를 위해 손목 밴드에 타이핑을 했다. '배급품일 것 같다고 하네요. 얼마 전부터 군인들이 하이 스트리트에 있는 구 시청사를 정비하고 있거든요.'

목깃이 높은 단정한 정장을 입은 이십 대 후반의 여자가 휠체어를 타고 다가왔다. 구불구불한 짧은 머리에 따뜻한 짙은 색 눈동자를 가지고 있는 여자였다. 주름진 셔츠에 작은 얼룩이 묻어있고 소매 끝이 지저분하기는 했지만, 적어도 우리보다는 훨씬 깨끗한 차림새였다. 여자는 할림을 아는 것처럼 보였다. 할림이 아치와 게리에게 여자를 소개하고 나를 가리켰다. 여자가 휠체어를 밀며 다가와 내게 악수를 청했다. 여자의 입이 움직이고 있었지만 전혀 알아들을 수 없었다.

'이쪽은 앰버라고 해요.' 게리가 타이핑했다. '정원을 시작한 사람과 만나고 싶어 했답니다. 멋진 이야기가 될 거라고 얘기하네요.'

앰버가 바통을 이어받아 자신의 손목 밴드를 톡톡 두드렸다. 앰버는 내가 여태까지 본 사람 중 가장 빠르게 한 손으로 타이핑을 칠 수 있는 사람이었다. '저는 뉴스 멜버른에서 일하고 있어요. 당신을 인터뷰할 수 있을까요?'

놀라서 눈을 마주치며 고개를 끄덕였다.

'지금 괜찮아요?' 앰버가 타이핑했다.

망설였다. 보청기를 하고 있지 않았다. 집에 가서 가져올 수도 있었지만, 앰버는 내가 ~~청각~~ 애인이라는 것에 동요하지 않는 것처럼 보였다. 우리에게 맞는 의사소통 방법을 찾을 수 있을 것 같았다. 엄지손가락을 들어올려 보이자, 앰버가 할림네 집에서 몇 집 떨어진 집을 가리키며 앞서 가라고 손짓했다. 우리의 정원을 지날 무렵, 앰버가 멈춰 서서 오렌지색 스티커를 손으로 가리키며 고개를 저었다.

'우리의 정원이 이곳에 오래 남아있을 수 없을 것 같아요.' 내가 손목 밴드에 타이핑했다.

'그게 바로 제가 파이퍼 씨를 인터뷰하고 싶은 이유랍니다. 당신들 모두가 이곳에 나와서 함께 일하는 걸 지켜봐왔어요. 의회는 작물을 재배하는 걸 장려해야만 해요! 뉴스 멜버른에서 긍정적인 기사가 나오면 의회가 반박하기 어려워할 수도 있어요.' 앰버는 정원 안쪽으로 휠체어를 굴려 가더니 내 퇴비 포스터 앞에서 멈춰 섰다. '당신의 작품인가요?'

고개를 끄덕이자 앰버가 힘차게 엄지손가락을 들어 올려 보였다. 내가 또 타이핑했다. '정부 정책에 반대되는 내용은 세스풀에 게재하지 못하는 줄 알고 있었어요.' 그러다 턱이 진 곳에 걸려 넘어질 뻔했다. 걸어가면서 타이핑을 하면 꼭 생기는 일이었지만 용케 균형을 잡았다.

앰버가 고개를 끄덕였다. '검열을 피해갈 방법을 찾는 건 정말 빌어먹게 짜증나는 일이죠! 아슬아슬한 일이기는 하지만 어떻게 통과시킬 수 있을지 알 것 같아요. 우리는 이 정원을 독자의 흥미를 불러일으키는 인간미 넘치는 이야기로 만들 거예요. 공동체가 어떻게 식량난에 맞서야 하는지 그 해결책에 대해 당신이 영감을 준 이야기로 말이죠.'

'검열을 피하고 싶다면 왜 그냥 구식 인터넷에 포스팅하지 않는 거죠?' 내가 물었다.

'그렇게 하면 전 뉴스 멜버른에서 제 일자리를 잃고 말 거예요.'

앰버는 나를 에드워드 시대에 유행했던 양식으로 지어진 낡은 테라스 주택으로 이끌었다. 겉으로 볼 때는 평범하게 생긴 집이었다. 대문 앞 계단은 경사로로 교체되어 있었다. 하지만 안으로 들어가자 집 안 전체가 뼈대만 남아있었다. 노출된 전선이 여기저기 널려 있었고, 방은 밝은 형광등 때문에 마치 대낮처럼 밝았다. 집의 한 쪽은 각종 기술 장비들로 가득 채워져 있었다. 두 대의 커다란 가상 화면이 나란히 놓여 있었고, 각 모퉁이마다 스피커가 설치되어 있었다. 여러 대의 마이크와 비디오 카메라 그리고 전자 펜이 기다란 의자 위에 잔뜩 어질러져 있었다. 뉴스 멜버른이 월급을 많이 주는 것이 분명했다.

앰버는 등받이가 없는 의자를 가상 화면 앞에 두더니 내게 앉으라고 손짓했다. 그리고 이동식 키보드를 건넸다. '제 질문을 녹음할 거예요. 그 뒤에 당신이 볼 수 있게 타이핑할 게요, 알았죠? 당신은 대답을 타이핑해 주시면 돼요. 그러면 제가 나중에 다른 사람에게 오디오 기사용으로 당신의 답변을 읽어달라고 할 거랍니다.'

갑자기 겁이 났다. 질문에 뭐라고 말해야 할지 모르면 어떻게 하지?

하지만 결과적으로 내가 인터뷰에 어느 정도 타고난 재능이 있는 것으로 밝혀졌다. 나는 앰버에게 어떻게 배고픔과 음식에 대한 갈망이 우리를 공동체 정원을 만드는 것으로 이끌었는지 전부 이야기했다. 이제는 그곳이 얼마나 아름다운 도심 속의 작은 오아시스가 되었는지, 어떻게 내가 트랜지션 타운 워크숍에 참석하고, 로비를 만나 정원을 만들 생각을 했는지 이야기했다. 퇴비 만들기와 거기서부터 자라난 모든 것을 설명했다(워크숍에서 울었던 일이나 세스풀에서 작물 재배하는 법을 찾으려고 했다가 실패한 사실에 대해서는 언급하지 않았다).

앰버는 모든 이야기를 흠뻑 빨아들이며, 때때로 의례적인 웃음을 보이기도 했다. 마치 생방송을 진행하고 있는 것처럼 보였다. '우리 사회 곳곳에 있는 많은 사람이 당신의 이야기에 공감할 것 같네요, 파이퍼. 스스로 자신이 먹을 음식을 길러내는 바로 그 일에 말이죠. 그러니까 여러분, 파이퍼는 또한 한 사람의 예술가이기도 합니다. 아름다운 정원을 가꾸어냈을 뿐 아니라, 동시에 정원을 가꾸는 데 필요한 기술을 보여주는 놀라운 드로잉 시리즈를 만들어내기도 했죠.' 앰버가 질문했다, '퇴비 만들기 포스터를 기사와 함께 내보내도 될까요? 제 생각엔 우리 독자들이 그 포스터를 보면 무척 관심있어 할 것 같아요.'

'물론이죠.'

'자, 이제 마무리해도 좋을 것 같네요. 고마워요, 파이퍼.'

'그렇지만 아직 오렌지색 스티커에 관한 이야기는 하지 않았는데요…?'

'걱정하지 말아요. 우선 모두가 당신과 텃밭 정원 이야기에 완전히 공감하고 사랑에 빠지게 만들 거랍니다. 그러고 나서 의회가 당신의 텃밭 정원을 철거하기로 결정했다는 가슴 아픈 소식을 보도하는 거죠. 분명히 반응이 있을 거예요. 나를 믿어봐요.'

MONDAY 9 NOVEMBER

11월 9일 월요일

자전거 가게에서 일을 마치고 집으로 돌아오던 중, 커다란 카메라를 든 낯선 여자가 정원 한가운데 서서 작물을 근접 촬영하고 있는 걸 발견했다. 태거트는 우리 집 차량 진입로에서 여자를 관찰하고 있었다. 손에는 작은 플라스틱 물뿌리개가 쥐어져 있었다.

여자가 나를 보고는 곧장 다가왔다. "당신이 파이퍼 씨인가요?"

경계하며 고개를 끄덕였다. 의회에서 온 사람인가? 허가 없이 토지를 사용한다고? 그때 태거트가 나를 향해서 손을 흔들었고, 나는 차가 오는지 길을 살핀 후 이쪽으로 오라고 손짓했다.

사진을 찍던 여자가 손목 밴드에 타이핑했다. '저는 뉴스 멜버른에서 나왔어요. 앰버가 당신의 기사와 함께 나갈 사진들을 좀 찍어달라고 했거든요. 괜찮을까요?'

머리카락을 매만졌다. 지저분했다. 옷도 마찬가지였다. 하지만 사진 기자는 지금 그대로의 내 모습이 좋겠다고 말했다. 기자는 태거트가 내 옆에 좀 더 가까이 서게 한 뒤, 우리의 사진을 잔뜩 찍었다. 처음에는 물뿌리개를 든 상태에서, 그리고 나서는 닭장에서 닭과 함께 있는 모습을 가까이서 찍고, 그 뒤에는 만달라 모양으로 배치된 텃밭 작물들 한가운데에서 쭈그리고 앉은 모습을 찍었다. 사진 기자가 태거트에게 질문을 던졌지만, 태거트는 대답하지 않았다. 사진 기자가 나를 바라봤지만 나는 그저 어깨를 으쓱했다.

기자가 꼭 필요하다고 요청했기 때문에 우리는 정원을 둘러봤다. 모든 게 사랑스럽고 황홀해 보였다. 연못을 둘러싼 허브와 이파리들이 이제 거의 흙을 뒤덮고 있었다. 우리는 닭장 반대편에 두 번째 만달라 정원을 이미 만들기 시작했다. 두 개의 퇴비 더미가 땅을 부드럽게 만들기 위해서 지금 이 순간에도 마법을 부리고 있었다. 더욱 자란 닭들은 행복하게 땅을 쪼고 있었다. 경비 초소에는 이제 얇은 캠핑용 매트리스 하나와 침낭 한 개, 그리고 우리가 다음에 심을 모종을 담고 있는 레콘 상자가 가득 차 있는 상태였다.

나는 올챙이가 부화했는지 궁금해하며 연못을 가만히 들여다보았다. 로비는 가능성이 있다고 했지만, 아직 아무것도 볼 수 없었다. 하지만 생물이 전혀 살고 있지 않음에도 연못은 이 장소에 마법 같은 기운을 불어넣고 있었다. 사진 기자 역시 그걸 놓치지 않았다. 기자는 몸을 숙이고 물속을 들여다보는 내 모습을 여러 장 찍었다.

사진 기자가 정원을 떠나자 기운이 쭉 빠졌다. 새해가 되면 이 모든 것이 사라질 것이다. 그렇게 되면 내게 무엇이 남을까?

 위 이미지에는 다음 텍스트가 포함되어 있습니다: 11월 10일 화요일 / TUESDAY 10 November

어제 자전거 가게에서 일하면서 모든 기력을 소진한 것이 분명했다. 아침에 눈을 떴지만 몹시 지쳐서 침대 밖으로 나올 수 없었다. 푸짐하게 식사를 하고 푹 쉴 수 있다면 좋을 텐데.

가게에는 오후에 나가야지, 혼잣말을 했다.

엄마가 옆으로 와서 보청기를 끼라고 손짓했을 때 나는 여전히 무기력하게 누워있는 상태였다. 소리를 듣고 소화해내기에는 너무 피곤했지만 의무적으로 보청기를 꼈다.

"하이 스트리트에 있는 배급 센터에 갈 거란다. 내일부터 일을 시작하기로 했거든. 미리 확인해보고 싶어."

"어디에 간다고요?"

"배급 센터."

그러면 그게 모두 사실이었던 거잖아! "언제 배급을 받을 수 있어요?"

"센터는 내일 오픈할 거야. 나는 대기 줄을 감독할 거고." 엄마는 근래에 본 모습 중 가장 밝아 보였다.

"네? 엄마가 배급 센터 전체를 관리하게 되는 건 줄 알았는데요?"

"아니더구나. 하지만 최소한 직장이 생긴 거잖니."

"정말 잘됐어요, 엄마. 오늘은 레콘을 배송받는데, 내일도 식량 배급을 받을 수 있다니, 꿈만 같아요."

"아니, 오가닉코어는 오늘 레콘을 배달하지 않을 거야. 대신 레콘의 일부분을 배급의 일부로 제공하기로 계약을 했거든."

순식간에 힘이 빠졌다.

엄마가 나가자, 보청기를 빼내 아무렇게나 두고 레

콘 진열장을 확인했다. 빈 상자만 가득할 뿐이었다. 심지어 차를 끓여 마실 수 있는 잡초조차 남아있지 않았다.

풀썩 주저앉아 테일러를 생각했다. 메시지를 보내고 싶었지만 부담을 주고 싶지는 않았다. 보우와 내가 양쪽에서 잡아당기는 꼴이 될 테니까. 어떻게 힘이 될 수 있을까? 테일러의 붉어진 눈가를 떠올렸다. 하지만 테일러 자신이 문제가 있다는 걸 부정하는 상황에서 내가 무엇을 할 수 있을까? 어쩌다 그저 연락을 간간이 이어가는 것이 도움이 될지도….

집에 있는 큰엉겅퀴 사진을 찍어서 테일러에게 전송했다. '놀라운 사실! 감자랑 같이 먹으면 이 잡초가 깜짝 놀랄 만큼 맛있어져.'

머리 위의 불빛이 깜빡거렸다. 어? 약간 열려있는 문을 흘낏 쳐다봤다. 문틈으로 꿈틀거리는 손 하나가 보였다. 저 손을 알고 있다! 금빛 피부와 창백한 털. 말리다!

내 주의를 끌기 위한 얼마나 멋진 방법이란 말인가! 존중이 듬뿍 담긴 태도다. 엄마나 테일러는 내가 문 두드리는 소리를 듣지 못하면 그저 바로 걸어 들어오고는 했다. 한 번도 내 사생활이 지켜진다고 느껴본 적이 없었다.

기진맥진했던 것도 잊어버린 채 폴짝 뛰어올랐다. 정말로 말리였다. 하지만 말리는 눈이 퉁퉁 부어있었고 어깨가 축 처져있었다. 팔을 뻗자 말리가 거의 내 품으로 쓰러지다시피 했다. 깊게 숨을 들이켜며 뺨을 말리의 머리카락에 갖다댔다.

'무슨 일이야?' 말리가 몸을 떼어냈을 때 수어로 물었다. 말리의 손을 잡고 안으로 이끌었다. 로비네 집처럼 아늑하고 사랑스럽진 않지만 그런 건 신경 쓰지 않았다. 그저 엄마가 집에 없다는 사실이 기쁠 뿐이었다.

'켈시와 헤어졌어.' 말리가 수어로 대답했다.

말리를 물끄러미 바라봤다. 가슴 깊은 곳에서부터 솟아오르는 기쁨을 억누를 수 없었다. 짐짓 진지한 표정을 유지하며 물었다. '왜?'

'내가 포기했거든.' 눈물이 그의 눈을 비집고 나왔고, 말리는 눈물을 닦아내지조차 못했다. '내가 할 수 있을 줄 알았어. 내가 아닌 다른 사람이 되는 것 말이야. 알잖아, 청인인 것처럼, 평범한 사람인 것처럼 지낼 수 있을 거라고 생각했어.' 말리가 주위를 훑어보다가 내 침대를 발견하고 그 위에 걸터앉았다. '켈시는 멋진 여자야. 사랑스럽지. 하지만 날 이해하지 못해.' 말리가 내 일기장을 손으로 집더니 멍하니 내가 오늘 그렸던 낙서를 손가락으로 더듬었다.

'둘이 싸웠어?' 말리의 옆에 앉으며 물었다.

말리가 고개를 저었다. '오늘 아침에 켈시가 로비하고 나는 어떻게 싸우느냐고 물었어. 서로에게 소리를 지를 수 없다면 말이야.'

'그게 뭐가 잘못된 거야?'

'수어로 싸우든, 영어로 하든 싸우는 건 다 똑같아. 궁금해할 구경거리가 아니라고! 그래서 켈시에게 끝이라고 얘기했어.'

켈시를 안타깝게 여길 수밖에 없었다. 내가 청각장애문화에 대해 물어봤는데 말리가 우리의 우정은 끝났다고 말한다면 어떨까? 하지만 한편으로는 말리의 마음을 이해했다. 게리가 나에게 얼마나 말을 잘하는지 얘기했던 걸 기억한다. 칭찬하려는 뜻이었다는 걸 알지만, 그 아래 자리한 무엇인가가 있었다. 정확히 뭔지 딱 꼬집어 낼 수 없는, 그러나 분명 나를 깊이 불편하게 만드는 무엇이었다. 거기엔 분명한 선이 그어져 있었다. '우리와 그들'. 그리고 켈시는 그 선의 건너편에서 질문을 던진 것이다.

'켈시가 어떻게 받아들였어?' 내가 물었다.

'켈시는 화를 냈어. 하지만 그마저도 마지못해 화내는 시늉을 하는 것처럼 느껴졌어. 정말로 나를 좋아했다는 생각이 들지 않아. 켈시는 내 문화적 배경을 이해하려고 노력하겠다는 말도 하지 않았어. 로비도, 나도 그저 평범한 사람들이고, 싸우는 것이든 무엇이든 우리가 별 다를 것 없다는 걸 이해하지 못했어.'

말리가 일기장 몇 페이지를 넘기더니 오래 전에 그린 내 초상화에서 멈췄다. 말리가 일기장을 들어 내 얼굴 옆에 갖다댔다. '정말로 멋지다! 어떻게 이렇게 꼭 닮게 그릴 수 있는 거야?'

어깨를 으쓱했다. '연습이지. 거울 앞에서 그린 거야.'

말리가 일기장을 뭉텅이로 넘기자 그와 내가 토끼 고기 스튜를 먹고 있는 그림이 나왔다. 얼굴이 뜨겁게 달아올랐다. 들킨 기분이었다.

말리가 오래도록 그림을 들여다봤다. 마침내 나와 눈을 맞추고 수어로 말했다. '나는 내가 일방적으로 너한테 호감을 느낀다고 생각했어…'

진정해, 파이퍼….

'하지만 날 좋아했다면 왜 켈시와 사귄 거야?'

'네가 날 버리고 시드니로 갔잖아! 아니, 그런 줄 알고 있었어. 네가 이곳에 남을 줄 알았다면 절대로 켈시와 사귀지 않았을 거야.'

그렇더라도 말리가 조금의 시간도 낭비하지 않았다는 생각을 지울 수 없었다. '뭐 때문에 너 혼자 일방적으로 호감을 느끼고 있다고 생각하게 된 거야?'

'네가 가고 싶어 하지 않는다는 건 알고 있었어. 하지만 그건 모두 정원을 만들고 수어를 배우고 싶었기 때문이잖아. 나를 떠나는 일을 괴로워한다고 생각하지 않았어.'

어느새 대담해진 나는 팔을 뻗어 말리의 손목에 내 손끝을 얹었다. 말리가 내 손을 잡고 잠시 감싸더니, 다시 손을 놓고 수어를 했다.

'그리고 ~~청각장애인~~인 사람과 만나는 게 현명한 선택이 아닐 거라고 생각했어. 내가 ~~청각장애~~사회에서 벗어날 필요가 있다고 느꼈거든. ~~청각장애~~인이 겪는 그 모든 무지에 맞서는 걸, 그리고 내가 바꿀 수 없는 것에 맞서는 걸 그만 둬야 한다고 말이야. 청인 여자친구를 사귀면 거기서 자유로워질 수 있을 줄 알았어.'

'잠깐 정리 좀 할 게. 그러니까 나한테 호감을 느꼈지만 내가 ~~청각장애~~인이기 때문에 사귀고 싶지 않았다는 말이야?'

'그런 것 같아…. 그래…, 그저 이전에는 그랬을 뿐이야. 지금은 ~~청각장애~~사회가 나의 일부라는 걸 깨달았어. 나는 거기서 달아날 수 없어. 받아들여야 하는 거지.'

글쎄…, 그래서 나는 어떻게 해야 하는 거지?

말리가 또 다른 페이지로 넘기자, 거기엔 우리가 처음 만났을 때 말리가 자신의 이름을 적어 건네준 종이쪽지가 끼워져 있었다. 말리가 그 쪽지를 쓰다듬었다.

'넌 분명 여기에 수많은 시간을 쏟아부었겠지. 어떻게 그럴 시간을 찾아내는 거야? 정원을 가꾸고, 로켓 스토브를 만들고, 자전거를 조립하고, 로비와 함께 일하고, 그 모든 걸 하면서 말이야.'

'잠들기 전에 마음을 진정시키는 방법이야. 어떤 날은 글을 쓰기도 해. 하지만 대부분은 이미 글을 쓴 페이지나 아니면 아직 쓰지 않은 페이지를 펼치고 그림을 그리고 물감을 칠하지. 생각할 필요가 없어. 그냥 놀이처럼 이것저것 해 보고 어떤 게 잘 어울리는지 보는 거야. 아무렇게나.'

'너에게는 재능이 있어, 파이퍼. 이 일기장 자체로 예술 작품인 걸!' 말리는 내가 지문자를 정리해둔 표에 멈춰서 **청각장애**라고 적어둔 단어를 가리켰다. '여기에는 대문자 D를 써야 해.'

'그게 무슨 뜻이야?'

'소문자 d를 써서 청각장애(deaf)라고 철자를 적는다면, 그건 그저 네 귀가 듣는 역할을 하지 않는다는 뜻이야. 하지만 로비를 가리킬 때는 대문자 D를 써서 농인(Deaf)이라고 말해. 로비가 그저 들을 수 없는 것이 아니라 농사회(Deaf community)에 속해있고 수어를 사용한다는 걸 나타내기 위해서. 문화니까 고유명사를 사용하는 거지.'

벌써 나를 농인이라고 여길 수 있을까? 언젠가는 그렇게 되겠지….

말리는 내 일기장에 한참이나 시간을 할애했다. 모든 그림을 하나하나 들여다보고 누굴 그렸는지, 어느 장소를 그렸는지 알아맞혔다. 이처럼 다정한 방식으로 인정받는 건 몹시 기쁜 일이었다. 이것도 내가 말리를 좋아하는 이유 중 하나였다. 말리는 내가 멋진 사람이라고 느끼게 만드는 재주가 있었다. 음, 나를 레콘 숭배자라고 부를 때만 빼고 말이다. 물론 말리는 다시는 날 그렇게 부르지 않았다. 말리는 내가 진짜 예술가가 된 것 같은 기분을 느끼게 했다.

말리의 손에서 일기장을 빼냈다. '미안해. 하지만 알아야겠어. 여전히

나한테 호감을 느끼고 있어?'

'어떻게 그러지 않을 수 있겠어? 넌 정말… 매력적인 걸.'

'내가 농인이라는 사실이 그 호감을 더 진전시키고 싶지 않게 만들어?'

'네가 농인이라는 사실이 이 호감을 더 깊은 관계로 진전시키고 싶게 만들고 있어.'

일기장을 떨구고 말리를 향해 팔을 뻗었다. 말리가 두 팔로 내 허리를 끌어당겼다. 고개를 들자 입술이 찾아들었다. 처음에는 아주 가볍고 우아하게 나를 스쳤다. 지금처럼 다른 사람과 이토록 연결되었다고 느낀 적도, 그리고 온전히 이해받았다고 느낀 순간도 없었다. 어느새 우리는 입을 맞추고 있었다. 상상할 수 있는 무엇과도 비교할 수 없었다. 내 몸은 액체로 변했고 완전히 포로가 되었다. 시간이 사라졌다. 온통 그의 몸과 나의 몸, 그의 입술과 나의 입술뿐이었다. 으스러뜨릴 듯 말리를 세게 끌어안았다. 가슴이 간질거렸다.

그 순간 쿵쿵 바닥이 진동했다. 말리는 굳어버렸고, 나는 펄쩍 뛰어올랐다. 엄마가 문 앞에 서 있었다!

튕겨 나오듯 말리에게서 몸을 떼고 옷 매무새를 고쳤다. 말리는 입가를 손으로 훔치고 손으로 머리를 정돈했다.

엄마가 눈썹을 들어 올리고 입을 꼭 다문 채 우리 둘을 물끄러미 바라봤다. 우리도 엄마를 물끄러미 마주 봤다. 감각이 마비되는 것 같았다.

"안녕." 마침내 엄마가 입을 열었다.

책상 위를 더듬어 재빨리 귀에 보청기를 밀어 넣었다.

"음, 안녕하세요." 말리가 목이 쉰 듯 말했다.

말리와 엄마 모두 나를 쳐다봤다. 내게 수어를 가르쳐주기 시작한 이후로 말리는 내 목소리를 들은 적이 없었다. 벌써 몇 달 전의 일이다.

별 거 아니야.

하지만 이건 분명 문제였다. 나는 결심한 모든 걸 거스르고 있었다.

깊게 숨을 들이 마셨다. "엄마, 말리 기억하세요?" 내 목소리가 텅 빈 것처럼 울렸다. 높낮이가 이상했고, 어딘가 잘못된 것처럼 들렸다.

"그래, 기억하지. 안녕하세요, 말리. 그나저나 둘이…?"

"말리는 저의… 친구예요."

"그런 것 같구나." 엄마가 가방을 내려놓고 깊게 심호흡했다. "따뜻한 물을 좀 끓일 건데, 두 사람 다 마실래요?"

"감사합니다." 말리가 대답했고, 나도 고개를 끄덕였다. 하지만 이것보다 더 나쁜 상황을 상상할 수 없었다. 우리 세 사람이 둘러앉아 함께 뜨거운 물을 마시다니. 엄마와 나의…. 이제 말리를 남자친구라고 불러도 되는 걸까?

엄마는 로켓 스토브에 불을 붙이기 위해 밖으로 나갔고, 말리는 맥없이 주저앉더니 두 손에 머리를 묻었다. '오, 세상에…. 미안해.'

'네 잘못이 아니야. 엄마가 한참 동안은 집에 오지 않을 거라고 생각했어.' 아니면 이미 한참의 시간이 흘렀을지도. 손목 밴드를 확인했다. 이른 오후였다. 아까 전보다 더 배가 고팠다.

우리는 밖으로 나갔다. 로켓 스토브 옆에서 엄마와 함께 앉아 뜨거운 물을 홀짝였다.

"어느 학교에 다녀요, 말리 씨? 아니면 이미 졸업을 했나요?" 엄마가 정중하게 물었다.

"저는 홈스쿨링을 했어요."

엄마가 미간을 찡그렸다. "학교는 전혀 다니지 않았다는 건가요?"

"네."

"그럼 수학이나 과학은 어떻게 배운 거죠…?"

"저희 어머니께서 가르쳐주셨어요."

엄마는 납득하지 못하는 것처럼 보였다.

"염려 마세요. 그래도 A의 제곱 더하기 B의 제곱이 C의 제곱과 같다는 걸 알고, 코사인과 사인과 탄젠트를 쓰는 법을 알아요. 그리고 주기율표의 모든 원소를 알고 있어요. 셰익스피어 역시 읽었고요."

그 말이 엄마를 안심시킨 것처럼 보였다. 엄마는 메리 막달렌 학교가 이런 '근본적인 교육'을 내게 제대로 가르쳐주지 않았다는 사실을 깨닫지 못하고 있었다. "이 근처에 살고 있나요? 어머니께서 내일 배급을 받으러 오실 계획이세요? 제가 어머니를 뵙게 될 수도 있겠네요."

"배급은 레콘이 되겠네요, 그렇죠?"

"레콘의 양이 충분하지 않아요. 정부가 야생 음식도 일부 공급을 받았죠. 배급은 섞여 나갈 거예요."

"야생 음식에는 관심을 가지실 수도 있겠네요. 하지만 어머니는 돈을 준다고 해도 레콘은 손도 대지 않으실 거예요."

엄마는 충격을 받았다. "레콘은 영양학적으로…"

"엄마!" 말을 잘랐다. 엄마가 레콘이 주는 이점을 장황하게 늘어놓도록 내버려둘 수 없었다. 엄마는 말리가 대기업과 먹이 사슬을 지배하는 권력에 반대하는 의견을 가지고 있다는 걸 전혀 알지 못한 채, 말리를 무지하다고 가정하고 있었다. 정말로 무지한 쪽은 엄마였다. "이제 가봐야 해요. 정원 경비를 서야 하거든요."

사실 오늘 당번을 바꿀 수 있을지 궁금해하고 있었다. 그렇게 하면 말리네 집에 갈 수 있고, 로비가 저녁을 줄 것이 분명했기 때문이다.

"말리 씨도 함께 경비를 서는 건가요?" 엄마가 물었다.

"어, 음…." 말리가 나를 흘낏 쳐다봤다. "네, 저도 그래야 할 것 같네요."

좋아, 그것도 괜찮겠지….

우리가 떠나려고 하자, 엄마가 가방을 열어 레콘 한 상자를 꺼냈다. "나눠 먹어야 할 거야. 내일 배급을 시작하기에 앞서 직원들에게 한 상자씩 나눠준 거란다."

나는 감사의 미소를 지으며 레콘을 받았다.

코니는 태거트와 게리와 함께 공터에 나와 있었다. 정원을 봐줄 수 있어요? 닭이 먹을 것을 좀 모아오고 싶어요. 코니가 내게 지문자로 전했다. 코니의 손동작이 마치 무용수처럼 섬세했다.

고개를 끄덕이고 보청기를 빼서 주머니 속에 집어넣었다. '일부러 나랑 같이 경비를 설 필요는 없어.' 코니와 두 남자가 자리를 떠난 뒤, 말리에게 수어로 말했다.

말리가 손을 뻗어 내 머리카락을 귀 뒤로 넘겼다. 섬세하고 애정 어린 손짓이었다. '내가 그렇게 하고 싶어.'

텃밭에 물을 준 뒤 경비 초소에 자리를 잡았다. 레콘 상자의 버튼을 눌렀다. '절반씩 나눠 먹을래?'

말리가 고개를 저었다. '아니. 난 지금까지 단 한 번도 레콘을 먹어본 적이 없어. 여기서 그 기록을 깨진 않을래.'

지금 같은 때에 음식을 거절하는 사람이 있다니. 자랑스럽게 내세우기에는 몹시 기이한 업적처럼 보였다. 그 역시 풍족하게 먹지 못하는 상황에서는 더욱 더.

'다른 건 줄 게 아무것도 없는 걸. 작물이 아직 충분히 자라지 않아서…'

말리가 고개를 저었다. '괜찮아.'

'그럼 나 혼자 먹어도 될까…?'

말리가 고개를 끄덕였다. 나는 김이 폴폴 올라오는 뜨거운 로스트 포크와 사과, 당근을 한 입 가득 베어 물었다. 처음 먹어본 메뉴였지만 맛있었다. 에너지가 혈관을 타고 흘렀다. 머리가 맑아졌다.

말리는 호기심 섞인 표정으로 레콘에서 모락모락 올라오는 김을 코로 들이마셨다. 그러고는 바로 얼굴을 찌푸렸다. '진짜 로스트 포크와는 전혀 다른 냄새가 나는데.'

진짜 로스트 포크에서 어떤 냄새가 나는지 전혀 알 길이 없었기 때문에 어깨를 으쓱했다. '상관없어.' 조금 방어적으로 말했다.

식사를 마친 후, 나는 말리의 무릎을 베고 누웠다. 우리는 그렇게 몇 시간을 보냈다. 정원을 지켜보고, 수어를 하고, 마침내 시야를 가릴 만큼 짙은 어둠이 찾아왔을 때는 우리는 서로의 손바닥 위에 지문자를 그렸다.

모든 것이 옳게 느껴졌다. 배불리 먹어서 만족스러운 배, 바짝 달라붙어 있는 말리와 나…. 이게 현실이라니. 꿈을 꾸는 것 같았다.

Wednesday **11** NOVEMBER

새벽이 다 되어서야 말리는 집으로 돌아갔다. 나는 오후까지 잠을 잤다. 그런 다음 자전거 가게에 일하러 가지 않고 엄마가 배급 식량을 가지고 집에 돌아오기만을 기다렸다. 배가 고팠다. 엄마가 도착하자마자 바로 식사를 할 작정이었다. 일기장에 그림을 그리고, 정원을 돌보고, 말리에게 메시지를 보내고, 코니가 새로 경비 당번 순서를 짜는 걸 도왔다. 하지만 아직도 엄마는 오지 않았다. 뉴스를 확인했다.

N 뉴스 멜버른 ▶

혼란에 빠진 배급 센터

첫 배급 식량을 기다리는 대기 줄은 거리까지 이어질 정도였다. 지친 군중들 사이에서 싸움이 일어나기도 했다. 노년층과 자녀가 있는 가정에 우선권이 주어졌고, 주소지에 따라 배급일이 지정됐다. 배급을 받지 못한 일부 시민은 분노했다.

시민들은 밀이나 콩 또는 렌틸, 분유, 차와 커피, 설탕과 소금, 버터나 기름, 달걀, 그리고 오가닉코어가 만든 꾸러미를 받게 될 예정이다. 배급 식량의 출시 속도를 높이기 위해서 오가닉코어의 꾸러미는 DIY 방식으로 배급된다. 즉 시민들이 직접 식사를 준비할 수 있도록 바이오스포어와 맛 성분이 첨가된 뉴트리움 서스테이트 가루 한 봉지가 제공된다. 정부와의 계약에 따르면 오가닉코어는 완성된 즉석식품을 제공해야 하지만, 충분한 바이오스포어를 가공처리 공장으로 운송하는 것에 실패했다. 그 대신 각 농장에서 바이오스포어를 직접 배급 센터로 수송하고 있다.

여전히 엄마는 감감무소식이다.

▶ 수신자: 테일러
테이, 나 말리와 사귀게 됐어!!!

답장은 없었다.

엄마가 돌아왔을 때는 이미 밤 열 시가 다 되어 있었다. 극심한 체중 감소로 엄마의 눈가 주름이 더욱 깊게 패여 있었다. 엄마는 흰색 글씨로 크게 배급 직원이라고 인쇄된 헐렁한 검정색 티셔츠를 입고 있었다. 평소 즐겨 입던 딱 떨어지는 맞춤 정장과는 너무 거리가 멀어서 하마터면 엄마를 알아보지 못할 뻔했다. 두 팔로 엄마를 껴안았다. "괜찮으세요?"

엄마가 한쪽 눈썹을 들어 올리고 메고 온 가방을 건넸다. 내가 음식을 기다리고 있었다는 걸 알고 있었다.

가방 안에는 실망스럽도록 작은 꾸러미가 들어있었다. 비닐 포장 위에 숫자 2가 도장 찍혀 있었다. 두 사람이 먹을 배급품이라는 뜻이다. 포장을 열고 내용물을 살폈다. 달걀은 제법 크기가 컸지만, 두 개밖에 없었다. 일주일 동안 고작 달걀 두 개라니! 빨간 사탕처럼 생긴 딱딱한 알멩이가 담긴 비닐 꾸러미가 하나 있었다. "이게 뭐예요?"

엄마가 침대에 무너지듯 앉으며 신발과 스타킹을 벗었다. "강낭콩."

"조리해야 하는 건가요?"

"응, 삶아서 먹어야 해. 나 원 참, 부엌이 없는 사람들은 대체 그걸로 뭘 할 수 있을지 아무도 모를 거다. 하루 종일 질문을 받았지만 제대로 된 대답을 해줄 수 없었어."

이 정도 양으로도 충분히 배가 부르길 바랐다. 강낭콩이 한 주먹만큼의 양밖에 없었기 때문이다. 분유와 차, 설탕과 소금이 든 꾸러미 역시 작아 보였다. 이걸 먹고 얼마나 배가 부를지 확신이 없었다. 어쩌면 이건 그저 맛을 더하기 위한 재료일지도 모른다. 반면에 레콘 꾸러미는 기대할 만해 보였다. 상자가 꽤 컸다. 신발 상자의 절반 크기 정도? 직접 레콘을

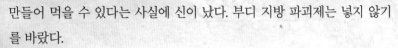

만들어 먹을 수 있다는 사실에 신이 났다. 부디 지방 파괴제는 넣지 않기를 바랐다.

"그걸 7일로 나누렴." 엄마가 말했다.

"뭐라고요? 아니, 그러니까 지금 뭐라고 말씀하신 거예요?"

"7일분으로 나눠야 해. 한 번에 너무 많이 먹지 않도록."

"알았어요. 저녁으로 레콘을 준비할게요."

"나는 차를 내릴게. 우유를 넣은 차가 정말 간절하구나."

지금까지 단 한 번도 진짜 차를 맛본 적이 없었다. 차라고는 잡초를 우려낸 물을 마신 게 전부였다.

"꾸러미에 커피가 없구나." 엄마가 계속 말했다. "버터는 어디에 있는 거지? 버터나 기름도 받을 줄 알았는데?"

상자 안을 샅샅이 살폈지만 더는 아무것도 없었다.

"솔직히 말하면, 놀랍지도 않구나." 엄마가 말했다. "오늘 배급 센터가 폭탄이라도 터진 것만 같은 꼴이었거든."

엄마가 불을 피우고 물을 올리는 동안 밖에 나와서 옆에 앉았다. 조심스럽게 네모난 바이오스포어 덩어리에서 1/7을 잘라냈다. 믹싱볼이 없어서 그 물컹물컹한 하얀 덩어리를 곧바로 냄비에 밀어 넣었다. 맛 첨가제 봉지에는 '바비큐 맛, 뉴트리움 서스테이트 함유'라고 적혀있었다. 음, 어떤 음식이 나올지 도무지 상상이 되지 않았다.

요리법에 대한 설명은 어디에서도 찾아볼 수 없었다. 오늘 분의 바이오스포어를 네 개의 작은 덩어리로 자르고 가루를 뿌려 섞었다. 그런 다음 엄마에게 냄비를 내밀었다. 엄마는 미심쩍은 듯 쳐다보다가 한 조각을 집었다. 우리는 각자 한 입씩 깨물어 먹었다. 우왝! 역겨운 맛이 났다. 맛 첨가제 가루의 맛이 너무 강했다. 바이오스포어에서는 아무 맛이 나지 않았다. 씹고 또 씹었다. 마치 고무를 먹는 것 같았다.

엄마가 주의를 끌기 위해 손가락을 흔들었다. "어쩌면 으깨야 하는 게 아닐까? 맛이 잘 섞이도록?"

남은 레콘으로 시도해봤지만 소용없었다. 지독하게 짜고 단 맛 첨가제로 뒤덮인 고무 덩어리를 으깨놓은 것에 불과했다.

"어쩌면 익혀야 하는 게 아닐까요?" 내가 물었다.

엄마가 어깨를 으쓱했다.

바이오스포어 두 조각이 남아있는 냄비를 불 위에 올렸다. 찹스테이크나 다른 음식처럼 잘 구워지기를 바랐다. 하지만 바이오스포어는 투명하고 희끄무레한 액체가 되어 녹아내렸다. 맛 첨가제 가루가 뭉쳐서 둥둥 떠다녔다. 엄마에게 보여주자 경악을 금치 못했다.

"연구실에서는 어떻게 만들었던 거예요?"

엄마가 고개를 저었다. "한 번도 본 적이 없단다. 뉴트리움 서스테이트에만 집중했거든."

"이걸 어떻게 먹죠?"

"음…, 마시는 것 말고 방법이 없지 않을까?"

컵 두 잔에 나눠 따랐다. 재빨리 마셔 없애려고 했지만 너무나 역겨워서 입을 틀어막아야 했다. "우웩!!" 걸쭉하고, 뜨겁고, 조잡한 맛이 나는 찐득찐득한 액체가 입 천장과 목구멍에 끈적하게 들러붙었다. 힘겹게 삼켜 넘겼지만 사라지지 않았다. 덩어리로 뭉친 맛 첨가제 가루가 편도선에 달라붙어 목구멍이 불타는 것 같았다. 아무리 콜록거려도 도저히 빼낼 수 없었다.

엄마도 마찬가지로 기침을 하며 켁켁거리고 있었다. 엄마가 차를 타서 내게 한 잔을 건넸다. 처음에는 아무 맛도 느낄 수 없었지만, 서서히 차가 혓바닥을 뒤덮고 있는 바이오스포어를 씻어 내렸다. 그 뒤에 달콤한 우유 맛이 듬뿍 느껴졌다. … 정말로 맛있었다. 여태까지 마셔본 음료 중 최고였다!

충격에 휩싸여 엄마를 바라보며 눈을 끔뻑였다. 이건 내가 꿈꿨던 배급 식량이 아니었다. 손목 밴드에 '바이오스포어 배급 식량을 요리하는 방법'을 검색했지만, 아무 결과도 나오지 않았다.

"콩을 요리하자꾸나." 엄마가 제안했다.

콩을 물이 담긴 냄비에 넣고 끓기를 기다리는 동안 엄마와 이야기를 나누며 차를 마셨다. "그래서 배급 센터가 난리도 아니었다고요?"

"그 이상이었지. 배급 식량을 타려고 사람들이 밤 늦게까지 줄을 섰지만 결국 배급을 받지 못했어. 직원들은 모두 퇴근을 해야 했는데, 대기 줄에 서 있던 사람들이 울면서 가지 말라고 애원했단다. 하나라도 식량을 배급해 달라고 말이야…. 정말이지 악당이라도 된 기분이었어."

"배급품을 나눠주는 일은 어땠어요? 배급품을 받아간 사람들은 아주 행복해했을 것 같은데요?"

엄마가 고개를 저었다. "그건 내 업무가 아니야. 난 대기 줄을 관리하는 일을 맡았단다. 사람들이 제대로 대기 줄에 서 있는지 확인했어."

세상에. 엄마가 그렇게 평범한 일을 한다니, 상상할 수 없었다. "사람들이 엄마를 알아봤나요?"

"그랬지. 한 사람 건너 한 사람마다 질문을 하더구나. 마치 내게 이 상황을 바꿀 수 있는 막대한 권한이라도 있다는 듯이 말이야. 하지만 나에겐 아무런 권한도 없는 걸."

포크로 콩을 찔러봤지만 여전히 돌처럼 딱딱했다.

"있잖아, 아무리 생각해도 오가닉코어는 회사가 망해가고 있다는 걸 진작에 알았던 것 같아." 엄마가 말했다. 내가 아니라 자기 자신에게 말하고 있는 듯했다. "오가닉코어는 전 직원에게 월급을 지급하고 품위 있게 회사를 닫을 수도 있었어. 주주들한테도 투자금을 조금이나마 돌려줄 수 있었다고. 그런데 거꾸로 거짓말을 해서 직원들이 돈 한 푼 못 받고 일하게 만들었어. 마지막 남은 한 방울까지 이윤을 쥐어 짜낸 거야. 절대로 월급을 지불할 수 없다는 걸 알면서도 말이야." 엄마가 잔에 든 차를 따라버렸다.

반쯤 들이마신 바이오스포어가 담긴 잔을 가리켰다. "오가닉코어가 다시 소생할 수 있는 가능성은 전혀 없어 보이네요."

"오가닉코어 이사회는 배급을 대가로 그 많은 정부 예산을 다 쓸어 담았어. 그런데도 여전히 진짜 레콘은 배급하지 못하고 있지. 가공되지 않은 재료 상태로 배급하고 있을 뿐이야. 이건 범죄나 다름없어! 난 회사를 믿었어. 파이퍼, 그 회사에 내 인생을 바쳤단다. 그런데 회사는 그 대가로 나를 길바닥으로 내쫓아버렸지. 난 회사를 구할 수도 있었어…. 회사가 날 연구에 몰입하도록 내버려두기만 했다면 말이야."

"엄마, 오가닉코어가 엄마에게 부당한 대우를 했다는 사실을 인정해야 만 해요. 애초에 이윤을 최우선 순위로 뒀던 거대 기업이에요. 왜 이제 와 서 사람을 우선으로 생각하겠어요?"

내 말이 마치 말리가 말하는 것처럼 들렸다. 그게 좋았다.

"음, 그렇겠지. 콩은 아직 덜 익었니?"

냄비를 확인했지만 콩은 여전히 조약돌처럼 딱딱했다. 엄마와 나는 스 토브에 나뭇가지를 계속 넣었다. 모아둔 가지가 다 떨어질 때까지. 그리고 불꽃이 사그라들 때까지 또다시 30분 가량을 더 기다렸다. 콩은 약간 더 부드러워졌다. 실험 삼아 하나를 이로 깨물어봤다. 겉부분에는 감자 가루 같은 얇은 막이 생겨났지만, 안쪽은 여전히 돌덩어리였다. 어림도 없다. 이대로는 절대로 못 먹는다. 입에서 콩을 뱉었다.

"몇 시간은 더 끓여야 할 거예요. 어디서 연료를 구하죠?"

엄마가 고개를 저었다. 바이오스포어를 다시 먹어볼 엄두는 내지 못했 다. 이제 컵의 바닥에 눌어붙어 고무처럼 응고되어 있었다. 우리는 그 어 느 때보다도 굶주린 배를 움켜쥐고 잠을 청했다.

로비와 말리를 만나러 가는 길에 메리 크릭 강가를 따라서 자라고 있던 덤불들이 눈에 띄게 줄어든 걸 알아챘다. 땔감을 구하기 위해 내가 가장 즐겨 찾던 덤불들 아래에는 죽은 나뭇가지 몇 개가 떨어져 있을 뿐이었다. 하는 수 없이 작은 나뭇가지 몇 개를 잘라냈다. 생 나무는 잘 타지 않지만 어쩔 수 없었다. 늦은 오후였고 자전거 도로는 자전거를 타는 사람들과 함께 걷는 가족들로 가득했다. 도로 맞은편 쪽에는 한 남자가 다른 덤불 아래 엎드린 채 너무 가늘어서 거의 마른 잔디처럼 보이는 나뭇가지를 줍고 있었다.

'배급을 받으셨어요?' 로비가 대문을 열어줬을 때 내가 물었다.

로비가 눈을 반짝이며 활짝 웃었다. '빵이 생겼어요!'

'배급 센터에서 빵을 줬다고요?'

로비는 고개를 저었다. 그리고 배급 꾸러미를 열고, 레몬을 발견하고 구역질하며 옆으로 던져버리는 동작을 했다. 그 뒤 밀 꾸러미를 발견했고, 로비의 손가락이 즐거움에 손바닥 위를 오르락 내리락 점프했다. 로비는 상상 속 밀 꾸러미에 입을 맞추고, 포장을 뜯어서 열고, 빵을 만들기 시작했다. 곡식 알갱이를 곱게 갈고, 반죽을 하고, 부풀어 오를 때까지 기다렸다. 마침내 반죽이 다 구워졌고, 천국에 온 것 같은 냄새가 나기 시작했다. '와서 맛 좀 봐요.' 로비가 내 손목을 잡고 바깥 주방으로 이끌었다.

마른 행주에 감싸인 빵은 짙은 갈색을 띠고 있었다. 예상했던 하얗고

포실포실한 모양이 아니었다. 로비는 빵을 두껍게 한 조각 썰어 버터와 유리병에서 꺼낸 짙은 색의 무언가를 펴 바른 다음 내게 건넸다. 완벽했다. 풍부한 맛에 포만감이 들었다. 버터는 크림처럼 부드러웠고 함께 바른 것은 톡 쏘고 달콤했다. 머리가 맑아졌다.

'이건 뭐예요?' 유리병을 가리키며 물었다.

'처트니랍니다.' 로비는 음식이 모자랄 때를 대비해 여름에 만들고 유리병에 보관한다고 몸짓으로 알려줬다. '밀을 받았어요?' 로비가 물었다.

고개를 저었다. '강낭콩을 받았어요.' 로비처럼 감정을 녹여내려고 최선을 다하며 지난 밤의 실망스러운 경험을 표현했다.

'물에 담가두어야 해요. 그러면 훨씬 빨리 익을 거예요. 생콩을 먹으면 탈이 날 수도 있어요.' 로비가 말했다.

왜 이런 설명이 꾸러미에 적혀있지 않았던 거지? 그랬다면 그 많은 나뭇가지를 낭비하지 않았을 텐데! 콩 한 조각을 깨물어 먹은 것 정도로는 병에 걸리지 않기를 소망했다. 꾸러미에 없는 설명문을 읽으려고 노력하는 내 모습을 표현했고 로비는 크게 웃었다.

'갈아서 콩 케이크를 만들 수도 있답니다.' 로비가 따라오라고 손짓했다. 로비가 둥그런 돌 막대와 작지만 무거운 돌 그릇을 건넸다. 그리고 그걸 사용해서 콩을 으깨야 한다고 알려줬다.

누군가가 내 허리를 두 팔로 감싸 안았다. 놀라서 고개를 돌렸다. 말리다! 말리는 내 뺨에 입을 맞추며 나를 안았다. 또다시 제자리를 찾은 것만 같은 기분에 충만감을 느꼈다. 얼마나 이 두 사람과 함께 이곳에 머무를 수 있기를 희망해왔던가. 로비는 모든 걸 알고 있고, 식탁에는 언제나 음식이 가득했으며, 정원의 아름다움은 강렬했다.

내가 빵을 다 먹자, 말리가 자기 몫의 빵을 얼른 먹어 치우더니 나를 빌려가도 되냐고 로비에게 물었다. '내 방 구경하러 가자.'

말리는 내 손을 잡고 위층으로 이끌었다. 방은 아주 작았다. 지붕과 맞닿아 있어서 정중앙을 제외하면 똑바로 서 있을 수조차 없었다. 하지만 무척 아늑했다. 전자 기타와 커다란 검정색 스피커, 밖에서 봤을 때는 상

상할 수 없는 제법 큰 가상 화면, 그밖에 온갖 물건이 가득 차 있었다.

　방에는 두 사람이 사용할 수 있을 만큼 크고 넓은 침대가 있었다. 순간 그와 켈시가 함께 있는 불쾌한 상상이 떠올랐다. 말리가 침대 위에 앉았고, 나도 옆에 앉았다. '언제 더블 침대를 산 거야?'

　'예전부터 쓰던 거야. 여기서 돌아가신 어머니가 내가 잠들 때까지 누워서 이야기를 들려주곤 했어.' 말리는 창과 가장 가까운 쪽을 가리켰다.

　'어머니가 자주 생각나?' 내가 물었다.

　말리의 얼굴에 슬픔이 번졌다. '시간이 지날수록 차츰 덜 떠올리게 됐어.' 말리가 힘겹게 감정을 눌러 삼켰다. '어머니의 목소리라도 들을 수 있다면 하고 바라기도 해. 아니면 질문을 할 수 있었다면 좋겠다고 바라지. 묻고 싶은 게 정말 많았거든.'

　'뭐가 궁금한데?'

　'왜 나를 가지길 원했는지 묻고 싶어. 어머니는 인구 과다를 정말 부정적으로 생각했거든. 그래서 아이를 원했다는 게 이상하게 느껴져. 날 가진 게 우연도 아니었고 말이야!'

　부드럽게 그의 어깨를 어루만졌다. '왜 로비에게 묻지 않아?'

　'물어봤어. 하지만 그냥 어머니가 나를 그 무엇보다도 원했다고 말해. 그리고 나를 임신했을 때 정말 행복해했다고.'

　'어머니가 돌아가셨을 때 몇 살이었어?'

　'열 살.' 말리의 눈가가 반짝였다. 말리가 거칠게 눈가를 문지르고는 말했다. '우리 다른 얘기하자, 응?'

　'좋아.' 이런, 무슨 일이 있었는지 더 묻고 싶었는데. '그럼…, 여태까지 여자친구를 몇 명이나 사귀어봤어?'

　'몰라. 한 번도 세어본 적이 없어서. 첫 여자친구는 마틸다였어. 내가 일곱 살이고 마틸다가 여섯 살이었을 때였어.'

　두 손을 허리에 올리고 따졌다. '그건 반칙이야. 나는 진짜 여자친구를 물어본 거라고.'

　'진짜 여자친구였어! 뽀뽀도 했다고!' 말리가 입술을 오므리며 허공에

입 맞추는 시늉을 냈다. '넌? 몇 명이나 사귀어봤어?'

남자친구를 의미한다는 걸 잘 알면서도 일부러 잘못 이해한 척했다. '내 여자친구는 오직 테일러뿐이었어. 나의 가장 절친한 친구지. 이제 더는 가장 친한 친구가 아니지만.'

'왜? 무슨 일이 있었던 거야?'

어깨를 으쓱해 보였다. '테일러가 너무 걱정돼. 남자친구가 테일러가 하고 싶은 일을 못하도록 막고 있는 것 같아. 철저하게 구속하는 것처럼 보여. 걘 인정하지 않고 있지만.'

'그건 건강하지 않은데.'

'알아. 남자친구가 테일러를 압박하는 것처럼 보여. 남자친구에게 음식이 잔뜩 있거든. 그걸로 테일러를 조종하는 게 아닐까 싶어.'

'대체 어떤 사람이 지금 같은 때에 음식을 잔뜩 가지고 있을 수 있지? 정말 의심스러운데.'

'그렇지. 무슨 일이 일어나고 있는 건지 모르겠어.' 잠시 망설였다. 확신이 없었다. 하지만 곧 속마음을 뱉어냈다. '테일러가 날 버린 것 같아. 그 애를 걱정해야 한다는 걸 알지만, 내가 받은 마음의 상처를 지울 수가 없어. 테일러에게 난 남자친구에게 맞설 만큼 중요한 존재가 아닌 걸까? 나와 테일러가 남자 때문에 이렇게 갈라서다니, 도저히 상상할 수 없는 일이야.' 속마음을 털어놓고 나니 기분이 한결 나아졌다.

말리가 입술을 오므렸다. '네 기분이 어떤지 이야기해봤어?'

'조금은. 하지만 그런 말을 하는 게 마치 테일러에게 나와 남자친구 둘 중 하나를 선택하라고 부담을 주는 것처럼 느껴지더라고.'

'그래. 때로는 우정이 썰물과 밀물처럼 변할 수 있다는 걸 받아들여야 할 때가 있지. 우정이 언제나 영원한 건 아니니까.'

말리의 말이 맞는다는 걸 알고 있었다. 하지만 여전히 테일러를 내 마음에서 지워버리는 것이 옳지 않게 느껴졌다.

고심하며 머리카락을 쓸어내리자, 말리가 따라서 내 머리카락을 쓸어내렸다. 그의 손가락이 내 머리카락에 얽혔다. 말리와 눈을 마주쳤다. 그가 장난치듯 내 머리카락을 살짝 잡아당기자 분위기가 바뀌었다.

'너, 내가 좀 전에 한 질문을 회피했었지?' 말리가 말했다. 말리는 나를 침대에 밀어 눕히고 몸을 내 위로 숙였다.

그 자세에서 벗어나려고 몸을 꿈틀거렸다. '무슨 질문? 절대로 그런 적이 없는데!'

'남자친구를 몇 명이나 사귀어봤어?'

아, 그거. 말리가 이런 질문을 했다는 사실조차 놀라웠다. '전혀. 절대로 없었어. 농인 여자애랑 사귀려고 내 앞에 줄을 설 남자애들이 잔뜩 있는 것도 아니잖아.'

'뭐라고?'

어깨를 으쓱했다.

'네가 농인이기 때문에 어떤 남자도 널 원하지 않을 거라고 말하고 있는 거야?'

'글쎄, 어쩌면. 그래.'

말리가 다시 자세를 똑바로 하고 앉았다. 둘 다 누워있는 상태에서는 수어를 하기 어려웠다. '대체 네가 어떤 세상에 살고 있는지 모르겠네. 농인인 것은 너의 매력을 아주 조금도 감소시키지 못해. 아주 조금도. 사실은 널 더욱 멋지고, 똑똑하고, 매력적으로 보이게 하는 걸. 넌 구화도 할 수 있잖아. 세상에, 도대체 무슨 생각을 하는 거야? 넌 신비로울 만큼 재능이 넘친다고!'

눈을 깜빡이며 나도 몸을 일으켜 바로 앉았다. '글쎄, 너도 처음에는 그렇게 보지 않았던 것 같은데. 내가 농인이기 때문에 함께하고 싶지 않다고 말했잖아.'

'농인인 게 널 덜 매혹적으로 만들었기 때문에 그런 게 아니야. 내 안에 정리되지 않은 온갖 감정이 비비 꼬여있었기 때문이지. 난 그 문제를 해결해야 할 필요가 있었고, 널 미친 듯이 좋아하고 있지 않다고 나 자신을 설득시키기 위해서 할 수 있는 모든 노력을 기울여야 했어. 날 믿어봐. 너에게 이런 감정을 느끼는 남자는 오직 나뿐만이 아니야.'

말리의 말을 듣고 내 입이 벌어졌다. 하지만 뭐라고 대답하기도 전에 말리가 다시 나를 끌어안았고 우리는 입을 맞추고 있었다. 말리의 숨결이 뜨거웠다. 빵과 처트니 그리고 알 수 없는 다른 무언가의 맛이 느껴졌다. 눈을 감고 부드러운 입맞춤 속에서 나를 잃었다. 말리의 두 손이 내 등을 미끄러지듯 타고 올라왔다. 그건 마치 그가 내 몸만이 아니라 내 영혼까지 끌어안는 느낌이었다.

피부가 맞닿자 전기가 흐르는 것처럼 짜릿하고 얼얼했다. 우리는 서로를 끌어안았다. 서로의 입술이 가볍게 닿았다. 방 안의 불이 꺼질 때까지 말리의 두 눈이 내 두 눈을 내내 바라보고 있었다. 손목 밴드를 켜 엄마에게 메시지를 보냈다. '엄마, 저 오늘 밤 테일러네 집에서 자고 가요.' 메시지를 보낸 그 순간을 제외하면 세상에 존재하는 건 우리 둘뿐이었다.

SUNDAY 15 NOVEMBER

11월 15일 일요일

집으로 돌아가자마자 엄마가 봉투를 건넸다. 내용물을 본 순간 얼굴이 확 달아올랐다 임신과 성병 방지 알약이 석달 치나 들어있었다.

보청기를 귀에 꽂자, 엄마가 기다렸다는 듯 소리쳤다. "다시는 엄마한테 거짓말하지 말거라!"

"엄마! 아니에요…" 그러다 멈췄다. 거짓말에는 소질이 없었다.

"넌 지난 몇 달 동안 테일러를 만나지 않았잖니. 그런데 갑자기, 그것도 남자친구가 생긴 바로 직후에, 뭐? 테일러 집에서 자고 온다고?"

털썩 주저앉았다. "저희 아무것도 안 하고 그냥 잠만 잤어요."

"그러라고 부추기는 게 아니야. 충분히 시간을 가져. 필요하면 그걸 먹고. 네가 임신하는 걸 원하지 않아. 그리고 다시는 거짓말하지 마."

"알았어요. 안 그럴게요."

엄마가 날 물끄러미 쳐다봤다. 다정하지만 엄격한 시선이었다. 그리고 엄마는 날 끌어안았다. 나도 엄마를 끌어안았다. 갑자기 엄마의 손목 밴드에서 알람이 요란하게 울렸다. 엄마의 뉴스 피드였다.

일기장을 꺼내 들었다. 잠시 후 엄마가 내 주의를 끌기 위해 빈 레콘 상자를 던졌다. 엄마는 무척 신나있었다. "파이퍼! 왜 말 안 했니?"

보청기를 찾아 다시 꼈다. "방금 뭐라고 하셨어요?"

엄마가 손목 밴드를 내밀었다. 연못 옆에 서 있는 내 사진이 보였다. 실제보다 더 생생했다. 엉키고 기름진 머리카락이 보일 정도로 선명했다. 사진 속의 나는 눈을 뗄 수 없을 만큼 매력적으로 보였다.

내 손목 밴드를 켜고 톡톡 두드려 뉴스를 훑었다.

맥브라이드의 딸이 식량난을 해결하기 위해 레콘을 거부하고 나서다!

전 오가닉코어의 수석 과학자 아이린 맥브라이드의 열여섯 살 청각장애인 딸이 공장에서 만든 음식에 등을 돌리고 야생 음식을 기르는 모험에 나섰다. 자신이 사는 노스코트 거리의 공유지에 공동체 정원을 만들어냈으며, 이웃과 함께 나눠 먹을 수 있을 만큼 충분한 야채와 달걀, 고기를 얻을 수 있다고 기대하고 있다.

도시 곳곳에 붙은 낯익은 포스터를 제작한 예술가이기도 한 파이퍼 양은 그동안 고립되었던 공동체 구성원을 하나로 모아 이 매력적인 정원을 만들어냈다. 이웃들은 파이퍼의 비전과 포부를 현실로 만들기 위해 도구와 기술을 지원했으며, 나무 도둑들로부터 정원을 지키기 위해 돌아가며 경비를 서고 있다.

"처음 파이퍼가 정원을 가꾸기 전에 우린 서로를 알지 못했어요." 이웃인 코니 사토는 말한다. "하지만 곧 음식을 길러내는 일이 무척 즐겁다는 것을 알게 되었죠." 파이퍼의 정원은 식량난을 극복하기 위해 공동체가 어떻게 함께 노력할 수 있는지를 보여주는 훌륭한 사례이다. 또한 거리에 아름다움을 더하고 사람들을 서로 연결하는 방법을 보여주고 있다. 파이퍼는 뉴스 멜버른 독자들에게 '트랜지션 타운'이라는 단체에 연락해 정원 만드는 방법을 배우라고 권한다. "가장 첫 번째로 해야 할 일은 퇴비를 만드는 거예요."

파이퍼가 할 수 있다면 모두가 할 수 있다. 실제로 파이퍼의 정원에서 얼마 떨어지지 않은 동네에서 파이퍼 양에게 영감을 받은 지역 주민이 정원을 가꾸기 시작했다. 소리를 듣지 못한다는 사실은 파이퍼 양이 이 도시에 작은 오아시스를 빚어내는 데 아무런 문제가 되지 않았다.

뉴스 속보: 맥브라이드 정원의 철거 날짜가 정해지다.
안타깝게도 이 기사를 취재하는 동안 시의회가 파이퍼의 공동체 정원을 '쓰레기'로 분류하고 철거할 것을 통보했다. 어떻게 생각하는가?

공유하기

기사와 함께 사진이 여러 장 실려있었다. 태거트, 가까이에서 찍은 닭들, 그리고 퇴비 포스터까지. 모두 아주 멋져 보였다.

"레콘을 거부한다는 건 무슨 얘기니?" 엄마가 물었다.

어깨를 으쓱했다. "그런 말은 한 적이 없어요. 그렇지만 지금부터는 거부할지도 모르겠어요. 배급품에 있던 바이오스포어를 먹어본 다음이니까 말이에요!" 엄마가 눈을 가늘게 뜨고 날 유심히 살폈다. 엄마는… 만족스러운 것처럼 보였다. "훌륭한 일을 해냈구나, 파이퍼."

이제야 그걸 알았단 말이야? 엄마는 내가 매일같이 바깥에서 일하는 걸 봐왔다. 하지만 내가 그저 학교를 그만둔 채 잡초를 가지고 사람들과 함께 야단법석을 떤다고 생각했다. 어쩌면 처음엔 그랬을지도 모르겠다. 학교에 가지 않는 건 사실이니까. 하지만 앰버가 쓴 기사는 그 모든 걸 무척 매력적으로 보이도록 만들었다.

"이제는 학교에 가지 않는 걸 용서해주시겠죠?"

엄마는 고개를 저었다. "여전히 그 부분은 네가 실수하고 있다고 생각한단다. 하지만 이건 네 인생이잖니. 내가 어떻게 너를 막겠어."

엄마는 완고했다. 절대로 마음을 바꾸지 않을 것이다. 하지만 이렇게 언론의 주목을 받으면 의회가 결정을 바꿀 수도 있지 않을까?

손목 밴드가 울렸다. 메리 막달렌 여학교를 같이 다녔던 매디슨이었다. '정말 중요한 일을 하고 있구나. 멋져, 파이퍼!'

눈썹을 들어 올렸다. 매디슨과는 별로 대화를 한 적이 없었다. 편안하고 친근한 말투가 마음에 들었다. 메리 막달렌에 다닐 때는 매디슨을 잘 알지 못했다는 사실이 안타깝게 다가왔다. 사실은, 학교에 관한 모든 일이 갑자기 참을 수 없이 슬프게 느껴졌다. 내가 같은 반 아이들을 이해할 수 있었고 그 아이들과 진정한 우정을 나눌 수 있었다면 얼마나 많은 게 달라졌을까?

손목 밴드가 또다시 진동했다. 미술 선생님인 앨리스다. '네가 뭘 하며 지내는지 읽게 되어 신나는구나! 일기장에 계속 그림을 그리고 있는 중이기를 바라. 언제 한번 들러서 보여주렴.'

그 다음 메시지는 테일러에게서 온 것이었다. '파이퍼, 너 유명해졌더라! 게다가 이젠 말리라는 남자친구까지 생겼다고?!! 우리 만나서 할 이야기가 정말 많네. 그리고 미안해. 지난번에는 급하게 가봐야 했어. 빨리 만나서 너한테 일어난 일을 전부 듣고 싶다, 진심이야.'

힘겹게 눈을 끔뻑이다가 이내 답장을 보냈다. '그래, 나한테 진짜 남자친구가 생기다니, 나도 믿기지가 않아. 근데 너… 평소랑 조금 다른 것 같은데. 괜찮은 거야?'

놀랍게도 곧바로 답장이 왔다. '어떻게 알았어? 실은 보우랑 싸웠어. 보우가 난폭하게 운전을 했거든. 나를 겁주려고 그러는 것 같았어. 그래서 차에서 내렸더니 그냥 차를 몰고 가버린 거야! 나쁜 놈.'

운전을 하다니. 보우에게 차가 있다고?! '너 어디야? 만나자.'

'푸츠크레이야. 고마워. 그렇지만 걸어가는 중이라서. 집에 거의 다 왔어. 괜찮아. 보우도 그 사이에 기분이 가라앉았을 거야. 걱정마.'

'난 지금 널 걱정하고 있는 거야. 대체 어떤 남자친구가 여자친구를 길바닥에 버리고 간다니? 세상에! 그리고 난폭하게 운전을 하다니 그게 무슨 뜻이야?'

'알잖아, 속도를 올리고, 급브레이크를 밟고, 바퀴 자국을 내는 거. 보우가 그럴 때가 정말 싫어. 하지만 그건 오직 화났을 때 뿐이야. 그리고 보우가 날 버리고 간 게 아니야. 내가 내린 거지. 내 잘못이야.'

'난폭 운전을 한 게 오늘이 처음이 아니었다고?' 이건 나쁜 상황이다. 테일러는 정말 모르는 걸까? '음식을 구할 수 있어서 좋다는 건 알겠어. 하지만…' 조심스럽게 말을 꺼냈다.

'알아, 알아. 하지만 좀 복잡해. 빠져나오는 게 쉽지가 않아.'

'하지만 너도 빠져나오고 싶다는 거잖아? 보우를 떠나고 싶은 거지?'

'앗, 나 가봐야 해. 집에 다 왔어.'

'테일러, 그 집에 들어가지 마! 내가 도와줄게. 우리 집으로 와! 아니면 내가 거기로 찾아갈 수 있게 해줘.'

'그렇게 간단한 일이 아니야. 파이퍼, 나 들어가야 해. 사랑해.' 테일러는

입맞춤과 함께 메시지를 끝냈다. 이번에도 날 버렸다.

비틀거리며 한숨을 쉬었다. 속이 메스꺼웠다. 테일러가 정말 그리웠다. 전보다 더 많이 걱정됐다. 엄마에게 말해야 할까? 테일러는 말리에 대해서도 아무것도 묻지 않았다. 내게 처음으로 남자친구가 생겼는데, 테일러에게 아직 말하지도 못했다니 믿을 수 없었다.

오후 내내 손목 밴드가 울렸다. 알고 지냈던 모든 사람에게서 연락이 왔다. 기사에 대한 반응을 지켜봤다. 사람들은 내 정원이 철거될 것이라는 소식에 경악하고 있었다. 앰버는 뉴스 멜버른이 의회에 답변을 요청할 계획이라고 댓글을 달았다.

새 소식을 엄마에게 보여주었다. 엄마는 내게 우유와 설탕이 든 차 한 잔을 선물로 줬다. 우리는 하루에 차를 두 잔씩 마셨다. 목요일에는 달걀을 먹었고, 금요일에는 콩을 먹었다. 이제는 바이오스포어밖에 남지 않았다…. 저녁 식사 시간이 다가왔다.

바이어스포어 포장지를 열고 가만히 노려보았다. 바이오스포어는 칼로리 덩어리다. 그리고 칼로리는 곧 에너지다. 그렇지? 바이오스포어를 칼로 조금 떼어내서 먹어봤다. 맛 첨가제 가루를 넣지도, 열을 가하지도 않은 그대로. 고무로 만든 벽돌을 먹고 있는 것만 같았다. 계속 씹어야 해서 역겨웠지만, 그렇게 나쁘지는 않았다. 그리고 확실히 차이가 느껴졌다. 에너지가 혈관를 타고 흘렀다.

한 조각을 얇게 잘라서 엄마에게 건넸다. "당장 우리가 에너지를 얻을 수 있는 방법은 이것뿐인 것 같아요. 다음 번에 배급을 받을 때는 밀이 든 꾸러미를 가져올 수 있나 보세요. 빵을 만들 수 있어요."

"포장을 뜯기 전에는 뭐가 들었는지 알 수 없단다." 엄마가 말했다. "그리고 난 아무 힘이 없어. 그냥 내 몫의 배급 꾸러미를 받을 뿐이야. 다른 사람들과 똑같이 말이야."

나는 엄마가 다른 사람들과 똑같이 대우받는 것에 익숙하지 않았다. 지금 벌어지고 있는 상황 중 그 어느 것에도 익숙하지 않았다.

MONDAY 월요일
11월 16일
16
November

N 뉴스 멜버른

의회가 배급을 지원하기 위해
주방을 열다

국민들은 정부의 배급 식량을 환영하지 않았다. 배급을 받은
시민들은 무엇이 재료인지, 뭘 어떻게 조리해야 하는지 몰라 혼
란스러워했다. 가장 큰 불만은 불을 피울 연료가 없다는 것과
조리하는 데 시간이 많이 걸린다는 점이다. 특히 주방이 없는
집에서 사는 시민들의 불만이 더 컸다. 지방 의회는 공공 주방
을 설치해 콩류와 곡물을 대량으로 조리할 자원봉사자를 상주
시키겠다는 대책을 내놓았다. 이제 시민들은 배급받은 식량꾸
러미에서 콩류나 밀을 지역의 공공 주방에 전달하면 그와 동일
한 양의 조리된 음식을 받게 될 예정이다.

주방 위치   자원봉사 신청

노스코트 구 시청사 안은 정신없이 붐볐다. 사람들로 넘쳐났고, 대기 줄이 너무 많았다. 나는 친근한 인상을 지닌 중년 여성의 팔을 톡톡 건드렸다. 최대한 시각적으로 전달하려고 노력하면서 수어로 주방의 대기 줄이 어딨냐고 물었다. 내 질문을 알아듣고 여성의 얼굴이 밝아졌다. 하지만 손으로 대기 줄을 가리키는 대신 말을 하기 시작했다. 전혀 이해할 수 없어서 보청기를 끼자 강렬한 소음이 나를 공격했다. 곧바로 보청기를 뺐다. 여자의 입 모양을 읽어내는 건 불가능했다. 중년 여성은 계속 말하고 있었다. 얼핏 뉴스라고 말한 걸 알아챘다.

나에 대한 기사를 본 것일까? 여성의 얼굴을 유심히 살폈다. 그리고…, 그렇지. 이제 말이 되기 시작했다. **영감을 받았어요…. 정원…. 공동체….** 중년 여성은 질문하는 듯한 표정을 하고 있었다.

'네, 제가 맞아요.' 수어로 대답했다.

다음 말은 명확했다. "그럴 줄 알았어요!" 중년 여성이 나를 껴안았고, 그런 다음 하이 스트리트까지 이어진 대기 줄을 가리켰다.

청사 바깥에서도 몇몇 사람이 나를 알아봤다. 열한 살 정도 되어 보이는 여자아이도 있었다. 머리 한쪽에 짧게 머리를 민 자국과 커다란 흉터가 있어서 인공와우를 이식받았을 거라고 추측했다.

'파이퍼?' 여자아이가 지문자로 물었다.

여자아이가 하는 수어는 로비나 말리와 달랐다. 동작이 작고 빨라서 이해하기 어려웠다. 하지만 힘껏 집중해서 나에 관한 기사를 봤고, 내가 농인인 걸 알고 크게 놀라 재차 확인했으며, 그 뒤에 나머지 이야기를 무척 흥미롭게 읽었다고 얘기하는 걸 알 수 있었다. 여자아이는 함께 줄을 서자고 손짓했다.

'제 이름은 셀릭이에요.' 여자아이는 자신의 수어 이름도 알려줬다. 손바닥으로 얼굴을 한 번 쓸어내리고 이어서 머리카락을 쓸어내리는 것이었다. 내 수어 이름을 알려줬다.

'왜 그게 당신의 수어 이름이 된 거예요?' 셀릭이 물었다.

내가 그림 그리는 걸 사랑하기 때문이라고 말하자 곧바로 이해했다.

'멜버른에서 자랐어요?' 셀릭이 물었다.

고개를 끄덕였다.

'한 번도 당신을 본 적이 없어요. 어디서 학교를 다녔어요?'

구화를 쓰면서 자랐고, 이제 막 수어를 배웠다고 설명했다. 말리에게 들은 농사회의 암묵적인 약속을 기억해내고 셀릭에게 어느 학교에 다녔는지 물었다. 15분이 채 지나기도 전에 우리는 서로의 삶을 대략적이나마 알게 되었다. 셀릭은 내가 농인 클럽에 와야 한다고 말했다.

'저스틴을 알아요?' 농인 클럽에 데려가주겠다고 초대했던, 자전거 가게에서 만난 남자를 떠올리며 물었다.

셀릭이 고개를 끄덕인 뒤 양손을 사용해서 묘사했다. 근육이 울룩불룩하고, 머리를 빡빡 민 사내. 그러고는 곧바로 저스틴으로 변해서 넓은 어깨를 쫙 펴고 자신감 넘치는 자세로 서 있는 동작을 했다. '저스틴은 우리 아빠의 친구예요. 태어나서 지금까지 쭉 알고 지낸걸요.'

대기 줄에 선 두 시간이 순식간에 지나갔다. 말리가 옳았다는 걸 깨달았다. 농사회에서 언제나 곧바로 친구를 사귈 수 있을 거라는 게 사실이었다. 나는 그저 공공장소에서 수어를 사용하면 된다. 그러면 그들이 나에게 다가와 자신이 누군지 알려줄 것이다.

마침내 맨 앞에 자리 잡은 테이블에 도달했다. 두껍고 곱슬거리는 머리카락이 짙은 색 야구 모자 아래로 삐쳐 나온 남자가 몹시 지쳐 보이는 얼굴로 내게 뭔가 물었다. 머뭇거리며 눈을 찡그렸다.

셀릭이 내 팔꿈치를 건드렸다. '배급 식량을 꺼내달래요.'

가방 속을 뒤져서 배급 식량을 꺼내 남자에게 건넸다. 이번 주에는 밀이 아니라 렌틸콩을 받았다. 셀릭이 자신의 배급 식량을 건네는 동안 그 모습을 사진으로 찍어서 말리에게 전송했다. '누군지 알아요? 이 여자아이도 농인이에요.'

말리가 바로 답장을 보냈다. '그럼, 셀릭이네. 온 가족이 농인이야. 로비가 십 대였을 때 어린아이였던 셀릭의 어머니를 돌봐줬어. 난 아직도 셀릭이 태어난 날을 생생하게 기억하는 걸.'

남자가 음식을 포장 용기에 담는 동안 기다렸다. '인공와우는 어때요?' 셀릭에게 물었다.

'전보다는 더 잘 들을 수 있게 됐어요. 하지만 온전히 들을 수 있는 건 아니에요.' 셀릭이 수어로 답한 뒤 손바닥으로 흉터를 잠시 덮었다. '여전히 아파요. 그리고 머릿속에서 이상한 느낌이 들어요.'

남자가 향신료를 넣은 콩 요리와 칠리 그리고 밀로 만든 죽이라고 이름표가 붙은 플라스틱 포장 용기 세 개를 건넸다. 우와. 그냥 조리한 렌틸콩만 받을 줄 알았는데, 알고 보니 여러 사람에게 건네받은 배급 식량을 모두 섞어 음식으로 만들어 나눠주는 것이었다. 죽이 뜨거웠다. 얼른 집으로 가져가서 엄마에게 주고 싶었다. 지금쯤이면 교대 근무를 끝내고 돌아왔을 거다.

셀릭에게 급하게 작별 인사를 건네고 힘껏 페달을 밟아 집으로 향했다. 엄마는 향신료를 넣은 따뜻한 콩 요리를 보고 황홀해했다. 크림처럼 부드럽고 풍미가 넘쳤으며, 걸쭉하게 목구멍을 미끄러지듯 타고 내려가 뱃속을 따뜻하게 데워줬다. 칠리를 맛봤다. 강낭콩과 몇 가지 재료를 더해서 만든 섬세한 요리였다. 입속에서 녹아내리는 강낭콩이 밀가루만큼 부드러웠다. 놀라울 만큼 멋진 맛이었다. 밀죽은 달콤했다. 한 입을 맛본 후 엄마는 죽을 옆으로 치우며 아침으로 먹자고 말했다.

콩 요리와 칠리를 배불리 먹고 나니 온몸이 따뜻하고 무거워졌다. 그대로 몸을 쭉 뻗고 늘어졌다. "그래서 오늘 근무는 어땠어요?"

엄마가 어깨를 으쓱했다. "길었지. 시간도 아주 느리게 갔고. 그래서 생각할 시간이 많더구나."

"무슨 생각이요?"

"오가닉코어가 곧 무너질 것처럼 보였어. 만약 오가닉코어가 사업을 접는 때가 온다면… 미래의 음식은 다시 야생으로 돌아갈 거야. 그런 음식은 근본적으로 안전하지 못할 거고."

"글쎄요, 꼭 그렇지는 않을걸요. 인간은 수천 년 동안 야생 음식을 먹어 왔잖아요, 그렇죠? 말리는 지금까지 식중독에 딱 한 번 걸렸는데, 그것도 심각한 게 아니었대요. 식중독 이야기가 대중에게 겁을 주기 위해 지어낸 전략이라고 생각하지 않으세요?"

"물론 그렇지! 하지만 내 말은 그런 뜻이 아니야. 영양 결핍증은 심각한 문제란다. 아이들에게 제대로 음식을 먹이는 건 정말 어려운 일이고. 어쩌면 뉴트리움 서스테이트를 야생 음식과 함께 한 알씩 섭취할 수 있는 영양 보충제로 만들 수도 있겠어. 지방 파괴제와 암 박멸제, 바이러스 제거제, 그리고 다른 모든 필요한 영양소를 넣는 거야. 완전한 영양소와 치료제를 알약 하나에 담는 거지. 사탕처럼 만들 수도 있겠고. 그거라면 아이들이 잘 먹을 테니까 말이야."

"지방 파괴제는 꼭 빼는 게 좋을 거예요! 하지만 알약이 레콘과 똑같은 문제를 일으키지는 않을까요? 사람들을 아프게 하면 어떡해요?"

엄마가 고개를 끄덕였다. "연구실을 구해야 해. 그래서 그 문제를 해결해내고 철저하게 추적 실험을 하는 거야. 이번에는 그 누구도 장기 실험 결과를 도출해내기 전에 출시하도록 날 압박할 수 없을 거야."

"하지만 연구실을 운영하는 건 돈이 들잖아요…."

엄마가 고개를 끄덕였다. "카렌 킬데어가 이 일에 관심을 보일 것 같구나. 우리는 그저 오가닉코어가 파산하기만을 기다리면 돼. 그 날이 올 때까지 연구 제안서를 만들어야겠어."

물론 엄마는 그렇게 할 것이다. 대기 줄 관리자로 머무르기에 엄마는 두뇌 회전이 지나치게 빨랐다. 애초에 그게 엄마가 오가닉코어의 수석 과학자가 될 수 있었던 이유이리라.

말리가 자전거를 끌고 들어왔을 때, 나는 조립하던 자전거에 맞는 크기의 바퀴를 찾으려고 애를 쓰는 중이었다. 말리의 피부가 땀에 젖어 반짝이고 있었다. 말리는 다른 사람이 이사하는 걸 돕는 중이었다.

'캠이 메시지를 보냈어. 트랜지션 타운이 집회를 계획하고 있대.' 말리가 수어로 전했다. 하지만 마지막 단어를 놓쳐서 지문자로 알려달라고 부탁해야 했다. 한 번도 본 적이 없는 표현이었다. 기발하잖아. 시위 행진대에 있는 사람이 피켓을 들고 있는 것 같은 동작이었다.

'무슨 집회인데?'

'시의회가 **생명이 움트는 땅**을 철거한 것에 대해 항의하는 시위. 트랜지션 타운은 공유지에서 작물을 기르는 걸 합법화하기를 원하고 있어. 3주 안에 열 계획이라고 하던데.'

불현듯 조금 부끄러워졌다. 정원 곳곳에 붙은 오렌지색 스티커 때문에 우울해하면서도 항의 시위 같은 걸 조직한다는 생각은 전혀 떠올리지 못했기 때문이다.

'너한테 집회 홍보 포스터를 디자인해줄 수 있는지 물어봐 달래.'

'물론이지.' 으쓱한 기분을 느끼며 답했다.

말리에게 작업하고 있는 자전거를 보여주고 맞는 크기의 바퀴가 있는지 물었다. 머릿속이 포스터에 대한 아이디어로 가득 차 어지러웠다. 켈시가 '콘크리트 말고 먹거리를 기르라' 그림을 포스터로 만들어줄 수 있는지 물었던 게 떠올랐다. 그동안은 전혀 짬을 내지 못했는데, 이번 기회에 그 그림을 변형해서 포스터로 만들 수 있을 것 같았다. 집회를 하는 모습을 상세하게 그려 넣어야지.

바퀴를 제자리에 끼워 넣은 뒤 그림
을 사진으로 찍었다. 말리의 친구 목
록에서 캠을 찾아 전송했다.
    '집회 포스터로 이런 그림은 어때요?'
캠이 오늘 중으로 답을 보내기를 바랐
다. 오늘 밤에 바로 작업을 하고 싶었
기 때문이다.

하지만 자전거 조립을 끝낼 때까지 답장은 오지 않았다. 말리에게 메시지를 보여주고 캠이 보통 답장을 빨리 하는 편이냐고 물었다.

'오, 집회에 쓰기 완벽한 그림이네. 그런데 음…, 내 생각에는 세스풀이 집회와 관련된 메시지를 다 삭제하고 있는 것 같아.'

정말? 말리에게 메시지를 보내 확인해봤다. '집회에서 만나.'

말리의 손목 밴드를 지켜보며 기다렸다. 그의 말이 맞았다. 아무것도 오지 않았다. 몇 번 더 시도했다. 여전히 아무 반응도 없었다.

말리가 나에게 메시지를 하나 보냈다. '연방 광장에서 12월 19일에 만나.' 내 손목 밴드가 바로 울렸다. 하지만 똑같은 메시지에 '모임' 또는 '집회'라는 단어를 덧붙여서 보내자, 메시지는 오지 않았다.

우와. 이런 식으로 검열을 당해왔다고는 꿈에도 생각하지 못했다. 불현듯 세스풀에서 게시물을 심사하는 일자리를 얻지 못한 게 기쁘게 느껴졌다. 하마터면 억압의 도구 중 하나가 될 뻔했다. 하지만 또 한편으로는, 그랬다면 집회에 대한 내용이 전달될 수 있도록 몰래 도울 수 있지 않았을까 하는 생각도 들었다.

집으로 돌아오는 길 내내 분노하며 마음을 졸였다. 이게 그들이 인터넷을 장악한 이유였나? 나 자신의 순진함에 소스라치게 놀랐다. 오가닉코어와 정부가 공공의 이익을 위해 일하고 있다고 믿어왔던 거야? 집에 도착하자마자 일기장을 꺼내 들었다. 감정을 마구 분출해내고 싶었다. 하지만 어떻게 표현해야 할지 확신이 서지 않았다.

우선 내 옆모습을 그리는 것으로 시작했다. 그런 다음 할머니가 남긴 낡은 책과 잡지에서 단어를 잘라내어 내 입에서 뿜어져 나오는 것처럼 보이도록 붙였다. 커다란 가위 사진을 발견했다. 경계선을 따라 오려서 그림 위에 붙였다. 마치 글자들이 내 입을 떠나자마자 잘리는 것처럼 보이도록 말이다. 단어 몇 개를 뜯어내고 옆으로 기울어지게끔 다시 풀로 붙였다. 단어들이 가위로 싹둑 잘려서 바닥으로 떨어지는 것처럼 보였다. 마지막으로 내 목소리를 지우지 마,라고 적었다.

좋아, 이거면 되겠지.

11월 27일 금요일

FRIDAY NOVEMBER 27

켈시가 집회 홍보를 위한 파티를 열었다. 장소는 켈시의 집 차고였다. 앞뜰에 차가 분해되어 있는 것으로 보아 더는 차고가 필요 없는 것 같았다. 말리는 파티에 함께 가는 것이 좋겠다고 나를 설득했다. 그 두 사람이 헤어진 이후로 한 번도 켈시를 만난 적이 없었다. 말리와 파티에 함께 온 게 좋은 선택인지 확신이 서지 않았다.

'집회를 계획하기 위한 회의일 뿐이야.' 말리가 재차 안심시켰다. '물론 실제로 회의를 하진 않아. 켈시는 그런 걸 고루하다고 생각하거든.'

창고를 가득 메운 사람들을 뚫고 앞으로 나아갔다. 말리가 길을 텄다. 내 손을 꼭 쥐고 자신의 허리에 닿게 한 채로. 말리와 함께 있는 게 정말 좋았다. 사람들이 우리가 함께라는 걸 알게 되는 것도 너무 좋았다. 말리가 켈시를 발견하고 손을 흔드는 순간, 긴장해서 나도 모르게 그의 손가락을 꽉 움켜쥐었다.

켈시가 인파를 헤치며 다가오더니 활짝 웃으며 말리를 안았다. 그러고는 나를 향해 말리를 대할 때와 똑같이 다정한 미소를 건넸다. "파이퍼! 당신 정말 유명해졌어요!" 말리가 유명하다에 해당하는 수어를 알려줬다. 엄지손가락을 이마에 대고 나머지 손가락은 활짝 펼치는 동작이었다. 그건 알다와 모두에서 유래한 표현이었다. 수어가 합리적이고 문자 그대로의 언어라는 사실이 좋았다.

고개를 저으며 어깨를 으쓱해 보였다. 뭐라고 말해야 할지 몰랐다. 켈시는 평소처럼 생동감 있고 아름다웠다. 녹색의 고풍스러운 블라우스를 입은 그녀의 맨 어깨가 금빛으로 반짝였다.

"아니에요, 정말인걸요." 켈시가 말하자, 말리가 통역했다. "기사가 나간 이후로 손목 밴드에서 진동이 멎을 날이 없었어요. 트랜지션 타운에 새로 가입한 회원이 너무 많아서 신입 회원 환영 파티를 따로 열어야 할 지경이라고요!"

사실 켈시가 하는 말을 절반 정도는 입술 모양으로 읽어낼 수 있었다. 하지만 말리가 통역을 해준 덕분에 헷갈리는 부분을 알아내려고 안간힘을 쓰지 않아도 된다는 사실이 너무 좋았다. 놓친 단어를 말리에게 전달할 수 있는 방법만 있다면 정말 좋을 텐데.

'당신 이야기가 호주의 모든 것에 선정되었다는 걸 알아요? 그리고…'

그때 누군가 말리를 붙잡았다. 그 바람에 통역이 멈춰서 내 이야기가 선정됐다는 다른 매체의 이름을 알아듣지 못했다.

그걸 핑계로 대화를 마무리 지으려고 어깨를 으쓱했다. 하지만 켈시는 말을 계속 이었다.

"집회에서 연서해볼 생각이 있나요? 물론 수어로요."

보청기를 낄까 했지만 사람이 너무 많았다. 소용없을 거다. 두 손바닥을 들어 올리며 손목 밴드에 타이핑하는 동작을 했다.

켈시가 알아듣고 손목 밴드에 타이핑했다. 하지만 읽기도 전에 무슨 말을 한 건지 알아냈다. **집회에서 연설해볼 생각이 있나요?** 켈시의 손목 밴드를 확인해보니, 내 추측이 맞았다.

아연실색하며 켈시를 쳐다봤다. 학교에서 발표하는 것도 어려운 일이었는데, 사람들 앞에서 공개적으로 연설을 하라고?!

'연설은 로비한테 부탁하세요.' 타이핑으로 답했다. '로비는 작물 키우는 것에 대해 저보다 훨씬 더 많이 알고 있는걸요. 캠도 마찬가지고요. 아, 캠이 연설을 하면 안 되나요?'

'캠도 할 거예요. 하지만 당신이 하고 있는 일은 정말로 특별해요. 급진적인 트랜지션 타운 구성원들이 공유지를 허가 없이 사용하는 것과는 차원이 다르죠. 당신과 평범한 시민들이, 이웃들이, 젊은이와 노인이 함께 거리를 변화시켜 나가고 있는 거잖아요. 그 공유지는 당신들 모두의 것이고요. 당신은 공유지에서 식량을 기르자는 주장이 단지 사회운동가들의 급진적인 주장이 아니라, 모두를 위한 일이라는 걸 보여주고 있어요. 그리고 무엇보다… 아이린 맥브라이드의 딸이라는 사실이… 당신의 움직임에 더욱 강한 설득력을 더하고 있고요.'

'생각해볼게요.' 말을 돌리려고 손목 밴드에서 사진첩을 열었다. 켈시에게 '콘크리트가 아닌 먹거리를 기르라' 그림을 변형한 포스터 시안을 보여줬다. 켈시가 양손을 번쩍 들고 흔들었다. 켈시는 농인이 어떻게 박수를 치는지 기억하고 있었다. '정말 좋아요!'

'이걸 캠에게 메시지로 보냈는데, 전송이 되지 않았어요.'

켈시가 타이핑했다. '우리도 똑같은 문제를 겪었어요. 그래서 세스풀에 행사에 관한 정보 센터 페이지를 만들었어요. 집회와 연관된 핵심어는 하나도 넣지 않고 말이죠…. 그런데도 승인을 거절당했어요. 작물 재배에 관한 워크숍 정보 페이지를 승인 거절당했던 것처럼 말이죠. 그렇지만 우리는 집회가 열린다는 소식을 시민들에게 전해야 해요. 그래서 그 대신 포스터를 인쇄해서 붙일 계획이에요.' 켈시는 자신의 손목 밴드로 내 손목 밴드에 띄운 포스터 시안을 사진 찍었다. '정부가 우리를 침묵하게 만들도록 놔둘 수 없어요.'

'내 목소리를 지우지 마' 그림을 보여주는 것으로 내가 동의하고 있다는 뜻을 전했다.

'세상에, 이 그림도 정말 좋아요!' 켈시가 타이핑했다. '완벽해요. 혹시 제가 가져다 써도 될까요? 이건… 정말이지 훌륭해요! 그렇지 않아도 집회에서 검열에 관한 문제를 강력하게 제기할 참이었거든요.'

'이걸 스텐실로 만들 계획이에요.' 내가 타이핑했다.

'어쩌면 집회 때 내걸 현수막으로 만들 수 있지 않을까요? 물론 건물 벽에도 찍어내야 하고 말고요. 멜버른 시내 전체를 이 메시지로 도배를 하는 거예요. 모두와 관련된 이야기니까요. 정말 멋져요.'

고개를 끄덕인 후 말리를 찾으려고 주위를 훑어봤다. 말리는 조금 떨어져 있는 차고 건너편에서 여러 명의 남자와 웃고 있었다. '미안해요. 그러니까… 말리와의 일 말이에요.'

켈시가 웃으며 타이핑했다. '괜찮아요. 말리는 물론 멋지고 정말 좋은 남자죠. 하지만 전 감정의 응어리가 없는 사람을 더 좋아한답니다. 당신이 그를 가져도 돼요.'

그 말이 나를 충격에 빠뜨렸다. 켈시는 마치 말리가 너무 많이 징징대서 자신을 귀찮게 하는 어린아이인 것처럼 말했다. 내가 너무 어리고 순진한 걸까? 아니면 켈시가 매몰찬 걸까?

인파를 뚫고 말리가 있는 쪽으로 다가갔다. 말리는 캠, 그리고 작물 재배 워크숍 강사였던 안젤로와 대화를 나누고 있었다. '캠의 가족 농장에 관해서 이야기하는 중이었어.'

'무슨 일이 있나요?' 캠에게 정중하게 수어로 물었다.

캠이 대답하자 말리가 통역했다. '군이 농장을 점령했어요. 말로는 저희 부모님을 고용인이라고 부르고 있지만, 실제로는 노예나 다름없어요. 바이오스포어를 수확하고 트럭에 싣느라 부모님이 미친 듯이 오랜 시간을 일하고 계세요. 보수 같은 건 꿈도 못 꾸고요.'

'빠져나오셔야 해요.' 말리가 통역했다. 다만 이번에는 안젤로가 말하고 있다는 걸 알리기 위해 어깨를 안젤로 쪽으로 돌렸다.

'그럴 수는 없어요.' 캠이 날카롭게 말했다. '부모님은 농장을 잃게 될까 봐 걱정하고 계세요. 농장을 떠나면 어디 가서 살라는 말인가요?'

안젤로가 다른 무언가를 말했지만, 이번에 말리는 통역하지 않았다. 조금 신경이 날카로운 것처럼 보였다. 턱이 굳어있었다. '가서 마실 것 좀 가져올게.' 그러고는 사라졌다. 혼자 남겨진 나는 두 남자의 대화를 전혀 따라갈 수 없었다. 그래서 그곳을 벗어났다.

차고 건너편에서 로비가 자신과 비슷한 연령대의 남자를 향해 열렬히 수어 하는 모습이 보였다. 남자는 어색한 지문자와 동작으로 답을 하고 있었다. 로비가 세련되게 웃으며 고개를 뒤로 젖혔다. 로비는 그 상황에 매끄럽게 녹아들어 있었다. 중년의 여성이 두 사람 사이에 끼어들더니 로비를 붙잡고 활기차게 껴안았다. 그리고 로비가 이야기를 시작했다. 공중에 그림을 그렸다. 극적인 동작을 곁들였고, 사람들은 그 모습을 홀린 듯이 바라보다가, 웃다가, 경악한 듯 손으로 입을 틀어막기도 했다. 그들에게 로비는 그저 동정하고 안쓰럽게 여길 농인이 아니라는 걸 깨달았다. 로비는 선망의 대상이었다. 로비의 의사소통 방식은 눈에 띄게 매력적이고 마법처럼 멋졌다. 로비는 타고난 솜씨로 사람들을 자신에게 빠져들게 만들고 있었다.

바로 그때, 파티에 온 사람들 모두가 동작을 멈췄다. 그러더니 차고 앞쪽을 향해 몸을 돌렸다. 켈시가 화물용 플라스틱 운반 상자 위에 올라 서서 마이크를 톡톡 두드리고 있었다. 켈시 옆에는 정장을 차려입은 남자가 서 있었다. 주머니에서 보청기를 꺼내서 귀에 꽂았다. 모두가 조용히 하고 있었으니, 승산이 있었다. 하지만 켈시가 마이크를 입에 가까이 가져다 대면서 입술을 가렸다.

켈시가 말하기 시작하자, 옆에 선 남자가 손을 움직이기 시작했다. 얼마 후 그가 통역사라는 사실을 깨달았다. 남자는 말리처럼 의사소통을 도와주고 있는 게 아니었다. 진짜 전문적인 통역사였다. 남자의 시선이 한 곳에 고정되어 있었다. 그 시선을 따라가 보니 로비가 있었다. 남자는 정확히 로비를 향해 수어를 하고 있었다. 이 장소에 또 다른 농인이 있다고 전혀 생각하지 못하는 것 같았다.

고맙습니다를 제외하곤 한 마디도 이해하지 못했다. 남자가 호주 수어를 쓰고 있는 게 맞나? 특히 지문자를 쓸 때는 손을 너무 빨리 움직여서 전혀 알아볼 수 없었다. 누가 저걸 이해할 수 있다는 거지? 로비의 풍부한 얼굴과 달리, 남자는 얼굴을 거의 움직이지 않았다.

시선을 다시 켈시에게로 돌렸다. 마이크를 조금 뒤로 옮긴 상태였다. "쉽지 않을 겁니다." 켈시가 말했다. 그러더니 이내 고개를 다른 방향으로 돌렸고, 나는 다시 시선을 둘 곳을 잃었다. 익숙한 두통이 머릿속을 휘저었다. 불현듯 절망의 파도가 덮쳐왔다.

나는 절대로, 결코 어디에도 속하지 못할 거다.

로비는 수어를 사용해 공간 전체를 사로잡을 수 있었다. 로비는 매혹적이고 사람의 마음을 끌어당겼다. 로비가 이야기하는 방식은 너무나 분명해서 심지어 수어를 할 줄 모르는 사람도 이해할 수 있었다. 하지만 내 수어는 마치 어린아이가 하는 것처럼 보였다. 어색하고, 직접적인 어휘만을 사용했으며, 지나치게 오래 걸렸다. 나는 절대로 로비처럼 될 수 없으리라. 절대로.

말리를 찾아 주위를 두리번거렸다. 하지만 시야가 흐렸고 목구멍이 꽉 조여왔다. 작물 재배 워크숍에서와 똑같은 일이 반복되기 전에 여기를 빠져나가야 했다. 갑자기 그게 고작 어제 있었던 일인 것처럼 느껴졌다. 고개를 푹 숙이고 서둘러 그 자리를 벗어났다.

대체 뭐가 잘못된 걸까? 올해가 되기 전까지는 내가 농인이라는 사실 때문에 울어본 적이 없었다. 하지만 갑자기 나 자신을 감당할 수 없었다. 모든 게 뒤집혔다.

밖으로 나왔다. 정원이었다. 무척 어두웠지만 사람이 있는 것처럼 보였기 때문에 반대 방향으로 몸을 돌렸다. 그러다 균형을 잃고 넘어질 뻔했다. 다른 사람들은 중이를 이용해서 균형을 잡을 때, 나는 두 눈을 사용해야 한다는 사실을 저주했다. 어두울 때는 쉽지 않았다. 균형을 잡기 위해 두 발을 넓게 벌리고 그 자리에 멈춰 섰다. 두 팔 역시 넓게 벌리고 싶었지만 꾹 참았다.

누군가의 손이 내 손목을 감쌌다. 말리다! 손을 빼내고 수어로 말했다. '여기서 뭐 하고 있어?'

말리가 수어로 뭐라고 답했지만 어두워서 보이지 않았다. 말리의 손을 이끌어 차고에서 흘러나오는 희미한 불빛이 말리의 얼굴을 비추도록 했다. 말리가 다시 수어로 말했다. '왜 연설을 보지 않고 여기 나와 있어? 통역을 하고 있을텐데.'

고개를 저으며 눈물을 참기 위해 힘겹게 눈을 깜빡였다. 하지만 눈물 한 방울이 결국 도망치듯 흘러내렸다. 급히 눈을 비볐다. '왜냐하면 그 사람이 하는 수어를 전혀 이해할 수 없었기 때문이야. 내가 통역을 이해할 수 있는 사람은 오직 너뿐인가 봐!'

말리는 잠시 굳어있었다. 그러더니 갑자기 빗발치듯 수어를 쏟아냈다.

그의 통역을 이해할 수 있다는 말을 거둬들여야 할 정도였다. 말리를 차고 문 옆으로 가까이 끌어당겨 불빛을 더 많이 받도록 했다.

'뭐라고?'

'정확히 바로 그게 문제라고!' 말리가 화를 냈다. 그것도 엄청나게. 대체 방금 무슨 일이 일어난 거지? 말리는 턱을 부들부들 떨었다. 목젖이 오르락내리락 했으며, 두 눈은 번득였다. '더는 이렇게 할 수 없어! 난 네가 통역을 이해할 수 있는 단 한 사람이 되고 싶지 않아. 너와 함께 파티에 가서 통역만 하면서 밤을 내내 보낼 수는 없다고!'

'그렇게 해달라고 부탁한 적 없어!'

'그렇지. 하지만 넌 그저 천진하게 서 있기만 하잖아. 켈시에게 알아들을 수 있도록 명확하게 의사소통해달라고 요구하지도 않았고. 그냥 조용히 참고만 있었어. 그러니 어떻게 가만히 보고만 있을 수 있겠어? 네가 속으로 무슨 생각을 하고 있을지 훤히 보이는데 말이야. 넌 그저 내가 그 간극을 메우도록 내버려둔 거야.'

'아니! 난 아무것도 바라지 않았어. 누구도 날 이해하지 못할 걸 알면서도 이 파티에 온 거야. 지금까지 살면서 늘 그래왔으니까. 날 걱정해서 간극을 메워주려고 하는 사람은 아무도 없어. 그래서 그냥 가만히 있는 것뿐이라고!'

말리에게 끌린 이유 중 하나는 그가 나의 이런 대처 방식을 소극적이라고 지적한다는 점이었다. 말리는 늘 내게 이해하고 참여할 권리가 있다고 믿었다. 나 자신조차 그게 나의 권리라고 확신하지 못하는데도 말이다. 당연히 그런 권리를 누릴 수 있어야 한다니 너무 좋아서 믿기 힘들 정도였다. 그런데 이제는 정말로 그렇다는 걸 알게 되었다. 말리가 큰 동작으로 수어를 하며 화를 내고 있기 때문이다.

'아니. 그렇게 가만히 있으면 내가 통역해줄 거라고 여긴 거야. 넌 그걸 즐겼어! 그러다가 혼자서는 도저히 의사소통을 따라잡지 못하게 되니까 바로 부루퉁해서 이렇게 밖에 나와 있는 거잖아.'

'말도 안돼!' 나는 격분하며 두 손을 강하게 맞

부딪혔다. 그렇지만 솔직히 고백한다면, 말리가 한 말이 맞았다. 어쩌면 그게 통역사의 수어를 이해하지 못한다는 사실에 이토록 화가 난 이유일 것이다. 소속감을 맛보았던 그 단 한 순간, 참여할 수 있다는 것에서 느낀 놀랍도록 경이롭고 전에는 알지 못했던 감정. 그걸 경험한 뒤로 나는 예전으로 돌아가는 걸 견딜 수 없었다. '난 지금까지 살면서 단 한 번도 누군가에게 나를 위해 통역해달라고 부탁한 적 없어! 네가 나를 위해 통역을 했다면, 그건 네가 그렇게 하기로 선택한 거야!'

말리는 한 걸음 뒤로 물러나더니 포기한 듯 두 손을 허공에 들어 올렸다. '그게 바로 내가 너와 함께할 수 없을 거라고 생각한 이유였어! 내 생각을 따랐어야 했어. 이렇게 될 줄 알고 있었다고. 난 널 지키는 사람이 아니야. 내 인생을 온통 책임감을 느끼며 보내고 싶지 않아!'

이 말을 남기고 말리는 가버렸다. 어둠 속으로 사라졌다.

메스꺼웠다. 손이 덜덜 떨리고 있었다. 아까 켈시가 했던 말이 되살아났다. '저는 감정의 응어리가 없는 사람을 더 좋아한답니다.'

하지만 공정하게 말하자면, 나 역시 말리만큼이나 많은 감정의 응어리를 짊어지고 있었다. 나 또한 이런 곳에 나와 울며 화를 내고 있었다. 자전거에 올라타고 집으로 향했다. 달리는 내내 눈물이 뺨을 타고 구불구불 흘러내렸고, 눈물방울이 어깨로 떨어졌다. 우리의 관계는 벌써 끝난 걸까? 내 삶에 다시 없을 사랑과 겨우 2주 반의 시간을 보냈는데, 이제 그 시간이 더는 존재하지 않는다고? 단지 나를 위해 통역을 하게 만들었기 때문에?

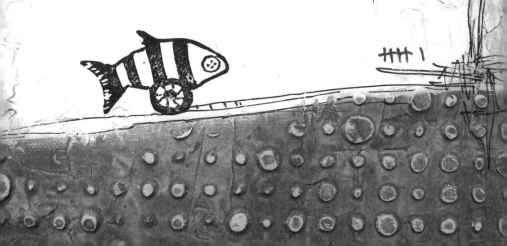

켈시가 한 말과 말리가 한 말이 뒤죽박죽으로 섞인 꿈이 밤새도록 나를 괴롭혔다.

집회에서 연설해볼 생각이 있나요?

더는 이렇게 할 수 없어

너와 함께할 수 없을 줄 알고 있었어.

전 감정의 응어리가 없는 사람을 더 **좋아한답니다.**

내 인생을 온통 책임감을 느끼며

보내고 싶지 않아.

눈을 뜨자마자, 우리가 끝났다는 현실이 강타했다. 울고 싶었다. 힘겹게 그 생각을 밀쳐냈다. 집회에서 연설하는 내 모습을 그려봤지만 기분이 더 끔찍해질 뿐이었다. 보청기를 끼고 일어나 앉았다. "엄마?"

엄마도 침대에 있었다. 엄마는 도표가 가득한 서류철에 둘러싸여 제안서를 쓰는 데 몰두하고 있었다. "응?"

"집회에서 연설해주실 수 있어요? 왜 사람들이 공유지에서 작물을 재배할 수 있도록 허가해야 하는지에 대해서요."

"내가 거기에 대해 뭘 알겠니?"

아이린 맥브라이드의 딸이기 때문에 내 연설이 더욱 강한 설득력을 얻을 거라던 켈시의 말이 떠올랐다. 글쎄, 그렇다면 아이린 맥브라이드 본인이 연설을 하면 더욱 강렬하게 다가갈 것이다.

"레콘의 위험성에 대해 말하고, 레콘이 제대로 실험을 거치지 않았다고 경고할 수 있잖아요. 식중독 이야기가 사람들을 겁먹게 하려고 과장되었다는 것도요. 엄마가 야생 음식이 미래라는 걸 깨달았다고, 우리에겐 먹거리를 재배할 땅이 필요하다고 말하는 거예요."

"그건 내 비밀 유지 의무를 위반하는 게 될 거야."

"그래서요? 오가닉코어는 망해가고 있어요. 진실을 알리는 게 더 중요하지 않을까요?"

"그럼 난 감옥에 갈 수도 있단다! 절대로 안 돼."

"카렌 킬데어에게 집회에 올 건지 물어봐주실 수 있어요? 카렌은 변화의 중요성을 알아야 해요. 집회를 홍보하려고 할 때마다 세스풀에서 메시지를 삭제한단 말이에요. 카렌에게 초청 메시지를 보내거나 할 수 있는 상황이 아니에요."

엄마가 눈을 깜빡였다. "카렌 킬데어에게 내 프로젝트에 대해 이야기하는 것조차 쉽지 않단다. 카렌은 몹시 바빠. 이런 중대한 위기 속에서 총리의 역할을 하는 건 쉬운 일이 아니야."

"이게 그 위기를 덜어줄 방법이라고요!" 엄마의 품에 나를 던지고 싶었다. 엉엉 울면서 말리에 대해서 이야기하고 싶었다. 하지만 그렇게 하면 엄마는 뭐가 문제인지 알고 싶어 할 텐데, 수어와 통역에 대해 털어놓을 수는 없었다. 엄마는 이해하지 못할 것이다. "음…, 카렌 킬데어에게 제안서에 대해 말해보셨어요?"

엄마가 고개를 끄덕였다. "내 계획을 마음에 들어 하더구나. 하지만 나중 이야기야. 식량난과 연료난을 통제한 다음에 말이야. 그날이 올 때까지 자세한 계획을 세울 거야. 우선 예산을 정리하고 싶어. 자금이 생기면 카렌이 바로 이쪽으로 돈을 돌릴 수 있도록 말이야."

다시 베개에 기대어 누웠다. 말리의 화난 얼굴이 떠올랐다. '난 널 지키는 사람이 아니야…' 생각을 지우려고 머리를 흔들었다.

테일러와 대화하고 싶었다. 이런 건 서로 얼굴을 마주보고 얘기하면서 어깨에 기대어 우는 게 더 어울릴 문제였다. 테일러 없이 견뎌야 하는 외로움이 또다시 나를 강타했다. 그 어느 때보다 아팠다.

그 생각 역시 멀리 밀쳐두고, 일어나서 옷을 챙겨 입었다. 이제 헤어졌는데 계속 자전거 가게에 가도 될지 의문이 들었다. 말리와 켈시는 여전히 친구이니, 짐작컨대 우리도 친구 사이로 남을 수 있을 것이다. 하지만 오늘 말리를 만난다는 생각을 하자 견딜 수 없었다. 오늘은 정원 일이나 해야겠다. 정원 일이 생각을 다른 데로 돌리게 해줄 것이다.

이제 거리의 공터는 무척 아름다웠다. 허리 높이까지 자라난 녹음과 잔뜩 피어난 노란색과 흰색, 보라색 꽃들, 그리고 연못에서 반짝이는 물 덕분이었다. 잡초를 한 손 가득 뽑아 들고 깊게 숨을 들이마시며 마음을 진정시키려고 노력했다. 그런 다음 잡초를 휙 닭장으로 던져 넣었다. 닭들이 서둘러 몰려와 먼저 잡초를 차지하겠다고 서로를 밀쳤다. 닭들은 이제 전보다 더 몸집이 커졌다. 흰색 깃털과 머리 꼭대기에 달린 조그맣고 빨간 볏이 조화를 이뤘다. 조이가 닭집 옆에 지은 둥지를 확인했지만 아직 달걀은 없었다.

토마토는 금속으로 만든 말뚝에 묶여있었다. 줄기가 너무 길게 자라서 바닥에 끌렸기 때문에 줄로 가지를 말뚝에 묶기 시작했다.

조이가 어깨를 톡톡 두드렸다. 조이 옆에 앰버와 할림 그리고 태거트가 함께 있었다. **도구 보간소를 지을 수 있으 것 가타요.** 조이가 지문자로 전했다. 몹시 손동작이 느려서 시선을 고정하기 힘들 정도였다. **도구 보관소를 지을 수 있을 것 같아요.** 우와. 내가 가르쳐준 적이 없으니, 코니가 알려준 게 분명했다.

'그럴 필요가 있을까요?' 오렌지색 스티커를 가리키며 물었다. 앰버의 기사가 나간 후 반응을 보고 희망을 품고 있었는데, 오늘은 모든 게 다시 절망적으로 느껴졌다.

하지만 조이는 내가 지문자로 답한 것을 읽지 못했다. 흙 위에 쓰고 싶은 유혹을 느꼈지만, 연습해야 빨리 익숙해질 테였다. 문장의 철자를 세 번 더 반복해서 보여줬다. 조이는 글자 하나하나를 크게 소리 내어 읽었고, 앰버가 그걸 단어로 바꾸도록 도왔다. 우리가 함께 모여있는 걸 보고 게리가 합류했다.

그 순간 그 자리에 있던 모두가 몸을 돌려 내 뒤에 있는 누군가에게 정중하게 미소 지었다. 고개를 돌렸다.

엄마였다.

평소처럼 엄마를 반기는 대신, 작게 손을 흔들었다.

엄마가 눈을 찡그리고 있었다. "파이퍼, 지금 뭐 하는 거니?"

무슨 뜻으로 말한 건지 안다. *대체 그 손동작은 뭐니?*

입을 꾹 다물고 버티자, 조이가 모오오옵시 느으으으리게 지문자로 답하며 동시에 그걸 소리 내어 말했다. 이 다음에 정원에 무어을 시을지 의논아고 있었답니다. 나는 아침에 낀 보청기를 여전히 끼고 있는 채였다. 조이의 목소리가 이상하고 민망하게 늘어졌다. 제발 수어는 집어치우고 평범하게 말하기를 바랐다.

저는 조이라고 해요. 조이가 신중하게 지문자로 말을 이어갔다. 나와 의사소통하는 법을 배우기 위해 들인 노력을 엄마가 알아봐주기를 원하는 것이 분명했다.

태거트가 두 손을 번쩍 들어서 '태거트'라고 자신의 이름 철자를 지문자로 보여줬다. 누군가 태거트에게도 지문자를 가르쳐준 게 분명했다. 태거트가 철자를 쓸 줄 안다는 것조차 몰랐는데! 정말 대단하잖아.

엄마는 눈썹 한쪽을 들어 올린 채 우리 모두를 물끄러미 둘러봤다. 엄마가 감정을 눌러 삼키며 말했다. "음, 멋지네요. 무슨 수어 클럽을 하고 있나 보죠?" 엄마의 두 눈이 나를 뚫어지게 쏘아봤다.

대답할 수 없었다. 그렇게 하면 조이와 태커트, 할림과 앰버 그리고 게리가 내가 음성으로 말하는 걸 듣게 될 터였다. 어째서 내가 이토록 복잡하고 노력이 필요한 방식으로 의사소통을 하게 했는지 궁금해할 것이다. 음성으로 평범하게 이야기할 수 있었음에도 말이다.

그대로 얼어붙었다.

조이가 아주 느린 목소리로 말하며 지문자를 했다. 우리는 그저 페퍼와 함께하려고 노력아는 것뿐이에요.

뺨이 불타올랐다. 목구멍이 뻣뻣하게 조여왔다. 얼굴에 부채질을 하고 싶은 충동을 억눌렀다. 도망치고 싶었다.

재빨리 결단을 내렸다. 엄마가 받아들여야 할 거다. 엄마를 이제 막 만

난 사람처럼 대하리라. 도전적으로 손가락을 들어 올리고 수어로 말했다. 도구를 보관할 헛간에 대해 의논하고 있었어요.

아무도 내 말을 이해하지 못했다.

엄마가 눈을 크게 떴다. 그리고 내 두 손을 뚫어지게 바라봤다.

안 돼! 잘못 생각했다. 수어를 하지 말았어야 했다. 엄마는 크게 실망할 거다. 내가 둘러댄 걸 밝힐 게 뻔했다. 언제 수어를 배웠냐고 물어볼 거고, 내가 입모양을 읽어낼 능력이 있다는 걸 모두가 알게 될 뿐 아니라, 수어에 유창하지 않다는 것도 알게 될 거다.

창고 집을 향해 뛰었다. 침대에 몸을 던졌다. 엄마가 당혹스러워하면서 따라 들어왔다.

몸이 반으로 찢긴 것처럼 느껴졌다. 절반은 완벽하게 평범한 사람이어야 한다. 또 다른 절반은 농인이고, 수어를 하고, 음성으로 말하지 않는다. 대화 도중 사람들이 또 다른 절반을 만난다. 하지만 소개할 수 없다. 왜냐면 둘 중 하나가 거짓말을 하고 있기 때문이다. 어느 쪽이 거짓말을 하고 있는 건지 알아낼 수 없다.

"이게 네가 숨겨온 대단한 비밀인 거니?"

고개를 저었다. "그냥… 말리에게 수어를 조금 배운 거예요. 그리고 전 수어가 좋아요."

"말리는 귀가 안 들리는 게 아니잖아. 아니니?"

"맞아요. 하지만 어머니가 농인이에요. 로비요."

"그동안 네가 정원 가꾸는 법을 배워온 사람이 말리의 엄마이고?"

고개를 끄덕였다.

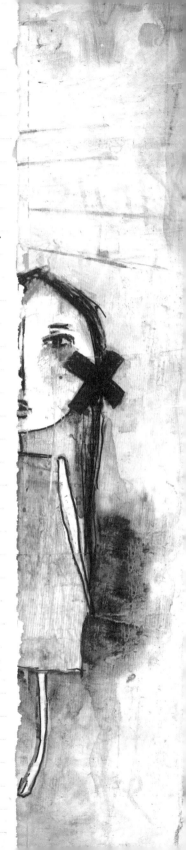

"그러니까 공터에 있는 사람들 모두, 네가 친구로 삼은 저 사람들은 네가 말을 하지 못한다고 생각하고 있다는 거구나? 그게 맞니?"

"네."

"하지만 파이퍼, 왜? 넌 말을 정말 잘해! 네 목소리가 자랑스럽지 않니? 네가 얼마나 의사소통을 잘하는지 자랑스럽지 않아? 네가 밝히지만 않으면 아무도 네가 듣지 못한다는 걸 알지 못할 거야."

"바로 그게 문제예요, 엄마! 아무도 모르면 누구도 무슨 일이 일어나고 있는지 알려주지 않는다고요! 제가 얼마나 발버둥치는지, 얼마나 소외감을 느끼는지 아무도 몰라요. 두통이 정말 지겹다고요…"

"그게 무슨 뜻이야? 두통이 이 일과 무슨 관련이 있다는 거니?"

"왜 두통이 생기는지 알아냈어요. 말 읽기 때문이에요! 수어를 할 때는 두통이 생기지 않는다고요."

"하지만 학교 밖에서도 말 읽기를 하잖아. 방학 중에도 그랬고. 또 방학 땐 두통을 겪지 않잖아."

"학교에서는 집중해서 말 읽기를 해야 해요, 하루 종일 말이에요!"

엄마는 납득하지 않았다. 나를 물끄러미 바라보는 엄마의 눈가가 반짝였다. "그 사람들이 뭐라고 생각하겠어? 내가 널 제대로 키우려는 노력조차 하지 않았다고 생각하지 않겠니? 언어 치료를 받게 할 만큼, 그리고 진짜 세상을 헤쳐나갈 수 있는 능력을 갖추게 할 만큼 너를 충분히 신경쓰지 않았다고 말이야."

엄마는 무너지듯 의자에 주저앉았다. "파이퍼. 난 너에게 모든 걸 줬어. 내 모든 걸. 네가 지금 가지고 있는 능력을 키워주기 위해서 말이야. 네가 그걸 전부 아무렇지도 않게 내팽개칠 수는 없어!"

"내팽개치는 게 아니에요!" 하지만 더는 말할 수 없었다. 울고 있었기 때문이다. 엄마 역시 울고 있었다. "엄마…, 엄마도…." 딸꾹질을 하며 말을 더듬었다. "배울 수 있어요. … 수어 쓰는 법을 말이에요."

엄마는 더욱 크게 울었다. "나는 너무…." 말이 더 이어졌지만, 엄마가 얼굴을 두 손에 묻어버려서 다음 말을 놓치고 말았다.

"뭐라고요?"

엄마는 두 번 더 말해야 했다. *새로운 언어를 배우기엔 너무 나이가 들었어.*

"어렵지 않아요." 수어가 얼마나 시각적인지, 내가 얼마나 수어를 빨리 익혔는지 말하고 싶었다. 엄마는 똑똑하니 전혀 문제없을 거라고 말하고 싶었다. 하지만 그 말을 하기엔 나도 너무 많이 울고 있었다.

엄마는 흐느꼈다. "…내가 낳은 딸과 의사소통도 제대로 못할 만큼 이토록 무능하다고?"

엄마에게 다가가서 무릎 위에 앉고 목을 껴안았다. "죄송해요." 애초에 이런 상황을 만들지 않았다면 얼마나 좋았을까. 하지만 수어를 포기하고 엄마가 바라는 '평범한' 딸이 되겠다고 약속할 준비가 되어있지 않았다. 그건 내가 아니었다.

우리는 울고 또 울었고, 엄마 역시 나를 꼭 붙들었다. 나는 곧 엄마의 품을 빠져나와 로켓 스토브에 불을 붙였다. 그리고 엄마와 내가 마실 달콤한 우유가 든 차를 만들었다.

달콤한 차도 별 소용이 없었다. 온종일 안절부절했다. 일기장에 감정을 풀어내 봤지만 소용없었다. 누군가와 교감하고 싶었다. 하지만 아무도 없었다. 말리도, 테일러도 없었다…. 엄마는 몹시 화가 났고 실망한 상태였다. 거리의 공터로 돌아가기에는 너무 부끄러웠다.

밤이 되었을 때쯤, '내 목소리를 지우지 마' 스텐실의 마지막 조각을 잘라냈다. 한번 실험해보기로 했다. 이번에는 내 정원이 아닌 다른 곳에서 말이다. 스프레이 페인트 캔 한 통과 걸레, 그리고 테이프를 배낭에 챙겼다. 스텐실을 넣은 서류철은 자전거에 묶었다. 엄마가 뭐라고 말하는 소리를 들었지만, 보청기를 빼고 듣지 못한 척했다. 자전거를 타고 달빛 속으로 달렸다.

맨 처음에는 브룬스윅으로 향했지만, 그러다 갑자기 마음을 바꿨다. 내가 분노한 대상은 의회였고, 그들은 검열 문제에 관심을 기울일 필요가 있다. 노스코트 구 시청사로 방향을 틀었다. 주방은 닫혀있었고 인파는 사라졌다. 주위에 아무도 없었다. 도로에서 구 시청사로 이어지는 바깥쪽 울타리에 누군가 물감으로 적은 글이 있었다.

순응하지 않는다면
불안할지언정
자유로울 수 있다

정말 마음에 들었다.

하이 스트리트를 따라서 몇 사람이 자전거를 타고 지나쳐 갔다. 자동차 도, 군인도, 경찰도, 보행자도 없었다. '내 목소리를 지우지 마' 스텐실을 꺼내서 인도 위에 테이프로 붙였다. 주위를 살핀 후, 재빨리 그 위로 스프레이 페인트를 뿌렸다.

스텐실을 닦아내고 다시 서류철에 숨기고 난 뒤에 내가 만들어낸 작품을 쳐다보았다. 멋졌다. 연한 회색빛 인도 위에 검정으로 새겨진 그림은 날카롭고 명확했다. 여태까지 만든 가장 복잡한 모양의 스텐실이었다. 너무나 사랑스러웠다. 아드레날린이 파도처럼 온몸을 구석구석 휩쓸었다. 해방감이 느껴졌다!

길을 건너서 광장 한 가운데에 섰다. 광장은 의회가 쓰는 사무용 건물과 구 시청사 사이에 있었다. 이번에는 '콘크리트 말고 먹거리를 기르라' 집회 포스터 스텐실을 꺼내 의회 정문 앞까지 이어지는 길을 모두 그림으로 채웠다. 스프레이를 뿌리고, 스텐실을 들어 올리고, 조금 움직이고, 테이프를 붙이고, 다시 스프레이를 뿌리고…. 내가 하고 있는 행위에, 내 작품이 만들어내는 아름다운 선에 온전히 빠져들었다. 끔찍했던 하루가 녹아 사라졌다.

건물 정문 앞에서 스텐실을 깨끗하게 닦으려고 했지만 걸레가 들러붙었다. 스프레이로 뿌린 페인트가 끈적거렸다. 스텐실을

말리기 위해 옆으로 치워두고, '내 목소리를 지우지 마' 스텐실을 다시 꺼냈다. 의회 건물의 유리 미닫이 문에 테이프로 붙이고 절반 정도 스프레이를 뿌렸을 때, 누군가가 뒤에서 내 양손을 붙잡았다. 깜짝 놀라 펄쩍 뛰어올랐고, 그 순간 스프레이 통이 손에서 날아갔다. 누가 날 붙잡고 있는지 보려고 기를 쓰며 몸을 비틀었다.

경찰이다.

오 세상에. 내가 대체 무슨 생각이었던 거지?

그게 문제였다. 나는 아무 생각이 없었다. 휴식이 필요했다.

경찰관이 나를 단단히 문으로 밀어 붙잡았고, 내 두 팔을 높이 들었다. 목 뒤로 경찰의 숨결이 느껴졌다. 그는 뭐라고 말을 하고 있었다. 내가 농인이라고 알려야 했다. 하지만 손을 움직일 수 없었고, 보청기는 주머니 속에 있었다. 시험 삼아 손가락을 꿈틀거리자 경찰이 손을 더욱 단단하게 붙들었다.

고개를 비틀었다. 어두워서 얼굴이 잘 보이지 않았지만 전에 마주쳤던 경찰은 아니었다. 그는 몸집이 거대했다. 우람한 근육과 거친 피부가 눈에 띄었다. 그의 뒤에 서 있는 또 다른 경찰관을 발견했다. 여자 경찰관이었는데, 나를 향해 총을 겨누고 있었다.

대체 뭐 하는 거야? 내가 무기를 든 위험한 범죄자인 것도 아닌데!

그냥 음성으로 말해야 할까? 아니다. 내 안의 무언가가 농인인 걸 알게 되면 경찰관들이 내게 더욱 관대해질 거라고 말하고 있었다.

몸부림치기를 멈추고 기다렸다. 경찰관이 내 귀로 머리를 가까이 가져다대고 뭐라고 말했다. 표정이 냉혹했다. 질문을 던지고 있었다. 경찰관이 질문을 반복했지만 입 모양을 전혀 읽어낼 수 없었다. 다시 손을 움직이려고 시도한 뒤, 몇 마디 말을 꺼냈다. 어쩌면 꺽꺽거리는 듯한 소리를 냈을지도 모르겠다.

갑자기 경찰관이 꽉 쥐고 있던 손에서 힘을 풀더니 나를 놔주고 뒤로 조금 물러섰다. 마치 야생 동물을 잡을 준비를 하는 것처럼 총을 쥔 손을 앞으로 뻗고 있었다. 얼른 내 두 귀를 쓰다듬었다. 이렇게 하면 내가 농인인 걸 사람들은 금방 알아차렸다.

경찰관은 얼굴을 찌푸렸다. 소용없네. 아무 말이나 수어로 하면 이해는 못하더라도 내가 농인인 걸 알아차릴 거라고 판단했다. '죄송해요.' 수어를 말했다. '집회를 홍보하고 싶었던 것뿐이에요…'

이제야 이해했다. '아!' 경찰관의 표정이 극적으로 부드러워졌다. 여전히 무섭기는 했지만.

뒤에 서 있던 여자 경찰관이 총을 내리고 다가왔다. "입 모양을 읽을 수 있어요?"

입 모양이 몹시 정확했기에 완벽하게 읽을 수 있었다. 하지만 나는 그저 멍하니 응시했다. 여자 경찰관이 자신의 입술을 가리키며 다시 물었지만, 어깨만 으쓱해 보였다. 경찰관들은 서로 이야기를 나눴고, 그중 남자 경찰관 한 명이 광장 쪽을 가리켰다. 그가 내 팔을 잡았다.

가방과 스텐실을 잡으려고 손을 뻗었다. 여자 경찰관이 배낭만 건네주고 스텐실에는 접근하지 못하도록 팔로 커다란 X자를 그려 보였다. 여자 경찰관은 손목 밴드로 여러 장의 사진을 찍은 뒤 장갑을 끼고 스텐실을 주웠다. 걸레와 스프레이 페인트 캔도 마찬가지였다.

남자 경찰관이 나를 길 아래쪽으로 이끌었다. 모퉁이를 돌자 경찰서가 있었다. 밤 늦은 시간이었고, 하이 스트리트는 고요했지만 경찰서는 민원을 접수하기 위해 차례를 기다리며 줄을 서 있는 사람들로 붐볐다. 경찰관들의 안내에 따라 사무실에 들어서자, 거기 있던 모든 사람이 일제히 몸을 돌려 나를 쳐다봤다. 부끄러움에 시선을 떨구었다.

책상과 의자 네 개 말고는 아무것도 없는 작은 방에 들어갔다. 복도에서 들어오는 불빛만이 유일했다. 경찰관은 나를 풀어주고는 내 가방을 가져가서 책상 위에 내용물을 모두 쏟았다. 하지만 나오는 건 펜 몇 자루와 민들레 잎 한 웅큼뿐이었다. 일기장은 집에 두고 나왔다. 경찰관이 무언가를 원하며 손을 내밀었다. 혼란스러워서 어깨를 으쓱했다. 그가 내 손목 밴드를 가리켰다. 아!

손목 밴드를 풀어 건네자 경찰관은 문을 닫고 사라졌다.

기다리고 또 기다렸다. 문을 열려고 시도해봤지만 잠겨있었다. 결국 바닥에 누워 두 눈을 감았다. 하지만 곧바로 불쾌한 심상이 다가와 말을 걸었다. 경찰관의 거친 피부가 어렴풋이 보이기 시작했다. 지나치게 가까웠다. 말리가 말했다. '난 널 지키는 사람이 아니야.' 켈시기 말했다. '집회에서 연설해줄래요?' 이번에는 엄마. '그 사람들이 나를 뭐라고 생각하겠어? 내가 너무 무능하다고…?'

30분이 흘렀는지, 아니면 몇 시간이 흘렀는지 알 수 없었다. 마침내 문이 열리고 불빛이 깜빡거렸다. 거친 피부의 경찰관이 매끄럽고 긴 머리카락을 하고 전문가처럼 목깃이 높은 검정색 정장을 차려 입은 우아한 여성 한 명과 함께 서 있었다. 일어나 앉아서 눈을 비볐다.

'안녕하세요?' 복도에서 들어오는 불빛 아래에서 여자가 수어를 했다. '농인이신가요?'

바닥에 그대로 앉은 채 고개를 끄덕였다.

'수어를 할 수 있어요? 제가 하는 말을 이해하시나요?'

또다시 고개를 끄덕였다.

'제가 통역을 할 거예요. 제 이름은 에비 리라고 해요.' 여자는 또렷하게 수어를 하며 나를 안심시키는 따스한 미소를 건넸다.

경찰관이 에비에게 무어라고 얘기했다.

수어를 하면서 동시에 에비가 경찰에게 대답했다. "저분에게 질문해야죠." 에비가 나를 가리켰다.

경찰관이 나를 향해 몸을 돌리고 뭐라고 말했다. '이름이 어떻게 되나요?' 에비가 통역했다.

'파이퍼라고 해요.' 지문자로 답했다. 그리고 에비에게 내 수어 이름을 알려줬다.

에비는 내 수어 이름에 대해서는 언급하지 않은 채, 그냥 이름만 경찰관에게 전달했다. 그는 자신의 손목 밴드에 내 이름을 타이핑했다.

경찰관이 에비에게 또 다른 질문을 던졌다. 에비는 나를 가리키고 가만히 기다렸다.

잠시 뒤 경찰관이 나를 향해서 같은 질문을 반복했다. '성을 말해주세요.' 에비가 수어로 전했다.

'맥브라이드예요.'

내 이름을 알아본 에비가 눈을 크게 떴다. 하지만 아무 말도 하지 않았다. 경찰관의 요청에 따라 집 주소와 생년월일을 건넸다. 경찰관은 불쑥 방을 나갔다.

'전에 당신을 만난 적이 없어요.' 우리 둘만 남게 되자, 에비가 수어로 말을 걸었다. 에비는 상냥한 표정을 짓고 있었다. '어디서 자랐어요?' 내가 잠재적 범죄자일 수 있다는 사실은 개의치 않는 것처럼 보였다. 에비는 책상에서 의자를 끌어내어 앉았다.

'멜버른에서요. 하지만 구화를 쓰면서 자랐어요. 얼마 전에야 수어를 배우기 시작했어요.'

'언제부터 배우기 시작했나요?'

'몇 달 전부터요.' 자전거 가게에서 말리를 만나고, 로비에게 정원 가꾸는 법을 배우기 위해서 수어를 배웠다고 얘기했다. 바닥에 앉아있는 게 어색하게 느껴져서 책상 앞에 마주 앉았다.

'이제 막 배우기 시작한 사람이라고 하기에는 정말 잘하는데요!'

'어릴 때 배우지 못해서 안타까워요. 절대 유창해질 수 없을 거예요.'

에비가 고개를 저었다. '걱정 말아요. 저는 스무 살이 될 때까지 배우지 않는걸요.'

진짜로? 에비는 정말… 유창해 보이는데.

'2년이나 3년 정도만 지나면 충분히 유창해질 거예요.'

'그 말은 농인이나 통역사가 아무 표정도 짓지 않고 빠르게 수어 하는 것을 봐도 이해할 수 있게 된다는 뜻인가요? 대화하는 중간에 보게 되더라도요?' 켈시의 파티에서 본 통역사를 떠올렸다.

에비가 웃었다. '대화 도중에 보게 되면 이해하기 어려울 수 있어요. 사람이나 장소에 대해서 이야기할 때는 허공에 위치를 지정하고, 그 뒤에는 그곳을 가리키기만 하니까요. 그러니까 뭐를 말하는지 알 수 없을 거예요. 하지만 당신이 처음부터 대화를 하고 있다면, 그래요, 아무 문제 없이 대화 내용을 이해할 거라고 생각해요.'

'지문자를 엄청 빠르게 하는 사람을 봤었는데, 한 글자도 알아보지 못하겠더라고요.'

'익숙해지면 철자 하나하나를 따로 볼 필요가 없어요. 그저 손가락이 움직이는 패턴을 보고 알게 될 겁니다.' 에비가 손가락을 움직였다. 로비와 말리가 같은 방식으로 대화하는 걸 보지 않았다면, 그게 지문자라는 걸 알아보지 못했을 거다. 신발. 그 다음 에비가 정확한 철자를 알려줬다. 그러더니 스쳐 지나가듯 움직이면서 얼마나 빠르게 손동작을 할 수 있는지 보여줬다.

따라 해봤다. 에비가 한 것처럼 깔끔하고 부드럽게 흐르지는 않았지만, 어떤 느낌인지 알 수 있었다.

'저 역시 철자를 각각 읽을 수는 없어요.' 에비가 말했다, '하지만 그게 신발을 뜻한다는 걸 알죠. 농인들조차 대화 중 처음 사용하는 단어의 철자는 천천히 알려줘요. 그들이 무엇을 얘기하고 있는지 상대방이 알게 되면, 그때서야 빠르게 대강 말하는 거죠. 그게 대화 중간에 뛰어들 수 없는 또 다른 이유예요. 그렇게 하면 내용을 명확하게 알려줄 수 있는 중요한 정보를 놓치게 될 테니까요.'

오, 왜 로비와 말리는 이걸 말해주지 않은 거지?

'어쨌거나…' 에비가 말을 계속 이었다. '농사회의 절반은 성인이 될 때까지 수어를 배우지 않으니까요.'

깜짝 놀라 눈을 끔뻑였다. '정말요?'

'대부분의 사람들은 인공와우를 이식하거나, 아니면 요즘에는 생체공학 귀를 이식해서 적응하거든요. 하지만 십 대 후반이나 이십 대 초반이 되어서 인공와우를 제거하고 대신 수어를 사용하기로 선택한 사람들을 많

이 알아요.'

'그나저나…' 에비가 흘낏 문을 쳐다봤다. '괜찮은 거예요? 경찰들이 당신을 체포한 걸 부끄러워하고 있었어요.'

'그게 무슨 뜻이에요?'

'당신에게 *뒤돌아서!*, 라고 말했는데도 멈추질 않아서 자신들을 무시한다고 생각했대요. 그래서 총을 꺼내 든 거고요…'

아까와 다른 경찰관이 방으로 들어오자 에비가 말을 멈췄다. 여자 경찰관은 검은 머리카락을 단단하게 틀어올리고 있었다. 곱슬곱슬한 머리가 얼굴을 감싸고 있었고, 어깨가 넓었다. 위협적이었다.

여자 경찰관이 에비 옆에 앉았다. 두툼한 입술을 만족스럽다는 듯 다물고 있었다.

"파이퍼 맥브라이드, 당신은 공공 기물에 대한 두 건의 손괴죄 혐의를 받고 있습니다." 여자 경찰관은 에비가 수어로 전달하기를 기다렸다. 에비가 천천히 수어를 하면서 신중하게 내가 단어 하나하나를 이해했는지 확인했다. '묵비권을 행사할 수 있으며, 법률대리인을 선임할 권리가 있습니다. 연락할 수 있는 변호사가 있습니까?'

고개를 저었다. '엄마에게 메시지를 보내도 될까요?' 엄마에게 내가 무슨 일을 저질렀는지 말하는 상황을 떠올리니 속이 메스꺼웠다. 하지만 엄마라면 이런 상황에서 뭘 어떻게 해야 할지 알고 있을 것이다. 경찰관을 물끄러미 쳐다봤다.

"전화 통화는 한 번 허락됩니다. 메시지는 안 됩니다."

'저는 전화를 걸 수 없어요. 엄마가 하는 말을 들을 수 없다고요! 저희는 언제나 메시지로 대화해요. 제발 손목 밴드를 돌려주실 수 있을까요? 아주 잠시만요. 제가 어디에 있는지 말할 수 있게요, 네?'

"손목 밴드는 안 됩니다. 전화는 한 통화 할 수 있어요."

에비가 손을 들었다. "제안을 하나 해도 될까요? … 제가 맥브라이드 양의 어머니께 드리는 전화를 통역할게요."

경찰관은 고개를 끄덕였다.

여자 경찰관이 기기를 하나 건넸다. 그게 뭔지 몰라서 한참을 물끄러미 쳐다봤다. 에비가 기기를 건네받고는 엄마의 세스풀 연락처를 물었다. 에비는 연락처를 입력하고 기기를 머리 가까이 가져갔다. 앗, 구식 휴대 전화다! 지난 몇 년 동안 한 번도 볼 일이 없었는데.

에비는 버튼 몇 개를 더 누르고 휴대 전화를 책상 위에 내려놨다. "여보세요?" 에비가 동시에 수어로 전하며 말했다.

뭘 해야 할지 몰랐다. 엄마와 이런 식으로 말해야 하다니! 에비가 무엇이든 말해보라며 손짓했다.

'음…, 안녕, 엄마! 저 파이퍼예요.' 어색함을 느끼며 수어를 했다. 에비가 내 수어를 음성으로 옮기는 걸 입 모양을 읽고 알 수 있었다. 에비가 덧붙였다. "저는 통역사를 통해서 말하고 있어요."

세상에, 정말 다행이다. 그걸 말해야 한다는 걸 전혀 생각하지 못했다. 엄마가 말도 안 되게 혼란스러워하고 있을 것이 분명했다.

'저는 경찰서에 있어요.' 내가 수어로 말했다. '제가 체포되었어요. 여기로 와주실 수 있어요?'

여자 경찰관이 끼어들어 뭐라고 말했다. 에비가 통역했다. '면회는 내일부터 가능해요.'

'음…, 지금은 안 되고요, 내일 여기로 와주실 수 있어요? 그리고 엄마, 우리 변호사가 있나요?'

에비는 잠시 가만히 듣고 있다가 그 뒤 수어로 전했다. '그래, 하지만 당장은 변호사 비용을 감당할 수 없어. 아이에게 법률 구조가 필요할 거예요. 파이퍼가 뭘 한 거죠? 지금 통화하는 분은 누구시죠?'

여자 경찰관을 빤히 쳐다보다가 영화에서 본 것처럼 내가 묵비권을 행사할 수 있음을 떠올렸다. '내일 설명해드릴게요.' 수어로 말했다.

여자 경찰관이 에비에게 대화를 끝내라고 손짓했고, 에비가 통화를 끝냈다. 그런 다음 한참 동안 법률 구조 신청서를 작성하고, 지문과 홍채 스캔을 하고, 사진을 찍으며 시간을 보냈다. 에비가 내가 이해하지 못하는 용어를 설명해주며 도와주었다. 마침내 다른 방으로 안내되었다. 작은 콘크리트 방 안에 비닐로 된 매트리스가 여러 개 깔려있었고, 그중 한 군데 가 비어있었다. 매트리스 한쪽 끝에 접은 담요가 놓여있었다. 다른 매트 리스 위에서는 여자들이 잠을 자고 있었다. 한 명이 잠깐 뒤척이긴 했지 만 아무도 일어나지 않았다. 자정을 한참 넘긴 시간인 게 분명했다.

에비가 작별 인사를 했다. 가지 않았으면 했다. 에비는 여자 경찰관과 함께 자리를 뜨기 전에 나와 악수를 하면서 내 손을 따뜻하게 꼭 한 번 쥐었다. 세상에, 내가 농인이어서 정말 다행이다. 이 모든 과정을 혼자 해 결하려고 애쓰는 상황을 상상하니 끔찍했다. 최소한 에비는 친절하고 상 냥했으니까.

우와. 농인인 걸 기뻐할 수 있다니.

에비와 친구가 될 수 있을까? 어쩌면 에비에게서 수어를 배울 수 있을 지도 몰라. 하지만 에비의 연락처가 없었다.

빈 매트리스 위에 누워서 담요를 끌어당겨 덮고 아침이 오기를 기다렸 다. 말리가 팔로 나를 감싸고 진정시켜주는 모습을 상상했지만, 곧 그 생 각을 밀어냈다. 말리는 더 이상 내 남자친구가 아니다.

일기장이 있으면 좋을 텐데. 손목 밴드가 없으니 벌거벗은 기분이었다. 나와 가장 가까운 곳에 누워있던 여자가 잠에서 깨어 일어나 앉았다. 팔은 피부가 늘어져 덜렁거렸고, 팔꿈치 근처는 상처 딱지가 가득했으며 그마저도 딱딱하게 갈라져 있었다. 얼른 시선을 돌렸다.

창백한 민트색의 페인트를 칠한 벽에 군데군데 벗겨진 자국이 보였다. 그 위에 그림을 그린다면 무엇을 그리고 싶을지 상상했다. 홀로 있는 내 모습. 내게 중요한 사람들은 모두 멀리서 아주 작은 입자처럼 보이겠지. 새장 안에 갇힌 모습을 그릴 거다. 이 감옥에 대한 낭만적인 묘사다. 당장 배낭에서 펜을 꺼내 벽에 그리고 싶은 충동을 느꼈다.

그 대신 기다렸다. 그리고 또 기다렸다.

말리, 켈시, 테일러, 내가 수어 하는 걸 기뻐하지 않는 엄마, 집회…. 그 모든 걸 생각하지 않으려고 애를 썼다.

어느 순간, 문이 열리고 경찰관이 따라오라고 손짓했다. 몇 시인지 전혀 알 수 없었다. 배낭을 집어들고 나서자 경찰관은 나를 다시 면회실로 이끌었다. 삼십 대 초반으로 보이는 정장을 잘 차려 입은 남자 옆에 엄마가 앉아있는 걸 보고 깜짝 놀랐다. 엄마의 표정은 단호했다. 일할 때면 늘 그랬듯, 능숙하고 전문가다운 분위기를 연출하고 있었다. 당장 달려가 품에 안기고 싶었지만, 엄마가 강철 같이 단단한 눈빛으로 바라봤기에 유혹을 떨쳐낼 수밖에 없었다. 경찰관이 엄마의 맞은 편에 앉으라고 지시했다.

남자가 일어나서 수어를 했다. '저는 제이콥입니다. 통역을 담당하기 위해서 왔어요.' 남자의 수어는 날렵하고 단호했으며 정제된 작은 동작으로 이뤄져있었다. 이해하는 데 조금 시간이 걸렸다.

물끄러미 엄마를 쳐다봤다. 음성으로 얘기해야 할지 아니면 수어를 해야 할지 확신이 없었다. 만약 음성으로 말한다면 경찰관이 내가 어젯밤에 거짓말을 했다고 생각할까? 통역사에게 의지했던 것 전부를? 수어를 한다면 엄마는 내가 이 상황에서 빠져나올 수 있는 기회를 망쳐버렸다고 생각할까? 내 직감이 수어를 한다면 경찰관들이 더욱 관대할 것이라고 말하고 있었다. *그냥 견뎌야 할 거예요, 엄마.*

고개를 끄덕이고 자리에 앉았다. 손으로는 보청기를 찾아 주머니 속을 더듬었다. 모두가 기다렸다. 그 순간 엄마가 경찰관을 향해서 말했다. 엄마의 말을 완벽히 이해했지만 제이콥이 통역을 했다. "제 딸에게 무슨 혐의가 있다는 거죠?" 엄마를 봐야 할지 아니면 제이콥을 봐야 할지 알 수 없었다. 통역사를 바라보는 쪽이 예의 바르다고 느껴졌지만, 그가 수어를 하는 방식에 익숙하지 않았다. 엄마의 입 모양을 읽는 게 더 쉬웠다. 시선을 빠르게 왔다갔다하며 둘 다 보려고 노력했다.

경찰관이 말을 했고, 나는 이해하지 못했다. 이번에는 제이콥을 관찰했다. 그가 이곳에 있다는 사실이 기뻤다. "공공 기물에 대한 두 건의 손괴죄 혐의입니다." 제이콥이 통역했다.

"공공기물 손괴요? 아이가 무엇을 했기에요?"

경찰관이 인쇄한 사진을 꺼냈다. 내 스텐실이 구 시청사 정문으로 향하는 길을 가득 메우고 있는 걸 보자 조금 짜릿한 기분이 들었다.

엄마가 사진을 받아 들고 눈을 가늘게 뜨고 바라봤다. "파이퍼는 집회를 홍보하고 있었어요. 맞나요?"

경찰관이 어깨를 으쓱했다. "비슷한 거였죠."

"집회를 조직하는 게 합법적인 행동이라는 걸 알고 있나요? 집회를 홍보하는 글이 모두 퀘스트툴에서 검열 당하는 걸 알고 있나요?" 깜짝 놀라 엄마를 쳐다봤다. "파이퍼에게는 공공 수단을 이용하는 것 말고는 아무런 선택지가 남아있지 않았어요. 파이퍼는 표현의 자유를 행사할 권리를 지금 침해당하고 있는 거예요."

경찰관이 뭐라고 말을 했다. 제이콥이 수어로 옮겼지만 너무 빨랐다. 슬그머니 다시를 뜻하는 단어를 수어로 전하고, 그 뒤 또다시 천천히 해달라고 부탁했다. 엄마가 잠시 혼란스러운 시선을 보냈지만, 재빨리 전문적이고 단호해 보이도록 표정을 가다듬었다.

'미안해요.' 제이콥이 수어로 말했다. 그가 엄마와 경찰관에게 뭐라고 말하자, 두 사람은 제이콥이 나에게 대화 내용을 모두 전달해줄 때까지 기다렸다. 반복해서 말해달라고 여러 번 되물어야 했다. 마침내 제이콥은 자신이 얼마나 천천히 수어를 해야 하는지 감을 잡았다. '그건 재판에서 판사가 결정할 몫입니다. 그때까지 맥브라이드 양은 보석 심리를 기다려야 할 겁니다.'

보석 심리라니. 우리에겐 보석금을 낼 돈이 없다. 경찰이 주머니쥐 사건에 대해서도 기억해낼까? 그 일이 악영향을 끼치게 될까? 나를 여기에 몇 년씩이나 가둬두면 어떡하지? 심장이 공포로 쿵, 내려 앉았다.

"… 파이퍼는 미성년자인데요?" 엄마가 물었다. 누굴 쳐다봐야 할지 몰라 시선을 급히 옮기는 바람에 앞부분을 놓치고 말았다.

제이콥이 경찰관의 대답을 통역했다. 만 열여섯 살은 **무엇**이 적용되는 나이이고, 내게 **무엇**에 대한 책임이 있다는 말이었다. 제이콥의 수어가 또 너무 빨라졌다. 또다시 반복해달라고 부탁하는 게 부끄럽게 느껴졌다. 제이콥에게는 에비와 같은 따스함과 상냥함이 없었다.

경찰관과 엄마는 몇 분간 더 이야기를 나눴고, 나는 고작 단어 몇 개만을 이해할 수 있었다. **변호사. 법률 구조. 주말. 언제가 될지?** 대화를 따라가려고 애쓰는 걸 포기했다. 제대로 집중하기에는 너무 충격을 받은 상태였고, 엄마가 능숙하게 처리하고 있는 것처럼 보였다.

경찰관이 일어서서 면회가 끝났다는 신호를 보냈다.

엄마. 수어로 불렀다. 제이콥이 음성으로 내 말을 옮겼다.

낯선 사람에게 '엄마'라고 불리자, 엄마의 입이 떡 벌어졌다. 제이콥이 나를 가리키며 대신한 것이라고 내비쳤다. 엄마가 눈을 깜빡이며 나를 쳐다봤다. 엄마는 분노를 감추며 눈썹 한쪽을 치켜올렸다.

'켈시에게 연락을 해주실 수 있나요?' 나는 말을 계속 이어갔다. '무슨 일이 일어났는지 말해주세요. 그리고 2주 뒤에도 제가 여기 있다면 집회에서 연설할 수 없을 거라고 전해주시겠어요?' 제이콥이 통역했다.

"켈시가 누구죠?" 엄마가 제이콥에게 물으며 경찰관을 흘깃 쳐다봤다. 경찰관은 짜증이 난 듯 문가에서 기다리며 발을 탁탁거렸다. "다 집어치우고, 연락처가 어떻게 되죠?"

켈시의 세스풀 주소를 알려주자, 엄마는 제이콥에게 무뚝뚝하게 감사 인사를 건넸다. 내가 말한 것이라는 걸 엄마가 알고 있는지 확신이 없었다. 경찰관이 나를 유치장으로 다시 인도했다. 보석 심리가 언제인지, 얼마나 오래 이곳에 있어야 하는지, 이 다음에 무슨 일이 일어날 것인지 알지 못한다는 사실을 깨달았지만, 제이콥은 이제 없었다. 극심한 공포와 싸웠다. 더 정신을 차리고 있었어야 했는데.

유치장 안에는 또 다른 여자가 깨어나 있었다. 말을 걸지 않기를 바라며 웅크리고 누워 벽을 바라봤다. 뭐든 생각해야 한다. 즐거운 생각을 떠올려야 한다. 감옥에 오래오래 갇혀 있을지도 모른다는 두려움과 배 속에서부터 차오르는 공포로부터 날 지켜줄 무언가가 필요하다.

나의 정원.

식물 하나하나, 아직 동그랗게 말린 녹색의 잎, 연못 안에서 모기의 유충이나 올챙이일지 모를 작은 움직임이 재빨리 스치는 모습을 떠올렸다. 언제쯤이면 열매를 먹어도 될지 궁금해졌다. 어쩌면 켈시의 방식을 시도해보는 것도 좋겠다. 우리의 텃밭 정원과 첫 수확을 기념하는 파티를 여는 거다. 거리에 로켓 스토브를 옮겨 지을 수 있으리라. 닭을 한 마리 잡을 수도 있겠지….

Monday November 30

11월 30일 월요일

하루가 영원 같았다. 따뜻한 음식 한 그릇이 나온 순간만이 잠시 다르게 느껴졌을 뿐이었다. 구 시청사에서 봤던 것과 같은 음식이었다. 최대한 천천히 먹었다. 여전히 현실이라는 게 실감나지 않았다. 이게 지금부터 내 삶이 될 거란 말인가? 고개를 숙이고, 시선을 피하고, 비닐이 끈적하게 들러붙는 매트리스 위에서 힘없이 늘어져 내 삶을 되새김질하는 이게 내 인생이라고? 사람들이 들락날락했지만 외면했다. 누군가와 의사소통을 하기 위해 애를 쓰기엔 너무 깊은 절망에 빠져있었다.

문이 열렸다. 처음 보는 경찰관이었다. 경찰관이 뭐라고 말하자, 모두가 그를 빤히 쳐다봤다. 그는 말랐으며 입고 있는 푸른색 제복은 짙은 회색으로 바래어 있었다. 경찰관이 다시 말했다. 그리고 또 말했다. 그의 입 모양에서 내 이름을 읽은 것 같았다. *파이퍼 맥브라이드?* 손을 살며시 들자 경찰관이 나를 쳐다봤다. "맥브라이드?"

고개를 끄덕이자, 그가 나오라고 손짓했다.

다른 유치장에서 온 몇 명의 여자들과 함께 소형 트럭의 뒤 칸에 몸을 실었다. 운전석은 잘려 있었고, 그 대신 말 네 마리가 트럭을 끌고 있었다. 우리는 휘청이며 하이 스트리트와 호들 스트리트, 빅토리아 상점가를 지나 마침내 시의 법원 청사 앞에 멈췄다. 지금 무슨 일이 일어나고 있는 건지 누군가 말해주면 좋겠는데.

법원 경찰에게로 인도됐다. 그곳에서 몸수색과 약물 검사를 당한 뒤, 이윽고 벽에 진짜 나무판자가 대어진 작은 방에 갇혔다. 나무 도둑들이 아직 여기까지는 손을 대지 못한 것 같았다. 배낭을 꽉 움켜잡았다. 일기장에 감정을 토해낼 수 있기를 또다시 바랐다. 하지만 지금은 기다리고 또 기다려야 했다.

몇 시간이 지난 뒤, 그 경찰관이 나를 분리된 방으로 데려갔다. 에비를 본 순간 활짝 웃었다. 마침내 연결감을 느끼는 누군가와 함께 있을 수 있다는 사실에 안도감이 들었다. 포옹하고 싶었지만, 에비는 다부진 체격에 통통한 얼굴, 그리고 흰머리가 제멋대로 뻗친 중년 남자 뒤에 서 있었다. 손목 밴드를 들여다보던 남자가 뭐라고 중얼거리자, 에비가 눈살을 찌푸리며 수어로 말했다. '뭐라고 했는지 잘 모르겠네요. 이 분은 당신의 변호사예요.'

'무슨 일이 일어나고 있는 건가요?' 내가 물었다.

'당신의 보석 심리가 열릴 거예요. 이쪽은 법률 구조 센터 소속의 변호사이고, 당신을 대리할 거예요. 몇 분 후면 시작될 거예요. 변호사가 당신에게 질문을 몇 가지 할 거랍니다.'

'저는 파이퍼 맥브라이드예요.' 내가 수어로 말하자, 에비가 옮겼다.

남자가 잠깐 흘깃 날 쳐다봤다. '닉 브라운.' 에비가 수어로 전했다.

남자의 퉁명스러움을 감지한 에비가 나를 향해 한쪽 눈썹을 들어 올려 보이더니 잠시 뒤 수어로 말했다. '안내 방송이 나오고 있어요. 지금 바로 들어가야 해요. 판사가 들어오고 나갈 때 서 있도록 하세요.'

남자를 따라 밖으로 나갔다. 경찰관이 기다리고 있었다. 우리는 법정으로 들어갔다. 그곳은 녹색 카펫이 깔려있고, 여러 명이 앉을 수 있는 기다란 나무 벤치가 있으며, 나무 판자가 호화롭게 벽을 장식하고 있는 작은 홀이었다. 앞쪽에는 높은 단상이 하나 있었고, 기다란 벤치에는 옹기종기 모여있는 여러 무리의 사람이 앉아있었다. 어떤 사람들은 나처럼 형클어진 머리에 멍한 얼굴로 구겨지고 더러운 옷을 입고 있었다. 다른 이들은 정장을 갖춰 입었다.

얼굴을 쭉 훑었다. 엄마다! 엄마는 앞쪽에 앉아있었다. 나를 찾기 위해 엄마가 고개를 획 둘렀다. 오늘은 덜 긴장한 것처럼 보였다. 엄마가 나에게 격려하는 미소를 보냈다. 나는 눈빛으로 내 당황과 공포를 전했고, 엄마는 다시 나를 안심시키기 위해 우거지상을 해 보였다.

'엄마와 함께 앉을 수 있을까요?' 에비에게 물었다.

에비가 내 질문을 변호사에게 전했지만, 그는 내가 자신과 함께 앉아있어야 한다고 말했다. 판사가 입장했다. 머리를 뒤로 올려 묶고 날카롭게 다림질한 구식 검정 정장을 입은 중년 여자였다. 판사가 높은 단상 뒤에 앉자, 다른 사람도 모두 앉았다. 경찰관, 변호사, 그리고 나도 앉았고, 에비는 줄 끝에서 나를 향해 몸을 돌린 채 서 있었다.

판사가 다른 사건을 진행했다. 에비가 통역을 했지만 이해하지 못했다. 너무 많은 이름과 긴 단어가 오고 갔다. 갑자기 에비가 날카롭게 자세를 가다듬더니 수어로 말했다, '빅토리아 경찰 대 맥브라이드.'

내 변호사와 정장을 잘 갖춰 입은 한 여성이 판사 앞에 섰다. 그들의 대화는 너무 빨라서 제대로 파악할 수 없었다. *그래피티, 반달리즘, 공공기물, 미성년, 만으로 열여섯 살밖에 되지 않았고, 어머니와 함께 살고, 초범, 1500달러…*.

판사가 판사봉을 내리쳤다. 경찰관과 변호사가 나를 로비로 데리고 나갔다. 엄마가 급하게 따라와서 나를 꽉 끌어안았다. 눈에선 눈물이 반짝이고 있었다.

'나한텐 그만큼의 돈이 없단다, 파이퍼.' 엄마가 절망하며 말했다. 경찰관이 이제 가야 한다고 내비치며 5분 안에 끝내라고 변호사에게 말했다. 엄마가 뒤로 한 발짝 물러섰다. 얼굴에 극심한 공포가 어렸다.

그들이 날 다른 방향으로 이끄는 동안 용감한 미소를 지어 보이려고 애썼다. 모퉁이를 돌자마자 수어로 물었다. '무슨 일이 일어난 거죠?'

'당신의 보석금이 1500달러로 결정됐어요. 등기소에 내면 돼요. 만약 보석금을 내지 못하면 재판 날까지 멜버른 구치소에 수감될 거예요.'

'재판이 언제 열리는데요?'

에비가 고개를 저었다. '그건 논의하지 않았어요.'

재판이 몇 달 후에나 열리면 어떡하지? 심장이 덜컥 내려 앉더니 구역질이 올라왔다. 대체 왜 더욱 조심하지 않았을까? 감옥에서 어떻게 견딜 수 있을까?

멜버른 구치소에서 지낸 지 나흘. 구치소는 무척이나 붐볐다. 복도와 레크리에이션실까지 접이식 침대가 꽉 들어찼을 정도였다. 내 침대는 커다란 가상 화면 아래에 있었다. 30분씩마다 한 번씩 누군가 다가와서 화면을 켜려고 했다. 그리고 전원이 연결되어 있지 않다는 걸 알면 절망감에 주먹으로 화면을 치거나 내 침대를 발로 걷어찼다.

규칙적으로 지내려고 애를 썼다. 가능한 한 늦게 잠든다. 침대 위에서 스트레칭을 하고, 콘크리트로 된 작은 뜰 안에서 원을 그리며 걷는다. 음식에 대해서 생각하지 않으려고 노력한다. 매트리스 위에 엎드려 누워서 손가락으로 그림을 그린다.

조이가 지을 도구 보관용 헛간을 상상하고 있는데, 누군가가 어깨를 붙잡았다. 경계하며 확 일어나 앉았지만, 경비원이었다. 그가 물건을 챙겨서 따라오라고 손짓했다.

경비원이 나를 작은 사무실로 안내하더니 내 손목 밴드를 건넸다. 어리둥절해서 눈을 끔뻑거렸다. 무슨 일이 일어나고 있는 거지? 경비원이 뭔가 말했지만 이해할 수 없었다. 경비원을 따라서 사무실 밖으로 나갔고, 얼마 후 로비에 도착했다.

켈시와 말리가 나란히 서서 기다리고 있었다.

둘이 다시 사귀기로 한 걸까?

나를 발견하더니 두 사람의 얼굴이 밝아졌다. 경비원을 흘낏 쳐다봤지만 무표정했다. 이제 자유인 걸까?! 확신할 수 없었다. 어쨌거나 나는 두 사람에게로 달려갔고, 그들은 나를 품에 안았다. 우리 셋은 서로를 꽉 껴안고 포옹했다.

말리가 나에 대해서 신경쓰지 않을 거라고 생각했었다. 하지만 그가 이 곳에 있다. '괜찮아?' 나를 놓아준 뒤 말리가 수어로 물었다.

수어 하는 걸 본 경비원이 말리에게 말을 걸었다. 말리는 짜증 섞인 눈 빛으로 힐끗 봤지만 경비원이 하는 말을 통역해줬다. '이 사람이 석방 조 건에 동의한다는 서명을 하라고 말하는데.'

경비원의 무례한 태도에 뺨을 때리고 싶었다. 동시에 말리의 뺨을 때리 고 싶었다. 경비원에게 자신이 통역을 하기 위해 이곳에 있는 게 아니라고 말할 수도 있잖아. 성큼성큼 접수처로 가서 가상 화면에서 요구한 모든 곳에 엄지손가락을 꾹 눌렀다. 그런 다음에야 말리와 켈시와 나는 구치 소를 떠날 수 있었다.

'당신들이 제 보석금을 낸 거예요?' 바깥에 나온 뒤 설마 하며 수어로 물었다. 말리가 내 질문을 켈시에게 통역했다.

켈시는 열정적으로 고개를 끄덕이더니 말을 마구 쏟아냈다. '트랜지션 타운 회원들이 모두 함께요. 보석금을 마련하기 위해서 각자 할 수 있는 만큼 기여를 했답니다.'

입이 떡 벌어졌다. 뭐라고? 어째서? 그 순간 나는 불쑥 입을 다물고 양 손을 들어 올렸다. '잠깐! 말리, 그만해.' 수어로 말했다. '통역하지 마. 켈 시와 내가 필담으로 대화할 수 있어.' 손목 밴드를 켜기 위해 버튼을 눌렀 지만 배터리가 없었다. 좌절감에 손목 밴드를 흔들어봤지만, 아무 소용없 었다. 당연하잖아.

'괜찮아.' 말리가 수어로 말했다. '지금은 기꺼이 통역하고 싶은 걸. 그저 의무적으로 하고 싶지 않을 뿐이야.'

경계의 눈초리로 그의 눈을 바라봤다. 말리의 말을 믿지 않는다. 만약 갑자기 그가 마음을 바꿔서 의무감을 느끼면 어떡하려고?

'글쎄, 그럼 네가 할 만큼 했다고 느낀 순간에 바로 그만둬야 해. 그러면 켈시와 내가 소통할 다른 방법을 찾을 거야.'

말리가 고개를 끄덕였다. 말리와 켈시가 고정대에 묶어둔 자전거의 자물쇠를 풀었다. 둘은 자전거를 끌었고 우리는 함께 걸었다.

'대체 왜 트랜지션 타운 회원들이 힘을 모아 제 보석금을 대신 내준 거죠?' 내가 물었다.

켈시가 이야기하기 시작했고 말리가 통역했다. '당신은 집회를 홍보하다가 체포된 거잖아요. 게다가 집회 홍보 포스터를 만들어달라고 부탁한 건 저였고요. 그러니까 이건 다 저의 잘못이에요. 당신 혼자만 희생양이되는 건 공정하지 않아요.'

'켈시의 잘못이 아니에요! 제가 부주의했던걸요. 그 일에 너무 몰입해서 경찰이 오는지 살피는 걸 까맣게 잊고 있었어요. 보석금은 꼭 갚을 게요. 약속해요. 먼저 엄마에게 진 빚을 다 갚은 다음에요.'

켈시가 고개를 저었다. '우리 회원들은 자신의 신념을 따르기 위해서 돈을 마련한 거예요. 당신은 우리 모두를 위해서 나선 거였잖아요. 집회에서 이 문제에 관해 얘기할 거예요. 어떻게 우리의 표현의 자유가 봉쇄되었는지 말이에요. 원한다면 당신의 연설에도 표현의 자유에 관한 이야기를 넣어도 좋고요.'

깊게 숨을 들이마셨다. 이제는 집회에서 연설하라는 제안에서 절대로 도망칠 수 없었다. 그들에게 빚을 졌는 걸.

말리가 말했다. '난 네가 만든 포스터가 너무 좋아. 특히 그 포스터를 의회의 유리문에 뿌렸다는 점에서 말이야. 정말 완벽한 장소야. 수많은 사람이 매일같이 그 앞에서 줄을 서잖아.'

그 생각은 하지 못했었다. 그저 내 메시지를 의회에 전달하고 싶었을 뿐이었다. 하지만 물론… 정말 멋진 홍보가 될 것이 분명했다!

'기사가 올라온 걸 봤어?' 말리가 말을 이었다. 처음에는 그게 말리가 한 말인지 켈시가 한 말인지 알 수 없었다. 아마도 켈시일 것이다. 켈시가 자신의 손목 밴드를 들어서 보여줬기 때문이다.

맥브라이드의 딸이 체포되다

아이린 맥브라이드의 열여섯 살 딸 파이퍼 맥브라이드가 체포되었다. 잘 알려진 도심 공동체 정원을 만들어낸 맥브라이드 2세는 거리에 '폐기물을 투기한' 혐의가 아닌, 공공 기물 손괴죄 혐의를 받았다. 트랜지션 타운의 리더인 켈시 메인은 파이퍼가 집회를 합법적으로 홍보하려고 한 것이라고 주장한다. 하지만 빅토리아 경찰은 맥브라이드가 그래피티를 하며 폭력적인 난동을 부렸다고 보고한다. 과연 어느 쪽의 주장이 진실인지는 재판이 열리면 판결로 가려질 것으로 보인다. 뉴스 멜버른은 이 사건의 후속 보도를 계속 낼 예정이다.

오, 세상에. 모두가 알게 됐잖아.

켈시가 더 보기 버튼을 눌렀다. 기사를 쓴 기자는 앰버 로렌스였다. '당신 동네에서 본 그 여자분이 썼어요!' 켈시가 말했다. '이 분에게 집회에 관해 호의적인 기사를 써줄 수 있냐고 부탁했는데, 모두 검열당했어요. 이 기사가 이 분이 할 수 있는 최선이었죠.'

앰버가 기사를 쓰지 않았더라면 좋았을 텐데. 이웃, 친구 그리고 메리 막달렌의 동급생들이 나를 '폭력적인 난동꾼'으로 떠올릴 걸 생각하니 수치심이 들었다. 게다가 그 기사가 엄마의 평판에 어떤 영향을 미칠지 누가 알겠는가?

켈시가 나를 쿡 찔렀다. '미안하지만 전 이제 가봐야 해요.'

켈시를 꽉 안아줬다. 켈시는 이 모든 걸 앰버에게 떠벌린 사람이기도 하지만, 동시에 내가 풀려날 수 있게 도와준 사람이기도 했다. 켈시는 말리에게 하이파이브를 건넨 뒤 자전거를 타고 사라졌다. 포옹도 없었고, 입맞춤도 없었다. 둘이 사귀는 게 아니라고 추측했다.

말리와 나는 어색하게 서로를 응시했다. 그의 가슴에 기대고 싶었지만, 말리는 조금 긴장한 자세로 내 뒤에 서 있었다. 그렇지만 그가 이곳에 있다! 최소한 아주 조금이라도 날 걱정하고 있는 게 분명하다.

'미안해.' 내가 말했다. '그날 밤 일 말이야. 화나게 할 의도는 아니었어. 네가 원하지 않는다면 절대로 날 위해서 통역하지 마.'

머뭇거리며 말리의 팔에 손을 얹고 손가락으로 금빛 솜털을 만지작거렸다. '그러니까…, 너 혹시… 우리가 그만둔 지점에서 다시 관계를 이어나가고 싶은 마음이 있어?' 내가 물었다.

말리가 입술을 잘근잘근 씹었다. '그렇기도 하고, 그렇지 않기도 해…. 잘 모르겠어…. 나 자신부터 먼저 해결해야 할 것 같아.'

잠시 눈을 감았다. 말리를 설득하고 싶었다. 유혹하고 싶었다. 하지만 자칫하면 원하지 않는 일을 강요하는 게 될지도 모를 일이었다. 그러면 나중에 말리는 다시 나에게 분노하게 되겠지. 말리의 말이 맞는다. 그는 자기 자신부터 먼저 해결해야 한다.

'내가 농인이기 때문이지.' 내가 말했다. 그럴 줄 알았다.

'아니야, 파이퍼. 그런 게 아니야. 농인 사회와 청인 사회 사이에서 내가 어떻게 자리 잡아야 할지, 각각의 세계에 얼마만큼 속하고 싶은지 알지 못하기 때문이야. 나 자신이 얼마만큼 널 돕고 싶은지, 사랑하는 사람이 대화에서 배제되는 걸 과연 지켜볼 수 있을지 잘 몰라서 그런 거라고. 내가 어떻게 널 거부할 수 있겠어? 알잖아.'

말리의 손을 꽉 쥐었다. '이제 엄마한테 가봐야 해. 같이 갈래?'

말리가 고개를 저었다. '자전거 가게로 돌아가봐야 할 것 같아.'

'가게에서 내일 볼까?'

숨죽이고 기다렸다. 말리가 고개를 끄덕였다. 다행이야.

우리는 잠시 뻣뻣하게 포옹을 나눈 뒤, 나란히 자전거를 타고 달렸다. 이제 엄마를 찾을 시간이다. 엄마가 내 몫의 배급 식량을 남겨두었기를 바랐다. 배가 무척 고팠다.

sunday
6 december
12월 6일 일요일

사흘 뒤, 아침 해가 완전히 떴을 무렵,
세인트 조지 로드의 자전거 도로는 말도 안
될 정도로 붐비고 있었다. 부딪히지 않도록 조
심하며 천천히 자전거 가게를 향해 달렸다. 아직
하루가 시작도 하지 않았는데 벌써부터 완전히
지쳐 있었다. 깊이 숨을 들이마셨다. 그래도 구치
소 안에서 비닐 매트리스 위에 멍하니 누워있는
것보다는 훨씬 낫잖아.

언제일지 모르겠지만 재판이 열리고 유죄 판결
이 나서 다시 감옥으로 돌아가게 된다면 어떻게
될까? 생각만 해도 두려웠다. 트랜지션 타운이
좋은 변호사를 선임할 수 있도록 모금을 해줄 수도
있지 않을까? 변호사가 표현의 자유에 대한 권리를
주장해서 무죄 판결을 받게 해줄 수 있을지도 모른다.
하지만 이건 어디까지나 희망 사항에 불과하리라.

손목 밴드가 울렸다. 테일러다. 길 한쪽에 자전거를
세웠다. 구치소에서 나왔다는 사실을 전했을 때 테일
러가 다정한 메시지를 보내기는 했었다. 하지만 늘 그
랬듯 그 이후로는 아무런 연락도 없더니 이제서야
메시지를 보낸 것이다. 테일러의 메시지에는 기사로
연결되는 링크가 걸려있었다.

대규모 나무 절도범 조직의
우두머리가 체포되다

경찰이 오늘 아침, 피츠로이에 위치한 주택 두 채와 창고를 급습하는 과정에서 나무 절도범 조직의 우두머리와 조직원으로 추정되는 일당을 체포했다고 밝혔다. 나무 범죄 수사팀은 익명의 제보를 받고 손버리에서 도둑맞은 떡갈나무로 만든 것으로 보이는 목재를 발견했다. 수사팀은 또한 이제는 폐쇄된 멜버른 식물원에 있었던 희귀 수목의 흔적을 찾아냈다. 이는 이 조직이 여러 해 동안 운영되어 왔으며, 여러 공원의 폐장으로 이어진 나무 절도 사건의 배후일 가능성을 시사한다. 조직의 우두머리로 보이는 보우 윌리엄스(28세)와 공범들은 오늘 멜버른 법원에서 재판을 받았으며, 보석 신청은 기각됐다.

오, 세상에. 보우! 그 망할 자식.

곧바로 테일러에게 메시지를 보냈다. '이 우두머리가 너의 그 보우야? 그 나무는 내 친구들이 가꾸는 *생명이 움트는 땅*의 중심이었어. 그 친구들은 트랜지션 타운의 회원이기도 해. 내가 홍보하다가 체포된 바로 그 집회를 주최하는 사람들이야. 모두가 아직도 떡갈나무가 잘려나간 일에 대해 *절망하고 있어.* 너도 관련된 거니???'

'당연히 아니지. 난 보우가 하는 일에 관여한 적이 없는 걸. 나도 경악했어. 뭔가 의심스러운 일에 관련되어 있다는 건 알았지만, 감옥이라니 믿을 수 없어. 지금은 그냥 … 모든 걸 다시 생각하는 중이야.'

'보우와의 관계를 다시 생각하고 있다는 거지?'

'맞아. 보우가 없으니 모든 문제가 갑자기 단순해졌거든. 보우를 떠날 수 있을 것 같은 생각이 들어⋯. 하지만 한편으로는 보우가 체포되었을 때 헤어지자고 하는 게 좀 못되게 느껴지기도 하고.'

'너 자신에게 옳은 일을 해. 누군가가 단지 너한테 미안함을 느껴서 너와 함께한다면 기분이 어떻겠어?'

'어쩜 넌 이렇게 늘 현명한 거니? 짐을 챙겨서 집으로 돌아갈래. 세상에, 부모님이 나한테 어어어어엄청 화가 나 있는데.'

'테이, 부모님은 그냥 네가 돌아온 걸 기뻐하실 거야. 내가 그렇듯이.'

당장 보우의 집으로 달려가서 테일러가 이사하는 걸 도울까 하는 생각이 들었다. 하지만 솔직히 말하면 아직도 테일러가 나를 버렸다는 생각에 마음이 괴로웠다. 테일러가 정말로 보우를 떠난다면, 그때는 자신의 삶 속에 나를 위한 공간을 다시 지어주리라. 그때까지 나에게는 조립해야 하는 자전거가 남아있었다. 이미 녹초가 된 몸으로 다시 자전거 페달을 밟았다.

로비와 함께 시간을 보낸 게 얼마만인지 모르겠다. 로비는 대문을 열고 나를 보자마자 활짝 웃으며 포옹했다.

'세상에, 무사히 나와서 정말 다행이에요!' 로비가 수어로 말했다. 덕분에 새로운 수어 표현을 배웠다. 다행이야. 고마워로 시작해서 신을 뜻하는 표현으로 곧바로 바꾸는 재빠른 동작이었다. '감옥에서 제대로 대우해줬나요? 괜찮아요?'

고개를 끄덕였다. '괜찮아요. 뭘 하고 계셨어요? 제가 도와드릴까요?'

로비가 방금 전까지 자신이 갈퀴질을 하고 있던 동물 우리로 나를 안내했다. 작업하는 동안 태양이 머리 위에서 작열했다. 다행히 아침에 텃밭 정원의 식물을 보호하기 위해 얇은 천을 덮어놓고 왔다.

'저희 텃밭 정원에서는 언제부터 수확을 할 수 있을 거라고 생각하세요?' 텃밭 정원을 찍은 사진을 손목 밴드에 띄워 보여주며 물었다.

로비가 사진을 면밀히 관찰했다. '몇몇 작물은 이미 준비가 되었네요. 저 완두콩은 바로 수확하도록 해요. 양배추와 루꼴라는 바깥쪽 잎 몇 장을 따내고요.' 로비가 모자로 얼굴에 부채질을 했다. '내 생각엔, 제대로 된 첫 번째 만찬은 아마도…'

마지막 단어를 알아보지 못했다. 로비의 중지손가락이 반대쪽 손바닥을 건드렸다. '이건 무슨 뜻인가요?' 따라 하며 물었다.

'하지. 하지를 뜻해요.'

'하지가 언제예요?'

'12월 21일이죠.'

와, 일주일밖에 남지 않았다! 켈시네 파티처럼 우리 동네 거리의 이웃이 다 함께 모인 장면을 상상했다. 로비를 초대하리라. 나에게 이 모든 걸 가르쳐준 사람이니까. 로비가 하는 방식으로 요리를 해서 풍미가 넘치는 음식을 대접한다면 얼마나 즐거울까? 로비는 야채에 버터와 기름, 소금과 꿀을 더해 맛의 큰 차이를 만들어내고는 했다. 잡초처럼 미끈미끈한 잎사귀가 제대로 된, 만족스러운 식사로 변모하는 것이다.

'가게에서 구할 수 없는데, 어떻게 소금과 기름, 그리고 음식을 맛있게 만드는 다른 모든 재료를 갖추고 계신 건가요?' 내가 물었다.

로비가 집 뒤에 있는 작은 오두막으로 나를 안내했다. 안으로 들어서자, 실내는 선선하고 정교하게 꾸며져 있었다. 눈이 어둠에 적응하자, 선반을 꽉 채운 유리병과 들통이 보였다. 각각에 정갈하게 이름표가 붙어있었다.

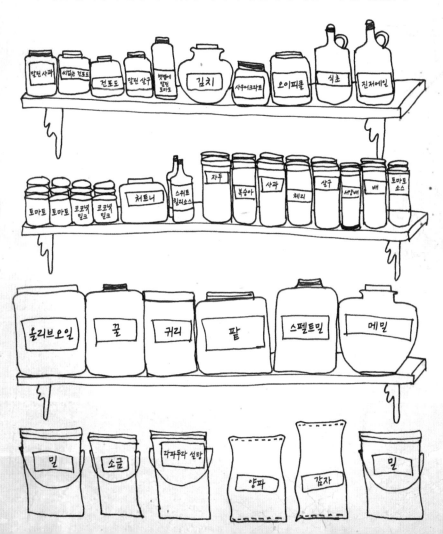

'이 많은 걸 대체 어떻게…? 그리고 왜…?' 어디서부터 질문을 해야 할지 떠오르지 않았다. 왜 로비는 자신이 먹는 달걀의 개수를 제한하는 거지? 저장된 음식이 이렇게 많은데. 왜 로비와 말리 역시 늘 배고파하는 걸까? 오두막에는 정말 음식이 많았다. 엄청나게!

'농부에게서 직접 구한 거예요. 가끔은 트랜지션 타운 조합에서 사기도 하지요. 일 년에 한 번 물건을 살 수 있는 기회가 있답니다. 버터만 제외하고요. 버터는 소를 키우는 친구에게서 한 달에 한 번 직접 구입해요. 그리고 나면 식재료를 유리병에 절여서 보관하거나 들통에 담아 저장하는 거죠. 먹을 것이 떨어지지 않도록 해야 하니까 신중하게 먹을 양을 분배한답니다.'

'이런 걸 만들기에 지금은 너무 늦었죠? 휘발유 값이 너무…'

로비가 고개를 저었다. '조합에 가입하도록 해요. 그리고 저금을 하세요. 기회가 생겼을 때 일 년치 식량을 한꺼번에 사야 하는데, 그러려면 돈이 많이 들 거예요. 식사 한 끼당으로 계산하면 이렇게 하는 게 저렴한 거예요. 레콘을 정기 배송받는 것보다 훨씬 저렴하죠. 하지만 그때가 왔을 때 수백 달러 이상을 한 번에 지불할 준비가 되어 있어야 해요.'

침을 꿀꺽 삼켰다. 자전거 한 대만 더 팔면 엄마한테 빌린 돈을 모두 갚을 수 있다. 그 뒤에 버는 돈으로 내가 뭘 해야 하는지 이제 알았다. 아직도 재판 날짜가 잡히지 않았다. 만약 감옥에 가지만 않는다면…, 아니 최소한 텃밭 정원이 올해의 마지막 날에 완전히 철거되지 않는다면 수확을 어느 정도 할 수 있을지도 모른다.

'어떻게 이 모든 음식의 저장법을 알고 계신 건가요?' 내가 물었다.

로비가 어깨를 으쓱했다. '이건 그냥 음식을 먹기 위한 저렴하고, 건강하고, 효과적인 방법 중 하나일 뿐인걸요. 오랫동안 이렇게 해왔답니다. 바이오스포어로 우리의 토양을 망치는 그 거대 기업 대신 작은 농장을 지지하는 게 난 더 좋아요.'

로비와 시선을 맞출 수 없었다. 농장이 바이오스포어 작물로 전환하는 걸 지켜보면서 엄마가 얼마나 기뻐했는지, 나와 엄마의 삶 전체가 얼마나 오가닉코어의 성공을 중심으로 이뤄졌는지 떠올랐다. 분명히 말리가 로비에게 엄마가 누군지 말했을 거다. 대화에서 벗어나 선반을 여기저기 살펴보았다. 로비가 찬찬히 둘러보라며 먼저 자리를 떴다. 오두막 안으로 바깥 열기가 들어오지 않도록 조심스럽게 문을 닫았다.

잠시 뒤, 문이 다시 열렸다. 말리가 등 뒤에서 비치는 햇빛에 희미한 윤곽만 드러낸 채 서 있었다. 오두막 안의 냉기를 유지하기 위해 말리를 안으로 끌어당기고 재빨리 문을 닫았다. 맞닿은 그의 피부가 짜릿했다. 불현듯 손을 떨구고 뒤로 물러섰다. 우리는 어색하게 서로를 응시했다. 어제 자전거 가게에서 말리를 보긴 했다. 하지만 가게에서 말리는 일에만 전념하기 때문에, 나 역시 그저 일만 할 뿐이다. 하지만 지금 말리는 나를 강렬하게 쳐다보고 있었다.

'그냥 얘기를 하고 싶어서…' 말리가 말했다. 그러나 그 뒤에도 말리는 아무 말도 하지 않았다.

기다렸다.

'음…, 나 자신의 문제를 먼저 해결해야 한다고 말했던 것 말이야… 내 생각에는… 그게 가능할 것 같지 않아.'

바깥의 열기에도 뱃속이 차갑게 식어 내렸다.

'그러니까 내 말은, 내가 가진 문제를 해결하는 게 불가능하다는 거야. 코다가 어떻게 하면 농인 사회나 청인 사회에 꼭 들어맞을 수 있을지에 대한 답을 찾기가 쉽지 않더라고. 그래서 그냥 계속 되는대로 헤쳐 나가려고 해. 그렇게 가다 보면 답을 찾을 수 있기를 바라면서.'

혼란스러워서 눈을 찡그렸다.

'음…, 나와 함께 헤쳐 나가주지 않을래?'

눈을 크게 떴다. '다시 사귀자는 거야?'

'맞아. 물론 네가 원한다면. 싫다고 해도 탓하진 않을게.'

'당연히 나도 원하지! 하지만… 통역은 어떻게 하고?'

'미안해. 내가 불공평하게 굴었어. 반성하고 있어.'

'하지만 나중에는? 날 위해 통역하는 일은 하지 마. 절대로. 난 잘해낼

거야. 널 만나기 전에는 누구도 나를 위해 통역한 적이 없었어. 그래도 잘만 살아왔는 걸, 뭐.'

'그렇다면 지금까지는 어떻게 사람들과 어울릴 수 있었던 거야?'

'어울리지 않았어. 어차피 난 친구가 딱 한 명뿐이거든. 우리 둘만 있을 땐 듣지 못해도 별 문제가 되지 않았어.'

갑자기 눈시울이 뜨거워졌다. 눈물을 참으려고 눈을 깜빡였다. 1학년 때 다른 여자애들과 인형 놀이를 하다가 갑자기 모두가 달아나는데 나 혼자만 그 이유를 알지 못했던 순간이 기억났다. 나중에야 아이들 중 한 명이 '네가 규칙을 어겼어!'라고 말했다. 나는 규칙이 있는지조차 몰랐고, 더구나 규칙이 뭔지도 전혀 알지 못했다. 학교에서 캠프를 갔던 게 기억난다. 모두가 귓속말 전하기 게임을 하고 있었고, 나는 아이들과 함께 깔깔거리며 웃고 있었다. 내가 귓속말을 시작하는 첫 차례가 아니면 게임을 할 수 없음에도 말이다.

말리의 손을 잡고 그의 손가락으로 눈물을 닦았다. '내 생각엔 나 자신을 바꾸는 법을 배워야 할 것 같아. 사람들에게 다시 말해달라고, 내가 이해할 수 있는 방식으로 대화하자고 요구할 수 있도록 말이야.'

말리가 고개를 끄덕였다. '난 계속 널 위해서 기꺼이 통역할 거야. 그냥 내가 충분히 할 만큼 했다고 생각되거나 참여할 수 없는 상황에서 통역을 멈출 수 있다면 괜찮아.'

'그럼 이제 다시 사귀는 거야?' 오른손을 내밀며 물었다.

말리가 내 손을 잡았고, 우리는 악수를 했다.

'한 가지 더.' 내가 말했다. '만약 뭔가 우리 사이에 문제가 있다고 느껴지면 싸움을 걸고 관계를 끝내버리는 대신 나하고 대화를 하는 건 어때? 우리가 함께 해결할 수 있도록 말이야.'

'알겠어. 그 일은 정말 미안해.'

조심스럽게 말리를 끌어안고 그의 가슴에 머리를 기댔다. 그리고 할 수 있는 한 깊게 숨을 들이마셨다. 말리가 나를 꽉 끌어안고 머리를 부드럽게 잡았다. 마치 너무 섬세해서 깨질 것 같은 무언가를 손에 든 것처럼.

말리와 키스하기 위해 까치발을 했다. 까칠한 수염이 피부를 스치며 짜릿한 전류가 느껴졌다.

우리가 집 안으로 들어갔을 때 로비는 이미 저녁 식사를 준비한 상태였다. 달걀과 야채를 듬뿍 넣고 버터와 소금으로 마무리한 프리타타라고 불리는 커다란 팬케이크가 있었다. 풍미가 넘치고 따뜻하고 푸짐한 음식이 나를 채웠다.

'집회에서 무슨 얘기를 할지 결정했어?' 식사 도중에 말리가 물었다.

'응, 그치만 연설은 못 할 것 같아. 절대로. 난 할 수 없어.' 음식을 입에 가득 문 채 수어로 대답했다.

'왜요?' 로비가 물었다.

'집회에서 연설을 하면 제가 음성으로 말할 수 있는지 몰랐던 사람들이 제가 내내 거짓말을 한 걸 알게 될 거예요.'

'그렇다면 수어로 해요.' 로비가 팔을 양쪽으로 겹치며 고개를 끄덕였다. 로비에게 이건 더 논의할 필요도 없는 문제였다.

'수어로 연설할 수는 없어요. 엄마가 알면 죽으려 들 거예요!'

'잠시만.' 말리가 손을 들었다. '네가 수어를 한다고 그게 사람들한테 거짓말을 하는 건 아니야. 넌 농인이야. 어떤 언어를 사용할지 선택하는 건 너의 권리라고!'

'하지만 수어는 내 언어가 아니야! 난 너무 서툴단 말이야.'

로비가 몸을 앞으로 기울였다. '우리 부모님도 내가 수어 하는 걸 좋아하지 않았어요. 이건 성장하는 과정의 일부예요. 언제나 어머니를 만족시킬 수는 없어요. 스스로가 옳다고 느끼는 일을 해야만 해요. 그러니까 자신에게 솔직하게 물어봐요. 연설을 수어로 하고 싶나요? 아니면 음성언어로 하고 싶나요? 수어가 유창하지 않은 것에 대해서는 걱정하지 말아요. 연설에서 뭘 말할지 미리 정하면 잘해낼 수 있도록 제가 도와줄게요. 자, 당신은 뭘 원하나요?'

잠시 눈을 감았다. 파티에서 봤던 로비의 모습을 떠올렸다. 침착하고 우아하게 서서 모두를 사로잡은 매력적인 모습을. 내가 로비처럼 할 수 있을까? 집회에 모인 사람들이 나 또한 경이로운 사람, 손가락과 어깨와 표정으로 마술적이고 비범한 언어를 풀어내는 사람이라고 생각하게 만들 수 있을까?

'저 수어로 연설하고 싶어요.'

'충분히 연습하세요. 누구도 이제 막 수어를 배운 사람이라고 알아채지 못할 거예요. 신경 쓰지도 않을 거고요.' 로비가 장담했다.

'누군가 질문을 던지면 어떡하죠? 무슨 얘길 하는지 저는 전혀 알아듣지 못할 거예요.'

'통역사를 부를 거예요. 구화를 쓰며 자란 농인과 새롭게 수어를 배운 이들을 통역하는 걸 전문적으로 하는 사람으로 말이죠. 이번 일을 위해 봉사해줄 만한 사람들이 많이 있어요.'

'저 아는 사람이 한 분 있어요' 내가 제안했다. '하지만 연락처를 모르겠어요. 에비 리예요.'

'에비는 훌륭하죠.' 로비가 말했다. '제가 물어볼게요. 에비는 언제나 좋은 일에 자원하는 걸 기꺼워하거든요.'

'저한테 수어 하는 법을 보여주실 수 있나요?' 내가 물었다. '허공에 그림을 그리는 것처럼 말이에요.'

'물론이죠. 무슨 얘기를 할 계획이에요?'

손목 밴드에 적어뒀던 메모를 불러와서 첫 부분부터 시연해보였다. 로비의 정원이 얼마나 아름다운지 설명하는 부분에서 로비가 나를 멈춰 세웠다. '천천히. 바로 그 순간에 있는 것처럼 해야만 해요. 우리에게 당신이 그 순간에 느낀 모든 걸 보여주세요.'

로비가 시킨 대로 했다. 하지만 그저 정원에 서서 주변을 둘러보는 동작밖엔 할 수 없었다. 그 날 내 안에서 일어났던 그 경이로움과 놀라움을 대체 누가 어떻게 알 수 있을까?

로비가 고개를 젓더니 직접 시범을 보여주었다. 로비의 얼굴에서 일어나는 움직임을 하나하나 들여다보았다. '고개를 뒤로 젖히고 높이 바라보는 거예요. 나무를 보는 거죠. 손가락으로 그려가면서 얼굴로는 경이감을

보여줘요. 여기선 크게 흔드는 동작을 더해서 거대함과 장엄함을 나타내고요.'

로비의 손가락은 덩굴 식물이 되어 나무를 오르고 나뭇가지에 얽혀갔다. 로비는 내 얼굴이 이 순간에는 반드시 평화로움과 고요함을 발산해야 한다고 보여줬다. 마치 눈으로 그려내고 이해하는 시 같았다.

'모두가 너한테 빠져들 거야.' 말리가 말했다.

'정원을 가꾸고 작물을 재배하는 것도 말이죠.' 로비가 덧붙였다.

이제 나는 로비의 진정한 재능은 바로 사랑에 빠지는 그 순간을 만들어내는 장악력에 있음을 알게 되었다.

연설의 각 부분을 로비를 따라 연습하는 데 한참의 시간이 걸렸다. 수어를 모르는 사람들도 이해할 수 있도록 시각적 손길을 더했다. 예를 들면, 가정을 뜻하는 수어 대신 집을 뜻하는 수어를 사용하기로 한 것이다. 집은 딱 집처럼 보이지만, 가정은 손으로 작은 혹 모양을 만들어 나타내서 덜 직관적이었다.

로비는 내가 모든 걸 제대로 설계하도록 이끌었다. 예를 들어 연못으로 정한 위치를 나중에 집으로 바꾸고 싶다면, 그 전에 먼저 허공의 연못 자리를 지워야 했다. 심사숙고 끝에 로비의 정원을 내 오른쪽에 두고, 로비의 정원에 관해 이야기를 할 때는 어깨를 그쪽으로 기울이기로 결정했다. 내가 가꾼 정원은 중앙, 바로 내 앞에 위치시켰다. 페어필드 공원은 멀리 있기 때문에 그곳을 이야기할 때면 어깨를 앞으로 구부리기로 했다. 수어가 전부 어깨를 어디에 두는지에 관한 것일 거라고 누가 생각이나 해봤을까? 로비가 아니라면 누가 즉석에서 이렇게 극적인 표현을 만들어낼 수 있을까?

연습이 끝나고 주방 정리를 모두 마친 뒤, 나는 더위에 지쳐 말리의 침대 위에 늘어졌다. 말리에게 기타를 연주해달라고 요청했다.

'내 연주를 들을 수 있어?'

'보청기를 하면. 보청기 없이는 아무것도 듣지 못해. 하지만 기타를 스피커에 연결해서 볼륨을 아주 크게 올린다면 진동을 느낄 수 있을 거야. 나한테는 그게 소리를 듣는 것과 똑같아. 어디서 진동이 끝나고 어디서 소리가 시작하는지 정확히 구분할 수 없으니까.'

보청기를 껐다. 말리는 기타를 들고 창가 앞 선반에 앉았다. 음악이 나를 적셨다. 기쁨을 속삭이는 노래인지 슬픔을 읊는 노래인지, 낭만적인 노래인지 또는 잔인한 노래인지 알 수 없음에도 아름답게 느껴졌다. 음악이 나를 먼 곳으로 데려갔다. 걱정이 서서히 가라앉았다.

'노래 제목이 어떻게 돼?' 말리가 기타를 내려놓았을 때 물었다.

'너에 관한 모든 것.'

어깨를 으쓱했다. 대중음악은 전혀 알지 못한다.

'싱크로닉 블릭스의 곡이야. 그들의 대표곡 중의 하나지.'

'날 위해 수어로 들려줄 수 있어?'

말리는 노래를 부르며 수어를 했다. 두 번째 반복했을 때는 나도 그와 함께 노래하고 있었다. 오랫동안 새로운 곡을 배우지 않았다. 손목 밴드로 노래를 틀더라도 그저 백색 소음일 뿐이기 때문이었다. 하지만 말리의 손가락이 기타줄을 튕기는 모습을 보면서, 그가 노래 부를 때 움직이는 입 모양을 보면서 곡을 이해했다. 수어가 더해지고, 불현듯 리듬을, 에너지를, 점점 고조되는 감정의 조각을 이해했다. 아름다웠다. 마음속을 녹이고 활기를 불어넣는 서정적인 춤이었다. 노래가 끝났을 때쯤 나는 완전히 이해했다. 말리가 다시 기타를 쳤을 때 함께 부를 수 있을 정도였다. 음악이 몸 속 깊이 스며들었다. 테일러와 엄마는 내가 노래를 이만큼까지 이해하기도 전에 이미 질려버리곤 했다.

말리가 창문을 열자 산들바람이 들어왔다. 마음이 안정됐다. 창틀에 올라앉아 말리가 또 다른 곡을 연주하는 동안 두 팔로 그의 허리를 감쌌다. 산들바람이 등을 서늘하게 식혀주었다. 말리의 어깨에 머리를 얹은 채 노래를 부르는 말리의 가슴에서 전해오는 진동을 모두 흡수했다. 노래가 끝날 때쯤, 나는 말리의 목 뒤에 입을 맞추고 있었다. 기타가 슬며시 바닥으로 떨어졌다. 그 뒤에는 그저 창틀에 기댄 우리와 여기저기 흩어진 입술과 손가락뿐이었다.

연설 노트를 들고 침대 위에 앉았다. 연습을 백 번도 넘게 반복했다. 각 대상의 위치를 기억하고 거기에 맞는 표정과 어깨 위치를 표현하려고 노력했다. 하지만 손은 여전히 어색하게 더듬거렸다.

엄마가 안으로 들어와서 로켓 스토브로 데운 오트밀을 책상 위에 올려놓았다. "뭘 하고 있는 거니?" 보청기를 끼자 엄마가 물었다.

오트밀을 급하게 먹어 치웠다. 음, 맛있다. "집회에서 할 연설을 연습하는 중이에요."

"그게 무슨 말이야?" 엄마가 미간을 찡그렸다. "수어로 연설할 계획이라는 뜻은 아니지?"

몸을 꼼지락거리며 고개를 끄덕였다.

"뭐라고?! 왜?"

"왜냐하면…" 말문이 막혔다. 세련되고 매혹적이었던 로비의 모습을 떠올렸지만, 엄마에게 내 감정을 고스란히 전달할 수 없었다.

엄마가 내 침대 위에 앉았다. "들어보렴, 파이퍼. 그건 좋은 생각이 아니야. 사람들이 널 안쓰럽게 여기길 바라지 않잖아. 너는 정말 멋진 목소리를 가지고 있어. 아주 설득력 있게 연설할 수 있도록 내가 도와줄게. 너 자신을 이런 식으로 부끄럽게 만들지 말렴."

"엄마! 사람들 앞에서 수어를 한다고 제가 부끄러워할 일은 없을 거예요! 부끄러운 건 오히려 엄마겠죠. 수어로 연설하면 오히려 모두가 정원을 가꾸는 일이 왜 중요한지 더 쉽게 느낄 수 있다고요. 장애가 있는 사람들까지도 말이에요."

"어떻게 두 팔을 휘두르고 네가 말할 줄 모르는 척하는 게 사람들의 이해를 돕고 접근성을 높이는 일이라는 거니?! 여태까지 너한테 그 많은 언어 치료를 받게 하려고 돈 을 얼마나 썼는지 알기는 해?"

"엄마! 엄마는 부자였잖아요! 돈이 뭐가 중요한 거죠?"

"네가 어렸을 때 난 돈이 많지 않았어. 한 푼이라도 더 벌기 위해서 죽어라 일했어. 그리고 네 아빠가 떠나기 전에는 그 사람의 말도 안 되는 예술적 모험에 내 돈의 절반을 내던져야 했지. 절대 쉽지 않았어. 네가 초등학교에 다니기 시작했을 때 너를 담당한 그 보조교사를 기억하니? 그 사람을 고용하는 데 엄청난 거금이 들었어. 정부는 오직 절반밖에 지원해주지 않았고!"

"왜 제가 어릴 때 수어를 배우지 않은 거죠? 왜 안 가르치셨어요?"

"나도 오랫동안 고민했어. 정말로 그랬어. 하지만 네가 수어에 지나치게 의존할 것 같았어. 진짜 세상에 적응하는 데 도움이 되지 않을 거라고 느꼈지. 너는 말 읽기를 하고 다른 사람들처럼 음성으로 의사소통하는 걸 훨씬 잘할 테니까. 네가 다르다는 이유로 사람들한테 놀림받는 걸 원하지 않았단다."

한숨을 내쉬었다. "엄마, 전 차라리 좀 다른 사람이 되고, 무슨 일이 일어나는지 이해하는 걸 선택할래요. 저는 다른 사람들과 달라요. 아무리 보청기나 완벽한 연설로 숨기려고 해도 그건 바뀌지 않을 거예요. 수어가 바로 제가 선택한 방식이에요. 죄송해요. 정말로요."

엄마의 손목 밴드에 불이 들어왔다. "카렌 킬데어야!" 엄마가 재빨리 몸을 돌렸지만, 옆모습을 보고 무슨 말을 하는지 알 수 있었다. "좋아요…. 음…, 물론이죠…. 그건 저도 동의해요…. 언제쯤일 거라고 생각해요? … 그리고 예산은요? … 이걸 배급 프로그램의 일부로 만든다면 어떨까요? … 그래요…. 이해해요…. 물론 제가 새로운 제조법을 개발해낼 거예요. 오가닉코어가 파산한다면 필요 없게 되겠지만요…. 한시라도 빨리 시작하는 게 좋을 거예요…."

야생 음식을 보충하기 위한 엄마의 새 뉴트리움 서스테이트 개발 제안서에 관해 엄마와 카렌이 이야기하고 있다는 걸 알아차렸다.

대화는 한동안 더 이어졌다. 그러다 엄마의 목소리가 바뀌었다. "카렌, 전화를 끊기 전에 물어볼 게 있어요. … 표현의 자유에 관한 문제에 대해서 어떻게 생각해요? … 물론 그렇겠죠. 하지만 주목해볼 가치가 있을 수도 있어요. 움직임이 점점 더 커지는 것 같아요…. 집회가 열릴 거란 걸 알고 있나요? … 음, 당신이 젊은 세대를 대표한다는 걸 보여줄 수 있을 거예요…. 먹거리를 재배하는 데 열정적인 사람들이 많아요. 그 사람들을 잃는 건 현명하지 않아요…. 아뇨, 아뇨, 그 사람들은 공유지에서 먹거리를 기르고 싶어해요. 그리고 집회 홍보를 둘러싼 검열을 멈추기를 원하죠. 그게 다예요…. 실제로 퀘스트툴이 많은 걸 금지하잖아요…. 오가닉코어는 지는 싸움을 하고 있어요. 카렌, 당신은 스스로 생각하는 것보다 더 많은 힘을 가지고 있어요…. 그래요, 물론이죠. 통화해서 좋았어요. 집회에 가는 걸 고려해봐요. 강력한 선언이 될 거라고 생각해요. 당신도요. 이제 들어가요."

홍분해서 엄마의 팔을 붙잡았다. "카렌이 올 것 같아요?"

엄마가 어깨를 으쓱했다. "가능성이 꽤 높아. 젊은 세대의 지지를 얻을 수 있을 거라고 말하니까 카렌이 좋아했거든."

"고마워요! 물어봐 줘서." 두 팔로 엄마를 꼭 껴안았다.

엄마는 내가 안고 있도록 잠시 내버려두었다가 이내 빠져나갔다. "난 이제 일하러 가보는 게 좋겠구나." 엄마는 서둘러 배급 관리자 티셔츠를 입고 양치질을 했다.

계속 연설을 연습하기에는 엄마의 시선이 너무 의식되었다. 일기장을 끄집어내서 주르륵 넘겼다. 그림을 그리다 만 페이지 하나를 골라 펼쳤다. 빈 공간이 많았다. 꽃을 조금 그려 넣자 이내 생명을 얻은 듯 일기장 위로 봄이 활짝 피어났다. 그렇지. 훨씬 낫다.

한참 동안 이곳저곳에 그림을 더했다. 그러다 지금까지 쓴 일기를 읽기 시작했다. 청각장애인(deaf)라고 쓴 단어를 발견하고 그게 농인(Deaf)이 되어야 한다는 걸 깨달았다. 얇은 펜으로 글자를 고친 다음, 맨 앞장으로 넘어가 관련된 모든 단어를 고쳤다.

태거트와 함께 일찌감치 텃밭 정원에 갔다. 뜨거운 열기가 달아오르고 식물이 힘없이 축 늘어지기 전에 정원을 둘러보고 싶었다. 이제 정원은 믿을 수 없을 만큼 아름다웠다. 내 키만큼 자란 옥수수 대가 여럿 있었고, 토마토는 허리 높이까지 자랐다. 손으로 만지자 톡 쏘는 듯한 향기가 부드럽게 퍼지며 나를 감쌌다. 커다란 서양호박 잎사귀들이 서로 햇빛을 받겠다고 싸우며 정원을 기어가듯 가로질렀고, 호박 덩굴은 만달라 정원 바깥까지 넘쳐나 차도로 뻗쳐 나가고 있었다. 연못 주위를 둘러싼 모자이크는 제멋대로 자란 수풀에 묻혀 거의 보이지 않았다. 우리는 작은 그릇 하나에 양배추와 루꼴라, 완두콩을 따서 담았다. 태거트가 내 얼굴을 조심스럽게 살피면서 슬금슬금 손을 뻗어 완두콩 한 개를 골라 집었다. 그리고 천천히 콩을 입으로 가져가 신중하게 이로 베어 물었다. 완두콩을 씹는 동안 태거트의 얼굴 전체에 함박웃음이 번져나갔다.

콩 한 알을 먹어봤다. 마치 사탕 같았다. 아니, 설탕보다 더 훌륭한 맛이 났다. 파슬파슬한 식감이 더해진 달콤함이 배를 채우는 것 같았다. 쓴맛이 전혀 없어서 그 어떤 야생 푸성귀보다도 훨씬 나았다.

태거트가 한 알을 더 집으려고 해서 고개를 저었다. '안 돼요. 나눠 먹어야지요.' 수어로 말했다. 그릇에 담긴 채소와 완두콩을 이웃끼리 공평하게 나누는 모습을 동작으로 나타냈다.

차례대로 이웃들의 집을 방문했다. '안녕.' 대문을 연 조이가 빡빡 민 머리를 손으로 문지르며 말했다. 티셔츠와 속옷만 입은 채였다. 태거트가 그릇을 높이 들었다. '코니!' 조이가 외치자, 잠시 후 코니가 침대보를 둘둘 몸에 말고 나타났다. 머리가 헝클어진 채로. 코니의 그런 모습은 처음이었다. 조이와 코니에게 찢어낸 양배추와 완두콩, 그리고 루꼴라를 하나씩 줬다.

두 사람은 천천히 음미하며 먹었다. 그러더니 태거트에게 하이파이브를 건넸다. 아친을 줘서 고마워요. 조이가 지문자로 감사를 표했다.

'이건 그냥 맛보기예요.' 동작을 정확히 하려고 주의를 기울이며 수어로 말했다. '생각해봤는데, 우리의 첫 수확을 기념하는 만찬을 하지에 열면 좋을 것 같아요. 축하 파티를 하는 거예요. 어떻게 생각해요?' 로비가 그랬던 것처럼 하지를 지문자로 알려줬다. 그 뒤에 모두가 모이는 걸 표현했다. 로비가 내 얼굴로 모든 걸 보여줘야 한다고 말했던 조언을 기억했다. 허공에 그릇에 담긴 음식을 그리고, 그걸 먹는 척하며 얼굴에 감탄과 천국을 나타냈다. 코니와 조이 모두 엄지손가락을 들어 올려 보였다. 내 수어를 이해했다! 그리고 이 제안을 좋아했다!

할림과 게리, 앰버에게도 배달하고 모두를 하지 파티에 초대했다. 그런 다음 아치와 에린 그리고 엄마와 음식을 나눠 먹기 위해서 우리의 집으로 돌아갔다. 엄마가 완두콩을 베어 물더니 감탄하며 씹었다. "정말로 맛이 좋구나." 엄마가 말했다. "의회가 텃밭 정원을 철거하러 오기 전에 네가 심은 작물을 모두 수확할 수 있으면 좋겠어."

그 한 마디에 온종일 붕 떠서 마냥 황홀했던 기분이 그냥 그렇게 또다시 가라앉았다.

드디어 집회 날이다. 내가 정말로 수백만 명의 사람들 앞에 서서 연설을 하게 된다고? 오, 세상에. 속이 울렁거렸다. 하지만 해낼 거다. 변화를 위해 싸우는 사람, 그게 내가 되고 싶은 사람이니까. 부디! 제발 이 도전이 변화를 이끌어냈으면. 그렇게만 된다면 내가 감옥으로 보내지더라도 최소한 정원은 나 없이도 잘 자랄 수 있을 테니까.

말리와 켈시와 함께 연방 광장으로 걸어갔다. 떨렸지만 머리를 꼿꼿이 세웠다. 무대 쪽으로 향했다. 광장은 이미 인파로 가득 차 있었다. 집회에 한 번도 가보지 않았지만 뉴스에서 본 적은 있었다. 화면 속 군중들은 열정적으로 구호를 외치고, 거침이 없었다. 무리를 이룬 분노한 군중들. 하지만 연방 광장에 모인 시민들은 전혀 달랐다. 무척 수척해 보였고, 눈이 움푹 꺼져있었으며, 기운이 없었다. 하지만 마치 귀찮음을 무릅쓰고 나온 사람 같아 보였지만 그들에게서 투지가 느껴졌다. '야생을 기르자! 자유를 기르자!' 그리고 '땅을 자유롭게, 음식을 자유롭게'와 같은 문구가 적힌 현수막과 플래카드가 보였다.

말리가 손으로 뺨을 감싸고 부드럽게 나를 돌려세웠다. '괜찮아?'

'응, 괜찮아.' 거짓말이다. 하지만 긴장감을 떨치기 위해 머리를 흔들고 미소를 지어 보였다.

무대 반대쪽이 부산스러워졌다. 깨끗하고 세련된 정장을 차려 입은 무리가 나타났다. 캠이 어색하게 팔짝팔짝 뛰어다니며 그들을 맞이하고 있었다. 캠의 붉은 머리가 햇빛에 반짝였다. 무리의 한가운데에 카렌 킬데어가 있었다. 총리가 왔다!

켈시에게 카렌 킬데어가 왔다고 손짓으로 가리켰다. 켈시는 신이 나서 폴짝폴짝 뛰었다. "여기에 있어요. 잠시 다녀올게요." 켈시가 또박또박하게 말한 뒤 무대를 돌아 서둘러 카렌의 무리에게로 향했다.

누군가 어깨를 톡톡 두드렸다. 로비다. 로비는 내 뒤쪽을 가리키고 미소 지으며 손을 흔들었다. '에비 리예요.' 로비가 지문자로 전했다.

몸을 돌리자 그곳에 에비가 있었다. 짙은 색 머리카락이 회색 치마 정장의 재킷에 대비되어 반짝였다. 에비가 다정하게 나를 껴안고는 수어로 말했다. '당신의 연설 노트를 받지 못했어요.'

미간을 찡그렸다. '그럴 리가요. 분명히 보냈는데. 아! 아마 세스풀이 검열을 했나 보네요.'

'알겠어요. 자, 시간이 없으니 어서 연설에서 무슨 이야기를 할 건지 말해줘요. 그래야 최대한 정확하게 전달할 수 있어요.'

사람들의 눈길을 끌지 않도록 조심스러운 동작으로 연설을 쭉 훑었다. 그럼에도 사람들이 나를 물끄러미 쳐다보는 것이 보였다.

에비가 눈을 크게 뜨더니 내 팔을 잡았다. '연설이 시작되고 있어요.' 아직 절반밖에 알려주지 못했는데. '걱정 말아요. 제가 즉흥적으로 할 게요.' 나는 에비에게 엄지손가락을 들어 올려 보였다.

무대를 올려다 보자, 마이크를 든 켈시가 서 있는 게 보였다. 켈시 옆에는 집회 홍보를 위한 파티에서 본 통역사가 서 있었다. 심장이 내려 앉았다. 이제 아무것도 이해하지 못하리라.

에비를 살짝 찔렀다. '저기…, 무리한 부탁일지 모르지만, 혹시 통역을 해주실 수 있으세요? 저 분의 수어는 이해할 수 없어서요.'

에비가 이해한다는 듯 미소를 지었다. '저 통역사는 코다예요. 많은 사람이 저 분의 수어를 이해하기 어려워해요.' 에비가 곧바로 자리를 이동하여 나와 무대 사이에 위치를 잡았다. 그리고 켈시의 표정을 따라 하며 수어를 하기 시작했다.

'… 왜 한 사람이 우리 모두를 위해서 대가를 치러야 하나요?' 에비가 통역했다. '그 혐의는 부당하며, 세스풀의 검열은 사라져야 합니다. 정부에게는 우리의 의사소통을 막을 권리가 없어요.' 모르는 단어가 있었기 때문에 여러 번 되물어야 했다. 검열. 정부. 에비가 천천히 그리고 정확하게 철자를 알려줬다.

'미안해요. 조금 놓쳤어요.' 그 다음 에비가 수어로 말했다. '요약을 하는 게 좋겠어요. 지금 켈시가 작물을 재배하는 것에 관해서 얘기하고 있어요. 공유지는 시민들 모두의 것이라고 말이죠. 모든 시민에게는 공유지를 사용하고 접근할 권리가 있어요. 더구나 식량난을 맞았으니 이런 시기일수록 시민들이 공유지를 유용하게 활용하는 것이 몹시 중요하다고 말하고 있어요…'

갑자기 한 남자가 어깨를 톡톡 두드리고 내 귀에 가까이 몸을 기울여서 무언가를 말했다. 남자의 얼굴을 보려고 내가 몸을 뒤로 빼자, 에비가 한 발짝 나서며 자신에게 말하라고 남자에게 내비쳤다. '당신이 다음 차례라고 하네요.' 에비가 수어로 말했다. '무대 옆으로 가죠.'

심장이 쿵쿵 뛰고 뱃속이 마구 뒤틀렸다. 내가 연설을 할 거라니 도무지 실감이 나지 않았다. 에비가 켈시의 연설 내용을 수어로 더 전해줬지만 그만하라고 했다. '이제 집중해야 해요.'

켈시가 무대에서 내려와 내게 마이크를 건넸다. 재킷 속에서 땀방울이 작은 강을 이루고 등을 타고 흘러내렸다. 마이크를 어떻게 해야 할지 알 수 없었다. 어차피 난 마이크에 대고 말할 게 아니니까. 게다가 마이크를 들고 있으면 수어를 할 수 없었다. 에비가 마이크를 가져가서 우아하게 옆으로 비켜설 때까지 그 자리에 멍청하게 서 있었다. 에비가 손짓했고, 나는 곧장 무대 한가운데로 걸어갔다.

군중을 물끄러미 바라봤다. 광장 전체가 꽉 차 있었다. 수많은 얼굴과 배너와 플래카드가 마치 바다처럼 물결을 이루고 있었다. 조금 뒤, 왼편에서 낯익은 어린아이가 한 남자의 어깨 위에 앉아있는 모습이 시선을 끌었다. 태거트다! 그 옆에는 조이와 코니, 할림과 게리 그리고 앰버가 있었다. 엄마는? 엄마도 여기에 있을까? 군중을 쭉 훑어봤지만 엄마는 보이지 않았다.

모두가 나를 쳐다봤다. 나는 멍하니 앞만 바라보고 있었다. 그 순간 로비와 일행을 발견했다. 로비가 무대 앞쪽에 서 있었다. 기대감에 가득 찬 얼굴로 나를 바라보면서. 로비가 양손을 들어 나에게 연설의 첫 단어 몇 가지를 상기시켜주었다.

연설을 시작하자 금세 긴장이 사라졌다. 사람들에게 내가 누구인지 소개하고 내 수어 이름을 알려줬다. 손가락에서 물 흐르듯이 수어가 흘러나왔다. 눈썹과 어깨도 각자의 역할을 순조롭게 잘 해내고 있었다. 로비의 정원을 보고 사랑에 빠지는 순간을 보여줬다. 그리고 그 아름다움이 우리에게 먹을 것을 선사해주는 마법을 이야기했다. 거리 한가운데 있는 황폐한 땅과 나무 그루터기, 죽은 풀을 그렸다. 얼굴로 절망적이고 우울한 표정을 지었다. 양손이 풀과 잎을 잔뜩 모아 퇴비 더미를 쌓아나갔다. 그리고 난 이웃들이 되었다. 호기심에 가득 찬, 그러나 동시에 당혹스러운 표정이 드러났다.

이제는 더욱 자신감에 가득 찬 상태로 로비를 나 자신에게 투영하는 걸 느꼈다. 두 눈이 반짝였다. 내가 그려내고 있는 감정은 이 삶보다 더욱 커다란 것이었다. 아름다운 정원을 가꾸기 위해서 배워야 하는 모든 것에 압도된 내 모습과 한 단계 한 단계 차근차근 가르침을 주는 로비의 모습을 보여줬다. 뜨거운 퇴비를 만지다가 물집이 잡힌 손과 내게 갈퀴를 건네는 할림을 보여줬다. '그냥 시작하기만 하면 돼요. 그리고 나면 이웃과 도구가 찾아올 거예요…'

광장 전체에 물결이 일었다. 군중들이 환호했다. 무대 앞쪽에 서 있던 로비가 양손을 허공에 들어 올리고 흔들었다. 주위에 있던 사람들도 똑같은 동작을 했다. 농인의 박수였다. 나는 그들을 향해 활짝 웃었다.

용기를 얻은 나는 의회에서 붙인 오렌지색 스티커를 발견한 순간 충격에 휩싸여 그걸 다시 들여다보는 내 모습을 보여줬다. 심장에 칼이 꽂혔다. 내 손가락은 사방팔방으로 뻗어 나가는 아름다운 녹음과 먹이를 쪼아대는 여러 마리의 닭, 그리고 연못에 비친 풍경이 되었다. 그 순간 거대한 불도저가 달려와 모든 걸 한순간에 다 밀어버렸다.

군중은 고함을 지르고, 분노하며, 주먹을 하늘로 쳐들었다. 나는 계속 이어갔다. 하지만 에비가 한 손을 들어 올려 잠시 기다리라고 신호를 보냈다. 마침내 군중이 다시 잠잠해졌을 때, 에비가 나를 향해 고개를 끄덕였다. 나는 가상 화면 앞에 앉아서 타이핑을 하고, 사람들을 집회로 초대하고, 세스풀이 그걸 막는 모습을 표현했다. 군중 사이에서 더 큰 아우성이 일었다. 잠시 기다렸다. 그 뒤 이번에는 '콘크리트 말고 먹거리를 기르라' 포스터를 거리에 스프레이 페인트로 그리는 모습을 나타냈다. 모두가 환호했다. 내가 체포당한 순간을 극적으로 그렸다. 경찰이 둘러싸고 총을 겨눴을 때, 나는 아무것도 듣지 못한 채 스프레이 페인트를 뿌리고 있었다. 군중이 격분했다. 마침내 내가 전하고자 하는 메시지에 도달했다. '우리에게는 표현의 자유가 있습니다.' 군중이 열광했다.

무대 앞쪽에서 로비가 수어로 말했다. '사람들에게 **표현의 자유**를 뜻하는 수어를 가르쳐줘요.'

'여러분께 그걸 수어로 어떻게 말하는지 보여드릴게요.' 나는 가슴에 엄지손가락을 대고, 손가락을 걸치고, 다른 한 손으로 날개짓을 하는 동시에 손가락을 꿈틀거렸다. 자유. 군중이 따라 했다. 날갯짓하는 손이 거대한 바다를 이루고 아주아주 먼 곳까지 퍼져 나갔다. 심장이 쿵쿵거리며 희열에 휩싸였다.

로비가 표현을 뜻하는 수어 단어를 보여줬다. 손바닥이 바깥 방향을 향하도록 한 채로 입 옆에 들고 단호하게 두 번, 곧은 선을 그리며 앞쪽으로 내미는 것이었다. 내가 수어를 하자 군중이 따라 했다. 우리는 모두 함께 반복했다. 자유로운 표현!

군중들은 내가 알려준 수어 단어를 '표현의 자유'라는 구호로 바꾸어 거듭 외쳤다. 나도 그들과 함께했다. 우리는 반복해서 외쳤다.

"표현의 자유! 표현의 자유!! 표현의 자유!!"

에비가 환호에 답하라고 손짓했다. 인사를 하자, 사람들이 환호성을 지르며 두 손을 공중에 높이 들고 로비와 주위에 있는 농인들을 따라 했다. 전율에 떨며 무대에서 내려왔다. 숨을 쉴 수가 없었다. 우와. 군중들이 이렇게 열렬한 반응을 보일 거라고 누가 예측이나 했겠는가.

계단을 내려오자마자 말리가 감싸듯 나를 품에 안았다. '너 정말 대단했어! *정말 대단해!* 네가 다음 미래 소녀가 될 거야. 아드햐 바시를 넘어서서 말이야. 파이퍼, 네 손에 식량의 미래가 달려있어.'

이제 무대 위에는 카렌 킬데어가 서 있었다. 내가 연설했던 자리에 서서 마이크를 잡고 있었다. 에비가 우리와 합류했고, 남자 통역사가 무대로 올라갔다. 에비에게 부탁했다. '통역을 또 부탁드려도 될까요?'

카렌 킬데어가 인사를 건네자 군중이 이내 고요해졌다. "중요한 발표가 있습니다." 에비가 통역했다. 에비는 어느새 카렌과 똑같은 표정을 짓고 있었다. "지난밤, 오가닉코어가 파산 신청을 했습니다."

모두가 충격에 휩싸여 서로를 향해 몸을 돌리고 수군댔다. 웅성거림이 군중 속으로 퍼져 나갔다. 입이 딱 벌어졌다. 엄마는 어디에 있지? 엄마는 이 사실을 알고 있을까?

카렌 킬데어가 계속해서 말을 이어갔다. "오가닉코어의 파산 신청은 정부 정책에 급진적인 변화가 필요하다는 걸 의미합니다. 음식을 충분히 확보하기 위해서 말이죠. 국민 여러분, 잘 알다시피 지금 우리는 심각한 연료 부족 사태를 마주하고 있습니다. 연료 부족이 우리의 삶 전반에 심각한 영향을 끼치고 있죠. 오늘 저는 제 앞에 선 한 분 한 분이 귀중한 해결책을 제시하는 걸 보았습니다. 공유지에 개개인이 직접 먹거리를 키운다는 해결책을 말이죠. 저는 여러분의 의지를 진지하게 받아들입니다. 여러분의 작물 재배 운동을 지원하기 위해 정부가 어떤 입법상의 변화를 만들어야 하는지 숙고하겠습니다. 그때까지 지금 있는 공동체 정원에 내려진 철거 명령은 모두 취소될 것입니다. 국민 여러분 앞에서 분명히 약속드립니다."

군중이 열광적으로 환호하며 반응했기에 카렌은 잠시 연설을 멈춰야 했다. 나도 함께 환호했다. 이제 내 정원은 철거되지 않을 것이다. 오, 세상에! 정말 다행이야!

"또한 저는 오늘 이 자리에서 표현의 자유를 요구하는 국민 여러분의 목소리를 들었습니다." 카렌 킬데어가 말을 이어갔다. "이 사안과 관련해서 문제가 있었다는 걸 인정합니다. 정부는 몇 달 안에 검열에 관한 문제를 해결할 것입니다."

에비의 표정이 변했다. '청중 가운데 누군가가 고함을 쳤어요. 오가닉코어가 파산한 지금, 정부가 그걸 해낼 능력이 있습니까? 라고요.'

카렌 킬데어의 표정이 굳어지는 게 보였다. "그 문제에 대해서는 논의할 수 없습니다." 에비가 통역했다.

청중 가운데 또 다른 누군가가 소리쳤다. "그럼 전기와 대중교통 문제는 어떻게 해결할 거죠?"

"이 사안에 대해서는 해결책을 찾기가 쉽지 않다고 생각합니다. 다만 어쩌면 전기와 교통수단에 덜 의존하는 방향으로 삶의 방식을 변화시켜 나가려는 노력 안에 그 답이 있을지도 모릅니다. 이 중대한 사안에 대해 제가 좀 더 면밀하게 관심을 기울일 수 있도록 촉구해주셔서 다시 한번 감사드립니다."

그 말을 끝으로 카렌 킬데어는 군중 앞에 머리를 숙여 인사했다. 비록 나에게 보낸 것과 같은 열렬한 환호는 아니었지만, 군중은 만족스러워하며 박수를 쳤다. 카렌 킬데어는 무대에서 내려왔고, 곧장 내가 서 있는 쪽으로 다가왔다.

"파이퍼." 손을 내밀며 카렌이 말했다. 우리는 악수했다. 이렇게 많은 청중 앞에서 연설한 이후인데도 어떻게 카렌의 손은 이토록 서늘하고 건조할 수 있을까? 에비가 카렌 옆에 서기 위해 몸의 방향을 틀었다. "아주 인상 깊은 연설이었어요." 에비가 카렌의 말을 전했다. "저를 감동시켰죠. 분명 다른 많은 사람들 또한 감동시켰고요. 표현의 자유와 관련된 혐의를 받고 있다는 걸 알고 있어요. 자신 있게 말씀드리죠. 이 사안과 관련해 혐의를 받게 된 사건은 모두 자동적으로 기각될 겁니다. 당연히 파이퍼, 당신과 관련된 건을 포함해서요. 구치소에 갇혀 지냈던 기간에 대한 보상도 받을 수 있을 겁니다."

내 입이 떡 벌어졌다.

'감사해요.' 수어로 말하자, 에비가 내 대답을 전달하기 위해 카렌 킬데어 쪽으로 몸을 기울였다.

양복을 입은 두 명의 남자가 나타나서 카렌 킬데어를 위해 길을 텄다. 그때 누군가 내 어깨에 손을 올리는 걸 느끼고 몸을 돌렸다. 로비였다. '정말 자랑스러워요!' 로비가 나를 꼭 껴안았다.

켈시도 나를 껴안았다. 그러더니 내게 하이파이브를 건네고 힘차게 엄지손가락을 들어 보였다. "이보다 더 좋을 순 없을 거예요!" 에비가 통역했다. 켈시의 얼굴에 흥분이 고스란히 드러났다.

로비와 함께 있던 무리가 나를 둘러쌌다. 손에서 질문이 쇄도했다.

'어디서 자랐어요?'

'왜 지금까지 당신을 한 번도 만나지 못했죠?'

'어느 학교에 다녔어요?'

내가 얼마나 당황해하는지를 로비가 본 게 분명했다. 이렇게 외쳤기 때문이다. '자, 오늘은 이 정도만 합시다! 내가 조만간 파이퍼를 놓인 클럽에 데리고 갈게요!'

이제는 낯선 사람들이 엄지손가락을 들어 올려 보이며 온통 나를 둘러싸고 있었다. 금방이라도 기절할 것만 같았다. 사람들의 얼굴이 빙글빙글 돌았다.

그 순간 손 하나가 내 어깨를 미끄러지듯 감쌌다. 말리였다. 나는 그의 목에 머리를 파묻었다. 말리가 나를 감싸 안고 군중을 헤치며 길을 안내했다. 마치 카렌 킬데어의 경호원들이 그랬던 것처럼.

Monday
21
DECEMBER
Summer Solstice 하지

12월 21일 월요일

텃밭 정원 한가운데로 로켓 스토브를 옮겼다. 코니가 불을 붙인 후 불 관리인을 자처하며 그 앞에 우아하게 자리를 잡았다. 나는 물이 담긴 냄비를 로켓 스토브에 쿵 내려놓았다. 닭털을 뽑기 위해서다. 하지만 우선은 우리가 기른 작물을 수확해야 했다. 태거트가 다 자라지 않은 열매까지 다 따려고 들어서 얼른 손을 붙잡아 잘 익은 열매 쪽으로 이끌었다. 태거트는 꽃양배추, 서양호박, 브로콜리, 토마토를 무척 아끼는 인형인 것처럼 조심스럽게 안아서 자신의 아빠에게 배달했다. 아치가 테이블을 펼쳤다. 오늘 만찬의 요리 담당이다. 아치는 자연에서 기른 먹거리를 요리하는 일에 익숙한 것이 분명했다. 그의 앞쪽에 야채 더미가 정갈하게 쌓였다. 조이와 에린은 나란히 앉아 완두콩 껍질을 벗기고 태거트의 플라스틱 양동이에 야채를 담아 씻었다.

할림이 제법 깨끗한 셔츠를 입고 나타났다. 게리는 만찬을 위해서 타이를 맸다. 앰버가 작은 검정색 상자를 무릎 위에 올려놓은 채로 휠체어를 타고 나왔다. 앰버는 그 상자를 로켓 스토브 옆에 놓고 손목 밴드에서 버튼 몇 개를 톡톡 눌렀다. 나는 상자를 가리킨 다음 손바닥을 질문하듯 들어 올리고 미간을 찡그렸다.

'스피커예요. 음악을 틀려고요.' 앰버가 손목 밴드에 타이핑했다. '가장 좋아하는 노래가 뭐예요? 틀어줄게요.'

손목 밴드에 타이핑했다. '저는 음악을 많이 듣지 않아요.' 그런 다음 내 귀를 가리켰다.

'아, 그렇겠군요! 제가 정말 멍청했네요. 까먹었어요.' 앰버가 부끄러워
하며 자신의 머리를 때렸다.

'괜찮아요. 저는 사실 **가벼운 상승**이라는 곡을 좋아해요. 싱크로닉 블
릭스의 곡이에요.'

음악이 시작된 게 확실했다. 모두가 상자 쪽을 한 번 힐긋 보더니 조금
씩 리듬을 타며 박자에 맞춰 머리를 흔들고 있었다. 보청기를 끼고 있지
않아서 지금 나오는 곡이 **가벼운 상승**인지 아니면 다른 곡인지 알 수 없
었다. 하지만 곧 머릿속에서 이 모든 게 다 사라져버렸다. 로비와 말리가
자전거 페달을 밟으며 정원으로 들어서고 있었다. 두 사람은 얼굴이 벌겠
고 땀을 흘리고 있었다. 불룩 튀어나온 가죽가방에 먹을 것을 가득 담아
가져왔다. 로비가 다홍빛의 무언가가 담긴 병을 건넸다. 스위트 칠리소스
였다. 자연에서 기른 음식의 맛을 놀랍도록 풍부하게 만들어주는 로비의
비법 양념 중 하나였다. 로비를 얼싸안고 볼에 입을 맞췄다.

로비와 포옹을 마치자, 말리가 뒤에서 나를 안았다. 말리를 향해 고개
를 돌리자, 그가 부드럽게 입을 맞추고는 왁스를 바른 종이로 싼 작은 벽
돌 모양의 음식을 건넸다. 앗, 버터다! 평범한 야채 요리를 풍미가 넘치고
만족스럽게 바꿔주는 또 하나의 재료다. 말리는 또한 소금이 담긴 작은
통과 로비가 직접 만든 토마토 소스가 담긴 유리병, 그리고 샐러드 드레
싱과 빵 한 덩어리를 꺼내 보였다. 우리는 오늘 밤 제대로 된 연회를 하게
될 거다!

로비에게 정원을 구석구석 안내했다. 로비는 천천히 걸으며 식물의 잎
사귀를 손으로 쓰다듬고 흙을 점검했다. 허브 화단 위에서 깊게 숨을 들
이 마시고, 손가락으로 연못의 물을 튕겨 잔물결을 일으켰다. 로비가 몸
을 일으키며 고개를 끄덕여 보였다. '좋네요. 정말 좋아요. 아름다울 뿐
아니라 생산성도 높아요. 다른 정원에서도 수확을 할 수 있게 되면 모두
가 이 정원에서 얻은 먹거리로 규칙적인 식사를 할 수 있게 될 거예요. 여
름 내내 산더미 같은 음식을 내어줄 거예요.' 로비가 토마토와 서양호박,
호박덩굴을 가리키며 수어로 말했다.

이웃들에게 로비를 소개했다. 로비는 정중하고 우아했다. 그 모습을 마음속에 새겨 두었다. 이게 바로 진정한 농인이 청인을 대하는 방식이구나. 조이가 그녀 특유의 무우우척 느으으린 수어로 말하기 시작했다. 로비는 할림이 가져온 접이식 의자 중 하나에 앉아서 조이의 손가락에 완전히 몰입한 듯한 표정을 하고 있었다.

조이는 로비에게 맡기고 말리를 붙잡았다. '좀 도와줄래? 이제 닭을 잡아야 하거든.'

'나 방금 씻었는데!' 말리가 시위했다. 하지만 이내 나와 함께 닭장 안으로 들어왔다. 사실은 그다지 개의치 않았던 것이다. 말리가 내 얼굴을 손으로 부드럽게 감싸쥐고 자신 쪽으로 돌렸다. 그리고 내 눈을 뚫어지게 쳐다봤다. 말리가 수어로 말했다. '정말 이 사람이 불과 다섯 달 전까지만 해도 물고기 잡는 것도 지켜보지 못했던 그 여자와 같은 사람이 맞나?'

'나도 이젠 확실한 어른이거든.' 내가 거만하게 답했다. '완전히 성숙한 존재라고. 너랑 로비가 나한테 무슨 짓을 했는지 볼래?'

내가 닭의 목을 잘랐다. 닭이 몸부림치는 것을 멈추자, 말리가 태연하게 한 손으로 닭의 발을 잡아서 들어 올리고 다른 한 손으로는 내 뺨에 튄 핏자국을 다정하게 닦아주었다. 이런 일에서조차 친밀감이 느껴진다는 사실이 놀라웠다.

닭털을 뽑아 아치에게 건넸을 때, 테일러에게서 메시지가 왔다. '우리 지금 만나서 같이 놀까?'

곧바로 답장을 보냈다. 타이핑을 하는 동안 말리가 손으로 내 목을 살살 쓰다듬었다. '좋아! 이쪽으로 놀러와! 지금 우리 텃밭 정원에서 하지 기념 파티를 하고 있거든. 음식을 잔뜩 준비하고 있어.'

그 뒤 창고 집으로 들어갔다. 엄마가 손목 밴드를 들여다보고 있었다. 엄마는 이 나라에 존재하는 모든 가상 화면에 내가 수어로 연설하는 모습이 나온 게 아무렇지도 않은 척하려고 애썼다. 하지만 집회 이후로 우리 사이는 꽤 어색해졌다. 보청기를 끼고, 싱크대에서 천 조각을 물에 적셔 얼굴과 팔에 묻은 닭의 피를 문질러 씻었다.

"파티가 시작됐어요." 내가 말했다. "저랑 같이 나가요."

"사람들은 날 자기가 낳은 딸과도 대화할 수 없을 만큼 부족한 엄마라고 여길 거야. 그런 사람들과 함께 앉아서 식사를 하진 않을 거란다." 엄마가 딱딱하게 대답했다.

"로비가 왔어요. 말리의 어머니 말이에요. 지금 나가면 만날 수 있어요." 두 사람이 대화하는 장면은 상상도 할 수 없었지만, 그 생각을 떨치려고 애쓰며 말했다. 그리고 동시에 내가 수어를 쓰는 건 엄마가 받아들여야 하는 일일 뿐, 내 문제가 아니라고 결론내렸다. 내가 농인인 것은 내 문제이고, 내가 매일같이 마주해야 하는 내 삶이기 때문이다.

엄마가 한숨을 쉬었다. "좋아…, 나가마." 엄마는 거울 앞에 서서 헝클어진 머리를 가다듬었다.

작년 이후로는 한 번도 입지 않은 원피스로 갈아입었다. 엄마는 완벽하게 몸단장을 하는 나에게 텃밭 정원으로 안내하라고 말했다. 아치의 솥에서 정말로, 정말로 좋은 냄새가 났다. 그 냄새가 바람을 타고 사방으로 퍼졌다. 엄마가 숨을 깊게 들이마셨다. 엄마의 팔을 꼭 움켜쥐었다. "와." 엄마가 말했다. "어서 먹어보고 싶구나."

"뭐라고 말하셨어요?" 보청기를 했기 때문에 이제 음악을 들을 수는 있었다. 하지만 그저 쾅쾅 울리는 소음에 불과했기 때문에 엄마의 말을 이해할 수 없었다. 눈을 가늘게 뜨고 엄마를 정면으로 마주봤다.

"어서 먹어보고 싶구나."

"엄마…, 뭐라고요?" 수어로 물으며 동시에 작은 목소리로 말했다. 엄마와 음성으로 대화하는 게 노골적으로 드러나지 않기를 바라면서 말이다. 앰버가 볼륨을 줄여주면 좋겠는데.

"어서… 먹고… 싶다고!" 엄마가 소리쳤다. 엄마에게 손가락을 들어 올려 보였다. 잠시만요. 앰버의 어깨를 톡톡 두드리고 검정색 상자를 가리켰다. 그리고 다이얼을 돌리는 듯한 동작을 취했다. 앰버가 손목 밴드를 만지작거리자 음악 소리가 전보다 희미해졌다. 여전히 신경에 거슬리기는 하지만 이 정도면 좋은 타협이리라. '고마워요.'

조이와 코니가 수어를 연습하느라 로비를 붙잡아두고 있었다. 내가 중간에 끼어들었다. '로비, 이쪽은 저희 엄마 아이린이에요. 엄마가 로비를 만나길 고대하고 있었어요.' 수어로 말했다. 그리고 엄마에게로 몸을 돌렸다. 목소리를 내는 대신 손을 움직였다. 동시에 아주 작게 속삭이며 입 모양으로 단어를 또박또박 말했지만 그래도 얼굴이 확 달아올랐다. 엄마가 내 말을 이해할 수 있기를 바랐다. '엄마, 이쪽은 로비예요. 로비는 정말 멋진 정원을 가지고 있어요. 저에게 이 모든 걸 하는 방법을 가르쳐주었고요.'

엄마가 로비에게로 돌아서서 평소보다 약간 더 또렷하게 발음하며 말했다. "만나서 반가워요."

로비가 수어로 대답하자, 잠시 어색한 침묵이 흘렀다. 마침내 엄마가 말했다. "죄송해요. 제가 수어를 몰라서요."

우리를 지켜보고 있던 말리가 서둘러 다가왔다. '제가 통역해드릴 수 있어요.' 그가 수어로 말했다.

'그럴 필요 없어!' 하지만 말리는 손을 흔들어 나를 말렸다.

'내가 그렇게 하고 싶어.'

그래서 말리가 통역을 하게 됐다. 엄마는 격식을 차리며 말했다. "그러니까 로비. 당신은 무슨 일을 하세요?"

'이거죠.' 로비가 주위를 가리키며 수어로 말했다. '저는 작물을 길러요. 음식을 살 수 있는 돈을 벌기 위해 일하는 것보다 내가 직접 먹거리를 기르는 방식을 더 선호한답니다.'

엄마는 로비의 말을 이해하느라 잠시 미간을 찡그렸다. 그리고 재빨리 다른 주제로 넘어갔다. "말리에게 다른 형제나 자매가 있나요?"

'아니요. 말리의 또 다른 엄마 반과 저는 우리가 인구수 증가에 더는 일조하지 말아야 한다고 생각했거든요.'

이런 주장은 엄마에게 익숙하지 않은 사고방식이 아닐까? 내 예상대로 엄마는 조금 당황한 것처럼 보였다. 하지만 곧 표정을 가다듬고 미소를 지으며 말했다. "그렇군요. 어디에 사시나요?"

'프레스톤이요.' 로비가 대화를 주도하며 이어갔다. '파이퍼가 정말 대단하고 멋진 결과를 이뤄냈다고 생각하지 않으세요? 따님이 무척 자랑스러우시겠어요! 지역 내에서 뿐만 아니라 공동체와 나라 전체를 위한 변화를 끌어냈으니 말이에요.' 로비가 애정을 담아 내 머리카락을 헝클어뜨렸다. '파이퍼가 자신의 소명을 찾은 것 같네요.'

엄마는 놀라서 나를 빤히 쳐다봤다. 이것 역시 엄마에게는 낯선 개념인 것처럼 보였다. 나는 이렇게 덧붙이고 싶었다:

맞아요. 이제 문제는
제가 무엇을 할 것인지가 아니라
엄마가 무엇을 하느냐에 달렸어요.

하지만 그건 심술궂은 일이리라. 엄마가 직업을 잃고, 나에게 청인들과 같은 길을 걷도록 강요하기를 멈춘 그 순간, 내가 나의 길을 찾았다는 아이러니가 놀라웠다.

흘낏 주위를 둘러봤다. 테일러가 보였다. 인도 위에서 머뭇거리며 우리를 바라보고 있었다. 마호가니색 단발 머리가 매끈하게 반짝거렸고, 통통하게 살이 오른 두 뺨은 둥글고 건강했다. 테일러는 이곳에 있는 그 누구보다도 잘 차려 입었다. 연한 푸른색 레이스가 달린 고급스러운 짧은 원피스에 옷과 어울리는 연한 푸른색의 굽이 높은 구두를 신고, 작은 은색 가방을 들고 있었다.

서둘러 달려가 테일러를 껴안았다. '네가 와서 정말 정말 기뻐.' 작게 속삭였다. 아무도 내가 음성으로 말하는 걸 보지 않기를 바랐다. 하지만 아직까지 테일러에게 수어와 얽힌 일에 관해 말하지 않은 상태였다. 테일러를 정원의 먼 끝쪽으로 이끌었다. 대화가 필요했다.

우리는 어쩔 줄 몰라하며 나란히 앉았다. 목을 가다듬고 말했다. "그 떡갈나무 말이야…, 아직도 보우가 범인이라는 게 믿기지가 않아."

테일러가 몸을 둥글게 웅크렸다. "말했잖아, 파이퍼. 난 자세한 건 알지 못했어. 보우가 비밀 회의를 하는 동안 차에서 기다렸거든. 나를 가까이 두기를 원했지만 믿지는 않았어. 난 보우를 위해 망을 봐주는 사람에 불과했다고."

속에서 뜨거운 게 솟구쳤다. 받아들일 수 없었다. 괜찮은 것처럼 연기할 수 없었다. "너도 동참한 거야!" 내가 외쳤다. "넌 뭔가 일어나고 있다는 걸 알고 있었어. 하지만 그걸 의심하거나 멈추려고 노력하지 않았어. 그냥 아무 말 없이 멍청하게 굴면서 이익을 취했던 거야."

테일러가 풀썩 무너졌다. 아픈 곳을 건드렸다는 걸 알았다. "나는…, 그래…, 네 말이 맞아. 미안해. 세스풀에 올라온 댓글을 모두 봤어. 보우가 훔친 나무를 사람들이 얼마나 아꼈는지 난 전혀 알지 못했어. 세상에, 내가 너무 순진하게 굴었어. 그렇지만 갈 수 있는 다른 곳이 없다고 느꼈어. 하지만 네가 맞았어. 부모님이 내가 집에 돌아온 걸 기뻐하시더라. 소리를 지르거나 화내지 않았어. 대신 외출 금지령을 내렸지만 말이야. 그리고 있잖아, 그거 알아? 나 조금은…, 지금이 자유롭게 느껴져. 보우가 내게 했던 모든 행동들, 화내고 위협한 건 잘못된 거였어. 난 그걸 제대로 마주할 수 없었던 거야."

"보우한테 헤어지자고 말했어?" 누그러진 목소리로 물었다.

"면회하러 가서 말했어. 울더라. 내가 자기 인생에 다시 없을 사랑이라고 말했어. 나는 만약 정말 진심으로 나를 사랑했다면, 나에게 무엇이 최선일지 생각했을 거라고 말했고. 나를 범죄의 장신구로 만들고, 사랑하는 사람들을 만나거나 내가 좋아하는 걸 하지 못하도록 막고…, 그런 건 사랑이 아니라고 말이야." 테일러가 텃밭 정원을 흘긋 쳐다봤다. 말리는 여전히 엄마와 로비를 위해 통역을 하고 있었다. "저 사람이 말리야? 이제 저 남자를 위해 나를 버릴 거야?"

혼란스러워서 눈을 찡그렸다. "그래, 쟤가 말리야. 그렇지만 아니! 남자를 위해 너를 버리는 일은 없을 거야. 넌 날 버렸지만!"

"나랑 같이 놀러가는 것도, 내 친구들과 어울리는 것도 네가 다 거부했었잖아." 테일러가 말했다. "모든 걸 전부 너하고만 해야 하는 것처럼 굴었다고. 넌 날 소유하고 싶어 했어. 보우와 크게 다르지 않았어."

"아니야! 그렇지 않아!" 하지만 그렇게 말하는 와중에도 테일러의 말이 어느 정도는 사실이라는 걸 알고 있었다. 손에 얼굴을 묻었다. 내가 바란 건 이런 게 아니었다. "미안해. 너를 다른 사람에게서 떼어내려는 의도는 아니었어. 그냥… 방법을 몰랐던 것뿐이야. 수어를 하지 못하는 사람들과 어떻게 대화해야 할지 방법을 잘 모르겠어."

"뉴스에서 네가 수어를 하는 걸 봤어. 언제 배운 거야? 너는 항상 수어는 필요 없다고 말했잖아."

"내게 수어가 필요 없다고 늘 말했던 게 엄마였다는 걸 이제 깨달았거든. 입 모양을 읽을 필요 없이 사람들과 대화할 수 있다는 게 얼마나 편안한 일인지 알지 못했어."

"그럴 수도 있지." 테일러가 말했다. 여전히 우리 사이에 벽이 있다는 게 느껴졌다.

"저기 있는 이웃들과 함께 있을 때는 목소리를 내지 않아. 그냥 나는 수어를 하고 우리는 모두 각자 다른 방법으로 대화를 해. 이웃들 중 몇몇은 그렇게 잘하지는 못하지만 수어와 지문자를 써. 아니면 흙 위에 글을 쓰거나 손목 밴드에 타이핑을 해…. 어떤 방식이든 서로 대화할 수 있는 방법을 찾아서 말이야. 어쩌면 네 친구들하고도 그런 식으로 대화해볼 수 있을 것 같아."

테일러는 내 말에 기겁하기보다는 오히려 호기심을 보였다. "정말로? 이웃들과 얘기할 때는 전혀 목소리를 내지 않는다는 말이야? 전혀? 그게 가능하다고?"

"와서 한 번 볼래?" 일어나서 손을 내밀자, 테일러가 자신의 손을 얹었다. 테일러를 다시 파티로 이끌었다. 말리에게 다가가 수어로 말했다. '이쪽은 테일러야.'

말리가 따뜻하게 미소 지으며 수어로 인사했다. '만나서 반가워.'

'테일러는 수어를 하지 못해. 그러니까 음성으로 말해줄 수 있어?' 수어로 물었다. 나도 음성으로 말할 수 있으면서 말리에게 부탁하는 게 불공평하게 느껴졌지만, 이 애매한 상황을 어떻게 헤쳐나가야 할지 확신이 서지 않았다. 음성으로 말하는 사람과 수어를 쓰는 사람을 나눠 놓으면 더 쉬울 것 같았지만, 그건 불가능하리라.

"파이퍼를 어떻게 알아?" 말리가 이번에는 음성으로 말하면서 동시에 수어로 물었다.

"학교를 같이 다녔거든. 요만할 때부터." 테일러가 손으로 엉덩이 높이를 가리켰다. "넌 어떻게 수어를 그렇게 잘할 수 있어?" 테일러가 수어를 흉내 내며 두 손을 꼼지락거렸다.

"난 코다야. 농인인 부모님을 둔 아이를 뜻하는 말이야. 우리 어머니는 농인이시고." 말리가 대답했다.

"그래? 수어는 배우기 어려워?"

말리가 고개를 저었다. "알파벳을 배우는 것부터 시작하면 돼."

"가르쳐줄 수 있어?"

"아니, 난 안 할래. 하지만 파이퍼는 가르쳐줄지도 몰라!"

테일러에게 알파벳을 하나하나 알려줬다. 우리는 함께 키득거리며 웃었다. 엄마도 이럴 수 있다면 좋을 텐데. 마치 별일 아닌 것처럼 말이다. 흘깃 주위를 둘러봤다. 엄마를 위해 통역해주던 말리가 더는 그 자리에 없는데도 엄마가 여전히 로비와 함께 앉아있는 걸 발견했다. 부디 엄마가 이 상황을 잘 견뎌내고 있기를 바랐다.

조이가 손을 흔들어 우리 모두를 불렀다. 저녁 만찬이 준비됐다! 조이가 닭고기와 야채로 만든 스튜가 담긴 그릇을 하나씩 건넸다. 에린이 그 위에 한 사람당 버터 바른 빵을 한 조각씩 올려주었다. 음식 그릇을 각각 엄마와 로비에게 건넨 뒤 두 사람 바로 옆 땅바닥에 털썩 앉았다. 그리고 테일러와 말리에게 함께 앉자고 손짓했다. 우리는 모두 음식에서 폴폴 올라오는 냄새를 깊이 들이마시고 신음했다.

스튜는 믿어지지 않을 정도로 맛있었다. 큼직하게 자른 야채에서 신선하고 햇빛이 듬뿍 담긴 각각의 맛이 느껴졌다. 소스가 버터와 함께 모든 재료를 어우러지게 했다. 맛있고, 달콤하고, 톡 쏘고, 기름졌다. 아치는 요리 솜씨가 정말 훌륭했다.

테일러가 팔꿈치로 쿡 찌르며 눈짓으로 스튜를 가리켰다. 냠냠. 테일러가 지문자로 말했다. 테일러가 곧장 뛰어들어 함께하는 모습에 감격했다. 완전 초보치고는 나쁘지 않은데!

테일러에게 수어로 맛있어라고 말하는 법을 알려줬다. 검지손가락에 입을 맞추고 엄지손가락을 들어서 끝내면 된다. 맛과 **훌륭하다**를 합친 조합이었다. 테일러는 극적인 몸짓으로 따라 하고는 웃었다.

그릇을 내려놓고 테일러는 맞는 철자를 기억해내려고 애를 쓰며 집중했다. 우리 이거 진작에 시작햇어야 했어! 정마 즐겁잖아.

옆에 있는 말리의 어깨에 머리를 기대고 두 눈을 감은 채 마지막 남은 빵 한 조각을 꼭꼭 씹었다. 그리고 속으로 말했다. **나도 그렇게 생각해.**

끝.

독자들에게

파이퍼처럼 구화를 쓰며 자라 수어를 하지 못하는 청각장애 아동이었던 나는 듣지 못한다는 이유로 배제되지 않고 내 필요를 요구하는 일이 어려웠다. 어린 시절 나는 청인처럼 보이려고 노력했고, '평범한' 사람처럼 여겨지기 위해 안간힘을 썼다.

지금 이 책을 읽고 있는 당신이 청인 독자라면, 파이퍼의 이야기가 농인(청각장애인)으로 살아가는 것이 어떤 것인지에 대한 통찰력을 줄 수 있기를 바란다. 장애를 편견 없이 받아들이고 함께하는 사려 깊은 행동이 얼마나 큰 변화를 불러올 수 있는지 이해할 수 있기를 바란다. 만약 농인 독자라면, 파이퍼의 경험을 공감할 수 있기를 바란다. 그리고 농인으로서 당신이 경험한 일들을 다른 사람에게 설명하는 데, 그리고 자신이 가진 당연한 권리를 주장하는 데 도움이 될 수 있기를 바란다.

1975년 유엔은 장애인에게(따라서 청각장애인과 농인에게도) 동료 시민들과 동등하게 품위 있고 완전한 생활을 영위할 권리가 있음을 선언했다. 최대한 자립을 돕기 위해 마련된 모든 수단을 이용할 권리가 우리에게 있음을, 그리고 경제 및 사회 정책의 모든 단계에 있어서 우리의 요구가 고려될 권리가 있음을 선언했다. 다시 말하면, 우리에게는 청인 또는 비장애인이 가진 것과 동일한 접근성을 요구할 당연한 권리가 있다.

앞서 언급한 우리의 권리를 존중하기 위해 농인과 대화할 때 염두에 두어야 할 몇 가지 사항을 소개한다.

의사소통의 어려움을 함께 나눠라. 우리가 의사소통에서 오는 모든 어

내 목표는
'평범해
지는 것'이

아니다

려움을 떠맡으리라 기대하지 말라. 특히 말 읽기에 관련해서는 더욱 그러하다. 우리가 파이퍼처럼 누구의 도움도 없이 홀로 부담을 떠안아야 하는 상황에 자주 놓여왔음을 기억하라. 만약 함께 이야기를 나누는 사람이 수어를 사용하는데 당신은 수어를 모른다면, 그 사람이 당신의 말을 당연히 이해할 것이라고 기대하지 말라. 대신 몸짓으로 표현하거나 글로 써서 대화를 하려고 노력하라.

우리를 배제시키지 않아야 한다는 걸 기억하라. 이 말은 중요한 소리 정보나 음성 정보가 있다면 그걸 우리가 이해할 수 있는 방식으로 전달해야 한다는 것을 뜻한다. 예를 들자면 이런 경우가 있을 것이다. 만약 대화 중에 전화벨이 울리면 말 없이 자리를 떠나 그냥 전화를 받는 대신, 우리에게 지금 전화벨이 울리고 있으며 그게 당신이 자리를 뜨는 이유라고 설명하라. 많은 사람이 모인 장소에서 연설이 시작된다면 우리에게 그 사실을 알려라. 세계에서 중대한 일이 일어나는 중이라면 우리에게 그것에 관해 얘기하라. 안내 방송이 나온다면 방송의 내용이 무엇인지 알려라. 당신의 별칭과 이 다음에 무슨 일이 일어날지, 어디를 가고 있는지 우리에게 말하라. 왜냐하면 청인은 이런 종류의 정보를 애쓰지 않아도 무의식 중에 듣고 알게 되지만, 우리는 놓치기 쉽기 때문이다. 만약 농인이 같은 자리에 있고 당신이 수어를 할 줄 안다면, 당신이 다른 청인과 대화를 하고 있더라도 언제나 수어를 함께 사용하라. 청인이 그렇듯이, 우리는 주위를 둘러보며 정보를 얻고, 사람들이 서로에게 이야기하는 내용을 이해함으로써 사회 집단 내의 역학을 파악한다.

지나치게 개인적인 질문을 던지거나 우리를 '고쳐줄' 의료 장치를 권유하지 말라. 우리는 '태어날 때부터 귀가 들리지 않았나요?', '왜 인공와우를 이식받지 않아요?' 또는 '말 읽기를 할 수 있나요?'와 같은 질문에 대답하는 일에 질렸다. 당신이 상관할 바가 아니다.

우리의 능력을 평가하지 말라. 우리가 음성으로 얼마나 잘 말하는지, 말 읽기를 얼마나 잘하는지, 수어를 얼마나 잘하는지, 또는 우리가 얼마나 들을 수 있거나 없는지에 관한 당신의 의견은 필요 없다. 당신보다 우리가 우리 자신의 능력에 대해 훨씬 잘 이해하고 있다.

농인(청각장애인)이라는 것이 어떤 의미인지 생각하라. 우리가 수어로 연설을 하기 위해 무대에 올라갈 때 우리에게 마이크를 내밀거나 말 읽기로 당신이 하는 말을 파악하고 있을 때, 다른 걸 손으로 가리키고 우리가 그걸 볼 거라고 기대하지 말라. 또한 물어보지도 않고 농인(청각장애인)의 경험을 안다고 함부로 가정하지 말라. 우리는 여전히 음악을 즐길 수도 있고, 당신이 불가능할 거라고 추측하는 것을 여전히 잘하고 있을 수도 있다.

우리를 가르치려 들지 말라. 우리가 무지하다고 가정하지 말라. 우리를 동등한 지성인으로 대하라. 우리는 청인과 마찬가지로 교활하고, 요령있고, 건방지고, 흥미로울 수 있다. 이 소설에서 경찰은 파이퍼를 찾기 위해 거대한 수색팀을 꾸렸다. 청각장애가 있는 청소년은 현실 세계에서 혼자 살아남지 못할 거라고 가정했기 때문이다. 이는 사람들이 나에 대해 갖는 선입견으로 인해 겪은 나의 경험과도 유사하다.

우리가 귀가 들리지 않는다는 꼬리표보다 더 많은 것을 지니고 있다는 걸 기억하라. 많은 사람이 나를 만나면 처음에는 그저 농인이라는 범주로만 바라본다. 그러다 나에게 다양한 면모가 있다는 걸 알게 됐을 때 사람들은 놀란다. 파이퍼 역시 농인(청각장애인)이지만 문제를 해결하는 능력과 타고난 지도력, 그리고 새로운 것에 뛰어들고 시도하는 용기는 훨씬 더 흥미롭다. 농인(청각장애인) 또는 장애가 있는 사람을 만났을 때 그 꼬리표 뒤에 가려진 우리의 진짜 모습을 보고 우리가 어떤 사람인지 알려고 노력하라.

주위에 수어를 사용하는 사람이 있다면 당신도 배우려고 노력하라. 어린아이였을 때 나는 대화를 하면서 편안하다고 느껴본 적이 한 번도 없었다. 대화는 언제나 스트레스로 가득했고, 도전이었다. 수어를 배우기 전까지 나는 사람을 사귀는 일의 즐거움을 알지 못했다. 마찬가지로 당신에게 소리를 듣지 못하는 자녀가 있다면, 아이가 음성언어를 아주 잘 쓰거나 말 읽기를 잘한다고 하더라도 모든 가족 구성원이 수어를 배우도록 장려하라. 아이가 청인으로 보여야 한다는 과도한 압박에서 때때로 휴식을 취할 수 있도록 말이다. 농인 공동체에서 우리와 만나라. 무척 즐거운 경험이 될 것이다. 인터넷에서 무료로 올라온 수어 교육 영상을 찾아봐도 좋다.

당신이 청각장애가 있는 아이를 둔 부모라면, 아이가 평범하게 성장하는 것이 목표일 수도 있다. 하지만 그 바람이 우리에게 커다란 압박이 될 수 있다는 것을 기억하라. 농인(청각장애인)이거나 장애가 있는 사람들 가운데는 비장애인인 것처럼 '평범하게 보이는' 것에 큰 가치를 두는 사람도 있지만, 오히려 다른 접근법을 선택하기를 원하는 사람이 대부분이다. 우리가 다르다는 걸 받아들이고 우리의 필요를 이해하라. 당신의 아이에게 자신의 특별한 필요를 인지하고 세상을 자신에게 맞출 수 있도록 바로잡는 법을 가르쳐라. 이는 접근성에 관한 우리의 당연한 권리를 요구하기 위한 자신감을 길러주는 것을 뜻한다. 이는 때때로 우리에게 오직 수어만을 사용하는 공간에 있는 걸 선택할 수 있게 함으로써 우리가 휴식을 취할 수 있고, 우리의 장애가 수용됨을 알 수 있도록 하는 것을 의미한다. 이는 불빛이 들어오는 초인종, 문자 메시지, 그리고 다른 시각적 신호와 같은 것을 사용하는 것을 뜻한다. 아이가 보청기를 착용하는 게 당연하다고 기대하지 말라.

마지막으로 주의를 끌기 위해서 우리에게 물건을 던지지 말라. 그 대신 전등을 켜고 끄거나, 두 팔을 흔들거나, 바닥에 발을 굴러라. 탁자를 두드리거나, 그냥 다가와 팔을 가볍게 톡톡 건드리려고 노력하라. 주의를 끌기 위해서 팔을 건드리는 것을 겁내지 말라. 하지만 절대로 머리를 치거나 몸의 다른 부분을 건드리지 말라. 그건 무례하고 공격적인 행동이다.

이 글을 끝까지 읽어준 당신에게 고마움을 전한다.

아스퍼시아

퓨처 걸 : 청각장애 소녀, 환경 재앙이 닥친 내일을 구하다

글·그림 아스피시아

옮긴이 이주영

펴낸이 곽미순

책임편집 윤도경

디자인 이순영

펴낸곳 ㈜도서출판 한울림

기획 이미혜

편집 윤도경 윤소라 이은파 박미화 김주연

디자인 김민서 이순영

마케팅 공태훈 윤재영

경영지원 김영석

등록 2008년 2월 13일(제2008-000016호)

주소 서울특별시 영등포구 당산로54길 11 래미안당산1차아파트 상가

대표전화 02-2635-1400   팩스 02-2635-1415

홈페이지 www.inbumo.com   블로그 blog.naver.com/hanulimkids

페이스북 www.facebook.com/hanulim

인스타그램 www.instagram.com/hanulimkids

첫판 1쇄 펴낸날 2021년 5월 27일

ISBN 978-89-93143-98-0 (43840)